People Who Eat Darkness

by Richard Lloyd Parry

吞噬黑暗的人

[英] 理查德·劳埃德·帕里 著

尹楠 译

四川人民出版社

图书在版编目（CIP）数据

吞噬黑暗的人 / （英）理查德·劳埃德·帕里著；
尹楠译. —— 成都：四川人民出版社，2023.2
ISBN 978-7-220-12935-3

Ⅰ.①吞… Ⅱ.①理… ②尹… Ⅲ.①长篇小说－英
国－现代 Ⅳ.①I561.45

中国版本图书馆CIP数据核字(2022)第223145号

著作权合同登记号：图进字21-2023-4
Copyright @ Richard Lloyd Parry 2011

TUNSHI HEIAN DE REN

吞噬黑暗的人

（英）理查德·劳埃德·帕里/著

责任编辑	封 龙
责任印制	王 俊
出版发行	四川人民出版社（成都槐树街2号）
网 址	http://www.scpph.com
E-mail	scrmcbs@sina.com
新浪微博	@ 四川人民出版社
微信公众号	四川人民出版社
发行部业务电话	（028）86259624 86259453
防盗版举报电话	（028）86259624
印 刷	鸿博昊天科技有限公司
成品尺寸	140mm×210mm
印 张	15
字 数	345千
版 次	2023年2月第1版
印 次	2023年2月第1次
书 号	ISBN 978-7-220-12935-3
定 价	98.00元

献给妈妈和爸爸

来到这个"睡美人之家"的老男人中，一定有一些不只是怅然若失地回望逝去的岁月，他们还试图忘记一生中犯下的罪孽……在他们中间，一定有一些是靠做坏事而获得成功，并且依靠不断地做坏事持续受益。他们无法获得安宁。他们是被打败的一群人，更确切地说是恐惧的受害者。当他们依偎着被麻醉的少女赤裸的肉体时，内心却充满对死亡的恐惧和对自己逝去的青春的惋惜。他们的内心或许也有悔恨，以及成功家庭中常见的混乱不堪。没有佛陀可供他们跪拜。如果一个老男人把赤裸的女孩紧紧抱在怀里，流下冰冷的眼泪，甚至于呜咽哀泣，他怀里的女孩也什么都不知道，她并不会睁开双眼。老男人不必感到羞耻，这么做无损于他的尊严。悔恨和悲伤来去自如。某种程度上而言，"睡美人"本身难道不可以是佛陀吗？她有血有肉。她年轻的肌肤和气息或许就是对悲伤老男人的宽恕。

——川端康成，《睡美人之家》

死前人生

像往常一样，露西起得很晚。拉着窗帘的窗户边缘闪动着一缕阳光，穿透到昏暗的室内。房间低矮、狭窄，苍白暗淡。墙上贴着海报和明信片，女式衬衫和裙子挂满了衣架，显得不堪重负。地板上的日式蒲团床垫上躺着两个人：一个金发，一个褐发。她们有时穿着 T 恤入睡，有时干脆光着身子盖一条单人被单，因为即使是在晚上，盖任何其他东西都会觉得太湿热，只能在身上搭一层最薄的东西。室外，建筑物之间缠绕着许多条电线，乌鸦在上面呱噪蹦跳。她们凌晨 4 点才睡觉，此时塑料闹钟显示已经将近中午。露西穿上家居服去卫生间，另一个褐色的脑袋仍然躺在枕头上。

　　她把自己在东京的家称为"茅房"——卫生间就是原因之一。六个人共享这个家，还得加上过夜的客人，房间里到处都是他们的皮屑和垃圾。用完的牙膏管蜷缩在水池边，卫生间的地板上散落着一块块香皂，排水孔上罩着一顶由打结的头发、皮肤和剪掉的脚指甲纠缠而成的黏糊糊的帽子。露西自己的梳妆用品数量众多，价格昂贵，每次进出卫生间，她都会把梳子、各种刷子和化妆品等一起带进带出。她洗漱打扮时间很长，也很讲究，涂洗发水，清洗，抹护肤素，用香皂洗，包毛巾，拍打，平缓肌肤，洁面，保湿，吸收乳液，修眉，涂粉，用牙线洁牙，吹干头发。露西的整套流程完美体现了早晨简单冲个澡和梳妆打扮之间的区别。如果你快迟到了，不会希望自己排在她后面上厕所。

露西照镜子的时候看到了什么？圆润白皙的脸，一头天然的金发披散在肩头。线条清晰的下巴，洁白整齐的牙齿，双颊微微凸起，笑起来会露出一对酒窝。她有一个圆鼻头，眉毛粗细不匀，深蓝色的双眼长得有点偏。露西抱怨自己的"斜眼睛"，会在镜子前花很长时间，希望它们不再偏斜。对于这样一个肤色白皙、眼睛碧蓝、四肢修长的女人来说，这双眼睛出乎意料地增添了某种微妙的异国情调。

露西身高约 1.75 米，前凸后翘，身材曼妙。她对体重的变化异常敏感。5 月，她来到日本、搬入"茅房"、找工作的那段时间，比现在苗条，但在俱乐部熬了几夜之后，她"又把体重喝回来了"。在最糟糕的日子里，她十分鄙视自己的外貌。她感到自己的皮肤松弛下垂，大腿上的胎记和眉毛间的黑痣折磨着她的意志。一个冷静的观察者可能会用"丰满"和"标致"这样老派、模糊的词来形容她。睡在另一张床垫上的褐发女孩是露西最好的朋友路易丝·菲利普斯，她不是传统意义上的美人：苗条、娇小、直率。大多数时候，至少对其他人而言，露西看起来自信满满，容易相处。她笑起来的样子，说话时的手势，摆动的头发，不自觉触摸说话对象的习惯——所有这些都为她增添了魅力，既吸引女人，也吸引男人。

露西走出卫生间。她接下来要做什么？我知道她没写在日记里，她已经有将近两个星期没写日记了。她没有给男朋友斯科特打电话，斯科特在港口城市横须贺的美国航空母舰上服役。后来，在她的私人物品中，她的家人会发现一张未寄出的明信片，上面写着远在家乡的好友萨曼莎·伯曼的地址。也许她现在就在写这张明信片。

亲爱的萨米，从东京给你寄封短信，就想告诉你那天晚上跟你聊天感觉非常棒。我很高兴你找到了一个可爱的朋友／家伙／伴侣（管他是什么）。我知道我在这里生活更容易，我的日常生活发生了变化，星期日是如此不同，但我想让你知道，没有你的生活是不完整的，虽然我不确定什么时候，但我们很快就能在一起，无论我在其他地方，或是回了家。我真的爱你，非常想念你，并且会一直想你。给你我全部的爱，露露。

　　下午1:30楼下响起电话铃声。一个室友接起电话，在楼下叫道：找露西。路易丝有手机，是她的一个客户给她的，而露西只能用"茅房"里的公用付费电话。电话装在厨房里，就是一个笨重的粉色塑料盒子，投10日元硬币就可以用。用它打电话时，楼下的人都能听见对话声。但露西很快就不用再忍受这种令人不快的情况，再过几个小时，她就将拥有属于自己的手机。

　　路易丝此时已经起床，朋友打电话的时候，她已经在公共客厅坐下。挂上粉色的听筒后，露西告诉她来电话的是他：见面推迟1个小时，改到3点。他会再来电话，到时候她会去火车站接他。然后他们会一起吃顿迟到的午餐，但她会及时回来，赶晚上8点的约会——跟路易丝和俱乐部的另一个女孩跳一晚上舞。露西脱下家居服，开始挑选当天要穿的衣服：黑色裙子，带心形水晶吊坠的银项链，以及阿玛尼手表。她的太阳镜就在黑色手袋里。时间一晃就过了3点。3:20的时候粉色电话再次为露西响起。他已经在来的路上，还有10分钟就到车站。

　　露西出门的时候，一群乌鸦喳喳叫着飞起来。她感受到了重返东京后每天都会有的小小震撼，每个身处东京的外国人都对此深有体会。这是一种对显而易见的事实突如其来的令人脉搏加速的意识：我在这里——在日本。每天早晨，她都会惊讶片刻——突然意识到生活变得如此不同。是对光线的角度不熟悉，还是对夏季空气中的声音不熟悉？或者是街上、汽车和火车上人们的行为举止不太一样——虽不引人注目，但却目的明确，虽然大家都衣着整洁，彬彬有礼，沉默寡言，但却意志坚定，好像在执行什么秘密指令？

即使过去几年、几十年，作为一个生活在日本的外国人，你仍然无法忘记那种兴奋感以及每天独一无二的激动之情。

"茅房"的正式名字是佐佐木公寓，它是一栋灰扑扑的灰泥房子，位于一条小巷的尽头。露西左拐走出公寓，经过一些看上去更破旧的公寓楼，一个有木制攀爬架的儿童游乐场，以及一家提供咖喱蛋包饭的老式餐馆。然后眼前豁然一亮——一座传统能剧剧院出现在眼前，剧院由光滑的现代混凝土建造，周围环绕着精心雕琢的树篱和一个铺着碎石的花园。

露西右转，突然之间周围景物有所改变。在此之前，周围都是一副寒酸郊区模样，而现在，就在离家不到5分钟的时间里，露西已经走在了大城市主干道旁。高架支柱支撑着铁路和高速公路在头顶上方运行。再往前走不到50米就是千驮谷站，公交、地铁和通勤线在这里交汇。星期六下午这里异常繁忙，车声鼎沸，身着短袖和夏季裙装的人群在车站和远处的奥林匹克体育馆之间穿梭不停。他就站在警察局门口等露西，他的车就停在附近。

就在露西准备出门前，路易丝先一步离开公寓去完成她自己的任务：去东京西南方的著名购物区涩谷换一双鞋。她坐地铁来到涩谷站，那里每天有 9 条不同的线路运送 250 万乘客，路易丝很快就在车站迷了路。她茫然地游走在星期六的人群中，沿途经过许多商店和餐馆，虽然商品丰富得令人眼花缭乱，但不知为什么，它们看起来却又没什么区别。浪费了很多时间后，她找到了要找的商店，然后拖着疲惫的脚步回到车站。

5 点刚过，她的手机响起来。屏幕显示：未知用户。她接起电话，电话那头传来露西的声音，她本来应该很快回家，为晚上的约会做准备。但她却从一辆行驶的车里打来电话。她说她正在去"海边"的路上，准备和他在那吃午饭（虽然现在说吃午饭已经太晚）。但她告诉路易丝，不需要改变晚上的计划，她会及时回家，而且过一两个小时她还会打电话告知确切回家时间。她听起来很开心，兴致勃勃，但又有点难为情，好像她们的对话会被人听见一样。她告诉路易丝，她是用他的手机打的电话，所以不能聊太久。

后来，路易丝说她对事情的发展感到很惊讶，坐男人的车并且跟他一起离开东京不符合露西的性格。但打这通电话还是很像她会干的事。露西和路易丝从小相识，她们之间的友谊就是如此亲密。她们彼此之间会打这样的电话，以此肯定彼此间的亲密无间和相互信任，哪怕其实并没什么要说的。

那是一个闷热潮湿的夏日午后。路易丝去了她和露西最喜欢的商店——原宿百货公司，她买了亮晶晶的贴纸和闪粉来装饰面部，为她们的热舞之夜做准备。夕阳西下，夜幕降临，为黯淡破旧的住宅楼披上了一件斗篷，霓虹灯照亮了餐馆、酒吧和俱乐部——所有这些充满希望和欢乐的地方。

两个小时过去。

晚上 7:06，路易丝回到家，她的手机再次响起。电话那头的露西情绪激动，兴奋不已。她说他非常好。他如约送给她一个新手机，以及一瓶唐培里侬香槟王，她和路易丝稍后可以一起喝。她并不清楚自己究竟在哪里，路易丝也没想要问清楚。反正她一个小时内就会回来。

晚上 7:17，露西给男朋友斯科特·弗雷泽打电话，但收到电话答录机的自动回复。她留下一条简单但快乐的口讯，答应明天见面。

然后，露西就消失了。

东京星期六的夜生活刚刚开始，但不会再有什么女生之夜，也不会有和斯科特的约会。事实上，什么也不会有了。露西的那条留言被储存在电话公司的数字数据库中，几天后就将被自动清除，而它是露西在世时留下的最后痕迹。

当露西未能按时回家时，路易丝脑中立即拉响警报。后来，这引起人们的怀疑：路易丝为什么这么快就开始恐慌？她的室友们当时都在客厅里吸大麻，大家都不理解她为何如此焦躁不安。在露西未能按时露面一个小时后，路易丝给远在英国的她的妈妈莫琳·菲利普斯打了电话。"露西出事了，"她告诉。然后她就去了卡萨布兰卡，这是一家位于六本木娱乐区的陪酒俱乐部，她们俩就在那里工作。

"我还清楚记得 1 号的事，就是 7 月 1 日，"当时在场的一个男人回忆道，"那是个星期六的晚上，露西和路易丝那个星期休息。她们俩不应该工作。但路易丝很早就过来说：'露西不见了。她去见一个客人。她还没回来。'我说这没什么可大惊小怪的。现在才 8、9 点，'这很正常，没什么奇怪的，路易丝。你为什么这么担心？'她回答说：'露西说回来就会回来，如果发生什么事，她会给我打电话。'她们俩的确会这样。一个人总是知道另一个人在做什么。她们的关系真的很好。路易丝立即就意识到有些不对劲。"

路易丝整晚都在给俱乐部打电话，问有没有人知道露西的消息，但没有得到任何消息。她在六本木四处打探，去了她和露西常去的酒吧和俱乐部：传道、深蓝、东京运动咖啡馆和杰罗尼莫酒吧。她向在六本木十字路口发传单的人打听，询问他们中有没有人见过露西。她还打车去了涩谷的芙拉俱乐部，她俩原本计划当晚去那里。她知道不会在那里找到她的朋友——露西为什么会单独先去那儿，而不是先回家，或是至少给她打通电话呢？但她想不出别的办法。

那天晚上大部分时间都在下雨——东京夏季令人汗流浃背的燥热的雨。星期日清晨路易丝回到佐佐木公寓的时候已经天亮，她已经找遍了她能想到的每一家酒吧。露西不在家，也没有收到她的任何消息。

路易丝打电话给卡萨布兰卡的服务生卡兹，商量该怎么办。卡兹给几家大医院打电话，但都没有露西的消息。他暗示，露西是不是决定跟那个"很好"的客人共度一晚，只是没有告诉路易丝？路易丝表示不可能发生这种事，没人比路易丝更了解露西。

下一步显然是报警。但这么做会带来麻烦。露西和路易丝是以游客身份来到日本，90天的旅游签证明确禁止她们在日本工作。在俱乐部工作的所有女孩都是违法打工，事实上，大部分在六本木工作的外国人都是如此。

星期一早晨，卡兹带路易丝去了六本木的麻布警察局，报警说有人失踪。他们解释说露西是来东京度假的游客，那天是跟一个在这里遇到的日本男人一起出去玩。他们既没有提陪酒工作，也没有提到卡萨布兰卡或是那里的客人。

警察对这件事并没有太上心。

下午3：00，路易丝去了英国大使馆。她和来自苏格兰的副领事伊恩·弗格森谈了谈，告诉了他事情的全部经过。许多人都对那天下午露西外出的情况表示不解，而弗格森是第一个表达这一想法的人。他第二天在备忘录中写道："我问她对那个客人了解多少，结果她表示什么都不知道。路易丝说俱乐部里的女孩通常会在征得俱乐部同意的情况下将自己的名片给客人，因此客人通常会私下与女孩们约会。我表示难以置信，俱乐部竟然允许女孩们在其不知情的情况下与客人见面。但路易丝对这一说法态度坚定。露西当然没有提过她的客人，包括他的名字、车子的情况，甚至是除了海滩之外他们还去了什么地方……"

弗格森要求路易丝回忆露西的性格特点。她是不是反复无常，难以捉摸，不太可靠？她是不是很天真或者容易受外界影响？他在备忘录中写道："路易丝的回答勾勒出这样一个形象：自信、世故、聪明的女孩，社会经验丰富，具备一定判断力，不会愚蠢地将自己置于危险之中。"那她为什么会上一个完全陌生的人的车呢？"路易丝无法……解释，只是重申这种行为不符合露西的性格。"

没有人比一名领事官员更了解英国人在国外的愚蠢行为。同时也没有人更了解，大多数时候，当一个年轻人"消失"时，原因可以是多么地平平无奇：朋友或恋人之间吵架、吸毒、酗酒或遇到与性相关的麻烦。但露西当天下午给路易丝打过两次电话，及时向她更新了行程。她最后还打电话说一个小时之内就会回家，即使她临时改变了计划，也应该会打电话通知路易丝。伊恩·弗格森给麻布警察局打电话，告诉他们大使馆非常关注露西的事，并且认为这不是一起简单的人口失踪案，而很可能是一起诱拐案。

　　路易丝离开了大使馆。露西失踪后的两天晚上，她几乎没有睡过觉。她不确定会发生什么，十分紧张，备受折磨。无论是一个人待着，还是待在她和露西同住的房间里，都让她难以忍受。她去了一个朋友的公寓，其他认识露西的人也聚集在那里。

　　快到 5:30 的时候，路易丝的电话又响起来，她抓起手机。

　　"喂？"路易丝说道。

　　——是路易丝·菲利普斯吗？电话那头响起一个声音。

　　"是的，我是路易丝。你是谁？"

　　——我叫高木彰。我是为了露西·布莱克曼打这通电话。

　　"露西！上帝啊，她在哪？我一直很担心。她在你那儿吗？"

　　——我和她在一起。她在这里。她很好。

　　"噢，上帝啊，谢天谢地。让我跟露西说话。我要跟她说话。"

　　电话那头是个男人。他说英语的时候很自信，但明显带有日本口音。整个通话过程中他都表现得很冷静、克制，语气平淡，但又可以说很友好，哪怕路易丝变得激动不已他也是如此。

　　——现在不能打扰她，那个男人说道。——她就在我们宿舍。她正在学习和实践一种新的生活方式。她这个星期有太多东西要学。不能打扰她。

　　路易丝疯狂地朝朋友们做口形："是他"，并比划着要纸和笔。

　　"你是谁？"她问道，"你是星期六和她一起出去的人吗？"

　　——我星期日见到的露西。她星期六和我的导师见了面，我的小组的领袖。

"你的导师？"

——是的，我的导师。他们在地铁站见的面。

"可是，她……我和她通话的时候，她正在一辆汽车里。"

——交通状况很糟糕，非常糟糕，她要去见你，不想迟到。于是她决定搭地铁。就在上地铁前，她遇到了我的导师，然后做出了一个改变人生的决定。总之，她那天晚上就决定加入他的教。

"教？"

——是的。

"你在说什么，什么教？什么……露西在哪儿？这个教在哪儿？"

——在千叶。

"什么？再说一遍。你能拼出来吗？"

——在千叶。拼出来就是：C-H-I-B-A

"千叶。千叶。那个教叫什么？"

——新兴教。

"什么？那是……"

——新兴教。

那个男人在挂断电话前又冷静地拼出这组单词，逐个字母地念了出来。

路易丝脑子里一片混乱。"我要和露西说话，"她说道，"让我和她说话。"

——她不太舒服，那个男人回应道。——总之，她现在不想和任何人说话。也许这个周末她会和你说话。

"求你了，"路易丝说道，"求求你，求求你，让我和她说话。"

电话被挂断。

"喂？喂？"路易丝叫道，但电话另一头没人应答。她呆呆地望着手里小小的银色手机。

几秒种后，电话再次响起。

她颤抖着按下接听键。

——非常抱歉，之前那个声音说道。——一定是信号断了。露西现在不能和你说话。她不舒服。也许她会在周末跟你聊聊。但她已经开始新生活，不会再回去了。我知道她有许多债务，6000英镑还是7000英镑。但她正用一种更好的方式还债。总之，她只是想让你和斯科特（S'kotto）知道她没事。她在计划更美好的生活。

他清楚提到"斯科特"——这明显是日本人不太熟悉的英文名字斯科特的日式发音。

——她已经给卡萨布兰卡写了封信，说她不会回去工作了。

一阵沉默过后，路易丝开始抽泣。

——不管怎样，你的地址是什么？

路易丝说道："我的地址……"

——你在千驮谷公寓的地址。

"为什么……为什么要知道我的地址？"

——我想给你寄点露西的东西。

路易丝十分害怕，之前一直在说她的朋友的事，突然之间涉及她个人的信息了。"他想知道我住在哪儿，"她脑子里冒出这个念头，"他会来找我。"于是，她说道："嗯，露西知道的。她知道我的地址。"

——她现在不舒服，她想不起来了。

"哦，我也想不起来了。"

——嗯……你能想起你家靠近哪里吗？

"不，不，我想不起来。"

——街道呢？你能想起街道名吗？

"不，我……"

——反正我得把她的东西寄回去。

"我想不起……"

——如果这有问题，不用担心。

"我现在还想不起……"

——没问题。别担心。

路易丝情绪十分激动，惊恐万分。她哭着把电话递给一个在东京生活了多年的澳大利亚友人。

"你好，"他用日语说道，"露西在哪里？"

过了一会儿，他把电话还给路易丝。"他只说英语，"他说道，"他只想和你说话。"

路易丝已经理清思绪。她意识到必须拖延对话，设法弄清楚露西在哪里。

"你好，"她说道，"又是我，路易丝。那么——我能加入你们教吗？"

对方似乎在犹豫。然后他说——你信什么教？

路易丝答道："嗯，我是天主教徒，但露西也是天主教徒。我不介意改变信仰。我也想改变我的人生。"

——这得由露西决定。这得看露西是怎么想的。我会考虑看看。

"请让我和露西说话。"路易丝绝望地说道。

——我会找我的导师聊聊，问问他的意见。

"请让我和她说话，"路易斯哭着说道，"我求求你了，拜托了，让

13

我和她说话。"

——我现在得走了,对方说道。——对不起。我得让你知道,你
再也见不到她了。再见。

电话第二次被挂断。

2000 年 7 月 1 日,星期六,就在 21 世纪第一年刚刚过半的时候,
露西失踪了。一个星期后这条消息才传遍全世界。第一篇相关报道出
现在接下来那个星期的星期日,也就是 7 月 9 日,一家英国报纸刊登
了一篇关于一个名叫"露西·布莱克曼"的游客失踪的短讯。第二天,
英国和日本的报纸上出现了更详细的报道。他们提到了路易丝·菲利
普斯,还有露西的妹妹索菲·布莱克曼,声称她已经飞到东京寻找姐
姐,以及她的爸爸蒂姆,他也正赶往日本。报道中还提到威胁电话,
并隐约暗示她被一个邪教组织绑架了。其中两篇报道表示"担心"她
已经"被迫卖淫"。报道中还提到露西之前是英国航空公司的空姐。但
星期一的报道中又称她是"东京红灯区"的"酒吧女郎"或"夜总会
小姐"。现在,日本电视台也跟进报道,摄制人员来到六本木,寻找
金发外国人。失踪女孩的年龄、国籍、发色以及她所从事的工作的特
殊性等因素叠加在一起,使得这件事从单纯的失踪案升级成新闻事件,
现在再也没法对这件事视而不见了。24 小时内,20 名英国记者和摄
影师以及 5 个独立的电视摄制组已经飞往东京,加入其余十几名常驻
东京的记者和自由撰稿人行列。

那一天,3 万张海报被印刷并分发到日本各地,大部分贴在了东
京和东京以东的千叶县。

海报顶部用日英双语印着"失踪",底部则印着"露西·布莱克

14

曼（英国女性）"。

年龄：21 岁

身高：175cm

体型：中等身材

头发颜色：金色

眼睛颜色：蓝色

她于 7 月 1 日 / 星期六在东京最后一次露面。从那之后，她就失踪了。

如果任何人见到她，或有关于她的任何消息，请联系麻布警察局或附近的警察局。

海报上最醒目的是一张照片，照片中一个身着黑色短裙的女孩正坐在沙发上。她有一头金发，露出不安的笑容和雪白的牙齿。照片是俯拍的，她的脸因此显得很宽，有点孩子气。她的头较大，头发较长，下巴紧实，看上去就像《爱丽丝梦游仙境》中的女孩。

露西·布莱克曼已经死了。早在我知道有这么个人存在之前，她就死了。事实上，正是因为她的死亡——或失踪，当时人们都是这么认为的——我才对她产生了兴趣。我当时是一家英国报纸的记者，生活在东京。露西·布莱克曼是一名在那里失踪的英国女性——也就是说，我第一次想到她的时候，她在我眼中只是个新闻素材。

一开始，这个故事就是个谜，随着时间的推移，围绕着它的谜团越来越多。露西以不幸的受害者形象出现在公众面前，最终成为日本法院上控辩双方激烈辩论的焦点。这个故事在日本和英国同时引起广泛关注，但人们的关注程度却变幻不定，前后不一。曾经一连几个月人们对露西的案子毫无兴趣，然后突然会爆出一些新进展，激起媒体的关注，引发人们的热议。人们对故事梗概比较熟悉——女孩失踪，尸体被发现，男人受到指控——但仔细观察，就会发现它是如此复杂和混乱，充满奇异的转折和不合理的发展进程，传统报道几乎不可避免地引发不满，它们非但没有解答问题，反而牵扯出更多悬而未决的问题。

这个故事的内核模糊不清，并且超越了人们熟悉的新闻类别的意义，这使得这个故事格外迷人。普通报纸或电视节目对它的报道就好像在隔靴搔痒。这个故事深深印入我的脑海中，即使几个月过去了，我发现自己还是忘不了露西·布莱克曼。我从一开始就关注这个故事，伴随它走过数个连续发展阶段，试图从其错综复杂的关系网中理出前后一致的容易理解的东西。这一过程花了我十年时间。

我成年后的大部分时间都住在东京，同时还在亚洲和其他地方四处旅行。作为一名报道自然灾害和战争的记者，我见证过一些悲伤黑暗时刻。但是露西的故事让我接触到之前从未关注过的某些人类经验。它就像是打开一个熟悉的房间的暗门的钥匙，这扇门后面藏着很多秘密——一些我从未留意过的可怕的、暴力的和畸形的东西。这一全新的认知让我感到莫名尴尬和天真。这种感觉就像是我这样一个经验丰富的记者，竟然错过了这座城市的特别之处，而我在事业上引以为傲的正是对这座城市的了如指掌。

只有当她逐渐从公众意识中消失时，我才开始把露西看成一个人，而不是一个新闻素材。在她的家人来到日本期间，我去见过他们。面对报道这一案件的记者，他们一开始对我态度谨慎，不太信任我，最后我收获了他们谨慎的友谊。现在我回到英国，拜访了布莱克曼一家。我还拜访了露西生活的不同阶段的朋友和熟人。一个朋友把我引向另一个熟人，那些一开始不愿意发表意见的人最终都被我说服。在好几年的时间里，我多次拜访露西的父母和兄弟姐妹。这些采访的录音加起来都能听好几天。

我原以为要了解一个在 21 岁就结束的生命的真相是件轻而易举的事情。乍一看，露西·布莱克曼和无数与她类似的女孩一样，毫无特别之处：来自英格兰东南部的中产阶级年轻女孩，家境中等，教育程度适中。露西的生活一直很"普通""正常"，到目前为止最引人注目的就是它的结束方式。但我越深入调查，就越觉得她很迷人。

我们都能从自己的生活经验中领悟到：经过 21 年的成长，露西的品格和个性已经变得极其多样化，极为复杂，其他人——甚至是她最亲近的人都已无法完全理解她。认识她的人眼中的她都略有不同。童年时期，她的生活中就交织着忠诚、情绪化和志向远大等复杂因素，而且这些东西常常自相矛盾。露西既忠诚、诚实，又善于欺骗。她既自信、可靠，又十分脆弱。她既坦率又神秘，既开放又藏着秘密。在筛选和协调关于她的素材时，在需要我公正对待她的整个人生时，我体会到了传记作家的那种无助。我从来不认识也根本不可能认识她，如果她没有死，我可能早就忘记她，但我却开始沉迷于了解这样一个人的过程。

在她失踪后的几个星期里，许多人都听说了露西·布莱克曼这个名字，知道了她长什么样——或者至少看到了报纸和电视上出现的那副面孔，也就是失踪人员海报上那张爱丽丝模样的脸。在他们眼中，她是个受害者，而且几乎是某种典型的受害者：一个在异国他乡惨遭不幸的年轻女人。所以我希望我可以为露西·布莱克曼做些什么，通过追溯其死前的生活，将其还原为一个正常人，一个复杂而可爱的普通女人，以此来纪念她。

目录

第一部分

露西

世界**正常**运转

即使露西的妈妈后来发现很难在丈夫身上找到什么优点，她还是一直念念不忘蒂姆·布莱克曼救了女儿一命。

当时露西已经快 2 岁了，她的父亲和母亲在苏塞克斯郡的一个小村庄租了栋农家小屋生活。她从小就饱受不时发作的严重扁桃体炎折磨，每次都会发烧，喉咙肿痛。每当这时候，她的父母就会用湿海绵为她降温，但她总是高烧不退，即使退烧了，过不了几个星期又会烧起来。一天，蒂姆很早就下班回家帮简照顾可怜的孩子。那天晚上，他被妻子的尖叫声惊醒，当时她正进房检查露西的情况。

他走进婴儿房时，简已经跑下楼去。

"露西一动不动地躺在婴儿床上，浑身是汗，"蒂姆回忆道，"我把她抱起来放在地板上，眼看着她脸色变得灰白，就是那种最虚弱的深灰色。她的血液循环显然出了问题。我不知道该怎么办。我抱着她躺在地上，简已经下楼去打电话叫救护车。露西非常安静，停止了呼吸。我尝试强迫她张开嘴。她的嘴紧紧闭着，我用两只手用力掰开它，用一只手的拇指顶着她的嘴，把其他手指伸进她嘴里，把她的舌头向前拉。我不知道我这么做对不对，但我还是这么做了，然后我把她的头偏向一边，开始给她做人工呼吸，她终于重新开始自主呼吸。我因为焦虑和担忧感到很难受，随后我看到她的皮肤恢复红润，这时救护车来了，救护人员冲上窄小的楼梯。救护人员身材高大，扛着巨大的响个不停的救护工具，这些大家伙好像要塞满整栋小屋。他们拿出担架，把她绑在上面，抬到楼下，放在救护车后面。她终于得救了。"

露西经历了一次高热惊厥，这是一种由发烧和脱水引起的肌肉痉挛，这导致她吞下自己的舌头，阻滞了呼吸。再多耽误一会儿，她就会因此丧命。"那一刻我意识到我不能只有一个孩子，"蒂姆说道，"我就是知道。露西出生后，我考虑过这个问题。但那一刻我才意识到，如果她发生了什么事，而我们又没有其他孩子，那绝对是场可怕的灾难。"

露西出生于 1978 年 9 月 1 日。她的名字来自拉丁单词"光"，她的妈妈说，即使成年后，她也渴望光明，在黑暗中就会感到不舒服，她会打开房子里所有的灯，在卧室会开着台灯睡觉。

简生露西时是人工分娩，整个过程持续了 16 个小时。露西的头靠着妈妈的背，这种"枕后位"情况让她在分娩过程中十分痛苦。但最后生出来的这个 7 斤多重的婴儿很健康，她的父母在第一个孩子出生时感受到了痛并快乐的幸福。"我很高兴，非常高兴，"简说道，"但我觉得当你做了母亲，你……我只是希望我的母亲当时能在场，因为我为有了自己的孩子而感到骄傲。但她不在，所以我也有点伤感。"

简的童年回忆的基调是悲伤的。她的成年生活也遭遇了一连串打击，损失惨重，这让她生出一种阴郁的冷幽默感，时而自嘲，时而愤怒地自卫。我第一次见到她时，她已经快 50 岁了：身材苗条、迷人，留着一头暗金色短发，神态异常警觉。她衣着整洁端庄，睫毛纤长，但她的那种小女生气质已经被强烈的正义感以及对傻瓜和势利小人的零容忍态度冲淡。简的自尊心和自怨自艾的情绪在相互斗争。她就像只狐狸，一只穿着藏青色上衣和裙子的倔强而优雅的狐狸。

她的父亲曾是一家电影公司的高管，她和弟弟妹妹在伦敦郊区长大，过着严格又相当乏味的中产阶级生活，做家庭作业，养成良好的餐桌礼仪，每年暑假都要去英国某个刮大风的海滨胜地度假。简12岁时，全家人搬到了伦敦南部。去新学校上学的第一天早晨，简去和母亲吻别，结果发现她因为整晚被头痛和失眠折磨，还在睡觉。"我预感要发生可怕的事情，"简回忆道，"我对父亲说：'她不会死的，对吗？'他回答道：'哦，不，别傻了，当然不会。'那天放学回家，我发现她死了。她脑子里长了个肿瘤。从那时起，父亲就乱了方寸。他的心碎了，成了受伤的男人，而我必须勇敢起来。我的童年就这么结束了。"

简的母亲去世时只有40岁。"平时奶奶照顾我们，周末就轮到爸爸，"她说道，"我记得他一直不停地哭。"妻子去世15个月后，他娶了一个25岁左右的女人。简难以接受。"但他有三个孩子，他一个人顾不过来。这太可怕了。事实上我不太记得童年的事情。当你遭遇一次打击，而且一段时间内都痛苦不已，你的大脑就会让你忘记一些事。"

简15岁就没再继续上学。她报名了秘书课程，然后在一家大广告公司找了份工作。19岁时，她和一个女性朋友去马略卡岛旅行，在那里待了6个月，靠洗车挣钱。那时候还没有很多英国人去西班牙旅游，巴利阿里群岛仍然是只有少数人选择的具有异国情调的旅游目的地。曼联足球队著名球员乔治·贝斯特就曾到此度假。"我没遇见过他，但我记得在酒吧里见过他，身旁围着一群美女，"简说道，"但我很理智，我非常谨慎。'理智'这个词简直在我身体里扎了根。其他人可能一直摇摆不定，但我不会。我就是这么无趣的一个人。"

在马略卡岛，一个仅有点头之交的年轻小伙考验了一下简的理智。

一天，他出现在简的门前，想要吻她。"我十分尴尬，因为我几乎不认识他，而且当时还是大下午。我想他是瑞典人。我完全没有鼓励过他这么做，从此以后，我变得非常小心。我喜欢阳光和大海，喜欢待在户外，但那并不是什么狂野时光，因为我很谨慎。在和我丈夫上床之前，我从没和任何人睡过。"

简在 22 岁时遇见了蒂姆，当时她和父亲、继母一起住在伦敦布罗姆利区的奇斯尔赫斯特。他是她的一个朋友的哥哥，简早就听说过他。"大家对我说，'蒂姆很合适，'"她回忆道，"'他是女人的理想伴侣。'"

蒂姆当时刚从法国南部回来，他在那有个法国女朋友。"但他还是来招惹我，我对他不理不睬，"简说道，"我想我是他生命中第一个这样不搭理他的人，于是我成了他的挑战目标。但说实话，我没什么自信。我有很多非常漂亮的女性朋友，有很多男人围着她们转，在迪斯科舞厅，我总是负责看包。蒂姆不理解我为何对他的大献殷勤视而不见，我也不理解为什么会有人喜欢我，我想这就是我最终嫁给他的原因吧。"两人相识 18 个月后举行了婚礼，婚礼选在 1976 年 7 月 17 日，蒂姆 23 岁生日当天。

蒂姆在附近的奥平顿镇负责一家鞋店，他的父亲曾经在伦敦东南部经营连锁鞋店，可是后来经营情况每况愈下，奥平顿镇的这家店成了仅存的一家店。但这家店还是倒闭了，蒂姆自己领取了长达 6 个月的救济金。后来他靠为朋友打零工来维持这个刚组建不久的家庭，他做过油漆工，也做过装修工。"我们当时的生活只能勉强糊口，"他说道，"（20 世纪）80 年代初日子真的非常艰难，十分艰难，我们甚至不知道该去哪里弄来 50 镑。但我们带着孩子住在这个可爱的地方，住在劳拉·阿什利*风格的小屋里，生活非常美好。我喜欢露西小时候的时光。"

1980年5月，第一个孩子出生后不到两年，简又生下了索菲，三年后，又生下了鲁伯特。蒂姆找了个生意伙伴，从装修业转行房地产开发。1982年，蒂姆一家北迁至几公里外的塞文奥克斯，那是一个体面的通勤小镇。他们在那里结束了艰难生活，简可以为孩子们创造她自己一直渴望拥有的童年，一段充满鲜花、漂亮衣服和孩子们的欢笑的愉快生活。

他们住的房子被简命名为黛西小屋，在屋里可以俯瞰私立预备小学格兰维尔学校。她的幻想终于成真，那是一个散发着刻意的矫揉造作气息的地方，每个去过那里的人回忆起它时都会面露微笑。去那里上学的女孩们最小的只有3岁，她们穿着蓝格子校服裙，戴着灰色羊毛绒球帽，春季节庆活动时，她们会在头上戴上花冠。学生在学校要学习屈膝礼和五月柱舞。"我们的卧室正对着操场，"简回忆道，"一切都如此完美——课间游戏时，露西会过来向我招手，我也会向她招手。"这是一所注重传统的学校，就像儿童绘本中描述的那般美好——"仿佛生活在童话世界，"简形容道，"一点也不像真实世界。"

露西从小就很懂事，十分有责任心，她那孩子气的诚恳常常让大人会心一笑。简让她剥豌豆的时候，她会逐个检查，哪怕只有一丁点儿瑕疵，她也会扔掉。她喜欢洋娃娃，她会坐在妈妈旁边，像简给索菲喂奶那样给一个塑料娃娃喂奶。"她做事一丝不苟，喜欢干净整洁，"

简说道，"就像我小时候一样。"相比之下，索菲就比较"刁蛮任性"，遇到一点挫折就容易发脾气，她的姐姐则能温柔而巧妙地化解这种情绪。姐妹俩共用一张老式大床，有一次复活节，她们一整天都待在床下，在床下吃饭、看绘本、玩玩具。

从露西的学校练习册中也能看出，简成功为她的孩子们创造了一个纯真快乐的世界。

姓名：露西·布莱克曼
主题：新鲜事

5 月 20 日，星期一

今天爸爸接我放学，我们一起回家。我穿上我的劳拉·阿什利牌裙子，裙子是蓝灰色的，上面有一朵朵小花，然后我去了乐购超市。我要送杰玛一份礼物，可是我不知道要送她什么生日礼物。她有四个朋友：我、赛莉娅、夏洛特和另一个跟她同校的"盆"友。我是唯一一个在格兰维尔上学的。

朋友　朋友　朋友　朋友

另一本练习册上则写着：

姓名：露西·布莱克曼
主题：实验

光

我拿起一面大镜子。

我看着镜子里的自己。

我看到了我的倒影。

我闭上一只眼睛。

我看到了一个闭上一只眼睛的自己。

我摸了摸我的鼻子。

我看到了一个右手摸着鼻子的自己。

我拍了拍手。

我看到我在拍手。

移去
镜子

我拿起一面大镜子。

我把镜子放到一旁。

我看到了右边的世界。

"因为我的童年不尽如人意，我一直希望拥有美好幸福的家庭生活，"简坦言，"我会把他们的拖鞋放在火炉前，这样他们放学回家就能穿上暖和的拖鞋。鲁伯特以前打橄榄球的时候，我会带热水瓶和热茶去学校接他。我最害怕的就是失去他们。甚至在他们小时候就很害怕。我有那种小兔子图案的皮绳，我曾让鲁伯特系着它。我用绳子牵着他，对女儿们则会说：'你们手牵手'，在超市，如果我看不到他们其中之一，我就会觉得……失去亲人对我来说是最糟糕的事情，因为这种事曾经在我身上发生过。这一直是我最大的恐惧——失去亲人。因为我失去过母亲，我甚至连想都不敢想失去孩子。所以我的保护欲很强，是个对孩子过度保护的母亲。"

但简的童话故事终究不敌经济低迷的现实。

蒂姆的房地产生意开始萎靡不振，家里难以负担露西和索菲上格兰维尔学校的费用。她们被转到当地公立小学，那里校舍拥挤，朴实无华，只有室外厕所，没有花冠，没有屈膝礼，也没有绒球帽。"田园诗般的学校和后来不得不去的公立学校一对比——我心都碎了，"简说道，"这又是一种巨大的失去，我深切感受到这种失去。它只是一所学校，但我觉得它如此美好。我知道她们在那所学校不会受到伤害。我认为这就是生活该有的模样——唱歌，制作雏菊花环，不需要知道真实世界是什么样子。"

当露西获得沃尔瑟姆斯托女校奖学金后，学费问题迎刃而解，沃尔瑟姆斯托女校是 19 世纪为基督教传教士的女儿们建立的学校，校舍是宏伟的红砖房。露西学习很刻苦，本应在这所女校崭露头角，那里以考上大学的女生人数众多而闻名，然而，她并不太适应那里的生活。"沃尔瑟姆斯托女校的学生非常时髦，"简说道，"很多女孩过生日时都能得到车钥匙——那是她们的生日礼物，而我们完全不属于那个圈子。"然而，露西青少年时期最黑暗的阴影还不是钱，而是疾病。

12 岁时，她感染了支原体肺炎，这是一种罕见疾病，迫使她卧床数周。"她病得很重，没人知道她怎么了，"简回忆道，"她躺在床上，身下垫着很多枕头，我必须拍打她的背部，帮助她清除呼吸道的黏液。她呼吸的时候会发出呼呼的声音，那是从她的肺部传出来的声音。"后来，露西又被一种怪病折磨，双腿疼得几乎无法走路，这一病就耽误了她两年的学业。有一段时间，她一连好几个星期没有一点儿力气，下个楼梯都能让她精疲力竭。医生们都无法保证她什么时候可以恢复健康，甚至都无法保证她是否还能恢复健康。

简·布莱克曼坚信意志的潜在力量，以及她自己的预测能力和直觉天赋。她是一名足底按摩师，针对客户脚部进行按摩和治疗，她说她经常能准确预见即将发生的事情，她曾预测过一位年长亲戚的去世，在一名女性客户自己都未察觉之前就预言她怀孕了。"我只是在工作时有这种灵感，"她表示，"我的脑海里会响起一个声音，告诉我一些事情，然后我就猜对了。这与我的正义感可能有点关系：我能感受到人们的痛苦。大家都说我非常善解人意，但我认为如果你自己经历了很多事情，就会拥有这种能力。"

在露西长期生病期间，她的母亲认为属于她女儿的超自然感知能力初露端倪。

除此之外，她的父母开始注意到露西养病的主卧室里有一种微弱的独特气味——雪茄的味道。家里没人抽雪茄，蒂姆甚至打电话向邻居确认烟味是不是从他们共享的墙里冒出来的。几天后，简向露西提起那股奇怪的味道。那时候她非常虚弱，处于半睡半醒状态，但她的回应还是让人大吃一惊："是那个坐在我床尾的男人抽的。"

"什么男人？"简问道。

"有时候晚上会有个上了年纪的男人坐在我床尾，他会抽雪茄。"

"天啊！"蒂姆后来复述道，"我们都认为'露西彻底疯了。'"

很久以后，露西已经恢复健康，有一天她去探望外公。她偶然在外公家的餐柜边上发现一张老人的照片，她问这个老人是谁。简的祖母——也就是露西的曾祖母——当天也在场，照片里的男人正是她的丈夫霍利斯·埃瑟里奇，已经去世多年。

"就是这个男人，"露西说道，"他就是坐在我床尾的男人。"

而他一辈子都在抽雪茄。

露西慢慢从病痛中恢复过来，继续学业。但接下来的几年里，简的家庭接连传来噩耗，生活一片愁云惨雾。

简的妹妹凯特·埃瑟里奇是孩子们最喜欢的姨妈，她比简小 11 岁，在伦敦做杂志编辑，是个年轻迷人的都市女郎。周末，露西、索菲和鲁伯特会去伦敦，跟他们的姨妈一起参观博物馆和艺术画廊，接着她会带他们去国王路吃汉堡和比萨。1994 年夏天，家人发现凯特有点异常，她的动作变得迟缓，做起事来有点笨手笨脚。她开始感到剧烈的头痛和恶心，医生在她的大脑中检查出一个巨大的肿瘤。她接受了一次手术，这次手术会导致她终身残疾，但她最终死在了手术台上，此时距离她检查出肿瘤还不到两个月。

简的父亲长期抽烟，这时候也开始受到血管栓塞折磨，血液循环不畅。他的右脚最先出现坏疽，然后是右腿，最后不得不截肢。瘦骨嶙峋的他坐在轮椅上被推到教堂参加了女儿凯特的葬礼。

凯特·埃瑟里奇去世后的第二年，简和蒂姆维持了 19 年的婚姻宣告破裂。

露西·布莱克曼的失踪、长达数月的动荡不安和她可怕的命运，加剧了她父母之间的不和。但早在她死之前，他们就已不和。露西生命中最后五年的生活中充满关于真相的尖锐争执。

在简看来，他们的婚姻破裂有着准确的时间起点，那就是1995年11月，地点则是在他们的新家——位于塞文奥克斯的一栋有六间卧室的爱德华时代风格的大房子，那里也是简最终实现家庭生活梦想的地方。"我在那里用上了雅家炉，"她略带自嘲地回忆起当时的温馨生活，"我的梦想生活将在这里展开。我在厨房忙碌，用雅家炉做饭，孩子们在这里长大，然后会有孙子孙女。但生活并不尽如人意。"

那是一个星期日的下午，简一家五口坐在客厅。壁炉里燃着炉火。简为孩子们准备了被他们称为"彩虹吐司"的食物，吐司上涂抹了马麦酱、杏酱和草莓酱三种不同颜色的酱。"我们在看《纯真年代》，我以前很喜欢这部电视剧，"简回忆道，"我们以前都很喜欢它。蒂姆把鲁伯特抱在腿上，我永远不会忘记他说的话。他说：'我爱我们一家人'，当时我们围坐在一起。我永远忘不了这一幕。'我爱我们一家人。'他就是这么说的。可是第二天，这一切结束了。"

星期一早晨，简接到一个陌生男人的电话，他告诉她蒂姆和他的妻子上床了。当天晚上，蒂姆面对指控先是矢口否认，然后承认了这段婚外情。简要求他立刻搬出去。这个家里一整晚都充斥着咆哮声和尖叫声，蒂姆的衣服和其他物品被塞进黑色垃圾袋，然后被扔出窗外。"我相信蒂姆是个体贴的顾家男人，"简说道，"但是结婚19年后，我才发现我和一个根本不存在的人生活在一起。"

蒂姆承认对妻子不忠。但他并不认为这段看似幸福的婚姻是突然破裂的，在他口中，两人经过漫长的煎熬最终走向沉默和彼此厌恶。"简对我做的某件事不满意时，就会不理我，"他回忆道，"然后整个周末都对我冷脸相向。有一次这种冷战持续了数周之久，然后变成数月之久——一连持续数月。按照法律和整个标准程序，我是过错方，没人特别在意我们的婚姻破裂的原因。我敢肯定，在孩子们眼里，我是拆散这个家庭的罪魁祸首。但事实并不是这样黑白分明，任何经历过类似情况的人都会理解这一点。"

简和三个孩子在这栋爱德华时代的大房子里度过了一个不愉快的圣诞节，陪伴他们的只有想象中的未来尚未出生的孙子孙女们。当时蒂姆的公司已经破产，他几乎身无分文。卖掉他们的老房子后，简在塞文奥克斯不那么安宁的街区租了一栋冷冰冰的小砖房。这是栋有故事的房子——它的前任主人是戴安娜·戈德史密斯，她是个44岁的酒鬼，在送完孩子上学后莫名其妙地失踪了。简和孩子们搬进去时，窗户上仍留有侦探们搜寻指纹时所用的粉末痕迹。"我和孩子们常说：'我希望她不要在浴缸下面，'"简说道，"半开玩笑地说。"

第二年，人们在布罗姆利的一个花园里发现了戴安娜·戈德史密斯的尸体，她以前的情人出庭受审，但被判无罪。"大家都很讨厌那栋房子，"简回忆道，"它脏兮兮的，还有着可怕的过去。我不是个物质至上的人，但我喜欢那些看了能让人高兴的美好事物，而这栋房子冒犯了我的美感。露西也讨厌那栋房子。"

而那里是她最后的家。

戒
律

"离婚会让你质疑一切，"索菲·布莱克曼说道，"因为成长过程中你唯一明确的事情就是：这是妈妈，这是爸爸，这是你的弟弟和姐姐，这就是你融入这个世界的开始。当它发生变化时，真的会让你怀疑你是谁，你为什么存在。鲁伯特当时只有13岁，所以他经常因为这件事哭，但也逐渐开始接受现实。我当时15岁，正处于叛逆期，我不知道该选择跟谁。露西那时已经17岁，比我们大一些。我并不是说露西站在妈妈一边，没有什么对立双方。但露西很同情妈妈。而露西对我和鲁伯特来说，一直就像妈妈一样。"

索菲·布莱克曼是我见过的与露西·布莱克曼本人最像的人。这两姐妹的年龄相差不到两岁，而且一直生活在一起。认识她们的人都说她们俩惊人地相似。俩人长得很像，但更多的是兄弟姐妹之间那种言谈举止上的相似。

索菲很幽默，有点刻薄，十分忠诚。在露西剩下的亲人中，大家更需要她，更依赖她，但我觉得没人真正了解她和她的姐姐。

不过，从性格上来说，她们俩有很大不同。早在孩提时代，露西就是个典型的小女孩，性情温和，充满母性，而索菲则是个固执好斗的假小子。十几岁的时候，她就争强好胜，容易发脾气，爱讽刺人，头脑很清醒。与简一样，她无法忍受蠢材，但她会严厉批评母亲对于迷信和超自然现象的痴迷。她天生最亲近蒂姆，总是与简产生激烈的争执。父母离异的后果之一就是，母女之间的冲突愈演愈烈。

简对爱德华时代舒适生活的梦想随着离婚而破灭，她的家庭生活也随之发生变化。简从一个严格保护孩子的妈妈变成了极度自由和宽容的妈妈。她允许孩子们的男朋友或女朋友在家过夜，甚至鼓励他们这么做。当妈妈送给他一包避孕套时，少年鲁伯特感到很难为情。朋友们对露西和简的亲密关系议论纷纷，她们俩更像姐妹，而不是母女。"她们聊天的方式不太一样，她和她妈妈打电话时笑个不停，"与露西同校的卡罗琳·劳伦斯回忆道，"她们以前常互换衣服穿。她们晚上甚至会一起出去玩。我不是不能理解，因为我和我妈妈也非常亲近，但我不会和她一起去夜店。"

当一个家庭有不止一个十几岁的孩子时，矛盾就不可避免，简和索菲之间的冲突尤其频繁。冲突爆发时，露西通常充当和事佬的角色，在有些人看来，她所扮演的角色甚至远远超过了简的姐妹。"简的朋友瓦尔·伯曼回忆道："在那个家里，她实际上变得像他们的妈妈。索菲冲着简大喊大叫的时候，总是由露西出面解决问题。蒂姆离开后，她迅速成长起来。她成为了母亲，简则变成了孩子。"

露西没有瘦削的身材，五官也并非轮廓分明，算不上真正的美人，但她的外表却让人印象深刻。露西总是精心打扮，她的发型、去商店购物或晨跑时的妆容总会让朋友们赏心悦目。她笑起来会把长发向后甩，肩膀也会跟着抖动。露西的身高和飘逸的长发让她在同龄人中显得格外突出。对简来说，她"照亮了整个房间"。"我第一次见到她的时候就被她吸引住了，"瓦尔·伯曼说道，"我喜欢听她说话。她很会说话。她什么都能说，而你就想听她说。一块方糖都能让她讲出一个故事来。"露西说话的时候喜欢做各种手势，精心打磨过的指甲闪闪发光。"她的头发和指甲不停在你眼前晃动，她就好像在用手说话一样，"卡罗琳·劳伦斯回忆道，"大家的注意力都在她身上。那头长发……我还记得在镇上的多赛特徽章酒吧等她时的情形。酒吧里有扇窗，她当时正在过马路，几乎整个酒吧的人都停下来看她，我没有开玩笑。甚至连女孩子都在看她。大家都在看这个高挑的金发美人昂首阔步地过马路。"

露西喜欢新衣服，也喜欢买新衣服。她和简一样，喜欢把家布置得很温馨，把东西收拾得整整齐齐。正是由于热衷于这种舒适和享乐，以及其他种种原因，使得露西对学校生活毫无兴趣。她按部就班地通过了普通中等教育证书考试，然后继续上六年级，准备参加高级水平考试，然而，与沃尔瑟姆斯托女校大多数聪明女孩不同，她并没有申请大学。考试结束后，她在一家比萨店工作了一段时间，然后在当地一所私立学校担任助教。后来在家族朋友的帮助下，她又在伦敦金融城的投资银行兴业银行谋到一份差事。

露西的工作是交易员助理，交易员们在交易大厅发出指令，她就负责输入指令。交易员大多是年轻气盛、手握高薪的男性，那里的工作节奏很快，竞争激烈。作为一个金发碧眼的年轻新人，露西立即成为男性的关注目标。由于她胸部丰满，男人们叫她"圆面包"。她当时只有18岁，但紧张刺激的环境和调情的氛围让她迅速成长。她喜欢漂亮衣服和珠宝，也喜欢下班后在酒吧里喝香槟。卡罗琳·劳伦斯离开沃尔瑟姆斯托女校后也去伦敦找了份工作，她表示："其他人都在上大学，我们则在工作。我们挣的并不多，但对十七八岁的我们来说，已经很有钱了。露西喜欢兴业银行，这是她第一次品尝到塞文奥克斯以外的生活的滋味，那里有那么多都市男孩。我们觉得每天坐地铁去上班就是成熟的象征。我看到她在交通高峰期站着给自己做法式美甲。法式美甲可不像普通美甲。你要给指甲涂上一层自然色，然后再把指甲尖涂白。即使是好好坐着都不容易涂好，她却可以站着做到，而且还是在地铁上。"

城市能让你挣钱，也能让你花钱，露西也喜欢这一点。她给自己买了辆车——一辆黑色的雷诺克里奥，她每天天亮前就从塞文奥克斯开车出发，在金融市场开市前赶到伦敦。周末，她会去瑟罗克的莱克赛德购物中心购物。有一次，露西心血来潮和一个朋友去逛里格比＆佩勒内衣店，这家店也为女王提供内衣，她一口气在这家店买了10件著名的定制内衣。但她的工资只有大约16000英镑，与她的男同事相比只是九牛一毛，正是在兴业银行，露西第一次开始负债。信用卡、商场会员卡、透支和分期付款是许多城市打工人生活的一部分，但露西很难适应这一点。"我欠的钱比她多很多，"和她一起在伦敦工作的卡罗琳·瑞安说道，"但露西却更加担心。她只要透支几英镑，就不知道该怎么办好。"

露西只在兴业银行工作了一年，但最后却变得焦躁不安。工作本身毫无前途可言，她与公司一名年轻交易员的恋情也以悲剧收场，她为此伤心不已。露西喜欢旅行，但前提是能舒服、优雅地旅行。"露西就是这样，"索菲说道，"她对背包旅行一点儿也不感兴趣。你不能随身携带吹风机，也不能化妆。露西喜欢美甲和漂亮的头发，她经常穿小高跟鞋。她很注意自己的外表，这与背包旅行和脏兮兮的小旅馆格格不入。她不想那样旅行，但她的确想见识不同的文化，不同的人，品尝不同的美食，只不过是以一种让她感到舒服的方式。"

在伦敦工作一年后机会来了，露西成功申请到英国航空公司的空姐一职。

从表面上看，这对露西来说是一份完美工作——她外形靓丽，风度宜人，而且具备良好的法语会话能力。1998年5月，她开始了为期21天的培训课程，她学会了如何接生，如何使用手铐，以及如何处理机上炸弹（把它放在机舱最尾端靠近出口的地方，用湿垫子包裹住，以吸收冲击波）。在英国航空公司最初的18个月里，她主要负责飞英国和欧洲城市的短途航线。她的第一次飞行是飞往泽西岛，用时仅40分钟。"我一直告诉自己，坐飞机比过马路安全，去机场的路程比坐在飞机上更危险，"简·布莱克曼说道，"可是当她第一次飞行时，我心里七上八下。"露西每次飞行后都会按要求给她妈妈打电话，她在英国航空公司工作期间，简会浏览英国广播公司的西费克斯图文电视系统，确认航班起飞和到达信息，只有在确定女儿的航班安全降落并稳稳地停在机场之后，她才会放松下来。

或许是由于少女时期疾病缠身，好几个月行动不便，年轻的露西痴迷于方法和技巧，沉迷于约束和安排自己的生活。她会把要做的工作和要完成的任务一一列出来，不让自己受惰性影响。她购买了一些自助和自我提升类图书，并在朋友中传阅：债务管理指南，减肥指南，提高自尊指南等。露西1999年初的日记中记录了她的健身、美容、健康和理财计划。

新年计划！

（1）每周去健身房3-4次。

（2）同时尝试两项其他运动。

（3）停止使用两部手机。

（4）3月开始存钱。

（5）遵守戒律。

（6）在 W+G/H+J 上花更多时间。

（7）更多睡眠。

（8）学意大利语。

（9）节省所有手续费。

（10）每隔一天去死皮和美黑一次。

（11）每隔几天洁肤。

（12）喝更多水。

计划（5）指的不是一般的戒律，而是指《戒律》这本书中的规则，这是一本畅销美国约会和浪漫指南，露西努力按照其中规则生活。《戒律》强调某种情绪控制法，提倡回归传统，开创了前女权主义求偶模式，在这种模式中，男人需要持续热烈地求爱，才有可能获得回报。在另一篇日记中，露西记录下了她对《戒律》的总结。

（1）保持冷静。

（2）让他主动做一切，包括打电话——所有事情。

（3）保持神秘——如果他想了解你的感受，他会主动开口询问。

（4）保持谈话轻松。

你不会爱上他！！

男人们为露西着迷，从她十几岁开始，男朋友几乎就没断过。但是，就像决心省钱而不是花钱以及打电话时少说话一样，《戒律》所要求的沉默与冷静和露西的天性背道而驰。"露西爱上一个人，就会付出一切，她心碎过好几次，"索菲回忆道，"她毫不掩饰自己的感情：'这就是我，我就是这样的人，要不要随你。'而那些男人会跟她在一起一段时间，然后就离开。"露西每次遇到一个新"小伙"，会迅速跟他打得火热，直到其中一人失去兴趣，露西的朋友们都很熟悉她的这种恋爱模式。"她会疯狂坠入爱河，"索菲说道，"过两个月左右，她就会拒绝再提起他的名字。她极度渴望遇到那个人，安定下来，生儿育女，在乡村度日。而这意味着她会遇到很多渣男。"

有一个叫吉姆的男孩在露西 18 岁生日那天抛弃了她，这一不可原谅的行为招致露西女性朋友的憎恶。还有一个叫罗伯特的男孩，他住在当地一家比萨店的楼上，他为了露西的一个好朋友抛弃了她。与同在兴业银行工作的格雷格分手则促使她去了英国航空公司。另外还有最迷人、最危险的马尔科——英俊、狂野、意大利人，注定以分手告终。

索菲是第一个发现马尔科的人，当时她在塞文奥克斯的皇家橡树酒店的酒吧做服务生。她一眼就看出他是露西喜欢的类型——高大魁梧，"漂亮"。"马尔科真的很帅，"索菲回忆道，"他曾经当过模特。他当时已经 30 岁，露西的男朋友总是比她大。从表面上看，他的确很惹眼，露西完全被他迷住了。但结果是金玉其表，败絮其中。"

在英国航空公司，露西每个月有 10 天假期，而假期的大部分时间她都和马尔科一起度过。露西飞去外地的时候，他会借露西的车开，等她飞回希思罗机场时，他会开车去接。他们一起去伦敦的"音乐部"和"9 号俱乐部"玩，一起在塞文奥克斯的"葡萄藤""烟囱"和"黑男孩"等酒吧喝酒。露西会在马尔科的公寓过夜，后者也会去布莱克曼家过夜。马尔科经常严重感冒，会在床上躺很长时间。在和露西一起出去玩的夜晚，他经常和其他朋友消失一小会儿。有一次，他特别不舒服，露西为他做了一盒"安慰剂"，把它们带到他的病床前：使立消喉糖，威克斯蒸汽软膏，舒洁纸巾，糖果，止咳药和杂志。"她根本不知道发生了什么，"索菲指出，"我们都太愚蠢，太天真。"

她的朋友发现马尔科为人自负、冷漠，可是露西却对他越来越认真。一个周末，他把她送到希思罗机场，答应第二天会来接她回家，然后就开着她的车离开了。但当她返回希思罗机场时，马尔科却不在那儿。"他没有去接她，他根本没有出现，露西有点不开心，"索菲回忆道，"她无法掌控他。她不知道她的车在哪儿，也不知道他在哪儿——她什么都不知道。最后，她给他的表弟还是什么人打了电话。那个表弟说：'我不希望再发生这种事。你看，马尔科就会做这种事。他都对你说过些什么？'原来他就是个满嘴谎话的混蛋。"

我们后来发现，马尔科从没做过模特。除此之外，他还是个重度瘾君子。他在酒吧里时不时消失，易患"感冒"，需要很长时间才能康复——突然之间，这一切都说得通了。盛怒之下，索菲去了马尔科的公寓。只见他躺在床上，因为长时间吸毒和酗酒而神志不清，索菲愤怒地要求他解释一切，而他根本无法做出回应。露西那辆雷诺克里奥的车钥匙就在他身旁的桌子上。索菲拿起钥匙，临走时给了马尔科一拳，然后就冲出去取车。她发现车门和后挡板因为碰撞不仅被划伤，还有凹陷。

露西就像爱护头发和指甲一样爱护她的车；而这意味着她和马尔科的关系走向终点。她痛苦万分，不过很快就走出阴霾。几个月后，传来令人震惊的消息。马尔科自杀了——另一种说法则是他死于吸毒过量。不论真相如何，露西英俊的前男友死了。

并不是每个遇见露西的人都喜欢她，年轻女性尤其如此，她有时候会激起她们的敌意。对有些人来说，她不是什么讨人喜欢的交流对象，不过是个话唠。她挥动的双手和飘动的金发略显做作，令人恼火。索菲表示："我觉得她初中时那种有点天真、假装正经的生活方式在高中并不受欢迎。随着年龄的增长，大家不再那么喜欢这样的人——这些人要么是刻苦读书的人、书呆子、马屁精和自大狂，年纪大一点的同龄人可能不会喜欢孩提时期讨人喜欢的那些特质。"

索菲极其维护家人，有一次，她为了保护姐姐而卷入一起酒吧斗殴事件。那是一个热闹的周末晚上，姐妹俩一起去塞文奥克斯的一家酒吧喝酒。索菲和朋友们以及一群陌生人围坐在一张桌子旁。露西则站在吧台边和一个男人说话。"她当时正一边喝酒，一边喝一个认识的男人聊天，"索菲回忆道，"她和那个男人已经认识了一段时间，不过他是同性恋，所以她对他并没有别的心思。他们在聊天，音乐声很大，他们还一起跳了一支舞。突然，和我坐在一张桌子旁的一个女孩开始对她指手画脚。那个女孩并没有走到她面前这么做，只是坐在桌子旁。'那个在这里乱晃的女孩是谁？她以为她是谁，走进酒吧，那样跳舞？她这样，她那样，她……'"

"她根本不认识露西。她只是看她不顺眼。她实在太没有礼貌。她也不知道我是露西的妹妹。你会想：'你究竟不喜欢露西的哪一点呢？就因为她太漂亮，她走进一家酒吧，毫无顾忌地和朋友跳舞，不在乎大家怎么看她，你觉得这有点奇怪？'是的，我不会这么做，因为我会觉得难为情，但露西可不会这么想。"

"那个女孩不停地说三道四，就是不肯闭嘴。于是我说道：'你骂的是我姐姐，也许你应该闭嘴。'但她就是不肯闭嘴，最后还朝我扔东西。我站起来吼道：'你究竟在干什么？'同时也朝她扔东西，然后又坐了下来。她走过来，抓住我的上衣，我们就这么打了起来。"

最后，露西走过来把索菲和对手拉开。

"你在干什么？"她问她妹妹。

"保护你！"

"对不起。"露西向那个女孩道歉，然后把索菲带出了酒吧。

United Kingdom of Great Britain and Northern Irel
Passport Passeport

Type/type
P

Code of Issuing/Code de l'État
émetteur
GBR

State
Passport No /Passeport N
031665

Surname/Nom (1)
BLACKMAN

Given names/Prénoms (2)
LUCIE JANE

Nationality/Nationalité (3)
BRITISH CITIZEN

Date of birth/Date de naissance (4)
01 SEP /SEPT 78

Children/Enfants (5)
0

Sex/Sexe (6)   Place of birth/Lieu de naissance (7)
F   PEMBURY

Date of issue/Date de délivrance (8)
01 MAY /MAI 98

Authority/Autorité (9)
UNITED KINGDO

Date of expiry/Date d'expiration (10)
01 MAY /MAI 08

PASSPORT
AGEN

Observations (11)

P<GBRBLACKMAN<<LUCIE<JANE<<<<<<<<<<<<<<<<<<<<

无论是在伦敦金融城、英国航空公司，还是塞文奥克斯的酒吧，露西都能轻易交到朋友。但和她最亲近的人还是她妈妈、索菲和几个朋友，其中大多数都是同学。露西总是有意无意地让他们彼此之间保持距离，这些朋友中有几个彼此之间几乎完全不认识，或是很少见面。他们中大多数人的父亲都在生活中缺席。

　　卡罗琳·劳伦斯是露西在格兰维尔学校的校友，后来又一起上了沃尔瑟姆斯托女校。大家都称卡罗琳为卡兹，她有一头乱蓬蓬的红色卷发，性格叛逆。她的父母离婚了，妈妈不在家的时候，这群十几岁的孩子就在劳伦斯家聚会，深夜跳舞，喝苹果酒。盖尔·布莱克曼是在沃尔瑟姆斯托女校认识的露西，当时她们都 14 岁（虽然碰巧同姓，而且她们的姓氏还不常见，但她们之间并没有血缘关系）。盖尔的爸爸也"离家出走"了，她十几岁时也遭受了哮喘和严重湿疹的折磨。与露西和卡兹一样，她高中毕业后也没有申请大学，并意识到沃尔瑟姆斯托女校对人要求过于苛刻。"那所学校的一些老师希望我们有雄心壮志，但露西不是那种志向远大的人，"盖尔坦言，"她只想有份稳定的工作，想要安定下来：她没有任何统治世界的计划。但我发现老师们都很傲慢。他们看中学业排名，我觉得他们不喜欢离异家庭的女孩。如果你不想上大学，不想成为工程师或医生，他们似乎就对你毫无兴趣。"

萨曼莎·伯曼是露西新交的朋友。她俩的弟弟一起上学，萨曼莎的妈妈瓦尔成了简·布莱克曼的朋友。她们都40多岁，都是最近才离婚，而且都有十几岁的孩子。瓦尔和简时常跟萨曼莎和露西一起去伦敦的夜店玩，索菲私下十分厌恶她们这种母女结伴去夜店的行为。"两个离婚妈妈和两个长女：我不知道，我觉得这糟糕透了，"她坦言，"我觉得这太诡异了……我想对她们说：'什么年纪做什么事。和你们的同龄人出去玩，别和年轻女孩混在一起。'这么做不对，太夸张了，很可怕。我不知道怎么说……就是讨厌她们这样。"

　　1999年圣诞节前几天，萨曼莎和露西跟萨曼莎的一个老朋友杰米·加斯科因一起去夜店玩。杰米听说了露西的所有事情，萨曼莎和她妈妈瓦尔这几个星期一直说要撮合他和露西。深夜，露西去拿酒，一个男人在吧台挑衅地跟她搭讪。杰米走过去，半开玩笑半保护地宣称露西是他的妻子。"她转过身来吻了我，"他回忆道，"我感觉就像……过电了一样。"他们三个一起回到萨曼莎家，露西和杰米聊了一整夜。"我也不清楚，她很有活力，让人激动不已，爱开玩笑——她就是你渴望的那种女孩，"杰米继续说道，"当她触碰你的时候，你会感觉浑身充满活力。她就是那种女孩。她就是那种你只想和她在一起的人，非常有感染力。"

　　杰米·加斯科因比露西的其他任何一任男朋友都喜欢她。在所有这些人中，只有杰米想要拯救她。她改变了他的人生，在他看来这就是命运的安排。

　　他们在20世纪的最后几天相遇。杰米在狂喜中度过这几天。他比露西大两岁，是个身材高大、充满爱心的年轻人，他在伦敦的雷曼

31

兄弟投资银行工作。那年圣诞节，与露西初次见面几天后，他送给露西许多珠宝首饰，两人很快变得形影不离。千禧年前夜，他们一起参加了跨年舞会。杰米严重感冒，身体很不舒服。第二天早晨，他接到电话，得知他的奶奶在凌晨去世了。"露西表现得很坚强，"他说道，"我和奶奶很亲近，但露西太不可思议了，她帮我度过了那段艰难时期。我们的关系变得更加紧密。我们有一首属于我们的歌。那是野人花园乐队的单曲，歌中唱道：'在遇见你之前，我就知道我爱你。'我们在一起六个星期时，简和瓦尔就已经打趣说：'什么时候举行婚礼？什么时候举行婚礼？'简会开玩笑说我是她女婿。只要条件允许，我们真的是每时每刻都在一起。"

杰米和他的父母一起住在伦敦北部的伊斯灵顿，那里距离塞文奥克斯有两小时车程。每个周末和周中露西在家的时候，他都会开车去布莱克曼家过夜，然后天不亮就起床开车回伦敦上班。"我们会一起装饰她在塞文奥克斯的卧室，一起出去吃饭。我们什么事都一起做，"杰米说道，"我们非常快乐。这种感觉很好，其他人好像也希望看到我们这样。这是我一生中永远也不会忘记的一段时光。对我来说，这是一次改变人生的经历，因为她是一个如此可爱的女孩，我完全爱上了她。她是那种会让你心甘情愿爱上的女孩。真的。因为她是那么美好。"

与此同时，露西显然不适应空姐生活。2000 年初，这份工作变成了她必须逃离的陷阱。她的同事很难理解这一点，因为她最近刚实现了每一位英国航空公司空乘人员的理想：从希思罗机场的短途航班升级到盖特威克机场的洲际航班。长途航班的目的地更具异国情调、更迷人，最重要的是，工资更高。作为初级空乘人员，露西的基本工资很低，年薪只有税前 8336 英镑。而相同金额的"津贴"需要根据航班目的地和她服务的航班性质发放。早班航班、长途航班、通宵航班和需要异常快速转机的航班才能获得额外津贴。至于早餐、午餐和晚餐补贴，则是按照在航班目的地五星级酒店一日三餐的餐费标准发放。大多数空乘人员会凑合吃一顿便宜得多的饭，把差额吃进自己口袋，这似乎是理所当然的事。于是，大家最不想飞的就是英国国内的短途航班，回报最高的则是飞亚洲和美洲消费水平较高的城市的航班，这些城市包括迈阿密、圣保罗等，而其中最有利可图的是东京。

升级到长途航班后，露西税后月薪有望达到 1300 英镑。可是，无论她在花钱方面如何小心谨慎，她还是在债务的陷阱中越陷越深。1998 年底，露西的收支记录显示，仅大莱卡一张信用卡上的月消费额就有 764.87 英镑，超过了她收入的一半。她每个月还要还 200 英镑的雷诺克里奥车贷，47 英镑的银行贷款，89.96 英镑的维萨卡账单，10 英镑的玛莎百货信用卡账单，以及给简的 70 英镑租金，32 英镑的健身房会费，140 英镑的手机账单。再加上她因工作需要买的化妆品、洗发水和衣服等，露西每月的开销比她每月挣的还多几百英镑，而她所有债务的利息使她越来越难到期还款。

她变得疲惫不堪。长途通宵航班必然令人身心俱疲，而且一点儿也不好玩。英国航空公司有 14000 名机组人员，露西大部分时间都和她从未见过也不会再见到的人一起登机服务。偶尔和朋友一起工作的快乐，并不能弥补不停往塑料杯里倒番茄汁、为乘客提供鸡肉餐或牛肉餐的单调乏味。"任何国家的酒店房间都差不多，"索菲说道，"她上午可能在巴黎，下午在爱丁堡，第二天可能就飞到了津巴布韦。但她只是被困在酒店，不停倒时差，根本不可能出去体验当地的生活、文化和美食，因为她太累了。到最后，她很不开心——疲惫不堪，心情沮丧，她总是和不同的人共事。"

露西的疲累程度已经到了令人担忧的地步。"她可以一觉睡15个小时，"索菲回忆道，"她觉得难受，开始感到很不舒服。"这与8年前那段令人担忧的时期很像，当时她因为病毒感染而卧床好几个月。正是在这种焦虑和疲惫状态下，露西开始提起去日本的事。

这个想法最早出现在1999年末或2000年初，没人记得确切的时间，以及她为何会冒出这样的想法。但显而易见的是，这一想法源于路易丝·菲利普斯。

路易丝是露西最亲密的朋友。她们俩13岁时就认识了。从外形看，她俩截然相反：路易丝身材苗条，个子不高，一头黑发，她拥有露西所没有的那种时髦的美丽。她也没有爸爸，她的爸爸在她12岁时死于癌症。这两个好朋友的言谈举止、说话方式、对化妆和美甲的喜爱，将她们紧密连接在一起。她俩的名字甚至都很相似。简认为她们是"灵魂伴侣"。蒂姆的看法更实际。"路易丝也像露西一样，可以代表英格兰去辩论。"他评论道，"她们一直不停地叽叽喳喳，并且都觉得彼此很有趣。"

她们的亲密关系也体现在职业发展方面，在人生的每个阶段，露西都沿着她的密友为她开辟的道路前行。路易丝16岁就没再继续上学，去了伦敦的一家投资银行工作。两年后，露西也跟随她的脚步去了银行工作。路易丝加入英国航空公司做了空姐，露西也紧随其后成为空姐。在路易丝的提议下，她们俩去了东京挣钱还债，当时债务问题已成为露西的一大负担。

后来发生的一系列事情影响了大家对路易丝的看法，尤其是露西的朋友和家人对她的看法。在去日本之前，大家对路易丝的看法就难免让一些人在事发后对她产生怀疑和不信任。萨曼莎·伯曼就是其中之一，她就对路易丝持谨慎态度。"她和露西成为朋友的时间比我早很多，所以我什么也没说。但是露西认为路易丝更漂亮，也更自信，她才是那个丑朋友，努力在路易丝的阴影下生活。我不认为路易丝做了什么来改变露西的想法。"

露西和路易丝高中毕业后就一直在工作，她们经常讨论一起休假去旅行，沿着熟悉的背包客旅游路线，从泰国、巴厘岛一路游到澳大利亚。但露西对穷游没有兴趣，而且根本没钱进行任何形式的旅行。路易丝的姐姐埃玛·菲利普斯对她俩提起了东京，两年前她曾经在那里生活过。她坚称她们不仅能在一个令人兴奋的与众不同的城市生活，还能挣很多钱。至于埃玛究竟在东京做过些什么，露西的其他朋友都不太清楚，针对不同的听众，她在东京做过的工作似乎也有所不同。

萨曼莎·伯曼猜测她一直在"酒吧"工作。露西的男朋友杰米·加斯科因依稀记得埃玛好像参加过什么"舞蹈团"的演出。索菲回忆起她说过"当过服务员"。在盖尔·布莱克曼看来，露西并不清楚自己会做什么。当盖尔追问这个问题时，"她表现得十分冷淡，"这让她的朋友感到很困惑。"我对此一无所知，"盖尔坦言，"她们好像随便选了个地方。我是说亚洲很不一样，不是吗？去澳大利亚或新西兰是一回事，但你从没听说过有人去日本。"

露西留下的一封告别信在其英国航空公司的朋友间流传，她在信中把去日本描述为一个与她自己没什么关系的计划。"我最好的朋友路易丝要去那里和亲戚一起生活，我也有机会一起去。我也不知道到了那里要做些什么，也许就是体验一下那里的文化，学习一下语言，或是成为一个收入丰厚的高级艺伎！！！！！（开玩笑）我只是想休息几个月，体验一些不一样的东西——大家都说改变和休息一样好。"

路易丝解释说，她有个舅妈住在东京，她们可以免费住在她那儿，这使得去日本的提议看起来更安全、更容易理解，也减少了背井离乡的乡愁。"当她意识到要放弃英国航空公司的工作后，她不知道下一步该怎么办，"萨曼莎·伯曼回忆道，"远离故乡，挣些钱回来还清债务，然后重新开始，这对露西有很大的吸引力。而且这也让她有时间好好想想自己想做什么。"

露西只对妈妈说明了埃玛·菲利普斯在东京做过什么，以及她和路易丝打算做什么。"她说她想和路易丝一起去日本当女招待挣钱还债，她还说一切都会好起来。她只是从路易丝姐姐口中了解了一些情况。她说只需要给客人倒酒，听他们说话，他们都喜欢唱卡拉OK。露西喜欢唱歌，所以对她而言，这钱很容易挣。"

可是简对这些细节不感兴趣。她一心只想阻止露西去日本。"她一直向我保证她绝不会做傻事，她会特别小心。但我就是知道可怕的事情会发生在她身上。这个念头一直浮现在我脑海中。我以前从来没有想过日本这个地方。但她一提到日本，我的脑子里就出现一个声音：'要发生可怕的事情。'这可能只是个一闪而过的念头，并不是什么声音，只是一个出现在我脑子里的念头。我十分伤心。我没在她面前哭，但我自己一个人的时候常常哭个不停。"

杰米·加斯科因几乎和简一样沮丧。他和露西在一起的几个月里，他深深爱上了露西，一想到要和她分离，哪怕只是暂时分离，他也难以忍受。"我是说我不是一个会阻止其他人做他们想做的事的人，"他说道，"但我不想让她走。可她后来把这说成是一生难忘的经历——去某个地方，做一些不一样的事情。她最初计划去三个月，这还可以接受。我想的是：'好吧，好好享受吧。开心生活。还清债务，然后回来。同时希望我们两个之间的关系能更进一步。'我们提到过订婚。我们讨论过这件事。我无法形容我们在一起时的感觉，有点像命中注定，因为我们算是相亲认识的，每个人都希望我们能见见对方。"

一天晚上，杰米和露西相约去看电影《美国丽人》。在电影院排队的时候，露西告诉杰米她去了日本就不想和他在一起了。"我完全崩溃了。我顺着墙滑下去，不知道该说些什么。我真的很伤心。发生得太突然了。我们相处得很好。我一直在塞文奥克斯和伦敦之间奔波。我们没有拌嘴，也没有吵架。我说道：'我们今晚要去看电影。你只是在说气话。'她回应道：'不，不，我想我们应该各走各的路。'我简直不敢相信发生了什么。露西不是这样的人。露西真的不是这样的人。我们分手前一个星期，她变了。我不敢相信她变了这么多。你知道那种感觉吗，就是你和某人在一起的时候他们好像在隐瞒什么，好像藏着掖着什么？就好像有人对她说：'你必须这么做。'我实在想不通，就是觉得不太对劲，就好像有人在教她应该做什么。"

"路易丝是个好女孩。我和她之间绝对没有任何问题。但她控制着露西。我说不清楚。路易丝说的一切就像金科玉律。露西对路易丝远不止崇拜那么简单，她好像认为路易丝能歌善舞，无所不知。"结果是路易丝当时正准备和与其交往多年的男朋友杰伊分手，"路易丝想和杰伊分手，"杰米说道，"而露西也会以单身状态和她一起去日本。"

"我就是想不通。这个旅行计划有太多让人想不通的地方。到底发生了什么，她们究竟如何计划的这次旅行，有太多秘密了。她们没有好好计划这次旅行。路易丝想去，所以她们就去，仅此而已。后来她们走了。我心烦意乱。我想：'就这样吧，我得继续我的生活。'"

露西飞往日本前几个星期的行为让众人感到十分困惑，随着动身日期的临近，这种感觉愈发强烈。"她的确把自己封闭起来，至少对我有所回避，"盖尔·布莱克曼回忆道，"到最后，我都没怎么见过她。她好像变了一个人，完全沉默寡言。"露西在家开始了一场大扫除，即使以她自己的清洁标准来说也称得上极端了。"她把所有东西都翻了一遍，扔掉一袋又一袋东西，"简说道，"有旧信件等私人物品。她扔掉了许多衣服。她的房间其实很整洁，所以这不仅仅是一次大扫除。她这么做让人感觉她并不只是要离开几个月。她清理自己房间的感觉好像是再也不会回来了。"

露西很少见老朋友了，却会去拜访以前很少联系的人：表亲，教父和教母以及远房叔伯婶姨。"她拜访了很多人，这有点奇怪，因为露西平时不会这么做，"索菲说道，"她离开前努力去见很多人。如果她顺利回来了，我们不会多想什么。但因为她再也没能回来，她之前的举动就让我们感到奇怪。"

露西特别拜访的人中还有她的爸爸。1995 年与简离婚后，蒂姆·布莱克曼认识了约瑟芬·伯尔，后来俩人住到了一起。约瑟芬是个离异的单亲妈妈，有 4 个十几岁的孩子，她和蒂姆是老乡，都来自怀特岛的莱德。蒂姆再也没有和原来的家庭住在一起，但他和他的两个孩子保持着密切联系。索菲一度和妈妈闹得很不愉快，于是就搬到莱德和他住了一段时间。蒂姆经常开车去肯特，送鲁伯特参加橄榄球训练或去酒吧吃午餐。但他很少见到露西。对于为什么会这样，以及情况如何发展到这一步，简和蒂姆争论不休。

简坚持认为这是露西的决定。"露西对她爸爸很失望，"她说道，"但我绝对从来没有阻止过他看望孩子们——从来没有，因为他们也是他的孩子。露西选择不见他，但我从来没有阻止过她。你无法阻止一个成年孩子，如果他们还小，你可能还能阻止。露西有好几年没有见他，因为她不想见他，因为她还在生他的气。我想这也是因为我们关系很好，所以她很偏袒我。"

毫无疑问，露西因为妈妈的痛苦而责怪爸爸——她对她的几个朋友也是这么说的。但蒂姆也发现了一些更微妙的情况。"在孩子们面前为我的行为辩解或辩护没有任何好处，"他说道，"其他人永远不知道真相，我只想说离婚前我很不开心。我以为时间会改变一切，事情会有所转机，他们最终会来看我。露西真的改变了。她在圣诞节前后来过几次，夏天还会找我一起滑水。我在塞文奥克斯见过她几次，我们并没有完全断绝关系。但这并不容易。在两三年的时间里，我们很难见面。"

"这就是问题变得异常复杂的地方。我很了解简，我知道她有多爱摆布人。她对我是百分之百看不惯。她根本没法放弃操纵局面。露西周末会到岛上来看我。我们有时候还会一起待到星期四。然后突然之间，她就很难来看我了。我相信，大多数时候是因为家里的情况让她无法轻易脱身。作为支持伤心欲绝的妈妈的长女，我是她在困境中最容易舍弃的那个人。她被困住了。我能理解，但这并没有减轻我的痛苦。"

不管露西的父母带给她什么压力，她的离开都减轻了这份压力。简特意告诉露西，她应该去看看她的爸爸。4月中旬，露西最后一次去英国航空公司归还制服之后，他们在塞文奥克斯镇外的一家酒吧共进晚餐。几天前的晚上，她给蒂姆发了一条短信，露西失踪后很长一段时间，蒂姆的手机里还保存着这条短信。很久以后，与露西有关的纪念物变得非常珍贵，他就一字不差地手抄下了这条短信保存起来。

14.04.00　00:38　××××××××××××早上好！我的帅老爹。我非常爱你＆非常期待在星期二见到你的笑脸。很爱你＆抱抱……露拉××

简是个容易担惊受怕的人，她对露西日本之旅的焦虑之情，以及为阻止她去日本而采取的行动，几乎到了荒唐的地步。这是一种类似于孩子对父母幸福的非理性恐惧。露西去日本是为了还清她的债务，于是简开始收集报纸上关于日本经济状况糟糕的报道的剪报，并状似无意地把它们放在露西的床上。当这样做不起作用时，她就以露西的名义约了一个灵媒，希望灵魂的智慧能占据上风。（露西取消了预约。）最后，在露西动身前往日本的几个小时前，她考虑了终极制裁——藏起露西的护照。鲁伯特·布莱克曼记得妈妈站在楼梯上，冲着姐姐大吼大叫。"可是我想：'如果我这么做了，她会再申请一本护照，她会生我的气，'"简说道，"我不想她去日本的时候还在生我的气。"

瓦尔·伯曼对简的无理取闹行为感到气愤。"我不明白你为什么要这么做，"她对她的朋友坦白道，"不知道的还以为你家死了人。"而简回应道："就是这种感觉。"

露西并没有完全放弃享受她自己的人生。3月，她乘工作之便飞去圣保罗，和萨曼莎一起度了一个星期的假。她患了流感，大部分时间都待在酒店房间里，但两人还是去购物来安慰自己。她们刷爆了自己的信用卡时，露西就用杰米给她的美国运通卡付账，账单自然算在杰米头上。这之后不久，她又在玛莎百货买了张巨大的铁床，这又为她增加了1000英镑的债务。这种典型的露西行为让她的朋友们放下了悬着的心，她至少打算从东京回来。"她叫它公主床，"萨曼莎回忆道，"那是张金属框架的大双人床，非常老式，配有一张舒服的厚床垫和漂亮的亚麻床单。露西回到家后想做的就是：躺在自己的床上。她总是说起这件事。"

对于她生活中的另一个新鲜人，她则保持沉默，这个人影响了她最近的一些行为：亚历克斯，一个年轻的澳大利亚小伙，在黑男孩酒吧当酒保。亚历克斯当时18岁，比露西小3岁。她遇见他时距离她去日本只有不到一个月的时间。"他有一头棕色的卷发，是那种喜欢冲浪的人，"索菲回忆道，"他身上充满活力。她真的很喜欢他，真的非常喜欢他。"露西去世多年后，杰米·加斯科因仍然不知道露西是为了新男朋友才和他分手的，两人的共同好友萨曼莎·伯曼对此也毫不知情。

5月2日那天是星期二，也是露西在英国的最后一天。那一天她是如何度过的，以及和谁在一起，露西的密友和直系亲属的回忆各不相同。蒂姆·布莱克曼相当肯定那天晚上他和露西、索菲以及鲁伯特在塞文奥克斯的一家餐馆一起吃了晚餐。盖尔·布莱克曼则记得她和她的姐姐以及露西一起喝了酒。索菲则清楚记得露西那天晚上大部分时间都和她的新男朋友亚历克斯在一起。简只记得和女儿在一起的最后几个小时极度焦虑，但不记得身边有蒂姆或亚历克斯。对露西在英国的最后一夜记得最清楚的是萨曼莎·伯曼和她的妈妈瓦尔。

她们确定露西当晚和她们在一起。"她在我妈妈家，"萨曼莎回忆道，"最让我们惊讶的是，她还没有列出要做事情的清单。她已经准备好一些东西，但并没有像往常一样打包整理好。对于离开这件事，她有点难过，有点不情愿。她不停地指出不利影响，然后又说服自己。她似乎不太确定是否应该离开，但她已经这么做了，没有回头路可走。我想这是因为她对路易丝做出了承诺，她不想让她失望。"

瓦尔记得露西跟她谈起过简，还有家里的氛围。"家里时常有人大喊大叫，"瓦尔说道，"简和索菲，索菲和露西，吵个不停。如果她坚持一下，几年后一切都会恢复正常，一切都会变得更容易忍受。露西已经长大了，简那时候却像个小孩子。露西说她压力很大。她们为她要离开而争吵，我想这更坚定了露西的决心。因为也许露西觉得自己没有出路了，而去日本就是当时的一条出路……她急需一次喘息的机会，迫切到了要离开简的地步。"

在索菲的记忆中，亚历克斯当晚来到家里，索菲留下他和露西在一起。她回忆道："我上床后开始想在露西离开前我要对她说的话，我觉得应该把它们写下来。我开始写告别信，这个念头越来越强烈。我开始写在成长过程中有一个姐姐保护我、照顾我是多么美好，以及她在我人生的艰难时刻是如何帮助了我。我一口气写了 18 页纸。我记得写这封信的时候，我哭得很厉害——不是一般的难过，而是泣不成声。我总觉得这么说很可怕：'这次仿佛是我最后一次给她写信。'但这的确是一段痛苦的经历。她只是离开三个月，她以前也离开过。但写这封信让人心碎。"

"这次有一种诀别的感觉。露西在英国航空公司工作时，每次离开时我们也会互相道别，但那时我对她的旅程都很清楚。可是当露西提起去日本时，我无法想象她回来后会是什么样子。我发现很难在脑海里想象出她回来的情景。"

飞往东京的航班中午起飞。路易丝的妈妈莫琳·菲利普斯在天亮前来接露西，开车把两个好朋友送到了希思罗机场。天还没亮时，露西走进索菲的房间，和她吻别。"她给了我一张卡片，我给了她我的信，并对她说：'上了飞机再打开。'她躺在她床上，紧紧依偎着我。我们都很激动。然后她必须得走了。我说了句'我爱你'，她就走了。"

露西 21 岁时永远离开了家。她的朋友和焦虑不安的家人们都深爱着她：她的弟弟和妹妹，还有她的妈妈，她也深深地爱着她的弟弟妹妹和妈妈。她以前飞过很多次，但这是第一次飞那么远，第一次如此远离关心她的所有人，而且是飞去一个如此不同的国家，一个所有认识她的人都无法想象的遥远而模糊的国度。关心她的人都很担心。最后几个星期，露西变得难以捉摸，之前她一直心思简单，为人坦率。也许除了路易丝，没人知道她们俩对日本之行有什么期望，以及准备做些什么。大家提出了一些问题，但她们的回答并没有说清楚问题，无法令人满意。关于露西·布莱克曼的真相已经变得模糊不清。

杰米·加斯科因在露西登机前跟她聊了几句，他是最后一个和她说话的人。他回忆道："我给她打电话，电话占线——她显然在给别人打电话。我不停地打，每隔五分钟就打一次，一次又一次，电话终于接通了。我对她说:'你还好吗,宝贝?你还好吗?'这句话脱口而出,就好像我们还在一起一样。我说:'我很爱你,请不要走。没人想你走。'她回应道:'我知道,我知道。我觉得这样做不对。我不太确定。'然后她说了句:'我要登机了。'"

"她站在飞机的登机梯上,你能从她的声音听出她正在做不想做的事情。我相信命运。事出必有因。你知道那种冥冥中觉得事情不对劲的感觉吗?我想她终于意识到她所做的事情不对。可是一切都太迟了,她已经没法回头。她不能转身对路易丝说:'听着,我不能去了。'我能听到她周围的风声,以及飞机引擎的轰鸣声。她对我说:'我在楼梯上,我在楼梯上。'而你只是想:'下来。下来——掉头离开。'但她没有,就是这样。她上了飞机,她走了。"

第二部分

东京

击
掌
商业区

从希思罗机场飞到成田机场不到 12 个小时，但很少有哪段旅程能让人如此目不暇接。随着飞机的起飞，伦敦的屋顶、东英吉利亚的田野和北海依次映入露西和路易丝的眼帘。用过午餐开始放映第一部电影时，她们已经在西伯利亚上空飞行了 7 个小时。四周是难以想象的空旷，四万英尺的下方是广阔的冻原，连绵起伏的山脉上白雪皑皑，在阳光的映照下，宽阔的暗色河流闪闪发光。这是一次令旅行者同时穿越时间和空间的旅行。两个好朋友在伦敦时间的中午起飞，经过漫长的下午和晚上，她们在原本应该睡觉的时间降落在东京——日本的晨光让她们睁不开眼。

"东京现在是 9:13，英国现在是午夜 12:10，"到达日本后几分钟，露西就在日记中写道，"在地铁里，我坐在我的行李箱上，完全不知所措。我很累……也很害怕、焦虑，有种迷失的感觉，还很热！我真希望有后见之明，能让我回过头来嘲笑自己的天真——我怎么就不知道等待着我的是什么。"

露西和路易丝当了好几个月的空姐，却从未到过如此让人眼前一亮、充满好奇的国家。成田机场的警戒塔周围布满了带刺铁丝网，四周是碧绿的稻田，铺着瓦片的屋顶上悬挂着红、黄、黑三色的鲤鱼旗。但这些东方象征很快就让位于东京首都圈的边缘地带，这些地方分布在东京行政区域外围，像贪婪的变形虫一样吸附着卫星城。列车在高空行驶，下面的景象令人惊讶：银灰色的办公楼，装有金属防火梯的底层公寓，没有窗户的情侣酒店，这些酒店的霓虹灯招牌上写着玛丽·塞勒斯特或仙境之类的店名。随之映入眼帘的是一座座大桥，桥下是缓缓流动的宽阔的河流，最后出现的是东京湾以及填海所造的岛屿，岛上矗立着各种用玻璃和铝合金建造的建筑物。阴天时，海水显得暗沉油腻，建筑物也黯淡无光。而在阳光下，它们则闪闪发光：坚固的塔楼，令人瞠目结舌的球形建筑，密密麻麻的电线，发电厂和石化厂的球形储藏罐，以及曲线优美的彩虹桥。

这座大都市生活着 3000 万人。市区的公园、神社、寺庙和皇宫点缀着一片片绿色，一直绵延到市区西面 60 多公里外的奥多磨山下。除了在最晴朗的日子里能看到更远的地方，其他时间从东京最高的摩天大楼往外看，你所能看到的就是——东京：挤满灰色、棕色和银色建筑物的更广阔的东京，这些建筑物不规则地向四面八方蔓延开去。

然而，东京虽然规模庞大，人口密度惊人，却丝毫没有混乱的感觉。东京很干净，轮廓分明，不像许多其他亚洲城市那样喧闹脏乱。东京似乎被一层冷漠的平静包裹起来，充满机械动力和精准的效率。对于大多数第一次到东京的人来说，这里的气氛与他们以往到过的地方都不一样。它令人震撼，却又不是那种直接的冲击，而是让人对这座城市产生莫名的期待，隐隐的兴奋。刚刚踏上日本国土的露西在成田机场站的站台上写下了这样的感受："一切都很不一样。我所见过的最干净的地铁列车刚刚开走，车上站着一个小个子男人，穿着一身海军蓝制服，戴着一尘不染的白手套。我买了下飞机后的第一件东西——一瓶水，瓶身全是日文……我静静坐着，不知从哪儿吹来一阵暖风，轻轻拂过我的脸。我抬起头，祈祷那是改变命运的风，能让我梦想成真。"

抵达东京仿佛带来一种身体上的蜕变。首先要面对时差反应引起的疲乏：整个身体感觉到了半夜，但实际却是白天，反之亦然。更严重的是突然失去语言能力：突然之间，作为一个外国人，不仅不能说话，还无法理解别人说的话，而且还成了文盲。这里的人身材相对娇小，门和天花板都比较低，椅子也比较窄小，甚至连食物的分量都比较少，仿佛爱丽丝掉进兔子洞，让人产生突然变大的错觉。21 世纪的东京，人们很少公然盯着外国人看，但外国人总会发现其他人向自己投来打量的目光——并不会直直地盯着你看，目光中既没有明确的喜爱，也没有讨厌，只是谨慎地打量一个与自己不一样的人。在日本，你变成了一个新国家的公民，日本人口中的 gaijin，也就是外国人。这是种令人兴奋的生活方式，但又常常让人疲惫不堪。曾长期在日本生活的美国作家唐纳德·里奇曾表示："生活在这里意味着永远不要把生活视为理所当然，永远不要忘记观察。生活在这里的外国人时刻保持警惕。醒着的时候全神贯注：他或她总是忙于观察、评估、发现和总结……我喜欢这种生活，永远不会把自己的生活视为理所当然。"

但露西和路易丝的经历有所不同。她们甚至在不知情的情况下，就将日本的日本性抛在了脑后。露西还有 59 天可活，她将在东京的六本木度过这些日子，那是一个以外国人享乐闻名的地方。

白天，你至少还可以直接开车穿过六本木，这里几乎不会引起你丝毫注意。从车里望出去，它不过是涩谷和皇宫护城河之间的八车道马路上一个异常繁忙的交通枢纽。六本木大道上方有首都高速公路，仿佛搭在头顶上方的混凝土顶棚，给主干道留下一条阴暗的裂缝。在十字路口的一个角落，高高的大屏幕上变换着各种广告。目光所及，你可以看见麦当劳，粉色咖啡馆，银行和寿司店。不赶时间的行人会注意到外护城河东大道上一排排八层或十层的建筑，这条街与六本木大道垂直交叉。每栋楼都竖着一块狭窄的牌子，从楼顶一直垂到地面，上面写着几十家酒吧、俱乐部和咖啡馆的名字。这些楼都是破旧的混凝土建筑，贴着米黄色的瓷砖，正面挂满了没有亮灯的霓虹灯管，布满灰尘和脏东西。人行横道和地铁口纵横交错，高速路的外墙上用英文刻着六本木的神秘标语：“击掌商业区”。

工作时间，六本木为白天出没的人敞开大门，这些人包括商店店员，提供午餐的餐馆工作人员，穿着迷你校服的学生，以及在十字路口以北的办公室里工作的日本防卫厅公务员。当时间来到傍晚，这里开始变得不一样，西装革履的上班族离开办公室，挤进通勤地铁。夜幕降临，一组组霓虹灯开始在大楼两侧闪烁，年轻的外国女人涌进麻布警察局后面的健身俱乐部。两个小时后等她们出来时，六本木已经从吸血鬼的沉睡中苏醒。午夜时分，这里的声音、气味、外观和感触都发生了变化。

露西和路易丝到达日本的时候是 5 月初，那时正是天气逐渐由凉转热的过渡期。那几个星期，春天的空气里多了些许热度和湿度。夜晚也并不比白天凉爽多少。6 月，雨季开始，整整一个月都非常潮湿，皮肤似乎都湿乎乎的。夏天，东京不深的下水道散发出难闻的味道，那是一种来自第三世界的意想不到的恶臭，混合着比萨、烤鸡、鱼和香水的味道。（在日本，人们从来没有闻过一种味道，那就是人的汗味。）巨大的广告屏幕在十字路口上方闪闪发光，屏幕上不断变换着汽车、衣服、酒、食物和女孩的图像。招牌上的霓虹灯亮了起来，将混凝土建筑的破旧藏在灯光后。高速公路传来的轰鸣声被人行道的嘈杂声所掩盖，往来行人给六本木带来了活力和魅力。

在六本木十字路口几百米的范围内，可以看到日本其他地方所没有的邋遢的人和种族多样性。六本木并不是特别时尚，就品质、多样性或价值而言。东京有许多更有趣的娱乐区域——优雅的银座有老式百货商店和中年绅士；黑帮和色情表演令新宿的街头生活激动人心；涩谷到处都是超级时尚的酷炫年轻人。当然，外国人在东京随处可见，但只有在六本木，他们才是整个地方的焦点。街上大多数人可能还是日本人。但那些惹人注目的却不是，独一无二的口音和特征形成了六本木独特的异国情调。

有些外国人来这里是为了找其他外国人玩，有些日本人来这里是为了找外国人玩。另有一些外国人来这里是为了找日本人玩，这些外国人通常是男人，而日本人大部分都是想和外国男人玩的日本女人。在六本木，你会遇到在其他地方永远遇不到的人。在日本，也只有在这里，外国人常有的那种令人激动又压抑的隔离感才会彻底消失。

在地铁出入口和拥挤的人行横道上能看到来自世界各地的面孔：巴西酒保，伊朗瓦匠，俄罗斯模特，德国银行家和爱尔兰学生。某些种族的人垄断了某些行业：例如，出于某种原因，一个外国人想卖给你一幅镶框照片或画作（日落、微笑的婴儿或一个遛贵宾犬的漂亮女人的照片或画作），而这个人十有八九是以色列人。身着长裙的中国和韩国女人站在"按摩院"前，抓着路过男人的衣袖低声说着"按摩，按摩，按摩……"当美国航空母舰小鹰号停靠在横须贺港码头时，喝酒的地方全都是美国水兵和海军陆战队士兵。这种时候，六本木还经常出现日本其他地方罕见的另一种现象：酒吧斗殴。

这里的主力军有三类人。

第一类是非洲人。日本的黑人在外国人中自成一派。即使是在东京中心地区，他们同样引人注目，他们主要集中在六本木十字路口以南外护城河东大道沿线400米的范围内。像其他族群一样，他们在六本木有特殊分工：引诱男性路人走进脱衣舞俱乐部、女招待酒吧和艳舞厅。这里有一小群留着刺猬头的精心打扮的日本男孩用来迎合本地顾客口味，但街头的统治者却是从加纳、尼日利亚和冈比亚来的非洲人。他们中的许多人已经在日本生活多年，很多人能说一口流利的日语。他们没有明显的威胁性。他们会微笑着向男性路人打招呼，一只手亲切地放在他肩膀上，另一只手递上一张花哨的传单。在这段几百米的路上，男性路人一路都会遇到这样的推销员用低沉的嗓音招揽生意。"晚上好，先生！"他们通常会这样说，"绅士的俱乐部，六本木最棒的俱乐部。无上装酒吧，先生，这里有可爱的女人。性感女孩，先生，无上装，无下装。可以看大胸和屁股，先生。大胸、屁股，大胸、屁股，大胸、屁股，大胸、屁股。来吧，看一眼。只要7000日元。我可以给你半小时3000日元的价。来看看吧。"

警察想要逮捕和驱逐这些人，但这些人几乎都有个日本妻子。有时候，这些人只是假结婚，每年给所谓的日本妻子固定现金回报，以继续"婚姻"。但这样的婚姻给了这些外国丈夫在日本自由居住和工作的权利，警察对此无能为力。

第二类占主导地位的是夜晚吸引男性注意力的主力：六本木女孩，即喜欢外国男人的日本女人。她们暴露的衣着和充满禁忌的职业常引来日本媒体的道德关注。她们的外表通常会随东京街头的时尚潮流而改变。20 世纪 90 年代初，一家名为"朱丽安娜的东京"的舞厅推出了一种被称为连体紧身衣的衣服，这家迪斯科舞厅在其著名的升高舞台上全面展示了这种紧身、暴露、"凸显身材"的衣服。露西和路易丝来到日本时，连体紧身衣已经让位于黑妹妆，化着这种妆容的女性通常拥有人工晒黑的皮肤，头发染成灰白色，脸部和嘴唇涂白。每个星期四、星期五或星期六，她们会踩着高跷一样的厚底靴，摇摇晃晃地涌向六本木，活像一群黑脸布玩偶。她们通常从郊区和偏远的卫星镇搭通勤线来到这里。她们会在汽车城、气体恐慌和莱克星顿皇后这样的俱乐部和酒吧玩一晚上。每个星期五、星期六或星期日的清晨，一小部分运气不佳的女孩会悻悻地乘坐第一班地铁离开市区回家。

六本木街头的第三类主力人群是年轻的白人女性，她们主要从事舞女、脱衣舞娘和女招待工作。她们通常于半夜出现在六本木街头，在这之前，她们先在健身中心锻炼一番，她们的头发通常都极富光泽。她们通常穿着简单的牛仔裤和 T 恤，先在六本木十字路口的麦当劳、肯德基或寿司店吃顿晚饭，为夜晚补充体力，然后才去俱乐部或酒吧上班。她们走在路上充满自信，不像游客那样略显羞怯，这些女孩来自澳大利亚、新西兰、法国、英国和乌克兰等国家，除了年轻貌美之外，她们还有其他共同之处。这种共同之处很难说清楚：她们的嘴或肩膀流露出蔑视、恼怒，甚至是怨恨的情绪。与平易近人的本土六本木女孩不同，她们似乎拒人于千里之外。露西和路易丝来到这里就是要加入她们的行列。

路易丝舅舅的妻子的确是日本人。但这位雅子舅妈并不住在东京，而是住在伦敦南部。露西和路易丝之所以说她会在日本接待她们，只是为了让简·布莱克曼不那么担心。路易丝的姐姐埃玛还有朋友住在东京，正是通过其中一个名叫克丽丝特布尔的苏格兰女孩，她们才在佐佐木公寓订到了房间。从机场坐地铁到佐佐木公寓的旅程既复杂又艰难，需要换乘多种交通工具，还要爬很陡的楼梯。她们的行李箱很重，因为穿着高跟鞋走路不便，最后一段路她们选择了打车。当她们把行李箱从车费不菲的出租车里拖出来时，已经浑身酸痛，满头大汗。

她们原以为佐佐木公寓是一家普通旅馆，有干净的床铺和热心的女店主。然而，她们发现自己住的地方被称为"外国人公寓"，由一个个单间组成，住客主要是东京的外来流动人口：背包客、英语教师、街头小贩和夜班工人等。公寓外摆放着奄奄一息的盆栽植物和自行车。架空的电线上栖息着巨大的黑乌鸦。"很恶心，"路易丝回忆道，"我们惊呆了。我们往客厅看了一眼，看见两个人瘫坐在沙发上。我们来到房间，克丽丝特布尔正在里面弄头发。她把黏糊糊的头油抹在头发上，那东西看起来像油脂。屋子里的人都在抽大麻。房间里一股臭味，烟雾缭绕，几乎看不清里面的东西。"

这间小小房间里的窗户没有窗帘，露西和路易丝不得不用纱笼遮挡清晨的阳光。但房间里其实透不进多少阳光，窗外只能看见邻近建筑的水泥墙。床垫上没有床单，镜子有裂缝，浴室里的蹲厕糟到无法形容。在来到东京后的第一个星期，她们用海报、明信片、蜡烛和窗帘把"茅房"改造成了适于居住的地方。这是她们俩住过的最狭小的地方。

酷热和时差让她俩头昏脑胀，第二天的大部分时间都在睡觉。星期五晚上，她们骑着借来的自行车来到六本木，尝试找份工作。克丽丝特布尔就是一名女招待，她给她们介绍了儿家俱乐部，就在她们忙于找路的时候，一个英俊的年轻日本男人走上前来，礼貌地问是否需要帮助。他问露西和路易丝是不是在找工作，是否愿意当女招待。他说如果她们跟他走，他可以介绍她们认识可能能帮上忙的人。

她们警惕地跟着这个男人，沿外护城河东大道走进一栋挂着霓虹灯招牌的大楼。第一家俱乐部人手足够，在第二家俱乐部她们受到了热烈欢迎。年轻男人显然跟经理很熟，这家俱乐部的经理被称为西先生，是个看起来有点阴沉的男人。他上下打量了她们一番，问了她们几个有关年龄、国籍和住在哪里的基本问题，然后就当场录用了她们。到日本没几天，露西和路易丝就在六本木一家名为卡萨布兰卡的夜店当上了女招待。

艺伎！（开玩笑）

除非你目标明确，否则可能从卡萨布兰卡俱乐部门前经过无数次，你也不会多看它一眼。它在一栋褐色大楼里，大楼还没有名字。从街上只能看到那块垂下来的长招牌，上面写满了散发着异国情调的诱人的店名。你可以看到幸运·幸运，同性恋艺术舞台，以及东京最大的脱衣舞俱乐部之一——第七天堂，它那耀眼的霓虹灯占据了大楼的正面位置。卡萨布兰卡在 6 楼。电梯一打开就能看见一扇看上去很重的门，门上包着皮革，上面有一块铜牌刻着俱乐部的名字。

　　门后面是一个昏暗的房间，面积大约有 110 平方米。左边有一个矮吧台，后面摆着一排排玻璃酒瓶。右边有个支架，上面放着个电子键盘，还有卡拉 OK 的屏幕和音箱。沿墙摆着淡蓝色的沙发和扶手椅，以及 20 张矮桌。墙上隐约可见镶框的印刷品或画作。

　　一个看不出年龄和国籍的亚洲人把顾客领到其中一张桌子前，桌上放着一个复杂的玻璃虹吸管，通过一个泵来吸水。服务员送来一桶冰，一对金属钳和一瓶威士忌——这些是用来制作"水割"威士忌*的工具和原料，年龄大一点的上班族就喜欢喝威士忌加水。尽管细节浮夸——皮革大门，男服务生和酒保都戴着黑色领结——这家店还是不怎么吸引人。酒瓶里的威士忌很廉价，味道难闻；电子键盘做工粗

---

　　* 威士忌加水或加冰的喝法。

糙，会突然发出声响；虹吸管虽然极尽浮夸，却让人觉得莫名其妙。这家俱乐部努力想营造一种闲适奢华的氛围，但最终结果却是让人觉得比较温馨，而非精致，它那闲适的风格让人联想到廉价邮轮的二等休息室，没什么客人的拉斯维加斯赌场，或是20世纪70年代英国中产阶级聚集的郊区。你甚至怀疑服务生会端来一盘切好的菠萝，上面用鸡尾酒调酒棒插着切达奶酪块。

但这是家日本俱乐部，在一些日本人看来，它具有一种暧昧的吸引力。靠近吧台的两张桌子说明了原因：那里有一群外国女招待，大部分都是白人。"那是个相当黑暗的地方，我对它有种奇怪的感觉，"出版人井村肇坦言，露西在卡萨布兰卡工作时，他来过几次，"那有种神秘的气氛，让人疑惑不解。那里有不同肤色的女孩，可能是以色列或其他哪个国家的人。屋子里很暗，有黑色和蓝色的阴影。深色的桌椅。一个菲律宾歌手，声音很大。一个中年男人好像是经理，还有几个服务生，可能是菲律宾人，反正是亚洲面孔，还有大约10个女孩。"

当客人坐定，水割威士忌也调好之后，经理会向外国女孩们示意。她们中的两个就会过来招待客人。

女招待究竟是什么？西方人会觉得这个词听起来很可笑，既粗俗又委婉。不比"伴游"体面多少，这个词散发着廉价香水和伦敦苏活区或纽约时代广场肮脏地下室的味道。"听到这个消息我们都吓坏了，"萨曼莎·伯曼说道，露西到达东京后没过几天就给她打了通电话，"她说的'招待'是什么意思？她在电话里告诉我这件事时听起来有点紧张。我想她有点窘迫不安吧，因为她之前说的是那样，结果最后却变成了这样，我们会担心她。她最不希望我们为她担心。"

在索菲看来，这份工作的内容包括"空洞无聊的聊天，而她对这样的聊天十分不屑。这份工作并不意味着客人坐下来说：'让我们看看你的胸'或'你开价多少？'两者完全不是一回事。"后来，当英国小报开始讨论女招待究竟做些什么这个问题时，索菲想出一套说辞向持怀疑态度的记者解释："英国航空公司空姐和卡萨布兰卡女招待之间的唯一区别就在于两者工作的海拔高度不同。"

几个月后，蒂姆·布莱克曼收到一封情真意切的长信，这封信来自一位叫渡边一郎的善良老人，他是卡萨布兰卡的忠实客人，他在信中表达了对露西失踪的担忧。"这家俱乐部绝不像大众媒体不负责任的报道里写的那样，那些媒体热衷于媚俗的八卦，喜欢做毫无根据的猜测，"他认真地手书道，"这位女士（原文使用这个词）的工作就是给客人点烟，做水割威士忌，陪唱卡拉OK，以及陪聊。仅此而已，和她告诉她妈妈的一样，就是'一种招待服务'。"他还补充道："我无意美化自己。我之所以敢说出这些话，只是为了维护她的名誉！"

目前而言，这位老人说的都是事实。

卡萨布兰卡晚上9点开始营业。在这之前，在酒吧间后面一间狭窄的化妆室里，12个女孩——有时多达15个——忙着化妆，把牛仔裤和T恤换成裙子。她们来自世界各地，不过在2000年夏天来自英国的女孩比较多。除了露西和路易丝，还有从英国兰开夏郡来的曼迪、伦敦的海伦，以及澳大利亚的萨曼莎、瑞典的汉娜、美国的香农和罗马尼亚的奥利维娅。俱乐部里有3个男员工：经理西哲夫，一个50多岁的麻脸男人；卡兹，日本酒保；一个没人记得名字的菲律宾歌手。卡兹和西决定哪个女孩招待哪个客人，他们会让女孩们适时轮桌陪客，也会敷衍地进行一些女招待服务指导。其中有很多禁忌：不能让顾客自己续杯威士忌，或是不能让顾客自己点烟。不过，女招待一旦陪顾客坐下来，唯一的任务就是聊天。

这并不像听起来那么简单。女招待几乎都只会用日语说"好的，谢谢"和"抱歉"，尽管来卡萨布兰卡的客人通常都会说英语，但流利程度和自信程度各有不同。对有些人来说，与外国女招待共度几个小时就好像上了一堂外语课。有的人甚至会做笔记，几乎没有客人能自然顺畅地聊天。而女招待永远不能和客人争辩，反驳客人的话，或是抛下客人不管。小说家莫·海德尔曾做过女招待，她将与客人聊天比作"不得不友好对待你不怎么感兴趣的同事"。"我会问他们在哪上班，为什么会来东京。我会奉承他们说：'我喜欢你的领带。'我喜欢过很多条领带！"

"你就随便跟他们胡扯点什么就好，"海伦·达夫解释道，她曾与露西和路易丝一起在卡萨布兰卡工作过，"问一句'你今天过得怎么样'，或是吹捧他们一番。'你长得真帅，给我唱首歌吧。'他们会夸你很漂亮。你可以聊聊英国，聊聊他去伦敦出差的事情。我干了几个星期就开始厌烦。太无聊了，还很累人。每晚都说相同的话，和你不在乎的人进行无聊的对话。有些女孩很好，真的很友善。我则是苦苦挣扎。这些对话太假了。我不会唱歌，但也必须唱，因为客人就喜欢唱卡拉 OK，而且你还得表现得热情地对唱。"

有些客人毫不掩饰好色之心，这种情况在这里很常见。"我猜很多客人都会提到性，"海伦继续说道，"我尽量避免这个话题。"但是在卡萨布兰卡工作的四个星期里，她遇到的唯一一个让她真正害怕的人是个痴迷于奥黛丽·赫本的男人。"他喜欢深色头发的白人女性——皮肤白皙，眼睛很大，"她描述道，"有个女孩做了两个星期就走人了，因为他太诡异了。他会坐在她旁边，对她说：'现在你是我的了！'或是'我给你钱了，现在你是我的了！'他会紧紧抓住她的胳膊。她走了之后，他开始找我。我会反抗，不让他碰我。"

遇到这种客人固然让人烦躁，但更令人恼火的是遇到无聊的客人。每个女招待都发现聊天时说的话很莫名其妙或愚蠢，如果当时有其他人在场，一定会捧腹大笑。出版人井村肇回忆曾给露西讲过自己钓鱿鱼的故事。"有一次我钓到很多鱿鱼，我把这件事讲给她听，"他告诉我，"她从没回应过我的故事。"一个客人对露西详细讲述火山的作用。最后，他们用桌上的工具搭了一个活火山口的比例模型：冰桶充当火山，虹吸管里的水当作熔岩，用一支烟制造烟雾。

渡边老先生在给蒂姆·布莱克曼的信中透露自己善于寻找话题。因为他年龄比较大，彬彬有礼，而且定期到访，卡萨布兰卡的女孩都喜欢他。她们称他为"照片人"，因为他每次都会拍很多照片，然后在下次到访时会带一套冲洗好的照片来。他把这些照片小心收藏在相册里，展示给女孩们看。他的钱花在露西身上可谓物有所值。"我们聊了大约 3 个小时，聊了很多很有意思的话题，"他回忆起和她一起聊天的一晚，"我们聊到了英国历史、文学、艺术、作家和艺术家，英国和日本的历史关系，两国在天性和心理上的异同，以及我最喜欢和尊敬的英国人特有的幽默感等等。"这种严肃认真的话题对一个 21 岁的普通女招待会产生什么影响，我们只能想象一下了。

卡萨布兰卡的日子也许很无聊，有时候还有点诡异，但也莫名让人安心。整个俱乐部就像被封在暗蓝色的茧里，由卡兹和严肃的西先生看守着，在那里工作的女孩感觉很安全。

在日本，一切都有自己的位置，女服务生、女招待和女招待俱乐部并非孤立存在。六本木形形色色的夜生活场所，无论档次高低，是否体面，都离不开一个充满暗示性的美丽词汇："水交易"。这个词很神秘。它指的是组成夜生活体验的重要部分喝酒？还是形容快乐如溪流般流逝？水的形象会让人联想到性、分娩和溺水身亡。水交易的最高级体现是艺伎，这是一群只在京都和东京最古老的区域才能看到的女性艺人，她们凭借娴熟的技艺和优雅的举止娱乐客人。另一个极端体现则是虐待狂与受虐狂和酷刑俱乐部，那里的人用最极端的堕落来换取金钱。介于两者之间的则是庸俗与优雅、廉价与昂贵、开放与排外的混合产物。

一些日本人将普通酒吧、酒馆和卡拉OK厅都算作水交易场所，但大多数水交易场所要求女性以某种身份出现，而且这些女性至少在理论上要对男性有吸引力。这些女人可能只是街边"小吃店"的妈妈桑，她们负责只有四个座位的餐台，而其吸引客人的魅力正在走下坡路。一些小吃店有年轻的女服务生，她们在妈妈桑的指导下陪客人聊天，为客人斟酒。这样的地方规模再大一些，就变成了女招待酒吧和俱乐部，这种酒吧和俱乐部在大城市更常见，那里的女招待陪聊、陪唱卡拉OK都要收费，酒水食物也要另外收费。"绅士俱乐部"的女招待既可陪聊，也会公然跳裸体钢管舞，并且可以在封闭包厢进行一对一的"私人"舞蹈。舞者会跨骑在客人身上，不停扭动身体，客人可以触摸和吮吸舞者的乳房。在一些地方，客人付钱还能做更多事情。所以，当酒吧女服务生变成女招待，女招待又兼职脱衣舞女，脱衣舞就演变成卖淫。

日本人在包装性交易方面发挥了其他国家难以企及的想象力和创

造力，可以看作是对日本冠冕堂皇且执行不力的反卖淫法的一种回应。在日本唯一被严格禁止的是传统形式的男女性交易。这个国家允许所有形式的口交和手淫，只要能证明双方性行为是通过手动合法进行，而不是非法采取传统阴道性交方式进行的即可，但这一点显然无法证明。为了掩盖显而易见的事实，性产业从业人员用一系列眼花缭乱的幌子来包装其服务，数量之多、变化之快让非专业人士很难跟上其步伐。

六本木有许多"按摩院"，在那里，敷衍了事的按摩不过是手动制造"性福"体验的另一种说法。除了传统性交之外，这里还有时尚保健店家提供更广泛的服务。你可以在泡泡浴室（官方说法是一个女人用身体充当海绵给客人清洁全身）体验这种服务。快递保健是指服务人员登门拜访你家或酒店提供性服务。美容沙龙（源于英文美容沙龙一词）则是指性按摩，分为多种类型。六本木有"韩国美容沙龙"（日工按摩和打手枪服务）、"韩式美容沙龙"（与韩国美容沙龙同一性质，但有裸体女按摩师）、"中国美容沙龙"、"新加坡美容沙龙"、"性酒馆"、"内衣酒馆"、"偷窥酒馆"、"摸摸歌厅"和"日本家庭主妇韩式按摩院"，每家店都有其独到之处。在"无下装咖啡馆"，女服务生几乎全裸服务，而且会在收取一定小费的前提下，为顾客纾解生理需求。在"无下装卡拉OK咖啡馆"，下身不着一物的女性在为客人提供性服务之前和之后都会陪客人一起唱歌，甚至可以一边唱歌一边提供性服务。六本木甚至还有"无下装日式火锅店"。

水交易场所越昂贵、越排外、越体面，性工作者就越有可能是日本女性；而在较为低廉的水交易场所，更常见的是泰国人、菲律宾人、中国人和韩国人。欧洲、俄罗斯、南北美洲和大洋洲等地的"西方"

女性所从事的工作则介于这段彩色光谱的中间段，包括女招待、脱衣舞女等，她们的主要吸引力在于聊天和表演，而非供人触摸。我用了光谱这个词，但更准确的说法应该是阴影，这里没有什么明亮鲜艳的颜色，只有灰色。

有偿女性陪伴服务在日本有着悠久而崇高的历史。艺伎是在舞蹈、音乐、服装、化妆和谈话艺术方面训练有素的女性艺人，其历史可以追溯至18世纪。她们有着较高的成就和地位，与花魁或高级妓女以及旅馆和茶室常见的普通妓女截然不同。在20世纪20年代的西方化热潮中，涌现出第一批获得认可的女招待——新兴舞厅里的舞女和"咖啡馆女郎"，人们可以出钱买咖啡以及她们的陪伴服务，有时候还能做更多事情。同一时期还出现了一种世俗艺伎，她们穿着时髦的裙子而非和服，弹奏的是钢琴和吉他，而非三味线，但她们的出现仅是昙花一现，并不成功。"对于我们这个时代的夜店艺人和酒吧女郎是否像过去的艺伎一样成功，人们仍无法达成一致意见，但艺伎已经逐渐向她们靠拢，"美国日本研究专家爱德华·赛登施蒂克曾写道，"上世纪上流社会的生活可以看作是一类人的退步，同时也是另一类人的进步。"

最早参与水交易的外国人是韩国和中国的妓女，她们都是战前日本帝国的殖民产物。1945年，在美国长达7年的占领期间，西方人大量涌入，但他们是买家，而不是卖家。也正是在这一时期，六本木开始成为娱乐场所。六本木的字面意思是"六棵树"。战前，这里就是一片普通的居民区，日本皇军的许多士兵驻扎在此。日本投降后，美军接管了这里的兵营。在这美军驻扎地的入口处附近逐渐出现了一些酒吧，专门招待休班的士兵，这些酒吧通常取名"丝绸帽""绿点"和"樱桃"等。就是在这一时期，诞生了六本木奇怪的标语。当地人注意到美国大兵们打招呼时会在头顶击掌。你可以在深夜想象一下这幅场景：一个好奇的日本酒保向客人打听这回事，喝得醉醺醺的客人尝试着解释"举手击掌"（high five）的理论和实践。而这个词在日语中被误译为 hai tacchi，用英文说就是 high touch，这就有了六本木高速公路墙上的标语："击掌商业区"

1956 年，东京第一家意大利餐馆在六本木开业，引发了人们对比萨和基安蒂酒的狂热追捧。两年后，模仿埃菲尔铁塔建造的巨大的红色电信塔东京塔在六本木南端开放。私营电视台朝日电视台也将总部设立在六本木附近。1964 年，六本木开通地铁站。同年东京举办奥运会，象征着日本从战后的贫困走向富裕，开始发挥国际影响力。当时，这座城市有许多女招待酒吧，但在那里工作的都是日本女性。1969 年，东京第一家外国女招待俱乐部卡萨诺瓦在六本木开业，这是另一种财富增长的象征。

许多日本男人愿意在女招待身上花钱，而且通常是公款消费，因为去俱乐部消费被认为是种体面行为，可以用来招待客户，完成合同谈判，奖励忠诚、努力的员工。卡萨诺瓦的开业标志着全新的水交易人群的出现——拥有外国客户和资金背景的上班族，他们受过良好的教育，可以自信地用英语与外国女招待交流。

卡萨诺瓦消费非常昂贵，但在其开业后的 30 年里，带动了廉价金发女郎俱乐部的崛起。在卡萨诺瓦玩一小时要花 6 万日元，但在 1992 年开业的甲斐俱乐部以及后来出现的礼物俱乐部，玩一小时只需要 1 万日元。第一批这类俱乐部大多雇佣途经日本的女性背包客，没过多久，俱乐部老板们就开始在国外报纸和杂志上登广告，派代理人出国招募和引进合适的年轻女性。但无论何时，如果不算脱衣舞俱乐部，六本木的外国女招待酒吧其实一直都不多。露西来日本的时候，六本木的外国女招待酒吧有卡萨诺瓦、礼物俱乐部、文森特俱乐部、J收藏品、独眼杰克（规模最大的一家，"绅士俱乐部"第七天堂的关联品牌）和卡萨布兰卡。

2000年，安妮·艾莉森教授成为美国北卡罗来纳州杜克大学的罗伯特·O.基奥恩文化人类学教授。1981年，当时还是博士生的她在六本木一家日本女招待俱乐部待了4个月，她是那家店唯一的外国人。这项田野调查工作为她写作博士论文奠定了基础，她后来在此基础上出版了专著《夜间工作：东京女招待俱乐部的性、快乐和企业男子气概》。这本书论证严密，理论性极强，大量使用了"生殖器崇拜式自我形象"这类短语，并探讨了自我表现欲这类日本观念问题。但当镇定自若、善于分析的文化人类学家遭遇这个浮华世界精神压抑的金主，书中也不免出现一些喜剧片段。

艾莉森教授在《夜间工作》中记录道："当时我坐在一张四人桌旁，周围都是40岁出头的男人。"

（他们）兴致勃勃地低声谈论着美日关系、大学生活、旅行等话题。其间，妈妈桑走过来，询问他们近况如何，并对其中一个男人说他每次来俱乐部看起来都更帅了。她亲切地微笑着，让他们尽情享受，然后就走去下一张桌子。

其中一个男人提到在这样的俱乐部唱卡拉OK不是什么享不

享受的问题，而是必须这么做的问题。他表示"这不可避免"。有男人问我多高，然后反过来告诉我他们的阴茎有多长。一个男人说他的有 50 厘米长，另一个男人用手臂比划着说他的有 60 厘米长。还有一个男人说他的阴茎太长了，可以用来跳绳，这让他行走很不方便。

另一名女招待被叫了过来，我被安排去了另一桌。

艾莉森教授描述了一群新式上班族为俱乐部带来的活力，这与其他人类学家描述的密克罗尼西亚人的成年仪式差不多。一帮同事——老板和下属，年轻人和中年人——坐在一起享受规定的"寻欢作乐"之夜，一开始大家都略显拘谨，比较沉默。几杯啤酒和水割威士忌下肚后，大家放松下来，有的客人甚至还没喝完第一轮酒就表现出醉醺醺的样子。最后，夜晚正式开始的信号出现——总有人因为某个女招待的胸部而窃笑，有时会有人咯咯笑着朝女招待的胸部轻拍一下，教授称之为"一击"。"谈论胸部成为寻欢作乐开始的信号，"艾莉森教授写道，"我经常听到有男人对某个女招待的胸部品头论足，这样的评论每次都能得到相同的反应：惊讶、开心和放松。"

然而，尽管如此，她还是坚称俱乐部并不是什么淫秽场所。"我们开始工作之前，有人教了我们三件事，"她后来在一篇文章中写道，"怎么给客人点烟，怎么给他倒酒，不要把胳膊肘放在桌子上。他们还教我们不要在客人面前吃东西：这是缺乏服从性的表现。除了遵守这些规则，我们的主要工作就是满足客人的幻想。如果他希望你说话大声点，你就大声点。如果他希望你表现得聪明点，你就聪明伶俐点。如果他希望你性感诱人，你就要性感诱人。污秽不堪？是的。有辱人格？是的。但这肯定不是白人奴隶贸易。唯一与女招待酒吧无关的就是性。"

东京的公共电话亭里塞满了卖淫的宣传单，女招待俱乐部提供的服务更专业，也更昂贵。出乎意料的是，俱乐部服务越昂贵、对客人越挑剔，对客人触碰和抚摸女招待的容忍度反而越低。"从事水交易的其他俱乐部还为客人提供手淫服务，"艾莉森教授表示，"与此相反，在女招待俱乐部，手淫只存在于客人的想象中。"

日本的性就和日本社会一样循规蹈矩，按部就班。日本男人在做任何事之前，都希望知道别人对他们的期望是什么，以及他们应该怎么做。在女招待俱乐部，他们知道这里唯一能提供的就是快感……拥有并经营（我所在的俱乐部的）妈妈桑非常清楚地说明了一件事：偶尔与客人有肢体接触没问题，发生性关系则可能被解雇。但来这里的大多数客人并不期待性，至少日本客人是这样。他们期待调情和奉承，他们也的确会如愿以偿。

只要客人没有逾矩，你就得忍受他们的一切行为。总有客人会出言冒犯，但最重要的并不是保持沉默。前一天晚上你可能会和一位彬彬有礼的迷人绅士谈论柴可夫斯基，第二天晚上，同一个男人可能会问你，你每晚有几次高潮，你什么时候破的处，并且将你的胸部与同桌其他两个女招待的胸部比较一番。你要做的就是保持微笑，假装觉得他很风趣。你要让他相信他是世界上最优秀、最重要的男人，你渴望和他上床。他则让自己相信这个高挑美丽的西方女人疯狂地爱着他，认为他很迷人，并将在这晚成为他的情妇。他们喜欢谈论性，有时候说的很直白或极具暗示性，但当夜晚结束，你们也就分道扬镳。双方都不会感到惊讶或失望，因为双方都没有期待发生任何别的事情。

你告诉他，你希望他是你的情人。他告诉你，他想带你回家。你说这很好，但我妹妹来了，我得带她到处看看。这正是他所期待的回答，要是你做出其他回应，他很可能会被吓坏。

唯一不理解、不遵守这些规矩的是外国人，西方男人无法理解日本人对仪式感和角色扮演的痴迷。我记得一个法国男人因为女招待不愿跟他去他的酒店而大发雷霆。"如果她不想跟我上床，为什么整晚都表现得那么急切？"他咆哮道。

艾莉森教授在《夜间工作》中试图表达，女招待俱乐部实际上只是份工作，与性无关。日本企业鼓励员工与同事、客户和女招待（而不是在家与妻子和孩子）一起共度良宵，这样既能帮助上班族解压，化解沮丧情绪，又能增进同事之间的联系，建立良好的客户关系。女招待俱乐部既是休闲场所，也是工作场所。通过支配员工的下班时间和工作日安排，企业确保了员工将工作放在第一位，而不是家庭。艾莉森教授写道："他们来的时候已经很累了，他们最不愿意做的事情就是绞尽脑汁取悦客户或女人。女招待解决了这个问题。她既能取悦上班族带来的客户，又能恭维买单的金主，让他在别人面前显得很重要，很有影响力……如果同一个男人去迪斯科舞厅，他很可能钓不到女人，只能满怀挫败感垂头丧气地回家。在女招待俱乐部则不用担心遭遇这样的失败。"

西方女性是如何融入这种环境的呢？根据这位教授的说法，她们其实只是新鲜事物而已。她写道："日本男人当然会幻想与西方女人上床，但如果真要他们娶一个回家做老婆或当情妇，他们又会害怕。我们可能会激起他们的兴致，有一个西方女人挽着你的手臂当然很有面子，但大家都知道西方女人有主见，既不会轻易服从，也不会一味迎合。"这只是双方都心知肚明的一种幻想，只存在于夜晚，而且只存在于俱乐部。俱乐部本身则受到经理、服务生或主持大局的妈妈桑的严密监控。"我不能说我喜欢当女招待的日子，"安妮·艾莉森坦言，"这项工作很辛苦，而且很多时候有辱人格。一个男人问你小便的时候会不会放屁，你还得礼貌地坐在他身旁，面带微笑。当他第十次问你同一个问题时，你仍然得面带微笑，尽管你已经忍无可忍。但我从未感到受到威胁，或被迫妥协，也从不觉得有什么事应付不了。如果我遇到了麻烦，妈妈桑会来救我。在东京，即使是在红灯区，我也觉得比在纽约安全得多。"

如果当女招待真的只局限于在女招待俱乐部内工作，露西·布莱克曼就可能还活着。但实际情况要复杂得多。一旦涉足水交易，女性就会屈从于压力和诱惑，不论她是否意识到这一点，都会给她在日本的生活蒙上阴影。

它们源于日语中所谓的"制度"：每家俱乐部为客人和女招待制定了消费和奖励价目表。在卡萨布兰卡，客人每小时支付 11700 日元（当时大约相当于 73 英镑），可以无限制喝啤酒或水割威士忌，以及享受一个或多个女孩的陪伴。其中像露西这样的新人的时薪是 2 千日元（约等于 12.5 英镑）。一晚上工作 5 小时就能挣 1 万日元，一星期工作 6 个晚上，一个月就能挣 25 万日元，大约相当于 1600 英镑。但这只是奖金和强迫行为的开始，这两者正是所谓"制度"的核心所在。

一个女孩若在某晚给一个男人留下了深刻印象，第二天晚上这个男人可能就会点名找她。他得为此支付一笔额外的服务费用，她则能获得 4 千日元的奖金，因为她为店里带来了生意。如果一个客人点了香槟或有"存酒"——私人开一瓶昂贵的威士忌或白兰地，放在吧台供其私人消费——为其服务的女招待则能抽取佣金。各家店都鼓励女孩们参加所谓的"晚餐约会"，即与喜欢她的男人外出共进晚餐，然后再和他们一起来到俱乐部。男人和迷人的年轻女性度过一个愉快的夜晚，女招待得到片刻休息和一顿免费的晚餐，俱乐部则获得更多生意。

　　晚餐约会是必选项目。在一些俱乐部，一个月十几次晚餐约会就能挣到 10 万日元的奖金，大约相当于 600 多英镑。在包括卡萨布兰卡在内的大多数俱乐部，一个月参加晚餐约会的次数少于 5 次、"点台"次数少于 15 次的女孩都将被解雇。争取晚餐约会严重困扰着许多女招待，成为其痛苦的根源。这不仅仅是是否同意和自己不喜欢的男人共进晚餐的问题，每当一个月快结束时，表现不佳的女招待会愿意和任何有这种想法的男人进行晚餐约会。她们会找男性朋友帮忙完成任务，有时候，面临解雇危险的女招待会自己付晚餐约会的钱。

　　"在洗手间旁边更衣室的墙上挂着一张表格，上面写着每个人的名字，以及当月的点台和晚餐约会次数，"海伦·达夫解释道，"如果你的名字旁边有个零，那可真是丢人。我表现很差，总是垫底。我实在不愿和他们聊天。我完全失去了热情。我宁愿和其他女孩子聊天，也不愿假装喜欢这些日本男人。我有一个月只去过几次晚餐约会，被点过几次台。情况实在太糟糕，我只好请房东帮忙假装请我晚餐约会。"

　　她还是被解雇了，就在露西失踪的前一个星期。

卡萨布兰卡充满竞争，女招待之间火药味十足。但露西和路易丝与大多数人相处愉快。"她们是非常亲密的朋友。她们做什么事都在一起，"海伦·达夫回忆道，"她们的关系真的非常、非常好。我发现她们……我不知道……有点天真，太年轻了，有点傻，有点太小女生了。她们一见面就互相亲吻，哪怕只分开了几个小时。我觉得这很贴心。"海伦和许多人一样，为露西如此在意自己的发型、衣服和妆容而感到震惊。她继续说道："她不是那种让人惊艳的美人，但她个性活泼，因此很有吸引力。我不觉得她不自信。她有一头漂亮的秀发，招人喜欢的性格，长得不错，身材又高挑。"

客人们也喜欢她。"她与爱笑的加拿大人或美国人不一样，那些女人过于聪明和活泼，"钓鱿鱼的出版人井村先生回忆道。"她不会说过分的话，""照片人"渡边先生对她可谓一见钟情，"我一看就知道她出身不错。她看上去很温柔、优雅、迷人、有教养……我真的能看出她有良好的教养，受过良好的教育，知识丰富，感受力很强。"

露西在给萨曼莎·伯曼的电子邮件中写道："这显然不是我想要的工作，但它很轻松。我挣了不少钱，而且这里和英国很不一样。男人们都彬彬有礼。当然会遇到奇怪的人，但到目前为止，我遇到的都是非常好的人。""奇怪的人"可能是指一个身份不明的客人，他给了她相当于 1 万英镑的钱，让她陪他上床。她向她的妈妈和妹妹讲述这个故事时，说她笑着拒绝了这个提议。而据路易丝回忆："她非常生气，要求经理赶走这个男人。"

俱乐部还要求女招待收集她们服务过的男人的名片，然后打电话或发电子邮件叫他们继续来俱乐部玩。露西的几封电子邮件被保存下来。在这些电子邮件中，她恰到好处地呈现了纯洁的调情和暧昧的风骚。

发件人：lucie blackman@hotmail.com
收件人：井村肇
日期：2000 年 6 月 21 日，星期三，3:01AM

亲爱的肇，

我只想写信对你说声"您好！"我是卡萨布兰卡的露西。我就是那个从伦敦来的金发女郎，我们聊得很开心……

那天晚上在俱乐部见到您真是太高兴了，我真的很喜欢你的陪伴，希望一切能像我们计划好的那样，不久就能和您见面，共进晚餐。

……我会在星期三 12 点到 16 点之间给您打电话，我们可以聊聊见面的事。下周您会有空吗？

我得走了，我想说的已经说了，星期三上午您可以在百忙之中挤出一点时间，然后星期三下午我会给您打电话，到时候终于能和我的特别的新朋友再聊几句。

祝您度过愉快的一天，我知道我会度过愉快的一天，因为我很快就能再和您聊天。

保重，

露西

发件人：井村肇

收件人：lucie blackman@hotmail.com

日期：2000 年 6 月 21 日，星期三，5:30PM

你好！

谢谢你发来电子邮件。

今天你过得好吗，露西，有一头长金发的可爱女孩？

我一直喜欢穿短裙的金发女孩。

我希望你一切都好。

你喜欢什么菜，法国菜、日本菜、中国菜，还是别的菜？

请从它们中间选一个，然后和我一起去一家餐馆共进晚餐？

下个星期二怎么样？你有时间吗？……

顺便问一下，你会说美式英语吗？我的英式英语说得不好，因为我每天吃的是米饭和味噌汤。我想你可能没太听懂我那天晚上说的话。但我可以听懂你说的话。所以，无论你想对我说什么，请在我耳边轻声告诉我。

尽情享受你在东京的生活吧……

井村肇

女招待成功的秘诀在于建立起稳定忠实的客户群，确保吸引这些客人的是女招待本人，而非酒吧，而且还要让他们定期点台，让女招待赚到酒水佣金，带她们晚餐约会。女招待没有几个"常客"很难生存。露西在这方面开了个好头。"我有个朋友……过去八天他每晚都来，"她在一封给萨曼莎·伯曼的信里写道，"太棒了，他英语说得很好，长得也不难看，而且还是上流社会的人，所以非常有钱！！……他说如果我需要凑数（点台），他可以随叫随到。"这个男人叫铃木健二，是最常点露西的常客，也是她职业上的救命恩人以及情感上的负担。

健二40多岁，未婚。他戴着一副大大的金属框眼镜，颧骨突出，留着波浪形的刘海。他的家族不确定是不是古老的日本封建贵族的后代，但他的确很有钱。他的父亲年事已高，由他负责经营家族电子企业，但到了2000年，他的家族企业陷入困境。在他给露西的许多电子邮件中，表面的轻松惬意掩盖不了字里行间隐约透露出的焦虑和孤独。他在电子邮件中提到与客户的紧张会面，以及前往大阪的令人筋疲力尽的商务旅行。有些晚上，他会在办公室忙到11点，第二天早上6点又要搭乘高速列车出差。酒和露西是他的安慰。"我没有向你说明我的麻烦处境和事业状况，"他给她写的英文电子邮件用词不太准确，但可以看出心情不错，"你可以想象有多糟糕。我之前一直借酒消愁，直到遇见你，才有了笑容。哦！我真是个可怜的家伙，哈哈哈哈哈哈哈。"

露西在卡萨布兰卡工作还不到两个星期就遇见了他。除了出差之外，他几乎每天都给她发电子邮件，并且会去俱乐部找她。他对露西的迷恋从他来俱乐部的次数就可以看出来，这种迷恋甚至都不能用少男少女之间的爱慕来形容，而是一种孩子气的迷恋，卑微得近乎幼稚。他在电子邮件里不厌其烦地反复表达这一点。

他在第一封电子邮件里就写道："谢谢你昨晚的耐心陪伴。我现在可以告诉你的是，我一定会嫉妒你在东京这座疯狂城市的未来男朋友。"

第二天他满含歉意地写道："我昨天又喝得酩酊大醉，我想在我清醒正常的时候和你聊天。你可能会觉得很无聊，哈，哈，哈，哈，哈，哈，哈，哈。"

三天后他又写道："我对你感兴趣是因为你很真实。我知道你是这个星球上最迷人的女孩……期待很快再见！健二。"

露西告诉他在日本她很想念英国的黑橄榄，他们第一次晚餐约会的时候，一走进餐馆，她就看到桌上已经按照健二的指示放了一碗黑橄榄。他注意到露西手表的玻璃盖裂了，于是叫人送去修好，同时送给她一块史努比手表。"他真是个可爱的人，"她在给萨曼莎的邮件里写道，"上个星期五晚上，他又带我去吃晚餐，他开着辆黑色的阿尔法·罗密欧跑车来接我，带我去了一家酒店的漂亮餐厅，餐厅在酒店12层，可以俯瞰东京。太漂亮了。饭后他又和我一起回了俱乐部，这让我拿到了4千日元的奖金。"

"明天我得早起去参加一个重要会议，"5月24日健二给露西发电子邮件说，"但即使今晚我不能和你聊天，也会赶到卡萨布兰卡见你一面。"

发出这封邮件还不到两小时，他又写道："我想现在让你保证不仅仅在明晚和我共进晚餐还为时过早。和我一起吃晚餐可能太无聊或太恶心。只是提醒你一下。哈，哈，哈，哈，哈，哈，哈。"

一个星期后他又给露西发电子邮件：

说实话，你从未离开过我的脑海，哪怕只有一秒……当然，我很想更深入了解你。不过，我觉得我已经很了解你。你也许想更了解我一些？你觉得怎么样？你觉得怎么样？对吧？我强烈建议你应该好好对待这个好男人。他是如此贴心、聪明和性感，哈，哈，哈，哈，哈，哈，哈，哈，哈……

6月5日：

我亲爱的朋友露西，

你救了我的命。我今天刚开完几个沉闷的狗屁（哎呀）会议。虽然今天是星期一，我却觉得好像是星期四。我的笑话智囊不管用了。今天可以说是令人激动的一天，但也让人疲惫不堪。下午，我好像登顶了珠穆朗玛峰，深夜，我又像掉进了太平洋的马里亚纳海沟沟底。这一天过得可不是一般的惊险刺激。然而，此时此刻，我正漂浮在海面，因为你甜美的邮件就像一件救生衣……请原谅我英语不太好。我想你有时候肯定觉得自己在和巴布亚新几内亚人或是一个7岁的小男孩通信。

露西则在日记中写道："（健二）今晚喝醉了，不容易应付。（健二）……绝对喝醉了——我觉得这是迄今最糟糕的一晚！！"但她对这段关系并没有表现出不安。一个年长她20多岁的男人，孤独、嗜酒，似乎没有其他朋友或值得依恋的人，疯狂迷恋着她。在公司面临危机的时候，他每天晚上还在她身上一掷千金。她非但没有劝阻他，反而表现得像个兴奋、高兴和心怀感激的小甜心。这种表现对于处在露西这一位置的人来说很正常。这是她的工作所在，再正常不过。健二优柔寡断，举止得体，痴情且富有，简直是完美客人。如果她不鼓励他消费，就会丢掉工作。

六本木的女招待，经营酒吧的经理和服务生，甚至像安妮·艾莉森这样的人类学家都表达了同一个观点：招待客人就是一场游戏，有明确的游戏规则，每个客人和女招待都很清楚底线在哪里，以及怎样算越线。但如果一个男人因为孤独、酗酒、爱情或欲望模糊了判断怎么办？如果一方不再承认规则怎么办？

"我不认为自己疯了，但许多人都这么说，"铃木健二在电子邮件中写道，"好吧。就算我疯了，我昨晚也没对你发疯，以后我也不会对你发疯。别担心！你可能很快就会生我的气……哈哈哈哈哈哈哈哈哈。"

极端之地 东京

"来到东京之后，在还没开始写日记之前，就已经发生了很多事，"露西写道，

　　已经来了 20 天。我们住进一栋茅房，但慢慢地把它变成了我们的家。我们熬过了一段饥肠辘辘的日子，然后又把掉了的体重喝了回来。我们在一家叫卡萨布兰卡的俱乐部当上了女招待。我们在过去 20 天里喝的酒比我一生中喝的酒还多……

　　这三个星期过得异常艰难，令人心力交瘁。东京是个非常极端的地方。要么飞得像风筝一样高，要么坠落到你无法想象的低处……高低之间无处容身。

下一页写满了巨大的、重叠的涂鸦似的粗体字：**东京真带劲**。

卡萨布兰卡在凌晨 2 点打烊，或是等最后一批客人离开后才关门。女孩们会帮客人穿上外套，指引着摇摇晃晃的客人穿过包裹着皮革的门，等电梯上来时，她们还会婉转道谢。

"再见，山田先生。再见，井本先生。欢迎下次再来！再见——希望很快再见！"

然后她们就回到俱乐部，换好衣服，走入潮湿的暗夜之中。

当外国女招待们从各自工作的俱乐部走出来时，六本木的夜晚迎

来一个转折点。每个人都无可避免地要做出选择。如果你这时选择回家，第二天一早醒来后，你还有时间收拾屋子，出门购物，和朋友一起共进午餐。如果你选择不回家，就会一直喝到天亮。在外国投资银行工作的人经常说："在六本木，没有只喝一杯这种事情。"而露西理解这句话的真实含义。"上周有点疯狂，"她给萨曼莎的信里写道，"不知道为什么，从星期三开始，我每天晚上都喝得酩酊大醉。下班后有那么多人请你喝酒，而且工作从来不会在凌晨2点之前结束，不知不觉就已经到了早上7点，而你就躺在东京街头。这里的酒吧很带劲，你就是忍不住进去喝一杯。"

六本木十字路口附近有杰罗尼莫酒吧，那里十分拥挤、喧闹，到处装饰着昂贵的丝绸领带，喝醉的银行家常把它们扯下来当作礼物赠送。卡斯蒂略酒吧的招牌上写着禁止伊朗人入内，这家酒吧的唱片骑师（DJ）丰崎很有名，他收集的20世纪80年代的唱片无人能及。华尔街酒吧的吧台上方挂着个屏幕，上面显示着股票价格。气体恐慌酒吧可谓肉欲横流，最令人热血沸腾，那里充斥着酒精和热舞。最受女招待欢迎的是东京运动咖啡馆，它的经营方式与第七天堂和秘密眼睛瞪脱衣舞俱乐部一模一样，而它隔壁就是独眼杰克女招待酒吧。晚上这个时间，女招待们不需要等多久就有人来请她们喝酒，在运动咖啡馆就像在俱乐部一样，她们都能从男性朋友消费的红酒和香槟中抽成。被卡萨布兰卡解雇后，海伦·达夫有一段时间就这样维持生计——泡在运动咖啡馆，每晚从所喝的酒中抽取相当于50英镑的佣金。

露西沉迷于下班后的夜夜笙歌，或者说通宵狂欢。但没人比路易丝更爱这样的夜生活。

一个星期六，铃木健二带露西出去共进晚餐。饭后，她在一家网吧写了几封电子邮件，并在午夜时分与路易丝碰头。她们在杰罗尼莫酒吧见到了一群熟悉的面孔。女孩们喝了几杯纯龙舌兰酒。路易丝很快"败下阵来"，转而和一个叫卡尔的人聊起天来。"然后我们去了华尔街酒吧，"露西写道，"这个夜晚在那里开始变得糟糕起来。"

路易丝交了个新朋友。露西认为他是个"可爱的家伙"，但也嗅出了他的危险气息。她在日记里描述说他让她想起那个具有自毁倾向的骗子前男友马尔科。"然而路易丝那时候已经酩酊大醉，无法理性思考。"他们三个人一起离开华尔街酒吧，去了一家叫深蓝的俱乐部，"路易丝到那里后，觉得需要其他东西让自己兴奋起来。"露西继续写道："我们在那里找到一些朋友，对我来说，这个夜晚变得越来越美好，可接下来路易丝开始失控。"

路易丝新结识的朋友的女朋友来了，可路易丝没将后者显而易见的醋意当回事。"路易丝越来越失控，完全沉浸在幸福之中，毫无顾忌地亲吻那个男孩。"露西写道。突然，音乐被关掉，灯亮了起来，五个人在舞池里打作一团，俱乐部的其他人都在围观。露西记录道："那个女孩打了路易丝，我打了那个女孩，那个男孩打了路易丝，我打了那个男孩，那个男孩来打我，保安去拉那个男孩——最后，我拿起我们的手提包，回去找到路易丝，我们一起走向电梯，有个疯男人跟在我们后面，但我们最后终于安全到家。"

"我从没听露西说过很开心，"索菲回忆道，"我知道她会出去喝得酩酊大醉，狂欢作乐，但我不认为她很快乐。我不是因为她的最终结局才这么说的，我是真的认为她不快乐。我记得曾因为她不快乐而担心她。"

"在这方面她和我很像。我们……差不多都在表演。如果我周围的人喝醉了，我也会喝醉；如果我身边的人都去图书馆看书，我也会去图书馆看书。这并不是说我总是做我不想做的事。但我们都需要被周围的人接受。露西从小到大一直备受宠爱，很受欢迎。但随着年龄的增长，她也开始做一些违背本性的事情。"

"我觉得露西在日本感到很受排斥。我很早就觉得她不开心，她只是在演戏——出门跟其他外国女孩混在一起，但从来没有真正开心过。"

露西仍然很想家，想念那些被她抛在家乡的亲友。一天晚上在杰罗尼莫酒吧，DJ 放了一首英国歌手斯汀的《金色麦田》，这首歌让她想起了塞文奥克斯年轻的澳大利亚酒保亚历克斯。"我无法想象再次见到他时的场景，"她在日记里写道，"一想到这件事，我的胃里就一阵'翻腾'，有时候感觉这一切将在明天发生，有时候又感觉还要等待一个世纪。我满脑子想的都是他……握着我的手，那双美丽的眼睛看着我的眼睛，牙齿咬着下唇……即使是醉醺醺地坐在酒吧里，身旁围着一群男人，他的模样仍然在我的脑海中挥之不去。"

钱一如既往是烦恼之源。5 月底，露西已经来到东京三个星期，她例行检查自己的财务状况。她当时的债务包括两笔银行贷款，一次银行透支，欠父母的钱，一张信用卡账单，以及"公主床"的尾款，共计 6250 英镑。这些债务的最低还款额，加上佐佐木公寓的租金，自行车的租金，以及每周 2 万日元的微薄生活费，已经耗光了她当女招待的全部收入。显而易见，她哪怕只想减轻一点点债务，也要努力几个月。她原计划8月初回国，但现在不得不放弃。她在日记里写道："我只能埋头处理这件事，其他什么也顾不上，可是这让我心烦意乱，觉得我和亚历克斯永无再见之日，回家之路似乎越来越远。我仍然十分迷茫，每当我看似要解决一些事情时，情况就会发生变化。"

除了钱和不在身边的男朋友之外，还有其他事情让露西烦心。在抵达日本三个星期后，露西在一篇日记里记录下了这种烦恼，从这篇日记中可以看出她情绪激动，十分孤独，可能还有点醉意。

日期：5月26日——5:50 AM

我不知道怎么了，但这个地方似乎激发出我最坏的一面。我一直不停地哭泣。我的胃疼得厉害，这是一种感觉完全被压垮的真实身体反应。我哭得很厉害，眼泪不是一滴一滴地往下掉，而是像波浪一样一波一波流下来。

我不太适应这里。我没法爬出泥沼。

我在运动咖啡馆不得不抛下路易丝和基南，我再也受不了了。我在那里感觉真他妈的糟糕，我讨厌那里。

我觉得自己又丑又胖，在那里一点儿也不起眼，我一直很讨厌自己。我太普通了。我从头到脚每一部分都很普通。我一定是在骗自己说我能在这里生存下来。我讨厌自己的样子，我讨厌我的头发，我讨厌我的脸，我讨厌我的鼻子，我讨厌我的斜眼睛，我讨厌脸上的痣，我讨厌我的牙齿，我讨厌我的下巴，我讨厌我的侧脸，我讨厌我的脖子，我讨厌我的胸部，我讨厌我的肥屁股，我讨厌我的胖肚子，我讨厌我松弛的屁股，我**讨厌**我的胎记，我讨厌我笨重的双腿，我觉得自己很恶心、丑陋又平庸。

我他妈已经债台高筑，急需好好表现。这些破事与路易丝无关，我真心为她高兴，但我是个糟糕的女招待。因为香农我才有了一次晚餐约会，另一次客人放了我鸽子，我的意思是竟然有人在这件事上放我鸽子，我到底有多糟糕啊？现在我只有（健二）了，但这种情况能维持多久呢？路易丝能让男人们点名找她，而我则只能替补或被人放鸽子。

西先生给了她一笔小费，她表现得很好，她表现太好了，交了一大堆朋友，而我却还是和往常一样，无论在哪里，都感到孤独。

这不是塞文奥克斯，这里只有我。

我无法向任何人倾吐心声，无法向任何人倾诉这种彻底厌恶自己的感觉，这种觉得自己如此平庸的感觉。我一直很努力想弄明白为什么会这样，想让妈妈和路易丝理解我，可是她们都认为我很傻，但我真的**很**想让她们理解。这是一种被人无视的感觉，感觉自己无足轻重，感觉自己从来都不曾属于哪里，从来都不太适应环境。

……我知道路易丝去年一直在四处游荡，但她从来没有那种失去自我价值的感觉。

最英俊的男人都会被她迷住。她总是觉得自己配得上最好的男人，并因此变得更加光彩照人，更加自信。我真的没有开玩笑，这听起来有点蠢，但我虽然每天都和路易丝在一起，却感觉糟糕透顶，感到无比孤独，堆积如山的债务让我情绪低落。有时候我真的无法再坐等下去，迫不及待地想知道会发生些什么。我只想消失。我感觉自己头晕目眩，不知道该怎么办。

我感觉如此格格不入。

我在哪儿都一无所有。

一个叫宫泽甲斐的男人向我描述了经营女招待俱乐部的艺术。甲斐是那种无论在哪儿都引人注目的人，在日本中年男性中，他称得上出类拔萃。他大约 55 岁左右，脸上虽有皱纹，却仍然十分英俊，灰白的头发自前额束起，扎成一束马尾。他常穿一件绣花衬衫，衬衫纽扣一直解开到胸部三分之一处，亮橙色的裤子系着一条白色和橙色相间的条纹皮带。他的脖子上带着一根银链子，左手腕上也戴着一根链子和一块粗大的银表，脚上常穿一双牛仔靴。

甲斐就是六本木外国女招待酒吧发展的活历史。1969 年，年仅 18 岁的他就去最初的金发女郎俱乐部卡萨诺瓦玩，并被那里的美女们迷住。在接下来的 20 年里，他晚上几乎都在六本木度过，沉迷于外国女孩的温柔乡。一天，一个朋友说如果他那么喜欢外国女孩，就应该自己开一家店。1992 年，甲斐俱乐部开业，一年后就改名为礼物俱乐部。开酒吧很辛苦，甲斐十分努力挣钱。他常常迫不得已要搬去租金更便宜的地方，或是与当地日本黑帮雅库札发生矛盾。"我不怎么懂做生意，"他说道，"我只懂女孩。"

甲斐将礼物俱乐部引以为傲。作为老板和经理，他就像赌徒盯着手里的牌一样牢牢盯着他的女招待们。他清楚她们每个人的长处和短处，他在最有利的赚钱时机小心谨慎地利用她们。粗心的客人总是默默地沉醉于这样的夜晚，不同的女招待来了又去，在他们看来就像潮水涨落一样寻常。但甲斐控制着一切，他就像扎着马尾的宙斯，从奥林匹斯山的酒吧俯瞰整个世界。

　　他在俱乐部很少亲自下场，只有看到最尊贵的客人，他才会坐下来寒暄几句。甲斐的工作是监控全场，适时调控每一组女招待和客人周围看不见的频率和共振，揣度每个男人周围的气场及其整晚的波动情况。他必须时刻注意每个客人达到了"系统"周期的哪个点，以及如何才能让他在那一状态停留久一点。"如果一个客人只待1小时，我就赚不到钱，"甲斐解释道，"他付给我1万日元。我付给女孩们3000日元，扣除租金和酒水钱，我差不多就只剩2000日元。如果客人只待1小时，我不会多费心思。但如果超过了1小时，我就要上点心了。"

　　一进俱乐部，客人就会和最吸引人的女招待坐在一起。这是他安排的女招待蜜月：恭敬迎宾，美女作陪，威士忌暖心，昏暗的灯光为俗丽的环境蒙上一层情色之光。女孩和客人开始交谈，甲斐则开始观察。"我先给他一个性情温和的漂亮女孩，"甲斐说道，"然后我会看看他们的相处情况如何，是否聊得来。"如果没有火花，甲斐就会在服务生耳边低语，后者又会在1号女孩耳边低语几句。她会礼貌地告辞，2号女招待马上取而代之。这个女孩也许会和客人聊得来。她只要把他留到第一个钟头结束、第二个钟头开始时即可。如果她成功了，甲斐就占了上风。

　　"超过一个小时，哪怕只超过一分钟，我都要把那个女孩叫起来，把她安排到另一张桌去，让这个客人和一个丑女孩待在一起。如果他还想和那个漂亮女孩说话，他可以花3000日元点她。他可能会说：'我还想和她说话。'你则回应：'对不起，她现在没空，要等半小时。'"半小时过后，这个客人就将待到第三个钟头，账单已经有3万日元，而且这一数字还会增加。

甲斐面带微笑继续说下去，仿佛经验丰富的猎人回忆追踪麋鹿时的模样，"你知道他们在想什么。如果他去上厕所前看了看手表，你就知道他打算离开了。这时你就要把俱乐部里最棒的女孩安排给他。他从厕所出来时，他的梦中情人正等她。"当他关上厕所门时，她会递给他一条热毛巾，然后牵着他的手回到桌旁。他会决定再喝一轮威士忌，但他的新女伴会想喝香槟（3万日元一瓶）。嘀嗒嘀嗒：第四个钟头很快开始。在3小时1分钟之内，这个客人已经花了将近500英镑。现在，他的香槟梦中情人又被带走了。

"你得看穿这些男人的心，"甲斐说道，"你必须读懂他们的内心。我是这方面的天才。"

他的一大天赋是能找到合适的女孩。甲斐会像马贩子一样评估她们。他透露："女孩必须在22岁以下。长相漂亮很重要，要像花一样。在俱乐部里，只要有一个女孩漂亮，其他女孩看起来也都漂亮了。六本木很小。如果有一个女孩漂亮，消息就会传开来，每个人都会谈论她，大家就会排着队来找她。我的俱乐部那时有最漂亮、最迷人的女孩。当女孩们来到东京时，她们手上会有一份打工俱乐部名单——第一名是独眼杰克，因为它是最大的。第二名就是我的礼物。我的俱乐部有时候排在榜首。"20世纪90年代是酒吧业的鼎盛时期，从六本木街上收获的女孩不足以满足需求。甲斐和他的英国妻子开始在国外做广告，并去英国、瑞典、捷克斯洛伐克、法国和德国搜罗新人。甲斐的妻子也曾是名女招待。

甲斐自认为很了解外国女孩。他喜欢外国女孩，他以她们为生。他同时也看不起她们。他常在不经意间淡漠地流露出对她们的鄙视。

他饱含激情地谈论完有关俱乐部经营的情况之后，随之而来的对这些女孩的鄙视令人震惊。这种鄙视源于女招待彼此之间的轻视，或是甲斐自己对女招待的看法——一种带有种族主义性质的优越感和冷漠。

他表示："其中只有10%是正常女孩，这些女孩有自己的身份，知道自己为什么来日本。其中只有10%的女孩喜欢日本，对这个国家和文化感兴趣。"据他说，他在东京招募的大多数女孩都是曾去泰国旅行的游客，她们跟随背包客的足迹，穿过泰国南部以吸毒闻名的观光海岛，一路参加满月派对*，无拘无束地吸食大麻、摇头丸和可卡因。"她们因此花光所有钱。当听说在日本赚钱很容易时，便来到这里，工作三个月，赚到钱后又回到泰国。她们不喜欢这里。她们不尊重黄种人。她们只是为了钱。"

"她们中90%的人在自己国家找不到工作。只有10%的人因为某些原因留在日本。她们没有头脑，只是些派对女孩。她们吸毒，追逐男孩。每个人都吸毒，周末她们总是吃摇头丸，疯狂参加派对。她们很疯狂，这里的毒品文化真的很疯狂。只有东欧人不太会这么做，因为她们要把所有钱都寄回家。"

"大约有20%或30%的人有性方面的问题。这是什么意思？意思是说她们经常被自己的爸爸强暴。她们对我说过这事，因为我平易近人。她们告诉我：'甲斐，我爸爸还是我男朋友。'因此，她们总是很愤怒。在她们自己的国家，其中70%到80%的人都离过婚。情况就是这样，很糟糕。"

---

* 月圆之夜举行的派对。

"她们没有朋友。她们没法和人交流。然后她们去到泰国，终于可以交到朋友了，因为她们遇到了和她们一样的人。交流方式就是毒品。周末，她们就分享毒品。她们中间大约90%的人和客人上过床。我想说的就是90%。为什么不呢？没有伤害，感觉良好，你得到钱，你变富有，没有问题！"

当甲斐说这种话时，就是在表达其道德优越感，这让人很难认真对待他的话。我不相信90%的女招待会把自己变成妓女。我不相信他列举的其他数据。他们只是用一种傲慢的方式来概括对女性的厌恶：所有女招待都是妓女。另一方面，他所描述的那些吸毒、乱成一团的迷失的女性在六本木无疑为数不少，她们有的是脱衣舞女，有的也在女招待俱乐部工作。但甲斐的厌恶还说明了另一件事。在对女招待品头论足方面，没有哪个男人处于劣势。他的所作所为足以表明他本人的虚伪，但也可以从中看出日本人的普遍态度。

在六本木逗留一段时间后，人们的眼睛就会开始适应这里的光谱，从而有可能感知到女服务生和女招待、脱衣舞女和"按摩"女郎之间的区别。但大多数人看不出其中的区别，也并不认为这些区别很有趣。日本女议员福岛瑞穗曾为在日本的外国女性争取权益，她表示："一些女招待并不认为自己是水交易的一员，因为她们没有与客人发生性关系。但局外人都认为她们所做的事情就是性产业的一部分。"

安妮·艾莉森曾写道："（女招待）摆脱不了某些污名，她能唤起人们的性欲，她代表着那个水交易世界。所有这些与性相关的肮脏反过来又使在这一产业工作的女性失去了获得体面婚姻的资格，也因此失去了合法生子、成为一个受人尊敬的母亲的资格……在一个将母性视为女性'天性'的文化环境中，从事水交易的女性被构建成违背天性的女性。她因此被人贬低，然而她也因此获得享乐。"

从5月底到6月，露西一直情绪低落。到了6月的第二周，她的情绪有所好转，她开始重新思考未来。她写道："我一直在和这些糟糕的情绪作斗争，但今天感觉不错。我突然意识到我不想在这里待到11月或12月——我需要新鲜的空气，宽敞的空间。我到这里之后一直渴望这些东西。"

星期五，这两个女孩离开俱乐部，去华尔街酒吧见路易丝的新男朋友。她的新男朋友是个法国人，名字叫科莫（"与兰蔻末尾几个字母一样，"她向萨曼莎说明道）*，他答应带一个朋友来见露西。酒吧里挤满了人，那两个男人迟到了。"他们还没来，我们就先找了个地方坐下喝一杯，"她给萨曼莎的信里写道，"这时**世纪性感之神先生走了进来**！"路易丝迅速"引诱他"来到她们身边。"我们开始聊天，他很年轻，"露西写道，"他叫斯科特，才20岁，从美国德克萨斯州来，他的口音能把你融化。他有一双蓝眼睛，一头金棕色直发，身高大约1.9米，肩膀宽厚，腹部肌肉线条明显，屁股挺翘，他轻松就能获得一份模特合约，但他的实际工作是——听好了——他是美国海军陆战队成员！！！你在幻想制服吗？？我当时也在幻想这个！"实际上，她当时已经在思考战术了。"我决定尽情享受这个夜晚，"她继续写道，"只要我不像很多人那样勾引他，不和他上床——或是做任何类似的

---

　　* 兰蔻法语为 Lancôme，科莫就是 Côme。

事情，我就不会输。我一直保持冷静和自信，而他就像闻见蜜罐的蜜蜂。"

他们转场去了六本木最古老的迪斯科莱克星顿皇后。他们点了香槟，露西和斯科特翩翩起舞。"我们打得火热。他很会跳舞。我们一起征服整个舞池，我很享受。"他们又一起去了第三家酒吧，这家酒吧的名字是躲藏。这时，太阳已经升起。科莫烂醉如泥，路易丝决定送他回家。斯科特早就错过了回航空母舰的地铁，于是露西做了个决定。她仍然不忘《戒律》这本书的指导，给了他一个所谓的"滚蛋演讲"，然后才邀请他去她家。

露西在日记本一页特别的内页上记录下了"滚蛋演讲"，这篇日记开头写道："引语！！东京记忆。"接下来则是："听着，你很可爱。我相信很多女孩愿意和你上床，但如果这是你想从我这里得到的——你找错人了——所以，如果你是这么想的，现在就滚蛋吧。"

回到佐佐木公寓，她吻了斯科特，但不让他上楼。"一开始我觉得他有点失望，毕竟任何人都可能有很多次一夜情，但我们其实都希望有人爱自己，有人能回应我们的爱。所以我做了件自认为会让他对我念念不忘的事。我给了他美好而温柔的吻，以及充满挑逗、令他欲火中烧的漫长而热情的拥抱和温存……而这很有效。"

2000 年 6 月 9 日那天是星期五，露西遇见了斯科特。接下来的 22 天是充满幸福和激情的日子。他们相约星期日晚上再见面。正当她精心准备时，远在塞文奥克斯的酒保亚历克斯给她打来电话。就在几天前，这还将是这周最激动人心的事情，而现在，他成了无关紧要的人。"接到他的电话还是像往常一样开心，"她在日记里写道，"但感觉他每次都变得越来越遥远……还是聊回斯科特吧。"

因为亚历克斯这个小插曲，她半小时后才到达约会地点，六本木十字路口的粉色咖啡馆阿尔蒙德咖啡馆。"他穿着牛仔裤和一件蓝色上衣。他背对着我，所以没有看见我。我拍了拍他的肩膀，他转过头来——他太英俊了。他的眼睛比我记忆中更蓝，他的笑容更加温暖，他的吻也更加令人心动。"

他们搭地铁来到原宿，这里是东京年轻人的周末休闲胜地。他们沿着表参道漫步，这是日本最浪漫的街道，也是最神似巴黎那些大道的亚洲街道——道路宽阔，两旁绿树成荫，缓缓向下通往明治神宫的入口。"我们很合得来，"露西写道，"我和他在一起感觉很舒服，也很愿意和他待在一起……我们聊了很多，我们太开心了，随便聊了很多话题——这种感觉真的很好。我觉得自己好像醉了，真的一直在傻笑的感觉。但我一直保持着冷静。"

他们在一家意大利餐馆享用完晚餐，然后穿过一座长长的人行天桥，天桥与道旁的悬铃木一样高。在炎热潮湿的 6 月，树叶最为碧绿茂盛。"我们走上天桥就开始接吻，"露西记录道，"当时很黑，四周闪烁着东京的灯光，表参道人潮涌动。接吻的时候，我迷失了自己，感觉心跳到了嗓子眼……当我抽身出来的时候，一种巨大的满足感席卷全身。"

在这篇日记的背面，露西画下了这一刻——在横跨美丽的林荫大道的天桥上亲吻斯科特的情景。露西写道："我想今天是我记忆中第一次，我可以百分之百地说我很满足。我从未拥有过这么少，却同时感觉拥有那么多。"

和斯科特见面之后，日子仍像往常一样一天天飞逝。露西在他们第一次约会后的星期一写道："寻常的日夜变得不同寻常，我感觉就像走在云端。"第二天早上，她醒得很早，宿醉难受，疲惫不堪，但她必须和路易丝以及她的一个客人一起去迪士尼乐园，那地方远在东京东部边缘地区。"当时下着倾盆大雨，我们俩都感觉糟透了……但终于到达目的地时，我又觉得还不错，欢欣雀跃，非常兴奋。"星期三早上，露西照镜子的时候发现嘴唇上长满了疱疹，感觉很疼，简直是场灾难。她取消了当晚和斯科特的约会。"那会儿我感觉很糟糕，十分难为情，觉得自己丧失了吸引力。"然而她晚上却和健二一起去了佐治亚俱乐部吃饭，"那是我见过的最漂亮的餐馆，我觉得自己就像个公主。"

根据女招待守则（有些俱乐部甚至要求女孩们签署协议并承诺遵守），女招待永远不要和客人谈论"外面的"男朋友或情人。但健二明显能感觉到不同，露西对他的兴趣减弱了。他为这种持续的幻觉付出了高昂的代价，但这种幻觉却越来越难以维持。健二不免产生自我保护的焦虑，并在给露西的电子邮件中流露出来。

"你根本不需要向我道歉，"他在6月中旬轻松地写道，"据我所知，女招待的工作消耗的精力比我想象的要多……不过，我以为你男朋友也要来日本，哈哈哈哈哈……"但几天后，他又写下充满爱和需求的句子："我太想你了。希望星期日能见到你！"星期日来了又去，他却连露西的一封回信都没收到。他再给她写信时就隐隐流露出责备之意。

我想我不能心平气和地和你沟通。我以为你愿意和我一起共进晚餐。不管怎样，如果你改变主意了请告诉我，我会很感激。

两个半小时后，他又给露西发了一封邮件，主题是："再见！！"：

> 我确定我的小心脏像往常一样破碎了。但是，没关系，我的女士！我只希望你在东京能有礼物（原文如此）*时间。再见！

而露西自然整个周末都陷入对斯科特更加深切的爱恋中。

在和他进行下次约会的前一天晚上，露西直到早上6点都没有睡着。"我的胃在翻腾……我的身体因此一直清醒，而我的眼睛困得睁不开。"他们下午见了面，一起坐在代代木公园的一棵树下，"不停地聊啊聊啊聊啊"。阳光很温暖，人们伸开四肢躺在草地上，有的人还跟随一支在户外演奏的乐队翩翩起舞。"天慢慢变黑，我们准备离开，"露西写道，"斯科特永远也不会知道，我们随后可能进行了一场在我们的关系中最不可思议的对话，这让我将自己与他紧密联系在一起，比他所意识到的还要紧密。"

周末，许多音乐人和街头表演者们聚集在原宿车站和代代木公园之间的广场上。露西和斯科特经过一个技艺超群的杂耍人，不由得驻足观看。这让他们展开了一段有关天赋和个人成就的对话，他们谈到了哪些人拥有天赋，哪些人没有。露西后来写道："他当时说到了他最大的不安全感（并担心它将永远存在），他觉得自己太平庸了。我觉得当时我腿软了，几乎要哭出来（不想显得太可笑）。"

露西因为斯科特而弄清楚了自己的想法。"我只是不敢相信，直到现在（距离当时已经过去一个星期）我还是无法描述当时所受的震

---

* 此处原文为 present，应是 pleasant 误写，意为愉快的。

动，我只能说那是一种巨大的安慰或连接感，你正在交往的人与你有相同的感受，这让我感觉不再那么害怕或迷茫。如果他看到这篇日记，他可能会认为我失去理智，但也许有一天，我会告诉他我也有同样的感受，这样他的恐惧也会消失。"

他们在一家牛排店共进晚餐。毫无意外，斯科特"错过"最后一趟回家的火车，只好和露西一起过夜。"那是美好的一天，"她写道，"我很高兴第一天晚上我坚持了立场，我们每天做的这些小决定会在瞬间改变我们的生活轨迹。"

2000年夏天，亚洲经历了一番政治动荡。5月14日，露西当上女招待的第一个周末，日本首相小渊惠三因突发中风晕倒，六周后在医院去世。6月13日，她和路易丝在迪士尼玩的时候，朝鲜和韩国的领导人自朝鲜战争以来首次会面讨论和平问题。日本各地的候选人都在向选民发表演讲，大喇叭里播放着各自所在党的竞选口号。

外界的戏剧性事件丝毫没有触动露西和她的世界。

6月20日，星期二，代代木公园阳光灿烂，她又一次和斯科特一起吃早餐，并且一起度过一整天。"我觉得我们很合得来，就像钥匙和锁那样锁定在一起，"她在日记里写道，"我产生各种恐惧，听到各种怀疑的声音，感受到汹涌的激情，我的感情随之增长。"

星期三，她和一个叫征尔的投资银行家一起晚餐约会。第二天晚上，她又和一个叫翔治的上班族进行晚餐约会，这个翔治在JVC公司上班。

星期五晚上，她在卡萨布兰卡与一位兴和先生坐在一起，兴和先生英语说得很好，但有点口齿不清。路易丝也陪他们坐了一会儿。他点了香槟和白兰地，临走前，他答应下周会打电话安排一场晚餐约会。

星期日是日本大选投票的日子。露西周末和斯科特一起度过，没有回应健二发来的几封绝望的电子邮件。

星期二，她去健身房上健身课。星期三，也就是6月28日，她和"照片人"老渡边先生一起晚餐约会，他们还约好下个星期二一起共进晚餐。

星期四，她又见到了斯科特。这一时期，她已经无心写日记，但他后来还能回忆起那次见面。他回忆道："她欣喜若狂。我告诉她我爱她，她说她很高兴我先说出来。她告诉我：'我对你也有同样的感觉。我心里全是你。'露西说她对我的感情是如此强烈，以至于内心忐忑不安，心神不宁。她告诉我当我表白时，她的腿都发软了。"

6月30日，星期五，她给她的妈妈发了一封电子邮件，她已经好几天没给妈妈写信了，后者一直在焦急地询问她的消息。这封邮件的主题是："我还活着！"

第三部分

调查

出事了

露西·布莱克曼和路易丝·菲利普斯同一年出生，在同一所学校上学，喜欢同样的音乐和衣服，两人的家相距大约 20 公里。但有一样东西将她们区分开来，那就是英国社会阶层的无形裂痕，这两个朋友本身对此并不在意，但其他人却会因此对她们给予不同的评价和看法。

布莱克曼家的孩子生长于商人家庭，接受私立教育，居住在体面的小镇塞文奥克斯，说话带有伦敦边郡口音。路易丝的口音则表明她是伦敦东南部工人阶级的孩子。她的爸爸是优秀的建筑工人，在布罗姆利*郊外的凯斯顿村买了栋大房子安家落户。51 岁时他不幸去世，这对他的妻子和两个年幼的女儿来说是个可怕的打击，动摇了她们富足、稳定、向上攀升的生活基础。路易丝靠奖学金才进入沃尔瑟姆斯托女校学习，这一背景，再加上她的口音，立刻将她与其他女孩区分开来，其中比较傲慢的女孩都称她为"穷孩子"。

如果换一个人，可能会被这种势利的态度击垮，路易丝却以蔑视和嘲笑的态度反击这种势利。面对霸凌，她无所畏惧。在学校，她不仅对付欺负自己的人，还帮露西赶走欺负她的人。十几岁的她野性十足，喜欢冒险。露西的其他未成年同学都躲在塞文奥克斯的酒吧喝酒，路易丝则会带她去伦敦卡姆登区和伦敦南部的高级酒吧和俱乐部。布

---

* 伦敦的一个大型郊区镇，1965 年并入大伦敦范围。

莱克曼一家很喜欢路易丝，但路易丝偶尔还是能感觉到他们对她的不满，认为她带坏了露西。如果两个女孩在外面待得太久或太晚，路易丝常常感觉大家只会指责她，而事实上露西一直积极参与这样的活动。

路易丝深知露西缺乏安全感，她见证了露西父母分居和离婚对其产生的影响。她一开始就不喜欢蒂姆，部分原因是因为他对她不满，同时还因为她认为蒂姆经常随意批评女儿的体重或外表，打击露西的自信心。她知道露西很多时候都对自己的外貌缺乏自信，她很羡慕路易丝能用美貌吸引男人。但其实路易丝也有极度脆弱的一面。

父亲的去世对她影响很大，长期以来，她一直处于自我毁灭的绝望状态中，并因此饱受神经性厌食症折磨。与其他人相比，露西给予了她更多帮助，帮她度过了这段痛苦时期。其他人的友谊中缺乏这种东西——路易丝在某种程度上依赖和崇拜露西，露西拥有语言、绘画和烹饪的天赋，同时具有幽默感，对朋友忠诚。

路易丝本来打算独自去日本。露西表示要一起去的时候，她十分高兴，并且为她出了一半的机票钱。但路易丝坚称自己没有强迫朋友。杰米深信露西因为要离开他而伤心不已，路易丝对此则一笑置之。路易丝知道露西对他的爱早已变成了厌倦和厌恶，而杰米不愿接受现实的态度只是让她感到尴尬和恼火。露西在学生时代就习惯追随路易丝，搬去东京正符合她一贯的追随作风。露西想去东京，她要逃避很多东西。

"那些债务真的让她十分烦心，"很久以后路易丝告诉我，"她半夜会因此担心得醒来。她需要快刀斩乱麻。她不想花上几年时间来还债，她实在想不出别的办法。她还烦恼：'杰米一直缠着我。和妈妈住在一起——噢，我才像个当妈妈的。'我觉得她因为离开她的妈妈而感到内疚。她并不想逃避简。但她也想过得无忧无虑，她想过 21 岁女孩的生活。简不想让她出门，但并不是因为她认为露西会遇到什么糟糕的事。我是说，简自己也认为露西不会出什么事——但最重要的是，她自己不想被抛下。"

来到东京的最初几个星期，这两个女孩都感到很困惑，但对露西来说更难适应。她的女招待工作不顺，路易丝却大获成功，虽然两人都没有提起过这个话题，但这的确给她们的友谊带来一种陌生的紧张感。但到了 6 月，情况似乎发生转折。有一天，露西给路易丝发信息说道："第一个月对我俩来说都很艰难。但从昨天开始，我对你产生了从未有过的亲近感。你是我真正的灵魂伴侣，你知道别人所不知道的关于我的事情，你能在我身上看见别人看不见的东西。你只要走进房间，瞬间就能感受到我的情绪。"

7 月 1 日，星期六，她们早上醒来得比较晚，两个女孩都精神抖擞。露西终于开始有常客名单。路易丝与法国男朋友科莫吵了一架后，终于和好如初。前一天晚上在卡萨布兰卡，她们俩和一对叫吉田和田中的讨人喜欢的年轻工薪族聊了一晚上，这两个年轻男人答应下周带她们出去进行双人晚餐约会。

她们俩在凌晨 2:30 离开俱乐部，一起打车回家，然后一起在厨房喝茶，吃奶油土司，一直待到凌晨 4 点。路易丝回忆道："我们都很兴奋，我俩都觉得'我们成功了。'我们已经在那儿干了两个月，星期一就要发工资了，一切都很顺利。我俩都觉得我们已经熬过那段垃圾时光，现在一切都会好起来了。"

星期六下午，露西最后一次出门。路易丝星期一早晨去的警察局，当天下午她就接到了那个古怪的电话。但直到星期一晚上，路易丝才给布莱克曼一家打电话，告诉他们发生了什么，这时距离露西失踪已经超过两天。路易丝打电话的时候是英国的午后，简还待在家，但正准备去邮局寄一包糖果到东京。即使在露西安全抵达日本后，她仍然十分不安。而这个让她的担心成真的消息，使她惊慌失措，恐惧不已。她将索菲和鲁伯特叫回塞文奥克斯的小房子，瓦尔和萨曼莎·伯曼也立即赶来，杰米·加斯科因一听到消息也从伦敦开车赶到。

大家无法消化接收到的信息。不仅仅是露西失踪的消息，还有路易丝痛哭流涕转述的电话中的奇怪细节：一个"新兴宗教"，"训练"，"高木彰"和"千叶"，不知道这都是些什么东西。"屋子里真的一片混乱，"当时还是学生的 16 岁的鲁伯特·布莱克曼回忆道，"妈妈就像只无头苍蝇。如果有人在日本失踪了该怎么办？没人知道该怎么办。我上网查了一下'新兴宗教'。我记得当时还联系了我的一位老柔道教练，向他征求意见，就因为他与日本有那么点联系。当时就像有什么东西朝你砸过来，突然之间你仿佛飞出这个星球，你高高在上，向下看去，你必须找出这个人，就像大海捞针一样。这种感觉太奇怪了。我无法描述那种感觉。就像失去某样东西的感觉——这已经够糟糕了。但当失去的是某个人时，感觉更是糟糕透顶。一个人在购物中心走失是一回事，但在另一个大陆走失——你完全不知道应该从哪里找起。那里有着完全不同的文化，你却谁都不认识。在那样的地方发生这种事情简直是世界上最糟糕的事情。"

收到这个消息后，简给住在怀特岛的蒂姆打了电话。他当时正坐在后花园里，享受着午后的阳光。这是他俩离婚后第一次交流。接下来他俩的对话出现了两个版本：她的和他的。

简：蒂姆，蒂姆，是我，简。出事了——露西失踪了。

蒂姆：我不知道你希望我做些什么。

简：我们的女儿在日本失踪了。你不能……你不愿意去把她带回家吗？

蒂姆：我相信外交部和警察正在处理这件事。我们能做的他们都能做。

简：可是，蒂姆……

蒂姆：听着，我正在烧烤。再见。

简：噢，蒂姆，请……

蒂姆：别烦我。

他挂了电话。

简：露西失踪了！你必须做点什么！

蒂姆：哇，等等，慢点。是简吗？慢点，简——出什么事了？

简：我们的小姑娘在日本失踪了！你必须去把她带回来！

蒂姆：什么意思，失踪？究竟发生了什么？冷静——

简：你这个混蛋！我说，她失踪了，你这个垃圾。你不想去是吧？

蒂姆：简……我……我没法现在就决定。要考虑很多事情。再告诉我一遍出了什么事。我正在烧——

简：你他妈的混蛋！你的女儿出大事了！你根本不在乎任何人，是吗？

她挂了电话。

因此，宣布第二天将飞往东京的人是索菲，杰米·加斯科因会和她一起去。她对她妈妈说："我们知道她在千叶，所以我会去那儿找她。如果她被邪教组织绑架了，我愿意把她换出来。我会把她带回家。"

索菲当时才 20 岁，杰米 23 岁，两人之前从没去过那么远的地方。他俩独自在日本待了七天。杰米还是露西男朋友的时候，索菲就不太喜欢他。他之所以会陪她来日本，完全是听了她的妈妈的话。他们在英国大使馆和六本木麻布警察局来回奔波了一个星期，结果一无所获。英国大使馆的工作人员表现得很担忧，对事态十分关注，却又无能为力，六本木警察局的警察则表现得十分冷漠。

路易丝已经上报了露西失踪的情况，那张报告被放在堆满档案柜的房间里。不过，他们还是对千叶有了一些了解，它不仅是个拥有 90 万人口的城市，还是个拥有 500 多万人口的县，面积相当于肯特郡和大伦敦的总和。他们还了解到"新兴宗教"是对日语中用来描述新时代异教团体的术语的直译，而且这类异教团体有数千个之多。

远在塞文奥克斯的简焦虑得几乎语无伦次，索菲每隔几小时就会和爸爸通一次电话。他们讨论了类似情况下所面临的困境：是否要公开此事？一定有人知道露西出了什么事；一定有人在她失踪那天见过她，而找到这些目击者的唯一方法就是公开征集信息。另一方面，如果是绑架者绑架了她想索要赎金，那么就会有人来索要赎金，就有谈判的机会，如果绑架不是为了钱，而是为了强奸等目的，那么抓走她的人就会面临如何处置活着的肉票的难题。无论如何，媒体的曝光会让绑架者惊慌失措，做出无法挽回的事情。"如果我们公开这件事，露

109

西可能会死掉，"索菲回忆当时的情况时说道，"另一种危险则是，如果我们瞒着这件事，就会失去任何可能找到她的机会。"

警方不想与记者有任何纠缠。大使馆方面虽然表示选择权在家属，但给人的感觉是他们认同警方的想法。索菲本来是想直接找到绑架露西的人，凭自己的力量迫使绑架者交出姐姐，但事情变得复杂起来。千头万绪都需要按顺序理清，就像玩魔方一样：警察，大使馆，媒体，甚至还有索菲争吵不休的父母。各方产生什么利益冲突，也都必须以正确方式处理。

时差和焦虑影响了索菲的睡眠。一天晚上，她梦见自己被困在一个视频游戏里，这个游戏同时也是一部好莱坞电影。索菲是个类似詹姆斯·邦德[*]或布鲁斯·威利斯[+]的动作英雄，要在有限的时间内拯救世界。但她不用拆除炸弹，拯救人质，杀死恐怖分子，反而必须激励警察，与外交官保持良好关系，与记者周旋，调和父母关系，以阻止某个面目模糊的无名恶棍杀死她的姐姐。

索菲表示："我们得做出选择，是尽我们所能从警方那里获得所有信息，同时远离记者，还是让案子保持较高媒体关注度，给调查施压，但我们从警方那里什么也得不到。于是我们决定选择媒体。"事实上，布莱克曼一家已经失去选择权。在伦敦，路易丝·菲利普斯的姐姐埃玛在没有和布莱克曼一家商量的情况下，就去找了《每日电讯报》。没过几天，这件事就登上了英国各大报纸，记者们显然对此事有着各种

---

[*]《007》系列小说和电影中的男主角，设定为英国情报机构军情六处特工。

[+] 美国影视剧演员，以主演《虎胆龙威》系列动作电影闻名。

猜测。

> 昨晚，越来越多的人担心前英国航空公司空姐露西·布莱克曼被邪恶的日本邪教组织囚禁为性奴。(《太阳报》)
>
> 警方担心，21岁的露西·布莱克曼现在可能已经成为那个古怪群体的"诱饵"，被强迫卖淫。(《每日镜报》)
>
> 警方正在调查露西·布莱克曼是否被为夜生活人士服务的卡萨布兰卡俱乐部的一名客人绑架，21岁的布莱克曼受雇在那里陪酒客聊天。(《独立报》)
>
> 露西·布莱克曼的命运可能掌握在日本"黑帮"手中。(《塞文奥克斯信使报》)

对于远在东京的记者而言，这是个棘手的报道。日本警方断然拒绝发表评论，英国大使馆虽然态度更为礼貌，却也没透露什么。六本木的俱乐部经理和外国女招待都充满戒心，十分警惕，那些被说服说点什么的人只是表达了自己的困惑和对此事的关注。面对媒体的询问，索菲·布莱克曼的回应略带挑衅和不屑。失踪的空姐的秘密令人浮想联翩，但并没有那么引人注目：全世界每天都有人失踪，而且失踪的理由通常没什么特别。如果不是因为她的爸爸蒂姆，露西可能很快就会被人遗忘。蒂姆在接下来那周的星期二来到东京，此时距离露西失踪已经过去10天，他抵达东京后立即做了他最擅长的事——召开新闻发布会。

英国和日本一样，当民众面对难以承受的压力时，其公开的行为方式受到强大传统的制约。我们希望痛苦的受害者充满困惑，伤心不已，行动消极被动。如果他们没有这种典型表现，大家就会对其表示怀疑。

布莱克曼一家在东京的表现与传统期待截然相反。

如果一个日本家庭的女儿不幸失踪，面对镜头时，她的家人会低垂着眼缓步前行。他们通常欲言又止，即使说话也只是寥寥几句。他们会表达对孩子的爱，担心她的安全，并呼吁绑架者能好心放了她。他们会哭泣，甚至会道歉，或做类似的事情，因为他们的困境"带来了不便"。记者的提问也循规蹈矩。你的女儿的性格怎么样？你想对绑架者说些什么？这个不幸的家庭会再次默默走开，再也听不见他们说些什么。与媒体打交道的责任，破解谜团的责任——事实上一切责任，都将交托给警方。

在英国，个人有更多空间表达愤怒和怨恨，但也只能在有限空间范围内表达。一种不成文的规定支配着与布莱克曼一家遭遇相同情况的人们，这种规定就像古老的哀悼仪式一样严格。在东京遇到蒂姆和索菲之前，我对这种规定的存在一无所知。他们从一开始就对传统不屑一顾，这使得他们如此引人注目。

蒂姆抵达东京后的第二天早晨就在英国大使馆召开了第一场新闻发布会。房间里挤满了人，到处都是摄像机和摄像灯，每个座位都坐着人，甚至连过道上都站着记者。大使馆新闻处秘书陪同蒂姆和索菲·布莱克曼坐在发言席上。她用一种温柔而尖锐的夸张语调作了简短介绍，只有在公众讨论有关年轻人的悲剧时才会用到这种语调。蒂姆紧随其后发言。他年近50，身材高大结实，长着一双透亮的蓝眼睛和一头浓密的棕红色头发。他自信满满，能言善辩，做事干脆利落。

"V.镇静,"我潦草地记了几笔,"——印象深刻——没有哽咽,没有明显的情绪波动。鬓角明显。"

蒂姆回答第一个问题时说,是的,他昨天一到东京就去见了警察。他认为他们正在追查所有可以用到的线索。是的,露西离开英国后有打电话给他,她在电话里听起来很高兴。当被问及"高木彰"打来的电话以及关于露西加入邪教的说法时,他表现得非常不屑一顾。"露西是罗马天主教徒,"他答道,"她对宗教其实并不是很感兴趣,她不可能在一个星期六下午突然对邪教产生兴趣。"

他承认露西有债务问题,但同时表示这没什么特别的,不过是"计划内"透支和几千英镑的信用卡账单。他还解释道,他和索菲来东京是为了协助警方和媒体。"在日本的街道上或车里,露西是个非常引人注目的年轻女性,"他继续说道,"路人可能在街上见过她,或是看见过她和某人开车出门,这些人可能会向我们提供所需的重要线索。"

他的回答言简意赅,作为一个提供信息的人,他的表现无可挑剔。但是,从摄影师、记者和摄像师的角度来看,又有不一样的发现。在新闻发布会现场和电话交谈中,蒂姆偶尔会在回答问题前稍作停顿。他会延长停顿时间,让整间屋子充满紧张气氛。这种时候,人们会面面相觑,不知所措。沉默的停顿的含义无法被记者写进报道,也无法被照相机捕捉。接下来蒂姆则会用沉稳、坚决、实事求是、近乎讽刺的声音发言。他的确能言善辩,但并不会让人觉得准备过度。他没有参考笔记。他会不时斜眼看看索菲,有时候他们会相视一笑。他在发言席上表现得很自在,甚至可以说很放松。第二天,那些不太严谨的报纸就会用"失控的爸爸蒂姆""心急如焚的妹妹索菲"和"强忍泪水"等字眼来装点他们的故事。这些都是不实报道。我们很难想象还有哪对父女比他们更平静、更专注。

一名英国记者举手询问露西现任男朋友的情况。蒂姆表示不认识这个人，只知道他是个外国人，而且已经接受过警方询问。索菲也被问到相同问题，在此之前她还没有对此发表过什么意见。大使馆新闻处秘书之前曾建议索菲不要参加新闻发布会，担心媒体会试图刺激她，让她做出什么疯狂的反应。如果抱着这样的心思，媒体会大感失望。"她当然提起过他，她是我的姐姐，"索菲开口答道，"她说她在这里遇到了一个男人，她开始约会了，你只需要知道这些就够了。她说的那些细节你不需要知道。"

摄影师蹲在发言席下，镜头齐齐向上。他们等着为第二天的报纸拍一张照片：抹眼泪的手，因焦虑和绝望而变形的脸，甚至只是父女俩紧握的双手。但他们的镜头里没有出现这样的画面。新闻发布会结束的时候，我意识到蒂姆身上还有其他令人不安的东西，与他的外表有关。从大多数角度看，他的外表都很传统：他穿着一件夹克，一条深色裤子和带穗的皮鞋……然后我发现了它。

当摄像灯和摄像机被移除时，我认识的一名日本记者皱着眉头走过来。"你对布莱克曼先生印象如何？"他问道，"他为什么不穿袜子？"

"我喜欢开游艇，"多年后蒂姆告诉我，"除非必须穿袜子，不然我很少穿它。东京每年那个时候都很热。"提到那次新闻发布会上的情绪表达，他说道："我们之前就决定不会有假笑和哭泣。没有这些东西。"

蒂姆于1953年出生在肯特郡，后来在怀特岛上学。他的爸爸是个严厉的人，也喜欢船。蒂姆是三个孩子中最小的一个，他自己形容生活"非常痛苦"。"我是最小的孩子，小不点，不被重视，我的父亲当时好像非常严厉，经常生气咆哮，"他回忆道，"他常常发火，但我会用幽默和智慧让他消气，不过总是掌握不好度。我经常吵吵闹闹，我想应该非常烦人。我就是不知道什么时候该消停。我猜放在今天，他们应该会说我有点好动。"蒂姆在学校一支小有名气的蓝草音乐 * 乐队演奏四弦班卓琴。乐队在各大音乐节、温布利体育场等进行过表演，甚至还发行过一张密纹唱片，不过"无人问津"。蒂姆没有心思上大学，他逍遥了几年，没事卖卖鞋，为自己赢得了"自大浪子"的名声，而这也是简对他的第一印象。

蒂姆表示，他和简的婚姻从一开始就有很多麻烦，而且随着时间的推移，问题变得越来越严重。在这段婚姻的最后几年及其崩溃的最初几年，蒂姆家的鞋店生意逐渐衰落，蒂姆的房地产公司又一败涂地，他既遭受了事业上的打击，也承受了个人的不幸。但到了 2000 年，他重振事业，与此同时，他不仅与约瑟芬·伯尔相处融洽，还顺利成为她 4 个十几岁孩子的继父，同时还和包括露西在内的他自己的孩子修复了关系。

与露西聊过几次之后，蒂姆逐渐意识到她会去日本。蒂姆知道她在英国航空公司不开心，长途飞行再次让她病倒。他也知道她有债务：露西直接问过他愿不愿意帮她还债。"我帮她打理债务问题，"他说道，"我给了她一些钱，但是我当时不能直接开一张 5000 英镑的支票给她，而且我也不确定是否应该养成这样的习惯。当然，我也会想如果我帮她还了债，她是不是就不用去东京了。但我不知道事情会不会这样发

---

* 乡村音乐的一个分支。

展，我也不想为此自责，因为一旦你开始这么想，就没法走出来了。这么做改变不了任何事。"

在离开英国之前，露西没有提过当女招待的事。"我猜露西认为我不会赞成她这么做，我也的确不会赞成。因为这不是什么体面的工作。她不应该做这种事。我是个男人，我知道这是怎么回事，无论这一行有多安全，男人都会对女人不怀好意。但她过了好一阵才告诉我实情。现在回想起来，我就那种典型的容易上当受骗的老爸。"

露西走后，她会定期给蒂姆打电话聊天，不时还会给他寄明信片。起初她很想家，不想在日本再待下去。这里的每样东西都很贵，她艰难维持着收支平衡。蒂姆劝她回家，可是露西不愿意抛下路易丝。过了几个星期，她给他讲了讲自己的工作情况。"她说工作有点奇怪，但又很有意思：西方女孩负责给客人倒酒，其中有三四个英国女孩，还有一些有趣的日本人。她说他们说起话来都是哇－嗨－哇－嗨－喔的。下班后，女孩们会喝几杯啤酒再骑车回家。她告诉我她认识了一个可爱的美国海军陆战队队员斯科特。她会开心地说这说那，说个不停。当时她显然已经开始享受那里的一切。"

后来就接到了简的电话。不管人们接受哪种说法，显而易见，针对露西失踪一事，蒂姆的反应比他的前妻更加冷静和超然。他坦言："很多人问我当时的感受，我不知道我当时有什么样的感受。一切都太不真实了。简在电话里尖叫，对我大呼小叫。而我就坐在后花园，听树上的蓝山雀鸣叫。"

过了几个小时，还没弄清楚发生了什么，索菲就抱着牺牲自己救露西的想法出发去了东京。蒂姆对日本一无所知。和他的儿子鲁伯特一样，他给他认识的去过这个国家或是对这个国家有所了解的人都打了电话，包括他的生意伙伴和亲戚的朋友。他哥哥的一个日本熟人告诉蒂姆，日本警方不太可能重视单身英国女性在东京失踪的案子。"不止一个人告诉过我类似情况，"蒂姆回忆道，"那时我才真正开始恐慌。那时才开始意识到，你完全被遥远的外国机构掌控，完全依赖他们来解决这个生死攸关的问题。而我被告知他们不太可能解决这个问题。"

大约就在这个时候，记者们开始打来电话。"简凌晨 2 点还接到电话，她于是自然而然地给出了回应——说了很多 F 开头的两个字的单词，"蒂姆说道，"我的情况不一样。记者开始给我打电话时，我就把我知道的都告诉了他们。突然之间，我发现媒体开始关注这件事。于是我想：'如果我们想要影响事态发展，大家就必须知道她失踪了。'"

"后来索菲从东京打来电话说：'我完全被困住了。警察儿乎不和我说话。'我意识到如果我们能在英国引起人们的大量关注，事情或许就会不一样。我宣布我将亲自去日本，这引起了更大关注。"蒂姆发现在适当的时候，个人可以影响媒体，创造头条新闻。他还有另一个重要发现。

7 月底，日本政府要在南部的冲绳岛举办八国集团首脑峰会。弗拉基米尔·普京、雅克·希拉克和比尔·克林顿都将经由东京前往冲绳。托尼·布莱尔届时也将出席会议，并且会比英国外交大臣罗宾·库克提前一个星期抵达。

蒂姆表示："我知道八国集团，我想：'如果举办这样的峰会，全世界都会关注日本，而这将对我们有所帮助。如果我们能吸引英国民众的目光，如果我们能让选民关注露西和她的遭遇，那么包括首相在内的任何政治家都将义不容辞地提出质疑，否则就会显得他像个废物。'"

早在动身前往日本之前，蒂姆就给自己提出了挑战：把露西和她的失踪变成轰动一时的事件，一个两国最有权势的人都必须面对的问题。

"这是在和时间赛跑，"蒂姆说道，"一方面，这是一场声势浩大的公关活动，它会让露西出现在日本所有的电视银幕上；另一方面，这会给东京警方制造压力，因为英国首相在和日本首相交涉这件事。我能想象出这样的画面。"

蒂姆继续说道："我就像一台巨大的挖土机，一台JCB*挖土机，我必须开去一个特定的地点，那里有露西。我在一个小镇上，如果我愿意，我可以沿着正确路线前进，绕着房子和街巷走。但是我想去的地方就在那里，于是我决定：'我要直接开到那里，走直线。直接穿过去，从A点到B点。如果有东西挡住了路，我就只能从它们中间开过去。'"

这种决心有时候会让蒂姆过于兴奋，对他产生不利影响。但也正是这种决心支撑着他。当飞机即将在成田机场降落时，他凝视着下方的景物，感到惶恐不安。"一想到要在那里寻找露西，我就感到无比绝望。从机场到市区的景物令人惊叹，难以置信。一切都那么庞大、拥挤、陌生。看着眼前的景物我不禁想到：'天哪，会发生什么？会发生什么？'"但眼下有一项紧急任务：让英国媒体步入正轨。

蒂姆住进了索菲入住的钻石酒店。和蒂姆同机抵达的记者、摄影师和电视台工作人员也都在这家酒店登记入住。许多英国媒体对日本没什么兴趣或了解，而且在蒂姆抵达日本的时候，他们也不确定露西

---

* JCB是一家建筑、农业、废物处理和拆卸设备制造商，总部位于英国罗彻斯特。

失踪一事会如何发展。事态发展取决于一个问题：女招待究竟做些什么？如果女招待本质上就是应召女郎，那么这将是个生动却短暂的故事：一个年轻女性自愿屈服于邪恶的世界，并因此遭遇不幸，而这一结局早已在意料之中。人们会同情这个家庭，但这种同情十分有限，没有哪个首相会想见失踪妓女的父亲。蒂姆面临的挑战是将露西塑造成一个无辜的年轻女孩，也许有点天真，不知天高地厚，但这样足以让许多英国人想到自己的女儿。

这是只有蒂姆和索菲能做到的事情，考虑到英国媒体的毒舌，他们可以说是取得了奇迹般的成功。

关于六本木的"红灯区"，有很多耸人听闻的报道。(《人物》杂志一篇文章的标题是"日本卖淫陷阱的危险"，文中写道："英国中产阶级玫瑰落入罪恶的暮光世界。")对于日本男人及其对西方金发女郎的迷恋，有的媒体乐于做出种族主义概括。(一名"东京知情人"向《每日记录》解释说："这些男人可能因为受成长环境压制而在性方面变得扭曲。")但是，媒体对待露西和她的家人还是比较谨慎和尊重。媒体提起她时更多是用"前英国航空公司空姐"，而不是"酒吧女郎露西"。没有人质疑这家人对露西债务的性质做出的解释，也没有人提请注意露西持旅游签证进入日本后一直在非法工作的事实。不论"时髦的英国女孩出卖身体"的故事多么诱人，媒体显然都没有将露西的故事写成这样。"露西的女招待工作就是陪伴男性酒客，"最粗俗的八卦小报《太阳报》都颇有绅士风度地谨慎解释道，"没有迹象表明她参与了更多其他事情"。

新闻报道讲述的不是一个年轻女性如何毁灭的肮脏的道德故事，而是一个更引人注目的人性故事，这是一个能让许多普通报纸读者产生共鸣的故事，一个关于家庭奉献、遭受苦难、在国外失去心爱的孩子的故事。

> 我永远不会放弃我的露西，我只祈求她平安（《每日快报》）
> 我不会放弃我的姐姐（《太阳报》）
> 家人为"中邪"女人祈祷（《每日电讯报》）
> "为什么是我们？"捕猎继续，"邪教奴隶"露西垂死挣扎（《太阳报》）

"我对索菲说：'如果我们把事情告诉媒体，他们就会开始编故事'，"蒂姆对我说，"我们只是想抢占先机，于是我们向他们讲述我和索菲的个人感受。我们博得了很多同情，如果不这么做，我们就不会占优势。我们玩了个游戏：我们提供详细信息，我们保持克制，我们没有破口大骂，我们晚上还和记者一起出去吃饭。"

小报记者已经习惯了被报道对象心怀怨恨和敌意，而蒂姆表现得异常轻松，完全没有敌意，甚至可以说令记者扫兴。他总会接听电话，回复邮件，配合摆姿势拍照。他的表现不仅是通情达理，有时候几乎可以说是热情似火。他的积极配合引起了那些更为愤世嫉俗的记者的怀疑，这家人是不是有什么不为人知的秘密？但与蒂姆一起工作的轻松和乐趣压下了他们的疑虑。

在我与他接触的所有时间里，他只有一次表现出明显的痛苦和绝望。

7月底在英国大使馆举行了一场新闻发布会，这是他在短短三个星期的时间里举行的第六场新闻发布会。寻找露西的事仍然毫无进展，警方没有任何线索，也没有任何重要信息可供报道。之前飞到日本的英国媒体已经飞回伦敦，与两周前相比，到场的当地记者人数少了很多。

蒂姆和索菲看起来疲惫不堪，情绪低落。他们的脸上没有笑容，彼此之间也没有眼神交流。而且这一次蒂姆穿了袜子。

蒂姆说道："我们都开始感到非常绝望和难过，因为露西正被关在某个条件恶劣的地方，她自己也应该非常难过。因此，作为她的父亲，我恳求他们放她回到我们身边。"他说话时声音颤抖，垂下眼睛，仿佛在忍着不让眼泪掉下来。索菲的眼睛也泛着泪光。

咔嚓－咔嚓－咔嚓－咔嚓！摄影师的闪光灯闪个不停。屋子里的几个摄像师放大了蒂姆那张沮丧的脸。这是难得的拍照机会。

多年后，我向蒂姆问起当时的情况。经过那么几个星期，究竟是什么打破了他乐观的平静？

"我也许不应该告诉你，"说完他停顿了一下，"但那些眼泪——嗯，那是我们事先计划好的。"

短短几天时间，蒂姆和索菲就与日本和英国媒体建立起紧密联系。伦敦比东京时间晚 8 个小时，因此他们会熬夜到凌晨，给朋友和家人打电话，并接受英国午后电台和电视台节目的电话采访。睡上几个小时，电话又会在东京的清晨时分响起，那是当地晚间和深夜新闻节目的采访电话。早餐时间，他们会和留在酒店的英国记者进行简单交流——他们会要求提供新的露西的照片，预约当天晚些时候的采访。早晨忙完，他们会动身前往大使馆，从酒店沿着绿树成荫的护城河和灰色的皇宫城墙步行 10 分钟就能到大使馆。午餐时间，他们可能会被带到朝日电视台或东京广播公司的演播室，录制"大众节目"，通常是一些面向日本家庭主妇的日间杂志节目。下午他们则会去东京警视厅。

索菲早已发现警方行动迟缓，态度冷漠，但蒂姆第一次和他们见面时，他们为了给他留下好印象可是费了不少功夫。他们派出一支由黑色小型面包车和摩托车护卫队组成的车队，前往大使馆接布莱克曼一家，面包车都装着暗色车窗玻璃。一群日本记者挤在一辆面包车上紧随其后。"窗外有很多人指挥交通，车子转弯时速度都很快，司机踩了很多次油门，想冲出东京的车流，这完全没必要。"蒂姆回忆道，"我真的看不出这有什么意义。"他们的目的地是麻布警察局，离六本木十字路口大约 130 多米。就像所有与日本警方有关的事情一样，任何一个调查总部都是集舒适、无能和险恶于一处的奇异之地。

警察局是一座由灰色混凝土筑成的单调的九层大楼。一名年轻警察不自然地在门口站岗，他的皮带上别着左轮手枪，手里拿着一把看起来像扫帚柄的武器。大楼正面有一个笑嘻嘻的小精灵佩波的形象，它是东京警视厅的吉祥物。吉祥物图像上方有一个日英双语的标语，英文部分写着："**再次确认所有门窗都已关好**"。标语下面贴着各类通缉犯的海报，其中包括黑帮分子、谋杀嫌疑犯的海报，还有三名奥姆真理教在逃成员咧着嘴笑的真人大小剪纸海报。五年前，奥姆真理教成员在日本地铁列车上释放自制神经毒气。

"有几件事让我们很吃惊，"蒂姆说道，"我以为我们会去一个更气派的警察局。这栋大楼内部有点像 20 世纪 50 年代的模样。里面完全乏善可陈，还有点脏兮兮的，就是个破旧但实用的警察局。"最令人震惊的是警察局里面极度缺乏现代技术的身影。警方有无线通信设备，但在本应该出现嗡嗡作响的笔记本电脑的地方，却放着一排排老式文件柜和成堆的文件。"我们以为会看到常见的显示器之类的东西，"蒂姆继续说道，"我们被带进一间类似于手术室的屋子，里面有一大堆灰色的桌子，看起来一模一样的人穿着一模一样的白衬衫走来走去，他们都把衣袖卷了起来，根本看不见什么电脑。"

每天下午在警察局都要走一遍固定流程。蒂姆和索菲会被带进一间很小的会议室，里面有两把椅子，椅子对面是一张沙发和一张矮桌。一个年轻女人会端上几杯绿茶，茶水略带黄色的色调和温热的热度让蒂姆联想到"体液"——"我一直不习惯这种茶的口感，但我还是喝了下去。"稍事休息之后，几名高级警官走进房间，接着就是一通鞠躬和握手。

刚到日本的外国人不容易记住日本人的名字，索菲会根据发型区分那几名高级警官。警视光实头发灰白，戴着眼镜，总是面带微笑，沉默寡言。另一名年轻一点的警察丸山直树则是一头又硬又直的短发，他已跻身日本警察厅，能说一口流利的英语。第一次见面时，两个人都双手向蒂姆和索菲递上名片，名片正反面分别印有日英双语内容。警视光实的名片上满满当当地印着以下内容：

光实彰

警视

特别调查组组长

搜查一课

刑事调查部

东京警视厅

2-1-1 霞关

千代田区，东京100-8929

警视光实几乎不会说英语，需要口译协助，会议时间也因此延长。但即使不是因为口译，会议也会延长，因为警察们会一遍遍重复相同内容。

他们想知道在来日本之前，露西所接受的教育情况和工作情况，以及为何来日本。他们对露西的债务问题很感兴趣，一遍遍重复追问相关问题。他们拿走了蒂姆和索菲的护照复印件，让他们填写各种表格，签署各种正式声明。他们询问露西的性格如何？蒂姆究竟为什么认为这件事牵扯犯罪？蒂姆回答："露西不是那种会独自闲逛的人。她从没有这么做过，也没有理由认为她现在会这么做。她出去是要见一个人。她给她的朋友打电话说她要回家了，然后就再也没回去。我们有理由断定她被强行扣留了。"

警视光实只是微微点头，淡淡一笑。但这个解释显然已经被接受。这样一名高级警官出现在这里，足以说明该案件正从简单的失踪人口调查升级为刑事调查。"这与索菲上周被赶出警察局时的待遇完全不同了。"蒂姆表示。他毫不怀疑，正是媒体对此案的报道以及清晨和深夜的采访，导致了警方态度的变化。

离开警察局的时候，蒂姆和索菲通常会看到路易丝·菲利普斯，她也要接受询问。她好像总是在那里，双方见面时并不会互相安慰，气氛不算友好，反而有些紧张。索菲还记得自己不喜欢路易丝的打扮——即使是在警察局，并且是在最好的朋友还失踪的情况下，她的指甲都修得漂漂亮亮，脸上画着精致的妆容。在蒂姆和索菲看来，他们的出现让路易丝感到不自在，甚至有些尴尬。她则表示警察们让她不要和他们说话。

*   *   *

他们再次走在六本木街道上时，天色已暗。夜晚来临之前，女招待就会陆续从警察局后面的 Tipness 健身房走出来。蒂姆和索菲搭出租车回到钻石酒店，坐在酒店的餐厅里喝啤酒。与此同时，英国记者们纷纷聚集在酒店大堂，三三两两结伴出门，兴奋不已，他们要去展开另一项晚间"调查"——公费逛情色酒吧。

酒店的酒吧里有一架自动钢琴，整晚都会播放音乐。琴凳上有一个真人大小的大白兔雕像，它身穿马甲，系着领结。兔子的脸上流露出悲伤的神态，一副听天由命的模样。它的胡须随着钢琴乐声而不停抖动。但酒吧里没人认为他与众不同或滑稽可笑，根本没人在意它。蒂姆和索菲小口喝着啤酒，眼睛都盯着那只兔子。这一天结束之际，当他们在镜子的反面沉思时*，没有什么比眼前的场景更让他们觉得荒诞和绝望了。

---

* 此处"镜子的反面"意象应源于英国作家刘易斯·卡罗尔的《爱丽丝镜中历险记》，书中讲述爱丽丝爬进一面镜子，再次进入一个奇幻世界，那里的一切都与正常世界相反。

令人费解的
演讲

2000 年 7 月的一个下午，托尼·布莱尔在东京新大谷酒店接见了蒂姆和索菲。当时布莱尔在国内外享有极高的权力和声望。在当天下午与日本首相森喜朗举行的峰会上，布莱尔对东京警方的努力表示感谢，并要求"尽一切可能"找到露西。森喜朗先生已经听取过有关此案的简报。他表示："东京警视厅正竭尽全力寻找露西女士。我希望他们能继续下去。"

蒂姆·布莱克曼的直觉完全正确。布莱尔一直精心打造真诚、体恤他人的顾家男人形象，这件事于他而言不容忽视，他在电视镜头前说出的话很可能出自蒂姆之手。"孩子在国外工作却不幸失踪，这显然是个令人不安的可怕故事，是每个父母的噩梦。"他站在露西父亲和妹妹身旁说道，"整件事就是个悲剧，这个家庭显然已经束手无策，但他们还是选择留在这里，努力寻找女儿的下落，想要弄清楚她究竟出了什么事。"

"需要有来自高层的压力，"蒂姆说道，"如果我急得跺脚，他们只会认为我是个麻烦，可如果日本首相发话，那可是来自他们老板的老板的老板的老板，威力就大得多。"

东京警方似乎对这些高层对话有所回应，他们表现出积极行动的姿态。据说有 40 名警察投入调查此案，在全日本范围内印发了 30000 份失踪人口海报。接受媒体询问时，警方能精确说出所接到的民众来电数量：一天 23 个，两天后 19 个。但他们对所接收到的消息质量或此案的整体进展却只字不提。"请放心，"警视光实会面带疏离却又亲切的微笑对蒂姆说，"我们将竭尽全力调查。"

布莱克曼一家已经做出选择，他们把票投给了媒体。他们因此永久性地切断了与警方的任何信任关系。

一天，蒂姆和索菲去警察局领取露西的东西，这些东西都来自佐佐木公寓。所有东西都经过了仔细的分类和清点，所有东西都需要签收。其中有露西的化妆用品和美甲工具，她的自助书籍，全都密封在单独的塑料袋里，由警方逐一登记在册。其中还有杰米送给露西的蒂芙尼项链，索菲写的感人的告别信，以及露西写给萨曼莎·伯曼的明信片。露西的日记作为潜在的线索和证据来源被警方扣留。索菲开始穿露西的衣服，因为她随身带来日本的衣服很少。姐妹俩的身材和容貌极其相似，现在索菲又穿上了露西的衣服，不由得让人觉得恍惚和凄惨。

虽然警员就在一旁，蒂姆和索菲还是一边收拾露西的东西，一边哭起来。

最令人痛心的一幕出现在他们看到露西从小就拥有的一个毛绒玩偶的时候。这个玩偶名叫波韦尔，是对"流浪者"这个词的幼稚模仿。*这是个破旧的小狗玩偶，它有又长又软的耳朵，露西以前常把它咬在嘴里或用鼻子蹭来蹭去。即使已经长大成人，露西也从没抛弃过波韦尔。它陪着她执行了英国航空公司的所有飞行任务，随着时间的流逝，它变得越来越脏，越来越破旧。它陪着露西一起来到东京，现在它出

---

* 波韦尔的英文是 Pover，流浪者的英文是 Rover。

现在警察局。"那真不是什么好兆头，"蒂姆说道，"那一刻糟糕透了。它提醒了我们此刻所面临的问题。因为如果她是自愿离开，这东西就会被放进她的包里。但它却在这里。这一切仿佛在说：'我打算回来的。但我没回来。'"

蒂姆后来告诉我："和媒体打交道就像玩游戏。老实说，我乐在其中：我真的很享受。但这并不是说我很享受当时的处境。我们觉得，如果我们表现得意志坚定，其他人就会对此作出反应，因为他们知道我们不会放弃。我去见托尼·布莱尔的时候，不希望有人拍着我的头对我说：'哦，可怜的家伙，太可怕了，没关系。'如果我们表现得很坚强，就能对他提出更多要求。强者才能这么做。"

"大家不知道的是，我的精神状态非常糟糕。我对这个案子的细节一点都不了解，就好像失忆了一样。我不理解大家在对我说些什么。我不明白我在那里做什么。现在回想起来，我觉得我当时受到了严重打击。我只有一件事要做，那就是让露西的脸出现在媒体上，在这件事上我能保持非常清醒的头脑，但私底下，我就像个白痴。"

索菲·布莱克曼和父亲一样，自觉选择"坚强"，但与他不同的是，她的这份决心通常表现为愤怒或厌恶。索菲没有表现出悲伤或绝望，而是经常对警方发火，面对记者时火气更盛，她毫不掩饰对他们的鄙视。记者的礼貌、幽默和个人魅力似乎都无法平息索菲的怒火。她的态度过于粗暴，很难博得同情。索菲十分骄傲，且充满戒心，问题就出在这里。她才刚刚开始经历人生中最痛苦的一段时光，这段经历将跟随她多年，在杀了她姐姐的同时，也几乎要了她自己的命。

索菲在日本时常常感到轻微的恶心。从飞机着陆的那一刻起，她就从未睡过整晚的安稳觉，时差带来的混乱以及与现实脱节的感觉一直困扰着她。"有时候我才睡一个小时，电话就会响起来，"她说道，"我得缓一会儿才能意识到自己在哪里，正在做什么，现在的头等大事是什么。我还会感到恶心。我记得好几个月的时间我都会感到恶心。我会从酒店清爽的被子里惊醒，房间里开着空调，厚重的窗帘将房间遮得严严实实。那一刻我会想：'这里很好，我在哪里？'那一瞬间我很满足。接着我就清醒过来，这时电话就会响起来，我会想：'会是坏消息吗？姐姐死了吗？'差不多有一年的时间我都处于这种状态——恶心、焦虑和恐惧如影随形。弄清露西的遭遇，知道她的最终命运，是我一生中最受打击、最伤心的事情，但与那之前的九个月相比，这又是种解脱。"

7月中旬，新闻报道的另一个影响开始显现：帮助寻找露西的陌生志愿者开始行动。

蒂姆到达日本一个星期后，约瑟芬·伯尔也飞过来陪他。一天晚上，他俩和索菲在六本木一家叫贝里尼的餐馆吃晚餐。大街上有个加纳男人游说路人光顾脱衣舞俱乐部。他们邻桌坐着一对外国夫妻：女人年轻漂亮，男人年近40，身材高大，头发蓬松，他认出了蒂姆和索菲。这个英国男人自称休·沙克沙夫特，是一名金融顾问，在东京经营一家小型独立公司。休几年前就迁居日本，从那时起，他基本就在六本木十字路口附近活动。他的办公室正对着日本防卫省。他的公寓在高速公路的另一边。六本木的餐馆和酒吧就是他的私人餐厅，在这些地方消遣的外国银行员工和股票经纪人就是他的客户，俱乐部里的女招待就是他的女朋友。"大家都叫他六本木的休先生，他以认识这里的每个人而感到自豪。他是这里的产物，他在这里就像猴子在热带雨林一样自由自在。"

休从没见过露西，但他知道在她身上发生的一切事情，他非常想帮忙。"如果你想找到你的女儿，就忘掉大使馆那些人，因为他们没用"，他这么对蒂姆说，"你需要一间办公室，你需要专用电话。我能为你提供这一切。"

休领着蒂姆从餐馆走到街角的一台自动提款机前。他取出20万日元，大约相当于1250英镑，当场给了蒂姆。然后带他去了马路对面的一家酒吧，休的一个英国朋友又给了蒂姆10万日元。

蒂姆不知所措。他的房地产生意已经暂停两个星期，他们在钻石酒店住一晚就要花费200多英镑，吃东西、打车、打电话都得花钱。"我向银行借了钱。我还向我姐夫借了钱，现在这情况简直太棒了。"蒂姆说道，"他非常慷慨。"分别时，休给了蒂姆一张名片，让他第二天早上去他的办公室。

休的办公室的位置十分理想，在一栋大楼的三楼，距离卡萨布兰卡俱乐部不到50米。办公室正好有一台备用答录电话。他们立即决定把它用作"热线"电话，接收那些不愿与警方联系的人的建议和信息，这些人包括持旅游签证打工的女招待等。休已经连夜给他的朋友和同事发了电子邮件，以布莱克曼一家的名义请求他们提供帮助。一名投资银行家表示可以在晚上和周末充当他们的司机。另一个在一家洗涤用品制造厂工作的外国人建议将露西的照片印在洗衣液包装袋上。休的员工可以帮忙翻译，他的女朋友塔妮娅可以充当向导。塔妮娅是个俄罗斯模特和女招待，会说多国语言，休前一天晚上才和她一起共进晚餐。

当天晚上他们又去了贝里尼餐馆，庆祝全新的开始。休告诉餐馆经理，蒂姆和他的家人可以随时来用餐，账单都记在他的账上。

办公室和热线电话给予了蒂姆全新的使命感。英国同胞也提供了帮助，在六本木很快聚集起一群愿意提供帮助的人。"我们经常接到这些人的电话，"蒂姆回忆道，"他们大多数都心怀善意，但也不乏投机分子。我们当时没法清楚辨别这两类人。"一个自称"私家侦探"的人刚从英国到这里一个星期，他找许多女招待聊过，让我们支付12000英镑的账单。（和其他许多费用一样，这笔账也由蒂姆的姐夫、富商布莱恩·马尔科姆支付。）发挥更大作用的是亚当·惠廷顿，他是个年轻的澳大利亚酒保，曾经当过兵，接受过保镖训练，还是萨曼莎·伯曼的朋友。亚当身材矮小，一头浅金色的头发，看上去不太起眼。他在东京待了几个星期，独自进行秘密调查。他常与两名能说流利英语的日本记者合作，他们分别是《日本时报》的前田敏弘和民营电视台东京广播公司的片山健太郎，他俩的大部分时间都用来寻找露西。

蒂姆又在大使馆举行了一场新闻发布会，公开了露西·布莱克曼热线。英国维珍大西洋航空公司出钱印制了带有电话号码的传单和海报。一切准备就绪，现在终于有时间喘口气，考虑一下最重要的问题：露西究竟出了什么事？

"那时候我绝不允许自己去想露西可能已经不在人世，"蒂姆说道，"我不能这么想。不然一切都会停止运转。"这种可能性已经被排除在外，没什么可以讨论的。露西出门去见一个男人，当天她和路易丝交谈时听起来很开心、很放松。高木彰的电话显然是个骗局，只是一个想要转移调查方向的人抛出的幌子。但这也说明有人知道露西的下落，也进一步证实了她被人强行扣留的假设。但是，谁扣留了她？她在哪里？

露西的男朋友、美国海军陆战队队员斯科特·弗雷泽无疑是首先要询问的人。见过斯科特的人都觉得他很坦率，他的不在场证明无懈可击：露西失踪的那天，他一直在小鹰号航空母舰上执勤。另外还有两个人也是重点调查对象：露西最好的朋友路易丝·菲利普斯和露西最热切的客人、头号晚餐约会对象铃木健二。

索菲知道露西的电子邮箱密码，她很快将相关邮件打印出来交给警方。露西与健二的邮件引起警方关注。他显然已经爱上露西，从他最后几封邮件中很容易看出压抑的嫉妒和怒火。但警方明确告诉蒂姆，他们已经询问过健二，并排除了他的嫌疑。与此同时，路易丝经常现身警察局，而且她在布莱克曼一家面前态度冷淡，这引起了他们的反感和怀疑。

路易丝是调查的关键一环，她是唯一的证人。虽然没有证据证明她在编造事实，但她的叙述含糊不清，令人生疑。她对于高木彰的那通来电的细节描述非常奇怪，没人能编造出这样的细节，路易丝没有及时报告失踪和通知家人的行为，姑且可以说是因为过于恐慌和混乱。但为什么她对露西那天去见的那个男人的情况也不太了解？

路易丝和露西十年来一直是最好的朋友，她们一起工作，一起吃饭，一起喝酒，共享只有一个大橱柜那么大点的生活空间。所有认识露西的人都知道她是个话唠。"她说一件事的时候，不可能少于8万字，她没法长话短说，"索菲坦言，"她会告诉你许多细节，这很让人头疼。"第二天有晚餐约会，有钱的新客人还答应送她一部手机，露西对即将见面的男人必然充满期待。但路易丝坚称不知道他是谁。

蒂姆和索菲恳求路易丝回忆一下露西失踪前接触过哪些男人。铃木健二？路易丝表示没有，健二是个"甜心"，绝不会做任何坏事。那个老照片人渡边？但这更不合理。还有兴和先生？他在露西失踪前一个星期提出晚餐约会。"不是兴和，"路易丝说道，"不可能是兴和。"

露西热线接到了几十通来电。其中大多数来自要求采访的记者，其余的内容则五花八门。在休·沙克沙夫特的帮助下，这些来电内容都被认真翻译和记录下来。

- 在鹿儿岛机场看到一个长得像露西的女孩。她提着一个小包，上了一辆银色的奔驰车。
- 含糊不清、莫名其妙的说话声和笑声。
- 一个日本人看见一辆车里有几个西方女孩。其中一个长得像露西的女孩给他看她手上写的电话号码，显然是要他拨打那个号码。但打过去之后，号码并不存在。
- 7月1日中午12:30在富士山看到露西。她穿着一件白色连衣裙。
- 没有提供任何信息，打电话的人只是被露西的家人对露西的关心所感动。
- 含糊不清、莫名其妙的说话声和笑声。
- 男性，声音听起来很年轻，有点难为情。想和索菲约会。说索菲很酷。

这些电话来自日本各地。每一通来电都有人接听，并跟进调查，有时候要耗费很大精力处理。有人提供了北海道北部某个岛屿的一个地址，说在那里发现了露西。亚当和塔妮娅飞了900多公里前往调查，结果发现那个地方早已被人遗弃，空无一人。有时候即使来电人提供了十分详细的信息，最后也没什么用。整个日本群岛上善良热心的人持续报告见到了某个高个金发外国女人，觉得她就是失踪人口海报上的那个女孩。但在没有任何更确切信息的情况下，能怎么办呢？

过了一段时间，蒂姆和帮手们开始怀疑在许多日本人眼中，浅色头发的外国人看起来可能都一样。

一天，索菲和亚当在六本木的主干道上向路人展示露西的照片。每个人都彬彬有礼，充满同情心，有些店主拿了海报陈列在橱窗里。但有一对女孩的反应却异常兴奋。是的，她们表示见过照片上的女孩，而且是刚刚在马路对面的一家店里见过她。索菲和亚当的心激动得怦怦直跳，他们和其中一个女孩一起跑到马路对面，后者指了指一家店的橱窗。一个身材高挑的欧洲女人正站在一台放饮料的冰箱前。"就是她，就是她！"这个女孩大叫起来。那个女人转过身来，结果是蒂姆的伴侣约瑟芬·伯尔，她比露西大20岁，正埋头挑选午餐。

简·布莱克曼从没想过去日本。她要照顾16岁的儿子鲁伯特，而且她讨厌面对镜头、新闻发布会以及提问。记者找来时，她要么挂断电话，要么直接将其拒之门外。"如果你是家长，如果你和你的孩子关系非常亲密，你可能就会理解我的反应，"她在一份公开声明中表示，"我不想和媒体谈论我的感受。"虽然简一如既往地用她的反射疗法为客人按摩，但实际上她夜不能寐，也几乎吃不下什么东西。她早餐时会喝白兰地，以此撑过整个上午。她一直通过电话和电子邮件与索菲保持联系，自从上次那番糟糕的沟通后，她和蒂姆就再也没尝试过直接联系。远在塞文奥克斯的简几乎帮不上什么忙。但什么都不做也让人难以忍受。

或许是因为自己对精神信仰感兴趣，简比任何人都更相信自己的女儿确实加入了一个"新兴宗教"，她因此花了很多时间了解日本宗教，但毫无收获。早些时候，她的几个病人建议她找找灵媒，很快，一群灵媒、治疗师和引导师自发表示愿意提供帮助。"他们说：'如果你愿意付钱，我就去日本找露西，'"简告诉我，"我当时就想：'既然你们能通灵，为什么还要去日本呢？'"但因为没有其他事情可做，简很多时候还是和这些声称拥有超自然能力的人混在一起。

其中包括一个叫基思的男人，他曾与伦敦警察厅"就几起"失踪人口案进行过"密切合作"，还有个叫贝蒂的灵媒、治疗师、诗人和"维他命/矿物质治疗师"。简还开车去湖区见过一个女巫师，之后，她收到了几盘后者举行降神会的录音带，里面全是各种呻吟、哭泣，以及看不见的魂灵吹奏的小号声。一个灵媒拿着露西的一枚戒指就与灵魂世界建立了联系，另一个则通过把日本地图浸入水中建立起这种联系。简给索菲写了很长的电子邮件，列出了这些人提供的每一条信息。这些信息多种多样，充满乐观精神，异常详细，却又模棱两可，毫无用处。

露西被关在一家污水处理厂旁边的一间旧房子里。

她在雅库札所有的一个小岛上。

她住在一栋乔治亚风格的楼里，里面有仆人和赌桌。

她被一辆生锈的绿色面包车带到那里。

她被带到一个漂浮的杜松子酒宫殿。

带走她的是个男人，他皮肤不好，右脸颊上有个疤。

137

抓她的是个梳着辫子的日本女人。

路易丝知道的比她说的多。不要相信她！

有个日本警察不诚实。别相信他！

他们是日本黑帮。

他们是个阿拉伯组织。

露西的头发被剪掉了。

露西的头发被染色了。

露西被下药了。

露西没有受到身体伤害。

露西从横滨启航。

我得到了 Kiriashi 这个名字。

Okenhowa 在哪？

Tishumo，Toshimo 或 Tushima 是什么？

寻找附近有喷泉和寺庙的十字路口。

查看电话账单。

选择第二个私家侦探。

那个男人养蛇。

我在一个赤裸的肩膀上看到了玫瑰的文身。

  蒂姆也无法拒绝这些人的各种说法。一个被称为"红木鲍勃"的老澳大利亚占卜师从昆士兰飞到东京，他的费用由一家英国小报支付。他随身携带着两根探测棒，当追踪痕迹变暖时，这两根棒子就会随之转动、交叉。蒂姆、索菲、亚当、塔妮娅和他一起开车在东京转了好几天，在棒子转动的地方挨家挨户敲门。他们设法进入私人住宅、办公室，甚至登上了停靠在东京湾的一艘货船，但却一无所获。红木鲍勃越来越累，几天后，他宣布露西应该已经死了，他对此无能为力，然后就飞回了家。

简想让一个催眠师飞去东京。目的是想给路易丝催眠，以便弄清楚她究竟知道些什么。但最终没有付诸实施。"我觉得自己好像完全失去了真实感，"她在一封给索菲的电子邮件中写道，"请告诉我发生了什么，我感到很孤独。"但直到 7 月底事情仍然毫无进展。

在英国国内，小报的注意力被一个更悲惨的故事吸引过去：苏塞克斯郡一个 8 岁的小女孩莎拉·佩恩和露西在同一天失踪，两周后人们发现她惨遭奸杀。远在东京钻石酒店的记者开始结账退房，一开始是花销巨大的电视台工作人员，接着是报社记者和摄影师。日本媒体的热情也在消退。即使布莱克曼一家刻意流露出些许情绪，也没能引起太多关注。

蒂姆要求东京警视厅参加联合新闻发布会，但遭到拒绝。他给托尼·布莱尔写信，请求他派"军情六处官员或伦敦警察厅刑事调查局的警察"寻找露西。"你知道那种有时候做噩梦梦见可怕的事情发生在你身上的感觉吗？"蒂姆陈述道，"你知道那种当你醒来，擦去脸上的汗水，如释重负地想：'真庆幸这只是个梦'的感觉吗？'我的情况却与此相反。"

再过几天，露西就整整失踪一个月了。她好像被某个地洞吞噬了。8 月如期而至，这是日本一年中最炎热、最沉闷的一个月，所有事情突然齐齐发生。

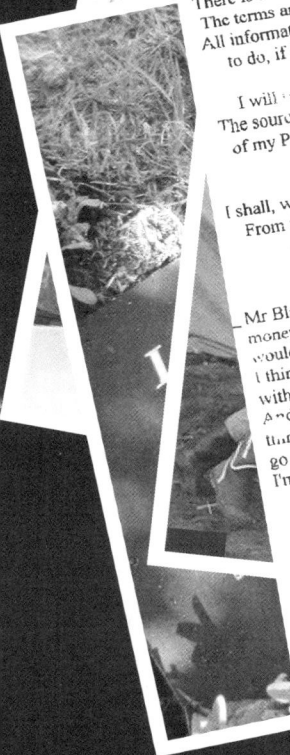

Sunday 6th August 2000

Phone 0117 351262
Mobile
0620387637

Bankerlan 7
4511 ??
Breskens
The Netherlands

Email
mjh71@hotmail.com

Mike Hill

There is an asking price of 50,000$ for help in the return of your daughter from Japan. The terms are 25,000$ is to be paid in advance and the balance is to be paid in Japan All information given to you is in confidence and is not to be broken until you are told to do, if it is found any information has got into other hands then the deal is off

I will want from you a sum of money amounting to half the amount required by The source in Japan this can be paid in cash this I will sign for and give to you a copy of my Passport and confirmation of my address along with my part in this deal as a third party which I give in my hand writing.
125,000$ = £8500

I shall, when this is over give you my bill for the transfer of moneys my phone costs etc From the first day that I made contact with the British consulate and this will be my only charge to you I hope this will be to your satisfaction.

Mr Blackman Im sorry if this is not to your liking bit I am not going to pay all of this money on my own back so I feel that you should pay if not all then a part, I think you would do the same in my place as I am willing to use what is around me to help you but I think that if I have to trust you on the final payment then you will have to trust me with a part of it the only guarantee I give is that it will happen it you agree to the terms And that if every one will do as they are asked then there is no reason as to why this thing cannot be over in the next few weeks. If after receiving this fax you still want to go ahead then call me to arrange a place and time to meet me in Ostend as Ive told you I'm going to a meeting on Tuesday so I can make some time around that meeting.

Thanking you
Mike Hill.

P.S. Dont forget your Mobile No Re Japan. and the Photo.

1. TIME - Few weeks?
2.

一天下午，蒂姆和索菲坐在麻布警察局，一个低级警官匆匆走进来，用急切的语气向警视光实汇报情况。只见他拿出一叠文件，两人仔细查看了一番。两人又低声讨论了一阵，然后警视将其中一份文件放在布莱克父女面前的桌上。他将文件上半部分遮住，他们只能看见最下面的部分内容。

　　那里有露西的手写签名。但那并不是露西的笔迹。那个签名试图模仿露西的笔迹，已经非常接近她本人的签名，一定是从某个签名原件复制下来的，但还是没能骗过她的爸爸和妹妹。

　　当时是 7 月底，这封信就是这两天寄出的，信封上盖着千叶县的邮戳，日期就是前天。这是一封用英文打印的信，声称是露西写给家人的信。"我是自己出走的，我不希望被找到，"信里写道，"别担心我。我很好。我希望你们回英国，我会在那里给你们打电话。"蒂姆和索菲只扫了几行字，但一眼就看出信里的话生硬、不自然，比签名更不像露西本人写的。另一个露出马脚的地方是第一页上方的日期。日期写的是 2000 年 7 月 17 日，那天正好是蒂姆的 47 岁生日。露西从没忘记过家人的生日，但信里对此只字未提。

　　这又是一场骗局。但这么做的目的何在？警方则表示，信中包含"只有露西才知道的信息"，里面似乎提到了她的各种债务。那就是说她还活着，不是吗？还是说，这只是证明从她失踪到伪造这封奇怪的信的这段时间，她在真正写这封信的人手中，并且还活着？

＊　＊　＊

蒂姆和索菲曾经发誓一定要和露西一起离开日本。但现在继续留下来变成了不可能的任务。不仅仅是因为请假耽误工作，以及与亲友分离，还因为在世界上最昂贵的城市生活给他们带来了沉重的经济负担。精神上的压力也让他们无力支撑。而且大家都没有注意到蒂姆的情绪正在悄然失控。于是，他们决定每两周轮一次岗，保证有家里人在东京，大家交替承担这一职责，蒂姆来，索菲走，索菲来，蒂姆就走。

8月4日，蒂姆和约瑟芬·伯尔一起飞回英国。他已经在东京待了三周半，露西已经失踪34天。他们从希思罗机场搭火车返回朴茨茅斯，接着再乘渡轮回到怀特岛上莱德镇的家中。蒂姆和约瑟芬住在海边山上一栋宽敞的教区牧师老房子里，约瑟芬的4个十几岁的孩子也和他们住在一起，家里充满欢声笑语。但这一次，回家的快乐被露西失踪的恐怖气氛取而代之。

第二天是星期六，蒂姆接到一个电话，打电话的男人自称迈克·希尔斯。

蒂姆依稀记得两个星期前曾和希尔斯先生说过几句话。他那时候只是个提供帮助、带来希望的陌生人，尽管他的提议相较而言更吸引人。从他的口音即刻可以听出他是伦敦人，但他生活在荷兰。他当时说他在日本有"熟人"，其中一些混"黑帮"，他们或许能帮助蒂姆找到露西。蒂姆当时已经被灵媒、占卜师、私家侦探和其他自称能找到露西的人折磨得身心俱疲，所以他只是礼貌地听希尔斯说话，并没有认真考虑他的提议。

但现在迈克·希尔斯又来了电话，说的事情更具体、更离奇。他说他从事"进出口"工作，在日本做过很多生意。具体来说，他贩卖枪支，东京的中间商买下这些枪，转手再卖给日本雅库扎。他坦言这种交易得到了东京某些政府官员的默许，但最近这门生意遇到了一些麻烦。警方针对露西失踪一事展开的大规模积极调查，妨碍了这门生意的正常运行。相关人员不得不接受频繁询问，调查的触角伸到了平时被警方忽视的角落。这种压力使得东京黑帮变得异常小心谨慎。

迈克·希尔斯委托运送的一批"小型武器"就被困在一家"保税店"里，无法送出，因为之前通行的贿赂手段此时让相关海关官员感到惶恐不已。迈克·希尔斯的军火商朋友们希望能尽快找到露西并送她回家，这样他们就能继续做军火生意。据迈克·希尔斯说，他们绝对有办法找到她。他在电话里告诉蒂姆这会花一些钱，但他坚信这么做有助于找回露西。

"很难接受这种事，"蒂姆回忆道，"我刚在东京度过可怕的几个星期。我还在倒时差，整个人疲惫不堪，而且很不开心。现在某个伦敦佬从荷兰某个地方打通电话来，讲了个匪夷所思的故事。他说：'听着，不用现在就做决定。但我们可以当面谈谈这件事。'"

他们约了三天后的星期二见面，地点定在英吉利海峡对岸的比利时港口城市奥斯坦德。

第二天，迈克·希尔斯又打来电话，这次他带来了一个激动人心的消息。他已经问过他的"内应"纳卡尼先生，后者确定露西还好好活着。她遭到绑架和贩卖（不清楚是谁干的），这是涉及外国女性的一种交易，做这种事的人与雅库扎有关联，但并不是雅库扎成员。纳卡尼先生认识的人可能知道谁抓了露西，毫无疑问，在他们的帮助下，可以把她买回来。整个行动将花费 5 万美元，其中一部分要预付。迈克·希尔斯星期一将从其私人存款中汇出 12500 美元的预付，而蒂姆星期二得带相同数额的钱去见他，把钱还给他。

"她还在东京，"迈克告诉蒂姆，"他们会把她弄回来，蒂姆。你的女儿很快就能回家。"

迈克·希尔斯还发来一份传真，上面有他本人的照片。照片很不清晰，但可以看出他的皮肤皱巴巴，笑起来很难看，露出一口歪斜的牙齿，脸看起来有点脏兮兮的，虽然长得讨喜，却让人无法信任。

对蒂姆而言，如此大的信息量需要好好消化一番。无论如何都不能忽略这些信息。"我们不知道露西在哪儿，"他说道，"这个家伙突然出现，说他知道她可能在哪里。你得鼓起很大勇气才能说：'哦，对不起，我们不需要。'"

蒂姆既感到兴奋和如释重负，也有些害怕。他给年轻的澳大利亚保镖亚当·惠廷顿打了电话，后者刚刚返回伦敦，他请他一起去奥斯坦德。他们从多佛搭乘一艘双体船前往目的地。蒂姆按照要求带了 12500 美元现金，他前一天刚从银行兑换出来的钱。"我从没做过这种事，"蒂姆说道，"我不知道会发生什么。这可能是个精心设计的陷阱。也可能有人因为我在日本做的事想杀我。任何事都有可能发生。这就像电视上演的那样，只不过看电视的时候你知道事情会在 10 点新闻开始前解决掉，套路如此。而在现实中，你不知道接下来究竟会发生什么。"

迈克·希尔斯在渡轮码头等着他们。"他穿着一套深色西装，稀疏的头发向后梳着，"亚当回忆道，"他大约 55 岁左右，看上去生活艰难。他的牙齿很恶心，全是黑色的，看着就像老烟鬼，或是得了什么病。蒂姆把我介绍成朋友还是表弟来着，他建议我们去街角的咖啡馆坐坐。"

他们路过一个码头，迈克开始谈论蒂姆的最大爱好：游艇。"他穿着一套破旧的衣服，真的又破又旧，但提到船他又很懂的样子，"蒂姆回忆道，"他还提到他有一次在一艘天鹅42型游艇上当船长的经验，说到他们怎样更换甲板。我问他他们用的什么材料，他说用了柚木铺层——横切柚木。他说得很详细，很有技术含量，也很准确，没有废话。我觉得他曾经在商船上工作，虽然外表不怎么样，但他的眼睛很明亮，目光犀利。"

蒂姆一度认为迈克与他期望的模样相去甚远，他不像那种富有的国际军火商。

咖啡馆不大，光线昏暗，摆着厚重的皮椅，店主热情地和迈克打招呼。点咖啡之前，他就开始谈正事。显然，自从上次谈话以来，日本的情况已经发生变化，速度之快、程度之深远超出蒂姆的预料。

迈克在东京的人知道谁抓了露西，也知道她在哪里。他们愿意出5万美元把她赎回来。一旦她被放回来，他们就会教训一下抓她的人，"以防这种事再次发生"。这一切都将在接下来的几天里进行。

迈克表示，蒂姆和亚当都要尽快返回日本，并准备第二笔25000美元的赎金，在露西获救时支付。这件事必须保密。蒂姆在媒体上太显眼，所以这件事的联系人必须是亚当，他要携带专门的手机，仅用于与迈克和他的中间人联系。一旦露西获得自由并安全回家，他们就要支付最后一笔12500美元。

迈克说得好像一切都已达成一致，而露西就快要回家了，就好像再过几天，转几笔钱之后，过去一个月的痛苦和煎熬就会烟消云散。

但蒂姆仍然充满怀疑和疑惑。迈克·希尔斯是谁？怎么保证这些都是真的？迈克从破旧的西装里掏出他的护照复印件和一张水费单，单子上的地址表明他的家在荷兰小镇布雷斯肯斯，他还提到一个被称为比利的朋友的名字和电话，说这个朋友和他一起做进出口生意，能为他担保。

姓：希尔斯

名：迈克尔·约瑟夫

出生日期：1943 年 6 月 26 日

出生地：伦敦

蒂姆仔细看了这些文件，认为它们并不能充分证明他的话的真实性。

"我理解你的担忧，但我还能给你其他什么样的证明呢？"迈克问道，"我住在荷兰，所以我只能告诉你我在这里认识的人，或是在南非、西班牙……我觉得我应该申请一份该死的工作。"

迈克还告诉蒂姆："如果你不喜欢这样，我很抱歉，我是不会自己支付所有钱的。我觉得你应该付钱，即使不是全部，也要付一部分。我想如果你是我，也会这么做，因为我愿意尽我所能来帮助你……我唯一能保证的是，如果你同意按要求办事，如果每个人都按要求办事，这件事就没有理由办不好。"

在交钱之前，蒂姆手写了一份合同，列出各项条款，双方都在上面签了名。

"如果事情不顺利怎么办？"蒂姆问道。

"如果没按我说的办，"迈克答道，"我就亲手拧下那个人的脑袋。"

蒂姆对我说："这太荒唐了。我已经开始想象在一个阴暗的街角，一辆汽车停下来，露西被推到我们面前，而我的一只手里提着一箱钱。这一幕好像就在眼前上演。我可以看到所有这一切。露西看起来心神不宁，给她下的药让她满面潮红……"

他把手伸进公文包，把125张面值100美元的钞票递给了迈克·希尔斯。

年轻的亚当·惠廷顿是参与这件事的最佳人选：他冷静，安静，机灵，敏锐。他曾当过兵，也当过保镖和酒保，最后在伦敦市中心当了一名警察。他为人精明。在回多佛的双体船上，蒂姆问亚当自己的决定是否明智。"迈克说得很对，"亚当后来告诉我，"他完全知道蒂姆要问什么，他从不犹豫。他们谈话的时候，我一直在听他说话，想从中找出破绽：'他在胡扯吗？他是个骗子吗？'但我发现没有理由不相信他。如果我是蒂姆，这一切发生在我女儿身上，我也会做同样的事情。"

第二天，蒂姆和亚当登上了飞往东京的航班。他们离开东京还不到一个星期，那只白兔还在钻石酒店弹钢琴。蒂姆去了英国大使馆，把迈克·希尔斯的事简述了一遍：一个中间人和绑架露西的人有联系，她很快就会被放回来。外交官们非但没有怀疑他的话的真实性，反而满怀关切地回应：可以在大使馆围区内准备一间房，露西可以被带到那里休息，那里还将有一名医生随时待命。亚当租了一部手机，蒂姆把号码传真给迈克·希尔斯。"我们不会把这个号码告诉任何人，"他写道，"如果它用不了了，我可能会犯心脏病。我们已经为这次行动做好了充分准备，迈克，我希望你能成功。我愿一辈子和你做朋友。"

接下来能做的只有等待。

打发时间变得异常艰难。接受记者采访和召开新闻发布会这类可以转移注意力的事都被迈克·希尔斯严令禁止。蒂姆走进休·沙克沙夫特的办公室，志愿者还在工作，监听露西热线的来电。这些来电通常毫无用处，与露西失踪案毫无关联，而且稀奇古怪。

- 7 月 28 日 18 点，在名古屋 Just Co 商店发现一个看起来像露西的女孩。她烫了头发，和一个身高大约 1.77 米的男人手牵着手。他们在四楼的停车场上了一辆银色的旧车。
- 一个孩子说了些鼓励的话。
- 一名不愿意透露姓名的来电者表示，爱媛县的 Matakado 岛十分可疑。
- 在藤泽海滩的一个帐篷里看到一个长得像露西的女孩。那里有很多墨西哥人在开派对。

日本警方对此几乎完全保持沉默。而一名英国首相秘书代表托尼·布莱尔做出回应，拒绝了蒂姆提出的向东京派遣军情六处特工的提议。但迈克·希尔斯让人安心，蒂姆每天都和他通话。"这是迈克最具说服力的一点，"他说道，"他总是有空。他有一部可以在世界上任何地方使用的电话，那些可以超级漫游的四频卫星电话，当时这可是相当了不起的东西。他总是打电话汇报最新进展。我也能随时联系到他。"迈克说一切尽在掌握，只是需要一点耐心。除了亚当口袋里那个小巧的传统手机，蒂姆很难再去思考其他事情。

蒂姆和亚当在六本木打发时间，他们在运动咖啡馆喝咖啡，去贝里尼餐馆吃饭。一天晚上，那个专用手机突然响起来。蒂姆和亚当对视一眼。亚当笨手笨脚地接听电话。"我接起电话，说了句你好，"亚当回忆道，"电话那头是个日本人，他说了几句话，然后就突然挂断了电话。我'喂喂'了几句，但没人应答。蒂姆和我眼前一亮：这一定是他们，终于联系我们了。但电话再也没响起过。"

过了几天，绑架者杳无音信，蒂姆开始失去耐心。迈克对此表示歉意。他解释说转交第二笔钱的事没有如期进行，控制露西的人的中间人根本没有露面。但沟通渠道仍然畅通，而且迈克已经向对方提出要一张露西的近照和一缕头发，以此证明自己没有说谎。

蒂姆返回东京一个星期后，迈克又来电告知一个坏消息：露西已经不在日本。

迈克详细说明了事情经过。各方对这件案子的强烈关注让绑架露西的人十分害怕，于是他们认为最安全的做法就是摆脱她。他们找到三个愿意买下她的男人，在一个叫天海的地方完成了交易。露西很快就被偷运上一艘名为里奥·J的集装箱货柜船。船上还有另外四个年轻西方女性，她们将作为性奴进入市场交易。但迈克并不打算放弃。他的人一直在追踪露西，其中一人甚至设法登上了船，会随时报告船上的情况和相关人员的健康状况。

蒂姆放下电话，感到无比愤怒和困惑。他立即给一个朋友打电话，朋友又联系上英国劳氏船级社，询问是否有一艘名为里奥·J的商船。令蒂姆大吃一惊的是，竟然真有这么一艘船。

MV Leo J

总登记吨位：12004 吨

挂旗：安提瓜和巴布达

经营者 / 所有者：德国哈伦月球海航运有限责任公司

里奥·J 的确于 8 月 10 日离开大阪，随后依次在日本的神户港、门司港、德山港以及中国香港停靠。现在正驶向马尼拉。

第二天一早，迈克发来一份传真，其中一页上有几张黑白照片。这些照片几乎完全看不清，其中一张好像拍的是一栋房子的内部情况，另一张照片中三个面带微笑的亚洲男人手拿公文包坐在一列火车上。"这个地方是天海，"迈克在第一张照片下面写道。他在第二张照片下又写了两句话："袋子里装着钱。他们要去天海。"

他还在附页上留言道："我的人正赶往那里，旦（原文如此）现在看来他们已经花钱买了一些消息，现在他们正在追查这些消息。"

8 月 24 日，一名不愿意透露姓名的英国商人联系《日本时报》，称只要能提供消息让露西安全归来，就提供 10 万英镑奖金。

几天后，迈克在里奥·J 上的线人传来更加令人沮丧的消息：包括露西在内的五名性奴已经被转移到另一艘名为阿拉马克的船上，这艘船正开往澳大利亚。迈克不得不匆忙调整营救计划，转而在澳大利亚港口城市达尔文拦截阿拉马克号，迈克也将亲自飞去见亚当。为此，他还需要 1 万美元，以支付他自己和他的"人"的相关费用。

蒂姆把钱汇到了迈克在荷兰的银行账户。

亚当飞去达尔文市，在他们约好见面的酒店登记入住。

迈克却从未出现。

在达尔文港，没人知道阿拉马克号的任何情况。蒂姆试着拨打迈克的四频手机，但打不通。最后迈克发来一封电子邮件，解释说他不在澳大利亚，而是在中国香港。

从字里行间可以看出他有点紧张，又有些恼怒。问题出在那10万英镑奖金上，这笔钱再次让迈克的人坐立不安。"10万英镑奖金的事让达尔文市的行动告吹，大家（应该）清楚提供这种奖金会造成什么后果，"他斥责道，"这改变了很多人的计划，事情和以前不一样了……你对其他人说任何事之前请先问问我，我们不想让这件事引起太多关注。"

几天后，迈克从香港打来电话，说他要去见他的"内应"，接回露西。

他随后又打来电话说他的"内应"在车里被人谋杀了。

亚当对蒂姆说："他在玩游戏。他现在真的在要我们。他要得我们满世界转，却没给我们任何有用的东西。他总是要更多钱。"

在蒂姆的一再坚持下，迈克语气不耐地答应发送相关证据，证明他的确在香港。蒂姆问他答应过发的露西的近照和一绺头发的情况如何。迈克说它们正在荷兰的一个私人邮政信箱里等着他，只有他能打开那个信箱。

他们之间反复沟通了好几个星期。与此同时，远在东京的日本警方正在缓慢追查相关线索。蒂姆和索菲交替留守日本。亚当和几个知道迈克·希尔斯存在的密友则提醒蒂姆说他被骗了。8月底，他又一次飞回怀特岛，还是没能把露西带回家。他每天至少与迈克·希尔斯联系一次，希尔斯说他正艰难地与性奴贩子重新建立联系。但蒂姆再也没给迈克汇过钱。

152

距离蒂姆和迈克第一次也是唯一一次见面过去一个半月后，9月中旬的一天晚上，蒂姆开完一天的会后开车回家。他一时兴起给迈克打了通电话，这一次他打的不是四频漫游电话，而是他荷兰家里的电话。一个女人接了电话。蒂姆模仿日本人说英语。

"你好，"他说道，"能让希尔斯先生接电话吗？"

"非常抱歉，"希尔斯太太答道，"他刚出去。"

"他不在香港？"

"没有，没有，他在荷兰。他刚去商店买东西。他很快就会回来。"

蒂姆挂断电话。过了一会儿，迈克打来电话。

"我妻子刚在荷兰接了通电话，"他说道，"她接了个陌生人打来的奇怪电话。听起来像日本人。你没有……你知道那是谁吗？"

"不知道，迈克，不知道，"蒂姆答道，"顺便问下，你在哪？你还在香港？"

"蒂姆，"迈克恶狠狠地说道，"我告诉过你，我现在再告诉你一遍：我在香港。"

蒂姆之前在成田机场买了台数码磁带录音机，这次通话之后，他开始录下他们之间的每次通话。但越来越难联系到迈克·希尔斯。最后，他彻底失联了。

迈克当然就是个骗子：他的故事都是谎言。

2000年10月，蒂姆接到另一个陌生人的电话。他自称布莱恩·温德尔，是24岁的投资银行员工保罗的父亲。今年3月，保罗·温德尔和一个植物学家朋友徒步穿越哥伦比亚的丛林。他们当时正在寻找稀有兰花，但一个星期后，他们在靠近巴拿马边境的达连地堑失踪。从那以后再也没有他们的任何消息，那片法外之地活跃着大量强盗、革命武装分子和毒品走私集团，据推测，其中一伙人绑架了他们。他的父母开始接受保罗已经死亡的事实，直到有一天他们在埃塞克斯的家中接到一个有意思的电话。电话那头的男人振振有词地提起巴拿马的"黑社会熟人"，说这些人知道他儿子的下落。这个男人长着一口坏牙，说话有伦敦口音，布莱恩给了他 5000 英镑，但再也没收到任何消息，也没有人知道保罗·温德尔在哪里。

迈克·希尔斯甚至都懒得用化名。

温德尔夫妇去过埃塞克斯警察局，现在蒂姆也要去警察局。他详细陈述了事件全过程，将自己的录音和来自希尔斯的传真以及电子邮件都交给了警方。警方立了案，并发出了逮捕令，但迈克的去向尚未查清。他似乎已经离开荷兰前往西班牙的阿利坎特。警方说过要引渡他，但几个月过去了，蒂姆也没听说有更多进展。

而保罗·温德尔和他的朋友在被游击队囚禁 9 个月后被释放，他们及时返回英国，赶上了 2000 年的圣诞节，他的家人欣喜不已。

两年后，就在蒂姆几乎已经忘记这件事的时候，他接到了埃塞克斯一名警察的电话。伦敦市中心的两名交警盘问一名违章停车的司机，要求查看他的驾照。当他们在电脑上核对资料时，发现司机的名字迈克尔·约瑟夫·希尔斯赫然出现在通缉犯名单中。

2003 年 4 月，迈克在切姆斯福德刑事法院接受审判，他被控两项骗取财产的罪名。当时他提供的地址是滑铁卢一家提供住宿和早餐的旅馆。他认了罪，辩解称自己当时需要为身患癌症的妻子支付医疗费。但法官表示没有证据表明他诈骗的钱被用作医疗费。迈克·希尔斯其实早就有诈骗和盗窃的前科，其作案时间可以追溯到 20 世纪 70 年代。

最后他被判入狱三年半。

在法官判决前，迈克表示："最后钱都是我一个人拿的，没有其他人。我希望能把这些钱还回去。如果能这样就太好了。"

记者打电话给蒂姆询问有关审判的事情，并发表了这种情况下人们期望从他嘴里听到的言论：可怕，邪恶，卑鄙，可恶，趁火打劫。这些话都出自蒂姆之口。但后来蒂姆告诉我："即使这样，我还是认为如果没有那一点微弱的希望之光，我的处境可能会很糟糕。我紧紧抓住那根安全绳，它真的让我喘了口气。一直以来，我一直期望这个男人能把露西带回来。正是这个念头让我撑下去。"

在蒂姆心里，这不是一个邪恶的骗子和无辜的受害者的简单故事，他当时需要迈克·希尔斯，从某种意义上说，他的伤恸和心理需求促使他创造出迈克这么一个人。简相信灵媒，而迈克就是蒂姆眼中的灵媒。一个依靠超自然的洞察力给予救赎，另一个则依靠更原始、更显眼的工具——大笔现金、枪支和拳头。

蒂姆继续说道："当我意识到这一切都是谎言时，我担心的是我手里的救生绳被夺走了。我不在乎钱，也不在乎是否被骗。我并不为自己成为犯罪目标或受害者而感到难过。这些对我来说一点儿都不重要。双手传来的疼痛是我唯一的痛，我的安全绳就这么被夺走了。"

我欣赏蒂姆这一点，也因此讨厌他——即使感到困惑和悲伤，他也有能力退后一步，怀着复杂的情绪审视自己的处境。众所周知，他被骗子骗了，在相同处境下，有多少人会有如此勇气一针见血地说："这钱花得值得"？

"我没有生气，"蒂姆坦言，"我觉得自己好像掉进了一个深渊，没有救生绳，也没有希望。现在我们应该去哪里寻找下一个希望？"

施虐 –受虐狂

不论答案是什么，它一定在六本木。

　　其他遭遇类似不幸的家庭可能会回避这个地方，因为他们自然而然地排斥伤害他们的姐妹和女儿的地方。但布莱克曼一家却在这里度过了许多个夜晚，因为这里虽然是让露西迷路的迷宫，但同时也深深吸引着这一家人。

　　8月是日本的盛夏季节。即使是在东京市中心，不见踪影的蝉也在树上发出哀鸣和嘲笑。空调排出的热空气令街道比以往任何时候都让人感到压抑，霓虹灯在柔软潮湿的空气中闪烁。在由休·沙克沙夫特买单的贝里尼餐馆吃过晚饭后，蒂姆和索菲以及帮助他们的热心人会分头去各个酒吧和俱乐部，寻找有关露西的线索。

　　蒂姆去了礼物俱乐部、独眼杰克女招待酒吧，以及一家有女孩跳钢管舞的俱乐部，那里的女孩不穿上衣，下身只穿一条比基尼裤。一天晚上，他去了露西工作过的卡萨布兰卡。"那里很奇怪，"他说道，"空间很小，有一群相当普通的西方女孩和假装会说英语的异常积极的日本男孩。那里气氛阴沉，格调庸俗。但我没把它和露西联系在一起，因为我知道她从没把自己和这个地方联系在一起。如果她一直说：'这里实在是太棒了，我爱这里！'我会想：'我的女孩怎么了？'但她从来就不喜欢这里，这么说虽然有些奇怪，但她的表现的确让人感到安慰。"

从事水交易的人对布莱克曼一家的态度十分矛盾。每个人都从电视上认出了蒂姆和索菲，都对他们有些许同情和关心。但露西的失踪将那些习惯于在半合法的暗处经营的生意暴露在了亮光之下，他们并不欢迎这种曝光。过去几十年来，雇佣持旅游签证的外国女孩等做法已经获得默许，现在却面临令人不安的审查。许多女招待、酒保和妈妈桑都不愿和布莱克曼一家交谈，而且警视光实和他手下的警察似乎也没有对这些人施压。蒂姆对此感到十分愤怒，他相信警方和酒吧老板之间达成了某种"沉默的阴谋"。他坦言："如果露西是去见一个约好的客人，而且俱乐部有人知道这个人是谁，他们就不能让人联想到当局可能和经营女招待行业的人有任何关系。"他提了个建议，但这个建议让六本木的人对他失去了好感。"把俱乐部的经理、老板和女孩们召集起来，把他们全都关进监狱，关上几个星期，让他们自己决定是否要谈谈这件事，"他说道，"如果还不说，就继续关着，直到有人说点什么。"

蒂姆在六本木的夜生活让一些人大吃一惊。没人当着他的面说什么，但一些日本记者和少数英国大使馆的人都在私下议论，认为蒂姆"玩过了头"。那些对他充满好感的人有时也感到困惑。"我喜欢蒂姆，真的，但有时他的行为太……奇怪了，"一个花了很长时间帮助布莱克曼一家的人评价道，"比如，我们去某个女招待俱乐部，想找经理或妈妈桑聊聊露西的事，以及在那里工作的女孩的情况，看看他们知道些什么，是否能帮助我们。可是蒂姆到了那里并不会问有关他女儿的正经问题，却只是盯着女孩们看。我们会喝点酒，他会低声对我说：'看她！'或是'她真漂亮。'而我不知道该怎么回应。"

在六本木调查的那些夜晚，他们逐渐看清了一些可怕的事实。其中一个是这个地方非法毒品泛滥。

与欧美国家年轻人热衷于吸食软性毒品的年轻文化不同，在日本，即使只是拥有少量软性毒品，也会受到严惩。但六本木有来自以色列和伊朗的毒贩，他们会贩卖大麻、可卡因，甚至海洛因。"每个人都吸过。"休·沙克沙夫特透露，他所说的"每个人"是指他知道的所有人：商人、酒保和女招待。"巴里"是粉末状可卡因的委婉说法——以声线低沉的美国歌手巴里·怀特*的名字命名。更令人不解的是"杰里米"也是指粉末状可卡因，对此休·沙克沙夫特解释道："杰里米是从杰里米·克拉克森来的，因为他主持一档名为《巅峰排挡》的节目。《巅峰排挡》：排挡。俚语中"排挡"又有毒品的意思。有人会问：'你长吗？'，这个问题取自：'你在市场上持有多头头寸吗？'+""你长吗？"其实就是在问"你有可卡因吗？"

女招待之间最流行的东西是"涮涮锅"，其实就是冰或冰毒，这是一种强效安非他命，可以通过鼻吸入、抽烟式吸入、注射吸入，甚至还能结块塞入肛门。它带来的快感可以让女招待与沉闷客人之间的生硬对话变成令人兴奋的其乐融融的调情。一些女招待就靠"涮涮锅"撑过漫漫长夜。蒂姆和索菲所接触到的六本木的人在这方面都十分小心谨慎，但有一天晚上，亚当·惠廷顿十分低调地与路易丝和她的一群朋友一起在一家酒吧喝酒。其中一个女孩——不是路易丝——邀请

---

* 怀特的英文名为 white，有白色的意思，这里应意指可卡因的白色粉末。

+ 第一个问题原文为：Are you long?，第二个问题原文为：Do you have a 'long' trading positionin the markets?

他去厕所，并给他"涮涮锅"吸，而亚当拒绝了。

露西吸毒吗？她去见的那个男人会不会不只是给她一部手机？路易丝否认了这种猜测，但她的记忆是如此模糊。露西的家人都认为她不可能真的吸毒，但她曾经有个吸毒成性的男朋友，而且20世纪90年代中期，她曾在伦敦金融城工作，当时正流行吸食可卡因。她曾在日记中得意洋洋地提到她和路易丝在东京的购物之旅，以及她们"永不停歇地追逐……音乐（除了克雷格·大卫的音乐*）、明信片和毒品！"在她的朋友看来，她更像个酒鬼，而不是什么瘾君子或药物依赖者。但她的确有机会接触到毒品。

另一个可怕的事实是，六本木流传着许多西方女招待失踪或遭到客人袭击的故事。

其中许多不过是些模糊不清的传言，通常都是些关于认识的朋友的姐妹的故事，而且都是传了好几手的消息。但也有几起外国女孩在六本木遭遇不幸的确凿案例。

三年前的一天晚上，27岁的加拿大女招待蒂凡尼·福德姆走出六本木的一家酒吧后就再也不见踪影。这起案件仍在调查中，但警方实际上已经放弃努力。据报道，2000年春天，三名未被透露姓名的新西兰女孩从一栋大楼二楼房间的窗户跳下来逃命，她们被一群雅库札囚禁在那里，并遭到轮奸。

一天晚上，休·沙克沙夫特给蒂姆介绍了两个朋友：年轻的澳大利亚人伊索贝尔·帕克和加拿大人克拉拉·门德斯。蒂姆当时刚到日本大约两个星期，正处于极度震惊和恐惧之中，而这两个女人告诉他

---

* 英国著名创作型歌手。

的事更是让他浑身一激灵。

伊索贝尔和克拉拉是六本木的奇迹代表：前女招待嫁给富有的西方银行家，而且后者一开始还是前者的客人。两人都讲述了相似的故事，她们和有钱的日本客人进行晚餐约会，客人带她们去海边公寓，然后在酒里下药，几小时后，她们醒来时发现自己赤身裸体躺在男人床上。伊索贝尔·帕克醒来时还发现那个男人正在用摄像机拍她的裸体。她又惊又怒，一把从摄像机里拽出录像带。但她没有把录像带交给警察，反而成功地敲诈了那个男人一笔。那个男人给了她几十万日元才拿回录像带。

这些事已经过去很多年，两个女孩都不记得她们当时具体被带去了哪里。但她们故事中描述的似乎是同一个地方——海边的某个度假胜地，那里有很多度假公寓。那里还有很多棕榈树，大风掠过海面，树叶沙沙作响。

8月的一天，一个日本男人拨打了露西热线，他整个人似乎处于极度兴奋和激动的状态中。他自称小野诚，说自己掌握了关键信息，只能当面告诉蒂姆。蒂姆和亚当决定去代代木见他，而他们约定的见面地点离露西住过的外国人公寓很近。他们在一个不起眼的住宅区前下了出租车，然后搭电梯来到楼上的一间公寓。这不是一间普通的公寓。其中一个房间里有灯光设备、摄像机和几张床。另一个房间里摆着几台给录像带配音的机器。桌子上放着不堪入目的日文和英文摄影杂志，墙上则挂着裸体女人的海报。

蒂姆和亚当意识到他们来到了一个小型色情电影工作室。

小野诚看上去40出头，矮胖身材，穿着T恤和运动鞋。从他身

162

上看不出不正经的样子。他说自己以前经营一家小型电脑公司。现在他是成人视频制作人。亚当和蒂姆想像小野先生一样淡然看待眼前的一切，但他们还是忍不住向那个开着门的房间投去打量的目光，那里面放着几张床和几台摄像机。工作室其他地方都很安静。他们发现此时此刻这里并没有任何拍摄工作，他们既感到失望，又觉得松了口气。

小野先生解释说他自己不仅是色情作家，还是个施虐受虐狂。他称之为兴趣爱好或消遣。像许多日本业余爱好者一样，他也加入了某些组织——也被称为施虐＆受虐狂"圈子"，寻找施虐受虐的快乐，这些组织的成员之间会分享相关视频、杂志和幻想，有时候还会花钱找女孩来一起狂欢。

10年前，他一直是一个叫松田龙二的人组织的圈子的成员，松田是来自邻近港口城市横滨的富商。他在一个活动上第一次见到松田，当时一些有这方面共同爱好的人一起雇了几个女孩（通常是为赚零花钱而打工的大学生），用皮具和绳子将她们绑在一个布置成"地牢"的房间里拍照。松田被人称为"疯子"，他一下子就震慑住了小野。他的性欲极强，他们那群人都很排斥较为温和的小野。圈子里的所有成员都会吹嘘其"丰功伟绩"或是幻想，但松田的说话方式让人不寒而栗。"我自己也有女儿，"小野对蒂姆说道，"这是我的爱好，但还是有不应该跨越的界限。"

松田最喜欢的幻想是终极性虐待。他说他会诱拐一个身材高挑、金发碧眼、胸部丰满的外国女人，然后在他的私人地牢拍下将其折磨致死的场景。

他曾经问小野："身为男人，你一生之中难道就不想干件大事吗？"

"那是十年前的事了，"小野继续说道，"非常幼稚的计划。什么样的人会做这种事？"

小野后来加入了一个相对更温和的虐待狂新圈子，并基本切断了与松田一伙人的联系。但他一直和一个叫高本昭夫的成员保持着联系。和松田圈子里的大多数成员一样，高本表面上也是非常受尊重的人物，他52岁，是富士胶片公司的高级经理，其公司总部离六本木只有几百米的距离。7月中旬，露西失踪的消息传出来一个星期后，高本联系了小野，整个人看上去既兴奋又焦虑。

小野回忆道："他到我办公室的时候，感觉非常烦躁。他激动地说：'我必须和松田谈谈。'他一直说：'是他干的。松田终于动手了。'他后来还说：'也许有录像，我们应该一起去他家偷出来。'"

小野吓了一跳，然后恍然大悟。他的朋友高本认为爱炫耀的松田终于实现了他的幻想，是他绑架了露西·布莱克曼。

高本告诉他，松田最近弄了个新"地牢"，这个秘密基地可以让他无所顾忌地纵情声色。但是，他没有在其他施虐受虐伙伴面前炫耀，而是拒绝带任何人去那里，高本觉得这十分可疑。高本还记得，松田有一次详细描述他的绑架计划时，曾提到要编造失踪的受害者加入了邪教的假象，以此迷惑警方。

小野认为高本的话有一定可信度。他表示："松田很特别，他是那种认为杀人不算什么的人。他把女人当洋娃娃玩。"高本离开后，小野直接去了麻布警察局，将整件事告诉了警察。警察们饶有兴趣地听他讲述前因后果，记下他提到的每个人的名字和地址，并告诉小野会再找他了解情况。

接下来的那个星期，高本又来找小野，他看起来焦虑不安。他再次表示他确信是松田杀了露西。又过了两个星期，高本没再说什么，警方也没有音讯。一天早上，小野接到另一个熟人的电话。高本的妻子曾与后者联系，告诉他她的丈夫前一天晚上下班后没有回家，并问他：小野知道他可能在哪儿吗？

小野的确知道一些连高本家人都不知道的事情：这个受人尊敬的富士胶片公司高管也有一间"地牢"，那是一间租来的小公寓，从他家坐几站地铁就能到。

小野当天下午很早就离开了色情工作室去了高本的"地牢"。

那个单间公寓在一栋破旧的木楼的二楼，是那种最便宜的公寓。小野敲了敲门，没人回应。他用力把门弄开了一点点。他看到高本的鞋并排放着，这表明他一定在家。小野又推开分隔玄关和公寓门的纸门。他首先闻到一股强烈的气味，那是一种汽车和厕所混合的味道。房间里堆满了各种书、杂志和录像带，小野看了眼电脑屏幕。接着，他看见碗柜旁边有一双苍白的腿。

那是高本，他显然已经死了。墙上的一个钩子上挂着一根绳子，绳子的一头挂着高本。他没有被吊起来，而是倒在墙边，他的双脚垂在地上，赤裸着下半身。小野之前闻到的气味来自一个打翻的罐子里的汽油和粪便，汽油浸透了地板上的榻榻米垫子，而粪便则是从高本的嘴里流出来的，那显然是人的粪便。

小野颤颤巍巍地走出公寓，接着就报了警。

他之前一走进房间就注意到另一个细节。公寓墙上有几张印有露西·布莱克曼笑脸的失踪人口海报，海报蓝色的边和日英双语的白色文字十分显眼。

过了大约一两个小时，20 名警察赶到现场，有的穿着制服，有的穿着普通便服。接下来的几天，小野接受了好几次长时间询问。

他们告诉他，根据他提供的信息，他们于 3 天前，也就是 8 月 5 日，传唤并询问了高本。那天是个星期六，警察显然考虑了让他为此旷工的尴尬。高本告诉过他们他对于松田的恐惧，第二天他就为他那间"性爱屋"支付了 2 万日元（约合 125 英镑）的月租金，这点钱对他来说微不足道。星期一，他像往常一样与家人道别，然后去上班。那天下午到第二天的某个时间，他死了。

公寓里的杂志和录像带都是色情娱乐品，那台电脑是新买的，里面有很多从网上下载的硬色情内容。其中大多数图片展现的都是白人女性摆出被羞辱的姿势。邻居证实，这个戴眼镜的安静的工薪族大部分时间都是在傍晚时分来公寓，他们都不知道他是谁，也不知道他在做什么。警方暂时得出的结论是，这是一次由自慰窒息引发的意外死亡事件，自慰在自慰过程中暂时切断大脑的氧气供应，以增强性高潮快感。多年来，这个危险的游戏已经造成许多人意外死亡，而悲痛欲绝的死者家属通常更愿意公开宣布死者死于自杀。

小野不相信警方的这一结论。

高本会因为害怕被警方调查进而暴露自己施虐狂的身份而自杀吗？但是，如果他是为了免遭非议和羞辱，为什么要以如此不堪的方式结束自己的生命？高本已经多次和小野谈论露西的案子，他为什么没有向他的朋友提起墙上贴着露西的海报？它们是不是在高本死后才被人贴上去，好让警察找不到线索？地上的汽油会不会是闯入者想要烧掉那间公寓却意外被打断？

小野认为关键线索隐藏在最肮脏的细节中，高本的嘴里塞满了污秽之物，脸上也沾满了污秽。警方则表示这是死者自己的排泄物。亚

166

当·惠廷顿后来回忆道："小野告诉我们，如果你身上沾满了别人的污物，那是性变态行为，但如果那是你自己的排泄物，就是不被人尊重的表现。这是一种侮辱行为。"

这就是小野要见蒂姆和亚当的原因：告诉他们他认为松田绑架了露西，而且他因为高本猜到了真相而杀了后者。

"在追查露西失踪的整个过程中，我的确遇到过一些奇怪的人，"蒂姆告诉我，"但这可能是最奇怪的一个。我是说，他说的这一切……没有比这更糟糕的了，不是吗？也许，有……总而言之，那时候我已经无法正常思考，也许正是这一点救了我。因为如果我真的相信我女儿发生了那样的事，她的命运……好吧，我接受不了，所以这样挺好。"

但是亚当相信这一切，包括小野先生在他们离开时给他们的具体信息：已故的高本先生和他所谓的凶手松田先生的秘密基地的地址。

几天后，亚当和帮助布莱克曼一家的日本记者黑田良一起前往松田的"地牢"。他们把车停在横滨的一个住宅区，这里是老街区，到处尘土飞扬，全都是低矮的公寓楼，晚上有老妇人在街上遛狗，但完全看不到孩子的身影。从外面看，"地牢"不像什么刑讯室，更像储藏室。它周围围着一圈木栅栏，亚当翻过木栅栏，小心翼翼地绕着房子转了一圈，黑田则紧张地观察着四周的动静。窗帘是拉上的，但两扇窗帘之间有一道缝隙，透过这道缝隙可以看到屋内的部分情况。亚当瞥见地板上铺着地毯，上面散落着几盘录像带。

亚当捡起一块石头打破了窗玻璃。身材瘦小的他伸手打开窗闩，从窗户爬了进去，然后从前门把黑田放了进去。

他们站在一间长方形的房间里，屋子一头胡乱挂着一张床单，遮住一个脏兮兮的水槽。窗帘遮住了大部分光线，但他们还是能辨认出屋子里有几把椅子，一台电视和录像机，地板上放着床垫。屋子里有色情杂志和很多录像带。录像带上贴着日本和西方女性的照片。大多数录像带是买来的，但有些看起来是自制的。"到处乱扔着各种性玩具，"亚当回忆道，"假阴茎、夹子，各种恶心的东西。背带、各种带子，以及一些我从没见过的东西。其中一个上面有那种可以插入女人体内的管子。它有某种夹子可以把双腿分开，这根管子肯定是放在双腿之间的。"这些都是制造羞辱和痛苦的工具，专为享乐而设计。

他们翻看了一遍录像带上的标签，寻找可能与露西有关的线索。但什么也没找到。屋子里的墙上光秃秃的：没有失踪人口海报。他们的心怦怦直跳，他们意识到自己来到了一个真正的"地牢"，一个性堕落的地方，人人都听说过这种地方，但没人想过自己能亲眼一睹真容。这个地方难以形容，十分怪异。它是如此极端，如此不可思议，让人无法回避，几乎让人以为能在这里找到破解谜题的答案。因此，当你发现这里没有任何生命迹象，空空洞洞的时候，必然会无比失望。露西的朋友们到处寻找她的踪迹，现在他们循着线索来到了这里——人心深处最黑暗的房间，一个满是镣铐、排泄物和死亡的世界，却仍然找不到她。在这里他们轻易就能看到一群施虐受虐狂尽情狂欢，或是一群女巫进行活人祭祀：某种显而易见的易招致打击的邪恶活动，但他们最想见到的女孩却仍未出现在眼前。

这个房间不干净，而且毫无生气。表面光滑的按摩棒和展开的杂志上蒙着一层灰。亚当仔细检查地板、床垫和水槽，想要找到哪怕一根金发。检查完后，他就无事可做了。黑田敲了敲隔壁几家的门，但没有一个邻居清楚这间公寓或租房人的情况，没有人看见或听见任何可疑动静。

后来，黑田独自去了高本死去的公寓。公寓里的东西已经被清空，房子里也已经被打扫干净。他甚至还拜访了高本的家，高本的家就在他每天上班的通勤线上，只要坐三站地铁就能到。高本的遗孀给他开的门，她的年轻和美貌让黑田大吃一惊。黑田介绍完记者身份后，就不知道该说些什么了。"我试着和她说话，但她一直在哭，"他回忆道，"太惨了，真让人伤心。他有个这么好的老婆，还有可爱的孩子和漂亮的房子，却这样死了。之前也有记者去过她家，她很绝望。她请求我：'请你离开，快离开吧。'我感觉很糟糕，于是就走了。"

黑田最后还是去了松田家拜访，他的家在横滨较为富裕的郊区。他可以直接按门铃拜访，但却还是选择了在松田家马路对面一个隐蔽的位置默默观察。松田终于出现了，他是个体格健壮、精力充沛的中年男人，长着一张圆脸和一头浓密的头发。黑田有一种上前自我介绍的冲动，但还是忍住了。相反，他选择用长镜头相机拍下了松田走出家门，开车离开的画面。

但是该怎么处理这些照片或信息？在接下来的几个星期里，小野不停地给蒂姆和亚当打电话，并登门拜访，重申他确信松田一定与露西的失踪有关。但亚当开始怀疑他及其动机。他的话很有说服力，但谁知道关系疏远的虐待狂之间会有怎样的爱恨情仇呢？"他就像自导自演的动作片里的那个孩子，"亚当回忆道，"他什么都想参与。老实说，他乐在其中。最后他变得很烦人，想要控制整件事，对我们指手画脚。如果有确凿的证据，我会采取行动。但我只有这个在旋转木马上转圈圈的日本人。"

"我和蒂姆去了警察局，我们把小野说的话转述给了警察。他们已经知道那些人的名字和松田的住址。他们会怎么做，我和你一样也不知道。我们和他们说这件事的时候，他们没有任何反应。他们听完，做了记录，就送我们出了警察局"。

人
形
洞

FACIAL IMAGING TEAM
BO11 Criminal Intelligence Branch,
Room 1132, Tower Block,
New Scotland Yard,
London SW1H 0BG

POLICE

Tel   0171 230 2211
FAX   0171 230 2344

METROPOLITAN POLICE

E-FIT
COMPOSITE IMAGE

FIT Ref: NW058/00

WARNING:
This E-FIT Composite Image MUST NOT BE ALTERED, COLOURED, TINTED or CHANGED in ANY WAY without the prior consent and the presence of both the WITNESS and the COMPILER. To do so would be considered as TAMPERING WITH EVIDENCE.

9 月的第一天是露西 22 岁的生日。这本会是令人绝望的一天，但布莱克曼一家却在这天举办了一系列活动，希望能让对露西失踪案兴趣日减的媒体重新关注此事。在塞文奥克斯，简·布莱克曼和鲁伯特·布莱克曼在镇上著名的瓦内板球场放飞了 1000 个粉色和黄色气球。索菲本来想在东京做同样的事情，但遭到警察拒绝，理由是漂浮的气球会分散司机的注意力。于是，索菲改为在六本木十字路口发传单，在她头顶上方，一个巨大的屏幕播放着露西的脸和热线电话号码。就在前一天，索菲模仿姐姐 7 月失踪的那个星期六的打扮，身着黑色连衣裙从佐佐木公寓走到千驮谷车站，并拍下了这段行程。她希望电视台能播放这段视频，新视频也许能刺激目击者想起点什么。但昨日重现这种行为不足以改变现状，由于缺乏新鲜内容报道，媒体对这件事的关注逐渐减少。

　　露西的家人还能做些什么来帮助她呢？唯一有用的就是钱了。在夏末到初秋这段时间，露西的家人一次又一次悬赏，赏金一次比一次多。悬赏引发了短暂的关注热潮，但很快又归于平静。与药物上瘾患者的药物使用剂量效果相同，随着时间的推移，赏金越多，效果反而越小。

　　蒂姆一家悬赏 150 万日元（约合 9500 英镑），希望获得有助于找到露西的线索。一名澳大利亚游客联系英国广播公司，自称在香港看到了露西，说她当时正从取款机上取钱，嘴里"语无伦次，胡言乱语"。蒂姆和那个男人交谈了一番，发现他描述的那个女孩身高不够，不可能是露西。

一名不愿透露姓名的英国商人将悬赏金额提高到10万英镑。有人从海湾国家卡塔尔给东京警方打了通电话，说在那里的大街上看到了露西。多哈的英国大使馆进行了调查，最后一无所获。

蒂姆和索菲在英国和日本之间来回奔波。回到英国之后，他们也无法集中精力工作或过好日常生活。蒂姆的生意逐渐走下坡路，为了寻找露西，他个人已经花掉几万英镑。他绝望至极，10月中旬，他甚至向非法拘禁露西的"新兴宗教"发出呼吁——这是自称"高木彰"的人电话中透露的细节，这段时间以来，人们一直嘲笑这是为了转移注意力而编造的荒谬内容。蒂姆在第九次新闻发布会上对一小群记者表示："也许应该认真考虑一下露西被引入某种邪教的可能性，我能理解，由于媒体的关注，露西被放回来的难度可能不小。但这并不是没可能，我很愿意知道我们如何才能秘密见面。如果她真的被引入邪教，我能理解培养她要花一些钱。如果是钱的问题，我们家能筹到钱。"

事情发展到这一步，大家都很关心露西遭遇了什么，但蒂姆对此毫无兴趣。只要她回家了，谁还在乎发生了什么？"我听说过一些女孩失踪的可怕故事，"他说道，"被下药，被带走，被拍照，被虐待，然后被放回来。如果露西只是遭遇了这些，我会感到庆幸。等我把她带回家，一切都会好起来。但我得先找到她。"

那名不愿意透露姓名的商人又将赏金提高到50万英镑。

一天，蒂姆拿着一叠失踪人口海报走在六本木的街头。他把海报贴在主路的电线杆上。一名警察走过去严肃地解释说不能这么做。警察说如果蒂姆不马上将海报撕下来，他只能自己动手了。

"不撕。"蒂姆回应道。

"请你配合。"警察说道。

蒂姆一边摇头，一边伸出双手，手腕紧紧贴在一起，等着警察把他抓走。

警察撕掉了蒂姆的海报，他已经警告过他，而蒂姆则径直向下一根电线杆走去。但那上面已经贴满了小传单，上面印着半裸女人的照片，是当地"时尚健康馆""泡泡浴室"和"美容沙龙"的广告。蒂姆撕下几张来仔细看了看。他的另一只手上拿着露西的海报。他的目光在失踪女儿的照片和色情俱乐部的广告之间来回打量。然后他带着疑惑的表情举起小传单，说道："但可以贴这些？"

在公开场合，蒂姆会冷冰冰地称赞警方及其"细致"的调查工作。但私底下，他对警方的怨言越来越多。问题的关键在于"高木彰"在露西失踪两天后给路易丝打的那通电话。打这通电话的人，即使不知道绑架者是谁，也知道露西在哪里，只要追查电话号码及其主人，就可以找到关键证人。但令蒂姆愤怒的是，警方坚称不可能这么做。后来警方解释这是因为技术上有困难。但下一次，警察们又解释说必须有法院命令才能审查私人商业电话记录。他们的确向蒂姆保证，已经向法院提出申请，但这需要时间。"请耐心等待。"警视光实安抚蒂姆道。

到了9月，不仅仅是布莱克曼一家耐心耗尽，英国大使馆的外交官们也失去了耐心。大法官德里·欧文当时正好访问东京。他再次向日本首相提起露西失踪案，并要求法务大臣协助追查电话记录。一天下午，蒂姆和总领事艾伦·萨顿一起去警察局。萨顿蓄着白胡子，为人严肃。和以往与警方交涉的情况一样，谈话似乎在绕圈圈，没有任何实质性进展。

萨顿开门见山地说道："光实警视，你说电话记录没有被保存下来。我们得到的消息则是数据就在那里。电话公司为什么不执行法院命令？"

"我们面对的一个是日本法律问题，"光实答道，"另一个则是他们是否真的保存了那些记录。我们一直在调查。我们已经竭尽所能。我们可以向法院申请搜查令。"

蒂姆说道："但你之前已经对我说过两次，已经向法院提出申请。"

"很遗憾，我们无法获得那些记录，因为它们没有被保存下来。"光实回应道。

萨顿转述了日本电报电话公司回信中的内容，指出对方的说法正好相反：虽然过程比较复杂，但该公司可以用公司电脑追查到相关移动电话记录。

光实笑着说道："我们没有收到日本电报电话公司的任何相关消息。"

听到这话，艾伦·萨顿勃然大怒。"也许你还没有意识到事态的严重性。你们的法务大臣已经向英国的欧文大法官做出保证。东京警视厅应该有所行动。我国政府会向我询问你们的表现。我应该怎么回答？警方必须拿到电话记录。一个女孩的生命危在旦夕。"

蒂姆紧接着说道："已经过了两个多月了，现在我想要的是完整信息，而不是侮辱。如果你不相信我，那相信谁？"

警视光实又笑着说道："电话公司告诉我们不可能追查电话记录。我们必须遵守法律。"

露西在英国的亲朋好友由于远离东京，无法提供任何帮助，而迟迟未能获得她的任何消息也让人备受折磨。当他的爸爸和姐姐在新闻发布会上发表讲话或是与警察们纠缠的时候，16 岁的鲁伯特·布莱克曼必须回学校开始新学期的课程。大家都知道他姐姐的事，暑假期间，鲁伯特也自然而然地成了众人议论的名人。虽然鲁伯特本人很不情愿，但曾经的竞争者和敌人都对他表示出善意和尊重。"那段时间糟透了，"他回忆道，"上床睡觉的时候我总要打开窗户，坐在窗台上抽支烟。我会抬头看着天上的星星，想着露西的事。我不知道她在哪里，但她也许也在看星星。她还在日本吗？她在某艘船上吗？她加入了邪教吗？什么都不知道最糟糕。不知道该表现出什么样的情绪。心里有很多种情绪，你想表现一种，却不知道哪种是恰当的，你是该悲伤，还是该坚强，还是要……随便怎样都行。"任何有关这个案子的消息都让他不安。"当我在朋友家的时候，一打开电视就出现一部关于露西的纪录片，我讨厌这样。这种感觉就像和父母一起看一些色情画面。这两种感觉是一样的，完全不对劲。"

露西的同学盖尔·布莱克曼坚信露西还活着，于是为她的朋友写了本日记，准备等露西回来之后给她看。"上一秒我还在想象我们坐在她临走前买的那张昂贵的床上，一起读日记，一起放声大笑，"盖尔说道，"下一秒我又恢复理智，心想：'你是个白痴。你再也见不到她了。她不会回来了。'"

简·布莱克曼 8 月份曾去过东京，只是短暂停留了一下。9 月，她克服对记者的厌恶，召开了她的第一次新闻发布会。与蒂姆在公开场合的表现相比，简以其坦诚自然的态度赢得了众人的同情。"明天，露西就失踪三个月了，"她说道，"我在这里呼吁日本女性——母亲、女儿、姐妹、阿姨和祖母们——任何人都可以向我们或警方提供重要线索，帮助我们解开这个可怕的谜团。我们相信有人知道露西出了什么事，我们非常希望目击者能站出来。一个身材高挑、长得好看的金发女孩不会就这么凭空消失——一定有人见过她。拜托了，拜托了，见过她的人能站出来吗？她的家人希望她回家。她的弟弟、妹妹、爸爸和我都想她回家。无论你是谁，都已经把她留在身边够久了。无论扣留她的人是谁，我都衷心恳求你，现在就放了她吧。如果你只是一个孤独的男人，也已经把她留在身边够久了。我不相信日本人不帮忙。我们知道你们也关心她。我们知道你们有多看重家庭。"

"我们既是母女，也像姐妹一样亲密无间，这是最可怕的噩梦，而且永远不会消失。我睡不着觉。我的生活停滞不前。我无法正常运转。我觉得我的心好像被撕碎了。这件事让我心碎。我最亲爱的女儿活力四射，能照亮整个房间……"简的声音越来越低，她继续说道，"我们一家永远不会放弃寻找露西，我们绝不会放弃。"

但眼前还有一个几乎比露西的死更可怕的现实：可能谁也不会知道她出了什么事，她将永远是失踪人口。索菲在东京时对一名日本记者说过："我觉得最可怕的是 10 年、20 年，哪怕是 5 年后，我还在这里，还在寻找露西。我不想这样。我不准备因为有人带走露西而放弃我自己的生活。我不想这样。这件事将会结束。我希望很快就能结束。但她不是失踪了那么简单。"

＊　＊　＊

简身边还多了一个非官方调查成员——已经退休的总警司戴

维·希伯恩·戴维斯。戴维斯是威尔士人，大家都叫他戴，他总是面带笑容。戴·戴维斯年轻时曾在伦敦警察厅的刑警队服务多年，他退休时是皇室成员保护组组长，也是女王伊丽莎白二世的首席保镖。三年前，他曾经访问日本，与日本皇室卫队成员进行交流，受到他们的热情款待。第二年，他就从伦敦警察厅退休，随后与一家名为 The AgenC 的公司合作，成为一名"国际安全顾问"。戴认识简·布莱克曼的弟弟，他相信凭借自己几十年的经验以及在日本警方的人脉，能够助布莱克曼一家一臂之力，为其提供一些专业帮助，撬开警视光实的保护罩。蒂姆有钱的妹夫布莱恩·马尔科姆同意负担他每天 800 英镑的劳务费以及每天 400 英镑的其他费用——在 The AgenC 的正常价格基础上打了个折扣。

戴留着整洁的小胡子，常穿一身灰色西装，喜欢系印有旋涡纹图案的领带。他为人热情亲切，很有说服力，同时善于自嘲，十分吸引人。但在东京的行动所面临的挑战远远超出了他的预期。

2000 年夏末他再次来到东京的时候，发现他在皇室卫队认识的人大部分已经退休或离开。那些留下来的人不能或不愿为他牵线搭桥——明仁天皇的保镖显然与六本木的警察生活在不同的世界。更令人沮丧的是，他被告知可能会因为未经许可在日本从事私人侦探工作而被逮捕。他虽然以关心露西失踪案的"布莱克曼家的朋友"名义来到日本，却并没有比蒂姆和亚当发挥更大作用。东京警视厅的警察虽然对他很客气，却并没有把他放在眼里。俱乐部老板和酒吧经理都疑虑重重，不愿合作。他唯一能说动的就是女招待。戴将这种现象称为"沉默的墙"，某种程度上看也是变相承认自己陷入了困境。戴不懂日语，也没有渠道请翻译，和露西家其他人一样，他也只能依靠当地记者和志愿者的帮助。"没人愿意见我，"六年后他对我说，"我当时常常想：我值得他们为我出那么多钱吗？我是不是个假侦探？仅靠现有的资源我能做些什么？……当警察的时候，你手握大把资源，可以随便利用，情况大不相同——找到线索，结案。一旦你开始独立调查，通常就需要给钱……我事后回想这件事，觉得当时认为自己单凭一己之力就可以扭转局势多少有点狂妄自大。不过这都是后话了。"

戴·戴维斯和记者们关系融洽。在其他受到高度关注的英国公民失踪案中，他还将继续扮演类似角色。这位"前伦敦警察厅警官"或者说"超级侦探"的话经常被报纸引用，电视台也喜欢采访他。他曾"抨击"过葡萄牙警方对英国幼童玛德琳·麦卡恩失踪案的调查，还对德国警方调查另一名英国肯特郡女孩路易丝·克顿失踪一事发表过评论。记者们常常形容他在露西失踪案的调查中扮演了"重要角色"，引起人们对蒂姆在其中发挥的作用的冷嘲热讽。

"戴·戴维斯——伟大的戴·戴维斯，"蒂姆说道，"有一天看到他在电视上说：'哦，是的，我在（东京），协助调查。'我气坏了。为了让他去那儿，我们付了48000英镑。我们付了他48000英镑！让他晚上去钢管舞俱乐部和经理们聊天。"

不过，戴至少为布莱克曼一家搜集到的零碎线索补充了一条信息。

9月，他找到了一个叫曼迪·华莱士的女人，她以前也是女招待，在卡萨布莱克做了几个星期后就返回她在英国布莱克浦的家。她在卡萨布兰卡工作时露西也在那里上班，她说6月底的一天晚上，有个男人来到俱乐部，露西陪他喝酒。那个男人花钱很大方，爱喝白兰地，曼迪觉得他让人感觉不自在。戴的侦探本能让他嗅出这个信息不同寻常。他说服伦敦警察厅面部图像组的一个朋友和他一起去布莱克浦。

179

他们根据曼迪的描述绘制了一张嫌疑人照片，并很快将这张照片发往东京，让任何可能认出照片中男人的人辨认。

照片中的男人看起来怪异而恐怖：脸很宽，有些胖，鼻子很大，嘴唇很厚，看起来有点猥琐，头发十分浓密，略微向上隆起。他的脖子肌肉发达，看不出任何情绪的眼睛有一部分被宽大的眼镜遮住。那是一张冷酷、无情、陌生的脸，无法引起观者的共鸣，让人捉摸不透。没有哪个艺术家能创造出这么一张脸，生动地反映出两个月调查的痛苦和调查者的绝望。

10 月的时候，迈克·希尔斯已经暴露了骗子身份，施虐受虐狂圈子的线索毫无头绪，蒂姆和索菲在休·沙克沙夫特位于六本木的办公室里私下进行的寻找露西的工作也没有任何进展。

其中一部分原因是大家早已疲惫不堪，深感绝望，众人在日本的开销成为沉重的负担。另一部分原因则是参与寻找露西的志愿者对蒂姆越来越不满，有时候甚至对他充满怨恨。

对蒂姆意见最大的是休·沙克沙夫特本人。休很快就对蒂姆出现在他的办公室感到不满，指责他没把办公室当作办公场所。墙上贴着的失踪人口海报，以及蒂姆对待他的员工的"粗鲁和随便"的态度都让他气愤不已。他还对蒂姆在他不在场的时候接受采访，并在贝里尼餐馆用他的钱招待记者感到不快。但这些并不是让他愤怒的真正原因。蒂姆虽处境艰难却仍意志坚定，行事得体，这才是惹得休不满的根本原因所在。

人们对露西失踪案的关注原本随着时间的推移会自然减弱，但蒂姆凭借自己的绝佳口才和沉着镇定的态度，让露西失踪案始终保持一定热度。但他拒绝扮演传统受害者的角色，又持续引起人们的猜疑。因为他没有表现出心烦意乱的样子，大家于是猜测他肯定没有为此心烦意乱，而一个女儿失踪的父亲没有为此痛苦难过是不合情理的。"这时候我才意识到蒂姆似乎对整件事明显漠不关心，我觉得在他身上看不到任何一个人在面对这样极端的家庭创伤时通常会有的反应，"休·沙克沙夫特在一份长达10页、共计4000字的文件中详细描述了他对蒂姆的厌恶，"他似乎对我们能为他筹集多少资金，以及他下次什么时候能接受电视台采访更感兴趣。"

其他人也因为钱和蒂姆对钱的在乎表示不满。亚当·惠廷顿最终也因为费用问题和布莱克曼一家发生争执，双方不欢而散。一名协助寻找露西的不愿意透露姓名的参与者回忆说，他无意中听到蒂姆和他的伴侣约瑟芬·伯尔打电话，他们当时在讨论"如何趁此机会赚一笔"。"我当时认为（蒂姆）急需帮助，"休第一次见到蒂姆时就慷慨伸出援手，"可惜现在我认为，事实并非如此，蒂姆·布莱克曼开始享受名气带来的好处，他的后续行为就是最好的证明。"

多年后，我花了两个晚上和休一起聊露西的案子。他大部分时间都在指责蒂姆。有一次我问他是不是真的认为蒂姆对当时的情况"乐在其中"。他答道："事实似乎就是如此，尤其是看到他在凌晨4、5点喝得醉醺醺的时候。你可以做必要的'调查'，但同时也可以在凌晨一点清醒地回家……我只知道在他们夫妻离婚后三五年的时间里，他只见过露西两三次。他连自己的女儿都不愿花时间见。我觉得他是个极度以自我为中心的人。如果你知道他是如何处理离婚的事，以及他究竟都对家人做了些什么，就会明白了。我认为他可以变得非常冷酷……可以肯定地说他很自私。"

听休指责蒂姆自私自利、自我放纵的感觉有点奇怪，他在谈话中经常提起他认识的好莱坞演员，无所顾忌地提到他在六本木的时候因为过度放纵而犯心脏病，以及他自己失败的婚姻和与他分居的年幼的儿子的事。但他并不是唯一一个批评蒂姆的人。2000 年下半年，东京的相关人士都对蒂姆议论纷纷。大家通常会在外派人员举办的晚宴上，五星级酒店的星期日早午餐时间，或是在大使馆的鸡尾酒招待会上窃窃私语：那个失踪女孩的父亲蒂姆·布莱克曼正在"寻欢作乐"。

失踪者的家人承受着双重负担：首先是痛苦的折磨，其次是我们对他们的期望，我们对他们的行为标准的期望高于我们对自己的期望。

当其他人遇到困难时，我们会很自然地提供帮助。但无论我们自己是否意识到，大多数人提供帮助的同时也期望得到一些回报，他们需要无助的人夸大其无助和渴望帮助的心情。蒂姆隐藏起自己的痛苦和恐慌，展现出积极活跃的一面，这剥夺了人们安慰他的权利。但简·布莱克曼给了他们机会，她彻底展现出自己的痛苦。她需要帮助，也对此心怀感激，于是那些帮助她的人立即觉得自己做了件好事。

简到日本来之后，大家似乎才开始对蒂姆不满，这绝非巧合。蒂姆很少在东京的志愿者面前提到前妻，简却无所顾忌地在她信任的人面前谈论其失败的婚姻，或是她对这段婚姻的看法。休、亚当和戴都因此得出一个简单的结论：这是一个受委屈的妻子和一个风流的丈夫的故事，后者抛弃并彻底忽视了自己的家庭。大家对蒂姆的好感逐渐转移到简身上。大家对布莱克曼一家的好感似乎是有限的，必须合理分配。

蒂姆也许察觉到了这种转变，于是接受了英国一家星期日小报的采访，但这丝毫无助于改善他在寻找露西的群体中的形象。他在采访中谈到了露西失踪给他带来的痛苦，并将它和婚姻破裂后与露西疏远所带来的痛苦相提并论。他向《星期日人民报》的记者诉说道："简很伤心，我能理解，但我很难去同情她。我以前见不到露西的时候也很痛苦。显然，现在的情况更糟糕，但简现在的痛苦和她当年给予我的痛苦一样。因此，简的痛苦打动不了我。"

自从那次不愉快的简短通话之后，简和蒂姆就再也没说过话。他们各自小心翼翼地安排来东京的时间，尽量避免见面。简和戴·戴维斯在 10 月初离开东京后，蒂姆仍然待在怀特岛的家中。索菲当时也已经回了英国。亚当·惠廷顿则早在 8 月底就离开了日本。英国领事馆的工作人员去检查了露西热线的电话答录机，并记录下来电信息。

- 10 月 2 日下午 1 点左右，来电人在锦丝町站附近的一个眼镜店看到一个看起来像露西的女孩。她和一个男人走在街上。他补充说，有很多亚洲和欧洲女孩在下流的俱乐部或酒吧工作。
- 来电人说他有某个宗教组织的信息，并让会说日语的英国人给他回电话。
- 来电人说在网上看到一个长得像露西的女孩。
- 只有背景音乐声。

露西失踪三个月以来，这还是第一次没有家人在东京寻找她。

露西·布莱克曼失踪案调查期间，我一直生活在东京。我十分关注这起案件，并为我供职的报纸撰写相关报道。我想要回答我的编辑们向我提出的显而易见的问题，英国读者或是对日本没有特别了解的人都会问这样的问题。关于露西在东京的生活和外国女招待的特殊性这类问题很容易就能解答。但对于大家最关心的问题——她出了什么事？——我无法回答。得不到这个问题的答案，大家就开始提其他问题，比如她吸毒吗？她的好朋友知道些什么？她的父亲呢？

我以记者身份活跃在公众场合。白天，我和各种官员、政客、学者和专业人士打交道，私人时间，我则和一群志同道合的人聚在一起，他们虽然绝不会称日本为家，但他们喜欢日本，自认为足够了解日本。我们有时候会去六本木玩，一些男性朋友会去脱衣舞酒吧举办告别单身派对。现在，作为一名寻找露西·布莱克曼的记者，我也要去那些酒吧和俱乐部，花钱找那些聪明迷人的年轻女孩谈话。一开始，这些俱乐部对记者都保持警惕，并怀有敌意，保镖不止一次与拿着笔记本和照相机的八卦的"客人"发生冲突。但这类水交易很快就恢复正常。就连露西失踪后几天就歇业的卡萨布兰卡都在8月底重新开门营业，只不过改了个新名字：绿草地。

我在绿草地、独眼杰克和东京运动咖啡馆度过了很多个夜晚，有时候我一个人去，有时候和朋友一起，我们和女招待一起喝酒，她们对于露西·布莱克曼的了解可能比我还少，但她们都听过一些传言：关于邪教、强奸团伙或施虐受虐圈子。六本木原本是个五光十色的地方，现在却变得阴森诡异，仿佛有什么东西潜伏在黑暗之中。我通常会在凌晨4点醉醺醺地回到家，衣服上满是烟味，口袋里塞满了写着潦草笔记的餐巾纸。我做过一个古老的男性主题的梦：在梦中我变身为骑士，一路奔袭到黑暗之塔，杀死恶龙，救出失踪的少女，荣光普照。

在麻布警察局，我完全屈服于警方的陈词滥调。在英国大使馆，我听到的都是显而易见的事实。我和日本记者结成同盟，他们会将其从警方那里获得的消息告诉我，我则把从布莱克曼家打听到的消息告诉他们。我甚至把一张露西的照片贴在硬纸板上，放在我的包里，以便我在东京时拿出来给人看。每个人都认识照片上的女孩，但没人见过她。

即使没有什么新进展可以报道，也不可能忘记这个案子。人不会分解成微粒。一定发生了一些事情。大家收集了那么多信息——关于露西，关于六本木，关于女招待，关于那个星期六下午发生的事情。但核心部分却有个洞，一个缺口。大家讨厌这种空洞，想要填补它。他们想用蒂姆的痛苦和愤怒，以及其他所有显而易见的容易理解的情绪来填满这个洞。当他拒绝提供这些情绪时，他们就开始怨恨他。

没人知道能用什么来填满这个洞。但大家都知道它的存在。那个洞是一个人的形状，那个人带走了露西，伤害了她。每个人内心深处都清楚这一点，他们还知道那个人是个男人。

我讨厌必须和失去亲人、惊恐不定的人以及因此受到伤害的人谈话，但身为记者，时不时就要面对这种情况。我总是害怕自己语气不对或是说错话，显得过于冷漠、轻快，或是假惺惺的关心和同情。我鼓足勇气才给布莱克曼一家打了通电话，简悲痛不已，索菲小心谨慎又充满攻击性，蒂姆则慷慨大方得让人难以忍受。但到了10月，他们都伤心地回家，逐渐不再想露西的事情。后来有天晚上，一个日本记者朋友打来电话，说东京警方要逮捕一个人，这个人似乎就是能填满那个人形洞的男人。

警察_{的尊严}

克丽丝特布尔·麦肯齐来东京是为了逃避过去，她一路吃了不少苦头。她的父亲是苏格兰知名律师，母亲是爱丁堡大学学者。克丽丝特布尔聪明、漂亮，出身于有教养的富裕家庭，注定要过体面的中上阶层生活。但爱丁堡中上阶层富人圈里到处都是自以为是的人，令人感到窒息，克丽丝特布尔渴望自由和刺激。她毅然辍学，跑去当了名接待员。后来她又回去读大学预备学院，考试拿过几个 A，接着就搬到伦敦，在一家百货商店工作。

不过伦敦在她看来离家还不够远。她认识的一个女孩曾在日本生活过，她告诉克丽丝特布尔那里的生活很刺激，遍地都是机会。1995年1月，19 岁的克丽丝特布尔独自一人来到东京。接下来的 7 年时间里，她大部分时间都在东京度过。

作为一个在日本生活的外国人，克丽丝特布尔很快发现了这里的生活真谛，以及东京为什么会吸引那么多不同类型的人：在这里有一种无法逃避的个体异化感，但它被更大、更普遍的身为外国人的异化感所取代。"我真的很喜欢日本，"克丽丝特布尔告诉我，"我现在仍然很喜欢，尽管是种爱恨交织的喜欢。有些事情我觉得很可怕，有些事情我很喜欢。但这里很自由，不管你做了什么，你都是个怪胎，不是吗？不管怎样，人们都会盯着你看，所以你完全不用担心什么，放轻松就好。而且你能挣不少钱，所以你真的可以放轻松。你离家那么远，这让你觉得你做的任何事都和你的现实生活隔绝开来。"

克丽丝特布尔是身材高挑的金发美女，同时也是个野丫头。她短暂地做过英语教师，这份工作很快就让她感到厌倦。她还在一家叫新鲜的小俱乐部当过几个星期的女招待。这家俱乐部在赤坂，毗邻六本木的高档社区，去那里的大多是日本工薪阶层，很少见到年轻的外国人。赤坂的传统茶室仍有少量真正的艺伎，日本政客和大企业高管喜欢光顾那里。但这些人极少走进新鲜俱乐部。克丽丝特布尔的大多数客人都是毫无魅力的孤独男人，他们花几个小时和年轻漂亮的外国女孩用英语交流就能感受到异国情调，享受难得的乐趣。

"俱乐部里有个小吧台，一台卡拉OK机，还有六到八个女孩，"她描述道，"那地方没什么特别。客人有的很凶，有的很小气，还有的有口臭，不过真正惹人讨厌的不多。他们中的大多数人都很好，最让人无法忍受的是无聊。晚餐约会没什么压力，就是在赤坂附近吃顿饭，然后就可以回俱乐部。"那些最成功的女招待都伪装出一副天真无邪的模样，和不如自己聪明的人聊天会让客人感到安心。克丽丝特布尔从不会装傻，于是她想出了其他方法来打发时间：愚蠢的喝酒游戏（而且她喜欢喝酒），轻浮的聊天话题，以及毒品。

20世纪90年代中期，日本"泡沫经济"已然走向破灭，但东京人仍有许多闲钱，手腕高超的女招待就能收获惊人的奖励，坊间总是流传着女招待从迷昏了头的客人那里得到劳力士、金条，甚至公寓的故事。赤坂的女招待比六本木的女招待更体面，这反映在女招待获得的报酬上。克丽丝特布尔之前在伦敦每周挣120英镑，现在在赤坂每小时挣3000日元，约合20英镑，这还没算点台和晚餐约会的奖金。

一天晚上，一个她之前从没见过的男人来到俱乐部，经理对他毕恭毕敬，极尽奉承，她由此判断这一定是个挥金如土的老顾客。他自我介绍说叫本田有志，一眼就可以看出他比新鲜俱乐部的其他客人更尊贵。

他看上去 40 岁出头，个子不高，举手投足明显区别于一般工薪族。他的长相没什么特别，但穿了件看起来很贵的外套和开领丝质衬衫。他英语说得很好，而且不像其他许多客人那么好色，也不会让人感到滑稽可怜。"他流露出一种不自然的傲慢和自信，我一直觉得这很好笑，"克丽丝特布尔回忆道，"因为他长得不是很好看，性格也不讨人喜欢。但我的确觉得他很有趣，和其他大多数客人不一样。他让人捉摸不透，有些古怪。"

"他有点刻意显摆，走起路来趾高气昂。他说话的方式也有点奇怪。这一点很难说清楚——有点像在咬着舌头说话，他说话时的嘴型很有意思，有点像婴儿的嘴巴，能看到舌头出出进进，像只蜥蜴。"他还很容易出汗，即使俱乐部开着空调，他也经常拿出一条小毛巾来擦脸、脖子和额头。

克丽丝特布尔和有志一起度过了第一个夜晚，他答应还会来看她。这通常意味着即将开启完美的晚餐约会关系。

整整一个月，他们每周都外出吃晚饭。每天晚上他都会开不同的车：一辆白色的劳斯莱斯敞篷车，以及三辆不同型号的保时捷。克丽丝特布尔强调自己不会被金钱打动，但她也承认，对于任何一个女招待来说，这都是个理想的客人。有一次，有志带她去参加一场豪华的中餐宴会，宴席上有海蜇和鱼翅汤。还有一次，他们吃了著名的河鲀，众所周知，这种鱼有毒，需要正确烹调，吃一顿要花很多钱。他不怎么谈论自己，但十分乐于炫富。俱乐部有人告诉克丽丝特布尔，他的家族是日本第五富有的家族。"他真的很喜欢河鲀，他说他每天都吃，"克丽丝特布尔回忆道，"这只是他炫耀的方式之一。人们因为有钱就觉得自己了不起，我总觉得这很可笑"。克丽丝特布尔眼中的有志不是个普通人，有点可笑，但并无恶意。

1995年5月的一天晚上，他下班后开车接她去海边。当时已经凌晨3点，不过克丽丝特布尔并不受传统作息时间约束，她很想看看有志描述过的度假屋。他们开着白色的劳斯莱斯去海边，空调开得很大，克丽丝特布尔冷得瑟瑟发抖，仅穿着丝质薄衬衫的有志却仍在冒汗。"实在是太明显了，"她说道，"我忍不住想他一定吸了可卡因或是服用了什么兴奋剂，尽管他并没有。而且他开车的技术很差。他总是大力踩油门或刹车，从不知道把握平衡。"克丽丝特布尔只大概知道汽车行驶的方向，过了大约1小时，他们来到一个停泊着游艇的码头。码头附近全是度假公寓楼，高大的棕榈树的叶子随风摇曳。有志提起这个地方的时候，克丽丝特布尔脑海中浮现的是加利福利亚或澳大利亚海边那样的一排排海滨别墅，自带花园和私人游泳池。现实则让人失望：一片巨大的街区里拥挤地矗立着几十栋相同的公寓。"一看到这个地方，我就在想：'我到这里来干什么？'"她继续回忆道，"这家伙并没有他说的那么有钱。"

有志说的公寓在其中一栋公寓楼的三楼，只是一间看起来有点破旧的单身公寓，公寓里只有一间客厅，客厅对面有个狭长的阳台，还有个狭窄的厨房，另有一个更小的房间，看起来似乎是卧室。这间公寓毫不起眼，没什么吸引人的地方。客厅的沙发上铺着厚厚的大花布，上面有蔓生的枝叶和卷心菜形状的玫瑰图案。沙发后面放着个餐边柜，里面装满了各种形状和颜色的瓶子。"他的公寓毫无品味，"克丽丝特布尔形容道，"很庸俗，看起来像是他妈妈为他装饰的。所有家具看起来都像是 20 世纪 70 年代的东西，花里胡哨，像是祖母喜欢的东西。"

他们坐下来喝啤酒，吃有志带来的河鲀。后来他拿出一把电吉他，连上扩音器，开始播放伴奏带，并跟着自弹自唱起来。他唱的是卡洛斯·桑塔纳的《桑巴舞会》，他是桑塔纳的狂热歌迷，甚至有一张和这位歌手在美国的合照。"我很喜欢桑塔纳，但是跟着卡拉 OK 伴奏带唱他的歌，嗯，我觉得这也太俗了，"克丽丝特布尔评论道，"这时候天开始亮起来，我想这一晚上够漫长了。"她告诉有志她想回东京市区，但他说还有一样东西要给她看。他说这是一种来自菲律宾的很少见的葡萄酒，它就放在餐边柜那堆乱七八糟的瓶子中间。他从一个水晶醒酒器里倒出一小杯酒递给克丽丝特布尔，后者站在窗边一口喝光了这杯酒。

所有遭遇相同情况的女孩最后记得的一件事都是：充满辛辣化学味道的"葡萄酒"顺着食道滑下去。但几个月的放纵豪饮让克丽丝特布尔已经能忍受最厉害的烈酒。"我根本没想到会有问题，"她说道，"我想他早就看出我喜欢喝酒，而且我是那种爱接受挑战的人。我之所以喝下那杯酒，是因为当时的我就爱逞强。我记得事情发生时我就站在窗边，我意识到不对劲，可能有大麻烦了。当时我还能意识到发生了什么。我记得我当时想：'哦，妈的。'我当时感觉就像全身麻醉了一样。我被下了太多药，完全感觉不到害怕。"

她醒来时四周一片漆黑，她一个人躺在一张床上。她立刻反应过来出了什么事，事情一定是在她昏迷的时候发生的。"我记得我当时想：'我有什么感觉？'并试图弄清楚到底发生了什么。但我并没觉得哪里酸痛。我身上还穿着衣服。我想我一定是睡了很长时间，因为他还费心给我穿上了衣服。"

他们是在星期六凌晨开车来到那间公寓的。克丽丝特布尔醒来时已经是星期六晚上，她已经昏迷超过 12 小时。有志就在公寓里，表现得好像什么都没发生过一样。他似乎正等着她说点什么，等着她指责他，可是克丽丝特布尔什么都没说。"我只想回家。我当时想：'如果他不带我回家，我该怎么回东京？'因为我完全不知道自己在哪里。他还是开车送我回去了。"克丽丝特布尔在车上仍然有宿醉的感觉，不过当时她常常宿醉。除此之外，她一直很平静。

她坦言："现在我觉得自己当时的行为很奇怪。对于女招待和客人来说，陪客人就像一场游戏。女招待只想挣钱，而且完全没想过要回报客人。客人则想尽可能少付钱，多占便宜。那天我醒来的时候很生气，但我觉得这也算是自作自受。我想这也是我听说过的典型心态，被强奸的女性会觉得自己也要负一定责任。"

"我以为我已经熟悉规则，但我并不熟悉。我还是太天真。所以，我觉得他赢了这场游戏。我当时很生气，但我并没有想太多。我没有真正意识到情况的危险。直到几年后我才意识到。事实上，我并不想回忆这件事，因为如果我承认当时的情况很危险，就不得不改变我的生活方式。"

那天晚上，有志把克丽丝特布尔送回了家。接下来的那一个星期，她继续去俱乐部工作。他则没有再去俱乐部。

克丽丝特布尔继续留在日本做女招待。她辗转于日本其他城市的不同俱乐部。她工作几个月，存些钱，然后花几个星期去印度、冰岛和加拿大旅游消遣。

1999 年，她在日本最北部的札幌市生活。她在那里遇到了一个外国女孩，那个女孩说有个有钱的男人在东京玩弄女招待，把她们带到海边的公寓，然后给她们下药。这只能是本田有志。这么多年来，这是她第一次思考当年那件事。

几个月后，克丽丝特布尔搬到了日本第二大城市大阪，她接到了一个老朋友的电话，这个老朋友以前也在东京做女招待，后来回了伦敦。女孩的妹妹要和朋友一起去日本，她问克丽丝特布尔能不能在东京见见她们。

打电话的人是埃玛·菲利普斯，要来东京的就是路易丝·菲利普斯和露西·布莱克曼。

克丽丝特布尔在佐佐木公寓订了房间。她们来到那儿的时候，她正在那里等着她们，她抽着大麻烟，头发上抹着让路易丝厌恶的头油。这三个女人一起过了一夜。露西和路易丝觉得克丽丝特布尔有些过于自信，她则对她们很感兴趣，甚至有些被她们感动。

"她们很兴奋，充满活力，这两个年轻女孩第一次来到那么远的地方，这是她们第一次自己出门旅行。我记得我当时觉得露西就像 19 岁时的我，我是说外形上——身材高挑，金色的头发，等等。路易丝和埃玛可能是同卵双胞胎。所以当她们走进房间时，感觉很奇怪，就好像看到了 5 年前的我和埃玛。我脑子里当时就冒出一个念头，露西是他喜欢的类型，如果我是他喜欢的类型，那么她也会是。我开始有点担心她们，因为她们太青涩了。但她们很开心，充满热情，而我希望她们在这里过得开心。我不想扫她们的兴，所以我没说关于他的任何事情。但我确实想到过他，这很奇怪，因为我通常不会想起他。"

两个月后，她已经回到大阪，埃玛打电话告诉她露西失踪了。"她说一个客人下班后开车带她去海边，她再也没有回家。我当时就确定——十分确定，那个人是有志。"

她给路易丝打电话，后者当时已经伤心得说不清话。克丽丝特布尔说道："我以为等药效过后，他就会放她回家，就像他曾经对我做过的那样。我以为她会回来。"但两天后，仍然不见露西的踪影。克丽丝特布尔搭乘新干线列车前往东京，出了车站直接去了麻布警察局。

日本拥有世界上最可爱的警察。许多日本人一看到巡警先生（omawari-san，字面意思是"尊敬的四处走动先生"，指的是巡逻的警察），就会产生一种温柔的自豪感，而这种自豪感通常是由孩子或可爱的小动物引发的，而这些巡警整洁的海军蓝制服和笨重老式自行车，则会让外国人产生怀旧感。人们很难相信他们腰上的手枪里装着真子弹，也无法想象他们会遭遇枪击（严格说来，他们的手枪是用一根绳子拴在制服上，就像小孩的挂脖手套一样）。东京警视厅拥有这个国家最自豪、最负盛名的吉祥物：不是厉害的獒犬，也不是警惕的老鹰，而是一个叫佩波的橙色快乐小精灵。警察也体现着东京稀奇古怪和天真的特质，散发着20世纪50年代的风格魅力：一群认真的童子军保护这座城市不受坏人伤害。

从表面上看，他们取得了独一无二的惊人成功。与大多数国家一样，日本也曾为青少年犯罪和传统道德沦丧而头疼。但最基本的情况并未发生改变：无论以何种标准衡量，日本都是世界上最安全、犯罪率最低的国家。世界上其他地方的城市居民已经对抢劫、入室盗窃和毒品交易等犯罪习以为常，西方国家的这类犯罪率比日本高4-8倍。

暴力犯罪更是罕见，日本警方以此引以为荣。他们相信，因为日本是世界上犯罪率最低的国家，所以他们一定是世界上最优秀的打击犯罪斗士。日本人民多年来一直持有这种看法：面对法律和秩序的力量，东京人不像世界上其他城市的居民那样本能地感到反感。但在2000年，也就是克丽丝特布尔·麦肯齐来到麻布警察局的时候，这一不可动摇的共识正开始瓦解。

随着一系列丑闻的曝光，日本警方面临着几十年来最激烈的批评。日本各地警察陆续被爆出性骚扰、贿赂、勒索、吸毒、人身攻击和无能等丑闻。[1]《读卖新闻》是日本最保守的建制派报纸之一，连它都发文称这种情况是"一种耻辱，已经很久没出现过这种情况"。该报的一篇社论表示，"如果要整顿这个完全失去纪律的组织，唯一的方法

---

[1] 其中几个最臭名昭著的丑闻都与失踪人口有关。最令人震惊的一桩丑闻与前一年12月的一起谋杀案有关，有人在东京北部栃木县发现了19岁男孩须藤成一的尸体。当时须藤已经失踪一个多月，他的父母很清楚发生了什么。他们指认另外三个年轻人囚禁须藤，强迫他去自动提款机和贷款商店提取和借贷大笔钱。

须藤的家人反复向警方求助，而警方不仅拒绝调查，还暗示须藤也不是好人，他本人很可能吸毒。后来有一天，绑架者命令须藤用手机给父母打电话。他们当时正好在警察局，于是他们请求当值警官假扮儿子的朋友与绑架者对话，不过这名警官之前一直拒绝调查须藤的失踪案。这名警官接过电话后立即表明自己的警察身份。打完这通电话之后不久，须藤成一就被绑架者带到树林里勒死了。其中一名绑架者后来被证实是当地另一名警官的儿子，他最终被判谋杀罪。

1990年的新潟10岁女孩失踪案同样让布莱克曼一家感到不安。这个小女孩失踪了10年，没人知道她出了什么事，一直到2000年2月，她出现在当地的一家医院。原来在近十年的时间里，她一直被囚禁在离警察局几百米远的一栋房子的一间屋子里。绑架她的人是曾被定罪的儿童性骚扰者。4年前，警方就接到线报称这个人囚禁了这个小女孩。但他们甚至都没有去敲过他家的门。

就是大刀阔斧的彻底改革。"同时期的一项民意调查显示，60% 的日本人不信任警察，而在两年前相同的民意调查中，这一数字是 26%。针对露西失踪案的调查就是在这种充满戒备和焦虑的氛围中展开。

警方自认为这次的行动速度异乎寻常。麻布警察局警视正松本房典表示："我希望你们了解我们内部已经就此事迅速协调起来。"松本负责了露西·布莱克曼失踪案最初几天的调查工作。"我们充分发挥了经验优势。另一个不容忽视的事实是，这个女孩是英国人，她曾是著名的英国航空公司的空乘人员，许多女孩都向往这么一份工作。"[1]

虽然警视正绝口不提，但与此相反的是，如果失踪的女人是个在鱼罐头加工厂或按摩院工作的中国人或孟加拉人，他对这个案子的关注度会大大降低。"一开始，他们并没有那么上心，"一个了解调查情况的人告诉过我，"只不过是又一个女孩在六本木失踪而已。在东京，菲律宾女孩、泰国女孩和中国女孩经常失踪。警方不可能全部调查。"这起案件之所以与众不同，不仅是因为受害者的国籍及其前雇主的知名度，还因为警方很快开始承受巨大的外部压力。

一开始只有索菲·布莱克曼一个人去警察局，要求警方说明情况。但很快令人敬畏的英国总领事艾伦·萨顿开始陪着她一起去警察局，而且他的下属每天都会打电话询问情况。后来又多了一个蒂姆·布莱

---

[1]露西事件揭示了一个文化差异，那就是各个国家的人对空乘人员的态度各不相同。在英国，"空姐"毁誉参半。但在日本，女性空乘人员是高空精英，散发着女性的成熟魅力。20世纪80年代末的泡沫经济时期，她们的地位达到顶峰，流行明星和相扑选手都会选择她们做人生伴侣。在许多日本人看来，一个女人放弃英国航空公司的空乘工作，来到六本木当酒吧女招待不仅难以理解，还十分可疑。

克曼，而且难以置信的是，他很快就和托尼·布莱尔说了这件事。警察和许多日本记者都对这一最新进展感到震惊。他们不敢相信日本首先会插手寻找失踪的水交易女孩。[1]

接着，托尼·布莱尔和日本首相交流了这个问题，日本首相别无选择，只能在几十名记者面前表达自己对此事的担忧和一查到底的决心。"我们和日本媒体达成了共识，我们知道怎么应付他们，"警视正松本坦言，"但我们不知道怎么应付外国媒体。这可真让人头疼。"

松本给远在塞文奥克斯的简·布莱克曼打了电话，从她那里听到了所有认识露西的人都会重复说明的事情：她不可能会一声不响地自己走掉。7 月 11 日，麻布警察局成立特别调查组调查此案，该调查组由东京经验最丰富的警察由土寿明负责。警视由土是东京搜查一课的二把手，他的手下都是东京警视厅的精英。他们处理过日本最复杂、最轰动的案件，包括谋杀、强奸、绑架和武装抢劫。他们声名远扬，极具魅力，可以与伦敦警察厅的飞虎队齐名，是电影、电视和小说中常见的那种英雄。由土曾参与日本战后最大规模的刑事调查，调查对象是世界末日邪教奥姆真理教。1995 年某一天的早高峰时段，该教成员在东京地铁内释放了沙林神经毒气。由土个子很高，长着一张椭圆形的脸，一双大眼睛炯炯有神，让他看起来总是稍显惊讶的模样。他的气质更像和蔼的副校长，而不是强硬的警察，很难想象他会表现出任何极端的情绪。但寻找露西的过程让他十分震惊。他告诉我："我处理过很多大案，以及一些很出名的案子，但当露西的案子交给我的时

---

[1] "那个布莱克曼先生是布莱尔首相的朋友吗？"我采访松本局长时他问我，听起来这好像是这件事唯一合理的解释。

候，我的身体因为紧张而颤抖。我本能地感觉到，这将是一起严重的罪案。我能闻出味来。我知道我们不能轻视这个案子。"

他的直接下属是光实彰，他后来负责与布莱克曼一家当面交涉。警方花了一个多星期才打起精神，弄清状况，明白要做些什么工作——按照他们自己的标准，这就是有所进展。

接下来的几个星期警察们做了什么？这个问题很难从头到尾完整说清楚，只知道没什么快速进展。由土负责的特别调查组成立之前，松本的手下已经确认了路易丝所述情况的基本事实——两个女孩在日本的状况，她们的住所佐佐木公寓的情况，以及她们在卡萨布兰卡的工作情况。这项工作耗费了三天时间。这时距离7月3日路易丝报告露西失踪的时间已经过去六个多星期，他们才取得了这么一点实质性进展。

警方对千叶县的邪教组织进行了初步调查。（"可是这样的组织太多，"一名警察说道，"我们需要更多信息。"）警方仍然没有找到其他明显线索。露西失踪近两个星期后，警方仍然没有找露西的男朋友斯科特·弗雷泽谈过话，也没有尝试找过任何一个叫高木彰的人——那个神秘来电者自称的名字。警方的一名发言人表示："这可能是个假名，我们不希望给同名同姓的人带去不必要的麻烦。"

警察的确去了卡萨布兰卡，询问了那里的女招待，并梳理了俱乐部的相关记录。只有部分客人留下了名片。俱乐部会给那些因公事招待客人的人开公司抬头的收据，并保留一份副本。收集到这些信息后，警方又花了特别长的时间处理相关信息，直到8月才有人找那个以钓鱿鱼为乐的出版人井村肇谈话。

与此同时，警方一遍又一遍地盘问路易丝·菲利普斯。露西失踪后的第一个星期二，即7月4日，她第一次在麻布警察局待了一整天。接下来的五个星期，她从星期一到星期六每天都要去警察局。

　　审讯在一间大约9平方米的房间里进行，路易丝和两名警察以及一名警方翻译人员分坐在一张桌子两侧。他们可以从早问到晚。从第一天开始，她就被这些警察的热情和温柔，以及长时间工作的能力所打动。

　　警方每天都会给路易丝送午饭，有好几次都是一名警官的妻子为她亲手准备的午餐便当。警方给路易丝提供了一套公寓住，每天还给她5000日元（约合30英镑）的补助。（她并不因为接受警方的慷慨好意而感到羞愧，她把钱存起来买了台照相机。）路易丝常常因为困惑和焦虑而流下无助的泪水，她不止一次注意到女翻译眼中含着泪，甚至连男警察也湿了眼眶。

　　但询问的内容对案件调查没起到什么积极作用。路易丝显然是关键证人：她是露西相识最久的朋友和最亲密的女伴，也是最后一个见过她的人。如果问出任何新线索，对路易丝进行如此长时间的审讯也合情合理。可是警察大多数时候只是重复问相同的问题。他们的一丝不苟令人印象深刻，有时甚至令人敬畏。但他们对路易丝的回答都是同一个态度，这让她觉得他们可能根本没弄清发生了什么，也并没有缩小调查范围，显然还不知道从哪着手。

　　"他们想知道我们去过的每一个地方，我们做过的每一件事，关于露西的所有细节，甚至是我们来日本之前的事，"路易丝回忆道，"他们很了不起。他们都很努力地工作。他们想知道露西腿上胎记的详细信息，还有露西小时候的健康状况。他们还问起我男朋友和其他朋友的情况，以及跟我们一起住的人和俱乐部里的所有客人的情况。他们想知道客人是否有文身。但总是问相同的问题，一遍又一遍，每天都一样。"

他们还犹犹豫豫地问路易丝和露西是不是女同性恋（她听到这个问题大吃一惊，继而哈哈大笑起来）。他们还问了有关露西性生活的细节：她和斯科特的关系，他们一起过夜的频率，他们使用何种避孕措施。"他们连续追问了大约一个星期，想知道露西是否感染过衣原体，"路易丝说道，"为什么要问这种问题，我一直不明白。有些问题就是随口一问，他们就这样一直追问好几个小时。"

"我对路易丝印象很好，"警视正松本对我说道，"虽然这么说，我们还是得考虑各种可能性。比如她是否参与了针对她的朋友的阴谋？会不会是露西和路易丝爱上同一个男人，路易丝为了独占这个男人而除掉她的朋友？又或者是为了露西的钱把她杀了？"调查人员还收集到一些离奇的说法。松本继续说道："我们从俱乐部的人那里得知，露西可能在朝鲜，她可能是间谍。我们不太相信这个说法，因为她没多少钱。"

案件牵涉毒品的说法也很快被警方否认。松本表示："从路易丝的面色及其和我们长时间交谈时的身体状况可以看出，她并没有吸毒。她的嘴角也不像有些吸毒者那样有白色泡沫。她的体型不消瘦，也不容易疲倦。没有吸毒者的明显特征。"换句话说就是：因为一个人没有面色苍白，体型消瘦，口吐白沫，就不可能是非法毒品使用者。这简直是一位年长的未婚妇女对毒品及其作用的看法。然而这种话出自一名自信的警察之口，实在是无知得可笑，这是日本警察单纯无知的又一例证。他们很少面对严重犯罪，对此只有最模糊的概念。

代替松本接手此案的警察就没那么无知了。一天，路易丝来到审讯室，看见桌上放着露西的日记本，旁边还有一份日文翻译。

"早上好，路易丝女士，"警察开口说道，同时随手拿起了桌上的资料，"路易丝，你和露西有携带毒品来日本吗？"

"没有，没有，绝对没有。"路易丝摇头答道。

"你确定？"警察说着翻开了日记本。

"是的，我确定。绝对没有。"

大多数时候，警察并没有表现出不相信路易丝，他们盘问她那么长时间似乎真是因为小心谨慎，而不是出于怀疑。但现在风向骤然转变。

警察问路易丝："露西为什么在日记里写：'我们永不停歇地追逐音乐、明信片和毒品？'"

路易丝思考了很久怎么回答这个问题。"我想'如果他们认为她吸毒，那可就太糟了。'于是我说：'哦，她是在找扑热息痛或诺洛芬之类的东西。'"

"你们没在日本用过非法毒品？"警察问道。

"没有，没有。"

"你这么确定？"

"是的。"

"路易丝，你脑门上就写着'我在撒谎'几个字。"

"他说的没错，"路易丝告诉我，"我后来把所有事都告诉了他们。"

如果以 21 岁英国女性的标准来看，没什么值得说的。"我是说我们有很多机会接触到毒品，但我们并不是很喜欢那玩意，"路易丝坦言，"有一次，我们一起的几个人吃了迷幻蘑菇，我们俩都不喜欢。露西当时说：'我不喜欢产生幻觉的感觉，不喜欢那种失控的感觉。'"这两个女孩从来没有主动买过大麻，但她们在佐佐木公寓的客厅里吸过其他人传来的大麻烟。路易丝还承认她们在六本木的夜店玩的时候吃过摇头丸——路易丝两次（一次是在深蓝俱乐部打架那次），露西一次。她们原本是想在 7 月 1 日晚上再去买一些摇头丸，但那天晚上她们没等来外出的机会。

正常情况下，这种供词会给身在日本的外国人带来可怕的麻烦：持有摇头丸这样的毒品，即使数量很小且仅为个人使用，也是严重犯罪。"但我知道我必须说出真相，我把所有事都告诉了他们，"路易丝说道，"我把发生这些事的时间、地点和涉及的交易金额都告诉了他们。他们对此很满意。最重要的是要找到露西。他们工作很努力，日夜不停地工作。我通常在警察局待到很晚，而他们比我还要晚几个小时。他们中的一些人因为筋疲力尽而不得不请假休息。"

海边的 棕榈树

六本木就是个村庄，或者至少可以说外国女招待和她们的客人所在的六本木是个村庄。在短短两天时间里，这个村庄里的所有人都知道露西失踪了。一个星期后，这件事就成为英国和日本的头条新闻。又过了两天，她的脸出现在3万张失踪人口海报上。在整个东京——以及伦敦、特拉维夫和基辅——无论是当时正活跃的六本木女招待，还是已经退出这行的，都经历了和克丽丝特布尔·麦肯齐一样的情况，突然之间，大家都想起了那段被尘封的回忆：加拿大的克拉拉，澳大利亚的伊索贝尔和夏尔曼，以色列的罗尼娅，美国的凯蒂，英国的拉娜，乌克兰的塔妮娅。每个人都想起一个不同的名字：有志、光司、齐藤和彰。但她们的经历都一样：一个穿着考究、会说英语的中年男人，开着一辆昂贵的车；驾车前往棕榈树环绕的海边公寓；喝了一小口酒，就陷入黑暗，几个小时后仍然头晕目眩，恶心想吐。

有些女孩互相认识。少数几个女孩小心翼翼地分享了她们的经历。听说露西的事情后，所有女孩的反应都一样：一定是他。

几乎所有女孩都因为相同的原因而选择不去警察局：她们都很担心自己的签证问题，她们其实不知道失去意识那段时间究竟发生了什么，还因为她们非常清楚当时发生了什么，只是无法让自己直面现实。年轻的美国女孩凯蒂·维克斯是唯一的例外。她的经历证明其他女孩的决定是正确的。凯蒂·维克斯的故事是对东京警视厅无可辩驳的指责。

1997 年，她在礼物俱乐部工作。凯蒂遇到的那个衣着时髦的中年男人叫光司。他给她喝的是金汤力鸡尾酒。喝下第一口酒成了她昏迷前记得的最后一件事。

15 个小时过去后她才醒来，身着内衣躺在沙发上。光司解释说发生了煤气泄漏，他也头疼得厉害。他开车送她回到东京，然后又给她叫了辆出租车，她的手提包里塞满了现金和出租车代金券。

克丽丝特布尔·麦肯齐醒来之后只是有强烈的宿醉感。凯蒂则是感觉恶心想吐，而且这种感觉持续了好几天。她跟跟跄跄地走进礼物俱乐部，嘴唇发紫，口齿不清。这家俱乐部的老板是宫泽甲斐，就是那个向我透露酒吧生意秘密的扎着马尾辫的商人。他看到凯蒂当时的模样，就把她送去看医生，第二天还和她一起去了麻布警察局。

当值警察的反应让他们十分失望。"甚至没人带我们去单独的房间或让我们坐下，我们就站在接待台前，"凯蒂后来写道，"警察没有表现出任何想帮助我们或采取进一步行动的样子。他们没有正式立案，只是在一张便签上记了些笔记……他们说因为缺乏证据，所以没法调查我的事……但我能够准确地描述出那个男人的长相，并清楚说明事发地点。我还把'光司'亲手写的手机号码给了他们。我觉得这足以让他们去找出那个男人，并调查清楚他是否有前科。他们让我觉得自己是个讨厌鬼，只是在浪费警察的时间。"

甲斐甚至打了电话给他认识的警察。"但最后他们说：'甲斐，这些外国女人，这些女招待，她们都吸毒。这是她的私人问题，别当真。'我把他们的话转述给凯蒂，她很生气。她整整一个星期都在说这件事，于是我又去找警察。但他们还是说：'别当真，别当真。'"甲斐回忆道。

三年后，露西失踪的时候，凯蒂仍然生活在东京。她一听到这个消息就去了麻布警察局。这次，一名女警察记录下更多细节，但也并没有对这件事表现出特别的兴趣或关注。甲斐又给他的警察朋友打了电话。"但他换了工作，现在他在另一个部门了，"甲斐告诉我，"他说：'这不关我的事。'但现在我百分之百肯定我是对的：这一定是同一个人干的。"

7月，警方考虑了露西失踪的三种可能性：被邪教带走，涉及非法毒品交易的犯罪，或是与雅库扎有关（警方因此问了路易丝关于有文身的男人的问题——文身是日本黑帮的标志）。考虑到六本木的特殊性，以及日本犯罪的总体特点，这些显然是合理的推测。但还有人向警方透露，有个罪犯在他们的眼皮子底下为非作歹了好多年。警方是故意忽略这一信息吗？难道这就是他们从一开始就拒绝接纳相关信息的原因？

克丽丝特布尔·麦肯齐从大阪来到东京，向警方报告了"有志"的情况。凯蒂·维克斯说出了"光司"的故事。休·沙克沙夫特的朋友伊索贝尔·帕克和克拉拉·门德斯之前就分别向不知所措的蒂姆·布莱克曼讲述了自己的故事，现在她们也向警方报告了名字不同的男人和情节相似的故事。这四个女人得到了相同的冷遇。"过了一个月他们才开始认真对待我说的话，"克丽丝特布尔道，"他们的反应太慢了。部分原因是惯性使然，他们有一段时间对这件事毫不上心。他们说：'是的，但她可能加入了邪教组织。'他们就是不愿接受别人说的露西根本不是会加入邪教的人。他们真的认为这是一种可能性。

或者他们只是想要相信这是事实，因为他们懒得去调查其他线索。"

警方的特别调查组刚成立的时候，就收到了第一封露西签名的伪造信。那封信的日期是 7 月 17 日——这天也是蒂姆的生日，盖的是千叶县的邮戳，路易丝当即认出那封信是伪造的。签名完全无误，但整封信的拼写很糟糕。警方精心挑选了部分内容给蒂姆和索菲看，但还是能看出整封信内容详实，字里行间散发着暴力、愤怒的气息。

警察不让路易丝做笔记，但当他们离开审讯室时，她在一张小纸片上草草记下了几句话：

——路易丝，我们情同姐妹，但你让我出名了，毁了我的计划

——他把我带到酒店，和我做爱——和女招待做爱

——我想成为我想成为的人

——来日本的目的是为了钱，是的，这是事实

——想逃

——祈求他给你打电话

——告诉斯科特，我爱他，但我不想再跟他在一起

——发生这些事并不无辜

——用钱羞辱客人

——路易丝，你以为你了解我，其实你并不了解

路易丝回忆道："这些话真的很难理解，太可怕了。"她在警察局待了一整天，然后独自回到警察安排的公寓。她做了很多噩梦。克丽丝特布尔陪了她几天，她感到很内疚，因为她没有早点去报警，而且在第一次见到露西的时候违心地没有提醒她相关情况。她和路易丝非

但没有起到互相安慰的作用，反而加深了彼此的绝望。

"我不停地想露西可能在哪里，"路易丝说道，"我想她一定被关在一间屋子里，可是，那是什么样的屋子呢？每天晚上我都会想：'她饿吗？她冷吗？她有足够的吃的喝的吗？如果她来月经了怎么办？'我还会想象她被强奸，遭受折磨。我想象有六个男人对她做着可怕的事情。我幻想出一排牢房，一个连着一个。我根本不相信她已经死了。我觉得如果她死了，我能感觉得到。"

对于礼物俱乐部的老板甲斐而言，2000年的夏天也不好过。"电视上每天都在播露西·布莱克曼的事，"他回忆道，"大家都疯了。所有记者都涌向六本木，太疯狂了，他们采访了很多人，但没有人来我的俱乐部。"8月的一天，麻布警察局打来电话，这是他和凯蒂在露西失踪的那一个星期报警之后第一次与警察联系。打电话的是由土的手下。"他说：'我听说你7月的时候和我的同事谈过话。请来麻布警察局一趟。'我回应道：'去你的。那里全是记者。我经营着一家俱乐部，我要做生意，不想招惹记者。这对生意不利。我只想快点结束这一切。你到我办公室来，开车来。我们可以谈谈，还可以开车出去。'接着我就打电话给凯蒂。"

由于针对毒品、黑帮和邪教领袖的调查毫无进展，警方不得不考虑其他可能性。宇佐美和浅野两名警察开车带着甲斐和凯蒂离开东京，去寻找凯蒂被"光司"带去下药的地方。她对那个地方只有模糊的方向概念——东京西南方向的三浦半岛附近。甲斐还清楚地记得那次乘车外出的经过。他声称接下来发生的事情都是他的功劳。"我不知为什么就对警察说：'在这里右转，'"他告诉我，"也许是神在给我指路。"

他们很快就来到距离海边大约3公里的逗子码头。20世纪70年代，逗子码头刚建成时，曾是著名的度假胜地，富有的夫妻退休后都会来这里生活，东京的名流们纷纷在这里购买可以看见富士山的度假公寓。1972年，诺贝尔奖得主、小说家川端康成在这里用煤气自杀。这里有船，有水，有带阳台的高层公寓，还有在遥远的北方罕见的数百棵高大的棕榈树。凯蒂马上就认出了这个地方。"回想整个行程，我起了一身鸡皮疙瘩，"甲斐告诉我，"现在说起这件事我还起鸡皮疙瘩。因为我指对了路。我从一开始就有预感，就知道是那里。我说对了。我知道我百分之百正确，我是对的。那一刻，我觉得自己真的很厉害！"

蒂姆刚到东京没几天，伊索贝尔·帕克和克拉拉·门德斯就把自己的故事告诉了他。他当时处于惊慌失措的状态，于是和警察一样，完全没有明白这两个女孩所说的故事的意义。随后，警方小心翼翼避免让他知道调查是否有进展。"女孩的父亲会来找我们，询问调查进展情况，"一名退休的高级警察告诉我，"但我们只会说：'调查进展顺利。'坦白说，我们不喜欢他召开那些大型新闻发布会。他会追问：'你们为什么不能告诉我更多信息？'我们则会回复：'因为你身后有媒体。如果我们告诉你我们在做什么，你可能会告诉媒体，这可能会影响我们的调查。'"

警方对蒂姆隐瞒了调查进展。一开始，他们这么做可能是为了掩饰他们所知甚少。但后来则是因为他们不想让嫌疑人知道他们正紧盯着他。而这会让人不理解警方的调查。

那年夏末，警方已经开始追踪电话记录。露西失踪当天要去见的那个人给佐佐木公寓打过电话，他们想查明电话来源，以及"光司"和"有志"给凯蒂和克丽丝特布尔的电话号码的真实主人身份。警方早在 7 月就知道了这些电话号码（与凯蒂案相关的号码早在 1997 年就已经知道），但直到 8 月他们才开始认真追查这些电话号码。

这项工作十分复杂，耗时很长。对于任何给定的号码，电话公司只有呼出记录，没有呼入记录：比如不可能从佐佐木公寓的那台粉色电话追踪到神秘来电者。"有志"给克丽丝特尔的电话号码原来是登记在一个叫田中肇的人的名下，这个日语名就和英语中的迈克尔·史密斯或保罗·琼斯一样常见。这个电话号码是用健康保险卡办的，最后警方调查发现这张卡是伪造的。健康保险卡上登记的地址真实存在，但那里没有叫田中肇的人。给凯蒂打电话的手机使用了预付充值服务，无需签合同，也没有账单，有事想隐瞒的人都喜欢用这种电话。警方每次索要电话记录时，都必须获得法官的许可。他们要准备必要的文件，将其提交给法院，然后等待结果，这一过程可能要花一个星期。

警方从佐佐木公寓的粉色电话开始调查。他们知道露西的客人在她失踪那天给她打电话的大概时间，他们在这一时间段前后多划出了 6 分钟，随后要求电话公司搜索所有用户的电话号码，以便找出哪个电话号码在此期间给佐佐木公寓的那部粉色电话打过电话。电话公司需要搜索数百万个账户，警方甚至花了很长时间才说服这些电话公司试一试。

"以前从没这么做过，"一名前高级警察告诉我，"这花了好几天时间，需要很多工作人员参与。布莱尔首相访问日本并要求日本政府给予特别协助之后，我们才开始这项工作。对方以这种方式提出要求，我们别无选择，只能这么做，以维护日本警察的尊严。"

搜索结果锁定了一个 11 位数的号码。警方进一步调查发现，这又是一部匿名预付费手机的号码。不过这部手机的购买过程引起了警方注意。2000 年 6 月，东京的一家电子商店出售这款手机时，一名客户一次性买下了 70 部这样的手机。他提供的名字是假的，而就在这笔交易发生几天后，有关部门出台了相关法规，要求购买此类手机的人出示住址和身份证明。现在警方掌握了其他同一批电话的号码，不出所料，所有号码都属于露西失踪那天给她打电话并约她见面的那个男人。

这些号码中只有 10 个被激活过。现在，有了新的搜查令，警方能查出从这 10 个号码拨出的号码，以及哪些号码拨打过给这 10 个号码。警方内部将这些号码分为"母号""子号"和"孙号"，相关信息被记录在类似家谱的复杂图表中。最后，在这堆杂乱的数字中，他们发现了路易丝的手机号码：露西在星期六晚上给她打的电话，告诉她自己很快就要回家了——这是露西的最后一通电话。

电话公司识别出发送这通电话的中继站就在逗子。

凯蒂·维克斯已经确认"光司"带她去的公寓楼就在逗子码头。警方这次把其他女孩也带到那里。克丽丝特布尔、克拉拉和伊索贝尔都认出她们是在码头附近的公寓里被下药和脱光衣服。但没人记得那套公寓的确切信息，甚至连它在哪栋楼里都不记得。警方弄到了所有公寓业主的名单，并调查了每一个人是否有犯罪前科。结果他们发现其中很多人都有犯罪前科，而在这数百人中，只有一个性犯罪者。

这个人是 4314 号公寓的主人，他的档案中详细记录了两项罪行。1983 年，他开车追尾被罚了一小笔罚金。1998 年 10 月，也就是两年前，他因为在日本西部海滨城市白滨的女厕所偷窥一名女性而被捕，被捕时他手里拿着一台照相机，这是他第二次因偷窥被捕。据日本媒体后来报道，他一开始向警方提供了假名，并称自己是"非虚构作家"。

他后来认了罪，但并没有进行正式审判，只是被即决审判法院处以罚款。罚款金额为 9000 日元（约合 56 英镑），这点钱还不够在礼物俱乐部和女招待共度 1 个小时。

犯罪档案中有他被捕时的面部照片，警方也能调出他的驾照照片。他们查出了以他的名字登记的汽车，几家由他担任总裁的公司，以及这些公司在日本各地拥有的众多房产。

这个人的照片被放在一个相册里，里面还有几十张其他人的面部照片。克丽丝特布尔、凯蒂、克拉拉和伊索贝尔都指认出他就是她们的客人和行凶者。"那张照片非常奇怪，"克拉拉回忆道，"他几乎闭着眼，他们就像是从阴沟里把他捞出来的一样。如果你不知情，还以为他喝醉了。但我觉得他只是想逃避镜头，增加他们拍照的难度。"

他们通过日本高速公路的监控摄像头，追踪到这个男人的一辆白色奔驰跑车。他们证实，露西失踪当天，他曾从东京前往逗子，并在随后的几天里多次往返于东京和三浦半岛。

警视由土下令监视这个男人。他们没有冒险用固定人员跟踪他，而是派不同警察在不同位置跟踪他，并通过无线电互相传递嫌疑人的行踪信息。每天都有 10 名不同警察跟踪嫌疑人，他们有的步行跟踪，有的骑摩托车或开车。由土将这种监视方法称为"精准监视法"。但这种方法并非时时奏效，警察们经常跟丢嫌疑人。一天，他开车前往千叶市，警方就跟丢了人。结果第二天，那封以露西名义写的言语粗俗、充满怒意的信就被送到了麻布警察局，上面就盖着千叶市的邮戳。

9 月底，警视由土确信已经找到他要找的人。根据其在露西失踪当天的行踪，以及其他女招待的指认，这个男人毫无疑问就是目标人

214

物。但警方缺乏证据。与三年前将凯蒂·维克斯拒之门外时相比，警方现在对她的重视程度仍然很低。她和其他女孩都只是警方达到目的手段。"重要的是查明露西出了什么事，他怎么杀的她，以及她的尸体在哪里，"由土说道，"这就是我们的目标——查明露西出了什么事。"

警方开始调查嫌疑人的背景和他过去几个星期的行踪。从日本北部的北海道到南部的九州岛都有他的公司的房产。其中一些是租来的公寓，也有一些是私人住宅，包括东京市中心的三套公寓，以及东京富裕的郊区田园调布的一座带游泳池的两层小楼。在三浦半岛西海岸、逗子市以南大约50公里的小村庄诸矶也有其公司名下的房产。那里的海边有很多岩石嶙峋的水湾和海滩，度假公寓紧邻渔民的家。嫌疑人在当地名为蓝海油壶的公寓楼里拥有一间公寓。

东京警方联系了三崎口镇警察局，这是离诸矶最近的警察局。那里的巡警讲了个有意思的故事。

7月6日，接到管理员安倍女士的投诉后，三名警察前往蓝海油壶公寓调查情况。那天下午，有个男人突然出现，进入已经空置好几年的401号公寓。他甚至没有那间公寓的钥匙。他没和管理员打招呼，就叫了个锁匠来开锁。他还把他的双座奔驰跑车停在了停车场。安倍女士的男朋友广川先生报告说，那辆车里到处盖着白布，只能看到块状凸起，只有司机的座位没盖白布。这个可疑的男人现在正在公寓里，从里面传来不寻常的巨响。探长原田直树和一名警察爬上楼，敲了敲那间公寓的门。他们走近的时候就听到里面传来一声巨大的撞击声。

一开始没人应答。他们再次按响门铃，通过门禁系统表明警察身份，要求允许他们进去。最后，一个男人打开了门。这是个中年男人，身材矮小，头发稀疏。原田探长后来描述道："他半裸着身子，只穿了一条类似睡裤的裤子。他脸上和胸前的汗水引起了我的注意。他喘着粗气，我感觉他每个毛孔都在冒汗，而且他身上很脏。我猜他一定干了些力气活。"

这个男人说要换衣服，就关上了门，房里又传来一声声巨响。男人再次把门打开，原田探长才走进公寓玄关。"我看到走廊上有些工具，到处是混凝土碎片，"他回忆道，"里屋有个麻布袋子，里面装着什么东西。那东西是灰色圆形的，直径大约20厘米。"

但这个男人坚决拒绝让警察搜查房子，并坚称自己只是在重铺浴室的瓷砖。"带你进我的房子就像让你看我的裸体。"他生气地说道。原田探长反击道："我对你的裸体不感兴趣，让我进去看看我就走。"但是，因为没有搜查令或任何明确的犯罪证据，警察无权强行进入民宅或进行搜查。他们通过无线电联系了警察局，确认这个男人的确是这间公寓的合法所有者，于是就离开了。

这个男人稍后又把他们叫回了公寓，上演了这个故事最离奇的内容。"他站在我们面前，手里拿着一个纸包，"原田探长回忆道，"他打开纸包，就好像在打开婴儿的襁褓。我看到一个狗头。这时他说：'我心爱的狗死了。我觉得你们看到它的尸体会起疑心，所以不想让你们进来。'"

原田还记得那只狗的尸体被冻得僵硬。他表示："那只狗不是当天或前一天才死的。"

"我以为他可能在做一些严重的事情，比如处理尸体，"多年后，原田探长在法院上这样说。但当地警方从未对这个男人和死狗的事展开调查，也从未将这件事与几天后一名外国女孩被带到海边后失踪的报道联系起来。

从 7 月到 10 月，麻布警察局和搜查一课的负责人先后收到了六封信。其中两封都是用同样蹩脚的英文写的，而且都有露西·布莱克曼的假签名。有一封信是长达八页的日文信，据说是露西的一个身份不明的"熟人"写的，这个熟人在"某个地方"见过露西。信中说露西有精神分裂症，具有多重人格，还说她欠下巨额债务，通过卖淫来还债。"这不是绑架——她利用男人，"写信的人愤怒地指责道。警察在公共厕所抓捕了写这封信的嫌疑人，警视由土获得了他的指纹，但在这封信或信封上没有发现任何指纹。

10 月初，一个特别厚的信封被送到了麻布警察局。信封里有一叠 1 万日元的钞票，共计 118.7 万日元。而和钱一起寄来的信上同样有"露西"的签名，信里解释说这笔钱是用于偿还她欠下的 7418 英镑债务。信上还说，因为欠债，露西决定消失一段时间，最后会离开日本。随信附上的现金由索菲交给她的债主。尽管大街小巷都贴着印有她照片的海报，露西还是决定逃到一个没有人认识她的地方去。

虽然警方努力监视嫌疑人，却从没发现嫌疑人从银行取过钱或寄过信。不过他们的确注意到嫌疑人一些令人不安的举动：10 月 1 日，他买了一艘船。

那是一艘 6 米长的雅马哈玻璃钢渔船。他以 350 万日元（约合 21900 英镑）的价钱从横滨的一家经销商那里买下这艘船，然后从希波尼亚码头运过来，希波尼亚码头和蓝海油壶的那间公寓隔着一个海湾，相距只有几百米。几天后，嫌疑人去希波尼亚码头的海上用品商店买了一个指南针和一根锚绳。他跟店长说他想把锚固定在一个很深的地方，需要 1 千米长的绳子。"相模湾附近有深达 1 千米的地方，"川口先生回忆道，"但想在那个深度下起锚非常困难。我告诉他：你需要一个很重的锚，必须把绳子一根根接起来。他说他经验丰富，但我不相信他的话，因为一个经验丰富的水手不会要那么长的绳子。"

来店里的大多数顾客都穿短裤和凉鞋，但这位顾客却穿着细条纹西装，打着领带，脚上是一双黑色皮鞋。川口先生表示："我觉得他有点古怪。他的举止很不寻常，他出了很多汗。"

嫌疑人离开商店 10 分钟后，警察就来了，询问他们刚才说了些什么，并警告商店的工作人员不要和任何人提起这位陌生顾客的事。

突然之间，警视由土要思考的事多起来。嫌疑人为什么要买船？此时航海季节即将结束，而且他以前似乎对航海也没什么兴趣。关于锚绳和相模湾的对话不禁让人联想：他想处理一些东西，并且打算在海洋深处处理掉这些东西。

从希波尼亚码头出海的船必须提前在码头负责人处备案，警方也秘密询问了这名负责人。他告诉警察，他们的怀疑对象计划在下个星期四，也就是 10 月 12 日这天驾船出海。"我们猜测露西的尸体一定被藏在了某个地方，他出海就是为了处理尸体，"由土说道，"所以我们准备那天早上逮捕他。"东京检察官办公室匆忙申请了逮捕令，但不是针对露西失踪案，而是针对另一名女招待的强奸案。

10 月 11 日晚上，嫌疑人在其位于东京的一间一居室公寓过夜，从那里步行 10 分钟就可以到六本木十字路口。警方计划凌晨展开逮捕行动。那天晚上由土睡觉的时候，一切都已准备就绪。

凌晨 3 点，他被一个日本记者的电话吵醒。日本和全球最畅销的报纸《读卖新闻》打算在其最新一期报纸的头版刊登相关报道，公开一名涉嫌与露西·布莱克曼失踪案有关的男子即将被捕。

"我知道电视台也会报道这件事，"由土说道，"我们必须在他看到早间新闻之前采取行动。"嫌疑人可能不会逃掉，因为现在正有很多人在监视着他。警方担心的是，如果他知道自己即将被捕，可能会自杀。

清晨6点，负责监视公寓楼的警察看到嫌疑人走出公寓，走进了街角的便利店。他出来时手里多了一叠报纸。他们立即对他实施抓捕，警方以涉嫌于1996年3月31日绑架和猥亵克拉拉·门德斯的罪名逮捕了他。当天的报纸称他为织原城二，是名48岁的商人，也是多家公司的总裁。由土透露："负责逮捕他的警察上前和他说话时，他开始颤抖，还开始冒汗。"

第四部分

织原

弱者与强者

织原城二公开的照片很少，而且几乎都是 30 多年前的照片。

公开的照片几乎全都是他学生时代的照片，只有一张除外。从这些照片上可以看到年轻的织原长着一张温柔得近乎女性化的脸，脸上总是带着羞怯的微笑。他当时穿着黑色高领普鲁士式日本学生制服。他的头发很短，向右斜分，整齐有型。在一张照片中，他没有直视照相机，而是咬着下唇，露出一副紧张而茫然的表情。他看上去是个温柔、敏感、有点女孩子气的男孩。他的嘴唇丰满，轮廓分明，仿佛两瓣对称的丘比特之弓，这也是他最突出的五官特征。

时间最近的一张照片画面十分模糊，能看到照片中的男人大约 20 出头，身着宽领衬衫，没扣扣子，可以看到裸露的胸膛。他比学生时代瘦，头发比之前长，也更浓密，戴着一副大太阳镜，对着镜头露出自信的笑容。他的姿势很有男子气概，从他直视镜头的目光中可以看出自信，甚至是傲慢的神情。大多数照片都是从学校正式典礼上拍摄的集体照片中剪下来并放大的。织原被捕后的几个星期，日本记者从他的中学或大学旧相识那里疯狂收集相关照片。即使如此，距今最近的一张照片也拍摄于 20 世纪 70 年代，没有比这更新的了。

据说他年迈的母亲手里还有一两张他的照片，除此之外，除非是为了办理驾照、护照等必需的官方文件，否则，织原城二都会躲着摄影师。即使是在东京警视厅总部，他也把头扭向一旁，避开镜头，拒绝在镜头里露脸。

他喜欢收集、囤积和记录各种杂物,还爱写日记和备忘,他好像没法扔掉任何东西。也因此才露出马脚,如果没有在他囤积的杂物中发现混乱的私人档案,警方永远都不可能起诉织原城二。他在外几乎没有留下任何蛛丝马迹,这似乎是某种家族遗传。

无论是久远的过去,还是最近的过去,他的过去全都模糊不清。如果花很长时间认真寻找(我花了好几个月时间寻找),或许可以寻得一些片段:某次闪光灯照亮的脸,或是偶尔听到几句话。但很难说清隐匿在暗处的他究竟是什么样的人。

织原城二一开始并不叫这个名字。他于 1952 年 8 月 10 日出生于大阪。出生一个月后,他的父亲给他取了个三个字的名字,这三个字分别代表金子、星星和钟。这个名字在日语里写作 Seisho Kin,但他的父亲和母亲的朝鲜族姓的写法是 Kim,他们原本想给儿子按朝鲜族语取名 Sung Jong。这家人有时候还会使用日本姓氏星山。这与警方后来调查的情况一致,他的确曾先后使用 Kim Sung Jong、Seisho Kin 和星山圣钟这三个名字。

金(Kim)- 金(Kin)- 星山家族成员被称为在日朝鲜族人,或简称为在日侨民*,也就是生活在日本的朝鲜人。2000 年,露西·布莱克曼来到东京时,日本有 90 万在日朝鲜族人,但即使是在日本生活多年的人,也可能永远意识不到他们的存在。日本是十分团结的单一民族国家,在日朝鲜族人是这个国家的少数民族。他们的存在源于

---

 * 原文为 Zainichi,专指在日朝鲜族人。

历史悲剧，是 20 世纪早期亚洲动荡政局的产物。

由于邻国强大而富有侵略性，朝鲜半岛历史上一直战乱不断。早在 16 世纪，日本武士就对朝鲜半岛进行了掠夺，他们带着财宝、奴隶以及被屠杀的朝鲜战士的耳朵穿过狭窄的对马海峡返回日本。日本在 19 世纪末再次开始统治朝鲜半岛。1910 年，当时的朝鲜国正式被新兴的日本帝国吞并。日本殖民者在那里修建公路、港口、铁路，开采矿山，兴建工厂，将现代农业引入朝鲜半岛，还将朝鲜贵族的孩子送到东京接受教育。但是，日本推动经济发展所带来的任何好处，都无法掩盖日本殖民者对朝鲜半岛人民的暴力威胁和种族主义罪行。

日本政府的政策随着时间的推移而发生改变。截至 20 世纪 30 年代末，日本政府已不满足于控制朝鲜半岛人民、掠夺其资源，他们开始侵蚀朝鲜文化，传播殖民思想。日语变成学校必修课，学生必须参拜神社，鼓励朝鲜族人取日本名字。零星的起义运动遭到日本殖民者的残酷镇压，参与者都将遭到逮捕、拷打和屠杀。日本政府还开始实施大规模不平等人口互换计划，日本官僚和移民被运到朝鲜半岛管理和耕种这里的新土地，而贫穷的朝鲜族人则被反向运往东京、大阪和福冈等工业城市干活。

一开始，这一移民政策还是建立在自愿基础上，但随着日本在太平洋战争中逐渐失利，日本帝国军队和民用工业企业开始强制征召殖民地劳动力。到了 1945 年，成千上万的朝鲜男女随日本军队分散在亚洲各地，他们有的是普通士兵，有的是勤务兵，有的看守集中营，还有的则成为军队的性奴隶（即"慰安妇"，日本官方在近 50 年时间里一直否认其存在）。日本国内当时有 200 万在日朝鲜族人，大多数集中生活在工作的矿区和工厂附近的贫民区。突然在日本本土出现那

226

么多外国人，也是暴露日本殖民主义虚伪的证据之一。

日本政府的政策倾向于完全同化朝鲜族人，逐渐腐蚀其文化和语言。但是，日本虽然希望抹去朝鲜族人的身份，却又无法容忍朝鲜族人享有本国国民的特权和地位。

朝鲜族人是日本天皇的子民，却从未成为真正的公民。他们的投票权和在议会的代表权都受到限制。生活在大阪和川崎贫民区的朝鲜族人的健康和文化水平都低于当地日本人。他们和当地人做同样的工作，得到的报酬却少很多。这还为他们招来了日本工人的憎恨，因为后者的工资和劳动机会都因此受到影响。在日常生活中，他们经常遭遇歧视和蔑视，使得他们无法获得正常的教育、就业和政治机会。

许多日本人对他们反感到近乎憎恶的程度，认为他们脾气暴躁，顽固不化，喜欢吵架，喜欢吃恶心的食物，浑身上下又脏又臭。仅凭外貌，一般人很难区分日本人和朝鲜族人，但毫无疑问，朝鲜族人的行为举止和说话方式与日本人不同，他们在许多细微之处都与骄傲的日本人有所区别。最重要的是，他们面对权威时，无法本能地保持缄默，也缺乏发自内心的尊重，日本人至今仍对此感到震惊。报纸热衷于报道"叛逆的"朝鲜族人的犯罪故事，众所周知，这些人即使当场被捕，也不愿认罪。说得好听点他们只是有些粗鲁，令人讨厌，说得难听点则是野蛮暴力，无恶不作，叛逆颠覆。这种偏见和紧张关系并不总是明显表现出来，但也不难察觉，几乎到了一触即发的地步。

1923 年，一场大地震摧毁了东京和邻近的横滨，这两座城市主要都是木建筑，14 万人因此在大火中丧生。震惊过后，谣言四起，日本报纸反复报道类似传言，指责朝鲜族人纵火、投毒、暴动、强奸妇女和抢劫商店。这些传言毫无依据，但在接下来的几天里，日本普通民众自发组织了一场大规模暴力运动，杀害了数千名朝鲜平民。

当时的一份资料记载："他们抓到一个人，就会大喊：'朝鲜族人！'"

许多日本人赶过去，围住受害者。他们把他绑在一根电线杆上，挖出他的眼睛，割下他的鼻子，然后开膛破肚。他们有时候会在朝鲜族人的脖子上系上绳子将其绑在车上，拖着到处跑，把人活活拖死。他们还抓女人，一旦抓住，就抓着两条腿往相反的方向扯，生生把她们撕成两半。通常这种时候，朝鲜族人会挣扎到最后一刻，苦苦哀求，坚称自己无辜。但日本人根本不听。

两三年后，在现在韩国的港口城市釜山附近，织原城二的父母出生了。

在日本，犯罪不仅仅被视为罪犯的个人行为，从更深层次来说，人们会将犯罪归咎于家庭。抛开法律不谈，从道德上来说，罪犯的近亲也要承担相关责任，因此在日本，一个做了坏事的人的父母（有时候是兄弟姐妹、学校老师甚至是雇主）会在媒体镜头前深深鞠躬，流泪道歉，为自己没能影响或控制罪犯的行为表示歉意，这种情况虽然让人感到惊讶，却很常见。因此，在织原被捕后几小时内，日本记者开始争相调查他来自哪里及其家庭出身情况。

记者很快挖出他的姓名、年龄和职业等基本信息，但再也打听不到任何其他信息。几年后，我花了几个星期调查织原的背景。我找了十几名记者了解情况，他们都是严肃大报和专揭丑闻的周刊的资深记者，已经投入数月时间调查相关情况。他们都是经验丰富的调查记者，拥有丰富的资源和人脉。但是，尽管我们共同努力那么长时间，却只收集到少得可怜的一点信息。一名杂志记者告诉我："在大多数刑事案件中，即使你从罪犯家人那里得不到任何信息，至少也能从他们的朋友、邻居和工作伙伴那里打听到些东西。但在织原的案子里，几乎什么都打听不到。"

他的父亲叫金乔学，母亲叫全玉淑。二战前，他们自愿移民来到日本，并非被征召而来。据金乔学的一个儿子透露，他的父亲曾因抗日坐牢两年半，但并不清楚这件事发生的具体时间和经过。1945年的时候他已经在日本，在不到十年的时间里，他从一个被剥夺公民权的移民摇身一变成为日本第二大城市最富有的人之一。

战后的日本民生凋敝，社会混乱不堪，但朝鲜族人这时却找到了难得的信心和机会。我们可以想象一下那种巨大的强烈的兴奋之情：在长达35年的时间里，在日朝鲜族人一直遭受歧视和压迫，一夜之间，他们与胜利者站在同一阵线，成为身处这个战败国家中心的被解放的人民。大阪和其他所有城市一样，几乎都在盟军的轰炸中化为一片废墟。各种财产契据已经永远消失，在随之而来的混乱中，凭借武力就可以永久占据一块土地。黑市交易从废墟中迅速崛起，一边是日本雅库札，一边是被称为"第三国人"的人——新近获得解放的前殖民地公民。血腥的地盘之争时有发生，当黑帮分子与数百名朝鲜族人发生激烈冲突时，警方只能无助地围观。获得解放后，很多在日朝鲜族人迅速返回朝鲜半岛，但那里的情况和日本一样惨不忍睹。胜利的狂喜过后，那些留在日本的在日朝鲜族人很快就要面对现实。他们仍然穷困潦倒，处于不利地位，仍然是偏见的受害者。随着日本帝国的覆灭和朝鲜半岛的解放，他们毫无疑问地成了外国人，甚至还被剥夺了殖民地属民的基本权利。

在日朝鲜族人成立了两个组织：一个是民团，附属于美国支持的韩国右翼独裁政权，另一个则是忠于共产主义朝鲜的朝鲜总联。1950年，在美国和中国的分别支持下，朝韩两国开始了为期三年的战争，朝鲜半岛再次沦为废墟，民不聊生。然而朝鲜战争的悲剧使得日本渔翁得利，美军对钢铁、制服和其他物资的需求推动了日本的经济复苏。

1952 年，织原城二——即金圣钟——出生时，他的父亲金乔学已经十分富有。没人知道他是如何发家致富的，但对于他这样出身的男人来说，成功的机会极其有限。大公司或体面的公司只会雇佣朝鲜族人干体力活，没有日本银行愿意借钱给这类人。除了房地产生意，金乔学还有至少三个收入来源：几家停车场、一家出租车公司和小钢珠店。小钢珠是一种独特的日本街机游戏，是一种直立式电子弹珠游戏，也是日本少数几种法律允许的赌博形式之一。这些生意的共同特点是不需要大规模资本投入。开商店或餐馆需要店面、员工和仓库。而一个人只要有一块空地、一辆车或一台小钢珠机，就可以立即开始做生意赚钱。这样的小生意每天都能带来现金收入，足以应付简单生存需要，或是进行再投资（再买一辆车或一台小钢珠机）。但即使是这样简单的生意也不可能随随便便成功。

小钢珠赢家不会直接获得现金奖励，而是获得香烟或优惠券等奖品，他们可以把这些奖品带到附近某个隐蔽的窗口兑换成现金，小钢珠店就是通过这样的方法绕过禁止赌博的法律。现金兑换窗口都由雅库扎操纵，他们会从中收取佣金。这些黑帮分子还负责维护市场秩序，"解决"产权所有权纠纷，驱逐不受欢迎的租户，放贷，买卖特定区域的经营权。雅库扎一直是那些无家可归的人、穷人、被社会排斥和被边缘化的人的避难所。朝鲜族人在日本规模较大的黑帮集团中表现突出，包括主要活跃于大阪和神户的山口组，东京的住吉会。日本也有山川组、名友会等朝鲜族人黑帮，主要负责保护在日朝鲜族人的商店和贫民区，以凶残暴力闻名。

没有证据表明金乔学是雅库扎，也没有证据证明他参与了有组织的犯罪活动。他没有犯罪记录。但他那样背景的人，在那种地方，在那个时代，做着那样的生意，与犯罪组织有所牵连十分常见。"这也是不可避免的，"记者宫崎学解释道，他本人就是雅库扎头目的儿子，"对于在日朝鲜族人来说，与雅库扎打好关系，是生意成功的条件之一。"

"他在出租车行业做得最成功，"大阪一个认识金乔学的朝鲜族人回忆道，"小钢珠店也经营得很好。他很有魅力，善于交际，能说会道。他很胖，但不高，总是穿一件对他来说过大的外套。他开最贵的车。他从市场开始发家。"跟我说这些的男人是个受人尊敬的公务员，大约 50 多岁，事业有成，留过学，收集了大量古典音乐唱片。他的父亲和织原城二一样，也是朝鲜族移民，他回忆起他父亲如何养家糊口的时候笑了起来——从美国占领军的马场收购死马，然后把马肉当牛肉卖。

生活在在日朝鲜族人贫民区的人如果想成功，都得有这种投机倒把的创业精神。经历过二战后前 10 年生活的人还记得那段日子极度艰难，食物极度短缺，当时很多人被活活饿死，但他们也会谈论当时彼此之间的友谊和同志情谊，还会调侃繁荣时期很难再见到这种情谊。金家人住在大阪的阿倍野区，主街两旁的小巷子里到处都是木房子，一栋挨着一栋，主街两旁全是小商店和大排档。那里生活艰苦，喧闹不已，但同时也充满欢乐。金家的一家小钢珠店就在那条街的拐角处。但当织原城二开始蹒跚学步的时候，金家人已经往南搬了家，虽然新家距离之前生活的地方只有大约2公里，但这里的人的社会地位和声望却已大不相同。

新家在北畠，这是一片完美的社区，这里的房子都很大，自带花园，四周围着围墙，十分安静，住在这里的都是大阪最富有、最受人尊敬的人。他们都很有涵养和教养，不管对新邻居感到多么惊讶，都不太可能公开流露种族主义情绪。但在20世纪50年代，生活在这样的社区的朝鲜族移民必然会感到自己与周围人格格不入。

金家人搬到这样的地方住，也就意味着脱离了整个朝鲜族社区的生活。但这种情况或许不可避免，虽然现在几乎没人记得金乔学，但他曾经是大阪最富有的人之一。像他的儿子一样，他也努力不留痕迹地生活。

像所有在日朝鲜族人一样，他也被迫要在二战后选择国籍，他选择了韩国国籍。民团和朝鲜总联这两个对立的在日朝鲜族人协会主导着这些人的生活。这两个协会为他们提供社交俱乐部、学校和文化中心，大家在这些地方结交朋友，搭建人脉关系。与这两个协会有关系的信用合作社借钱给那些无法从日本银行借贷的商人。但金先生并没有加入任何一个协会，这一点实在不同寻常。

金家在北畠的房子前门上写着金这个姓。但他们也用星山这个姓。朝鲜族人常常使用新名字，因为这有利于他们以日本人的身份融入日本社会。但这种努力有时候适得其反，因为从他们选择的名字仍然可以看出他们是朝鲜族人，比如星山就是典型的在日朝鲜族人名字。在日朝鲜族人十分清楚这一点，这反映出他们的悲惨命运和骄傲，以及完全放弃身份和种族所带来的深深的痛苦。

"就是在那个时期，朝鲜族人中的富人和穷人开始拉开差距，"宫崎学告诉我，"社会开始两极分化。从这个意义上说，织原和他的家人那样的人是赢家。他们对未来有信心，对没有歧视的生活有信心。但在日本社会，歧视并不容易克服。日本人总是想把自己与其他种族的人区分开来，以保持种族差异。对于那些相信平等的朝鲜族人来说，这种差异感无疑会引起他们的愤怒。"

"第一代移民很重视自己的朝鲜族人身份，"这个有个以卖马肉为生的父亲的男人继续说道，"他们当中有些人在商业上取得了成功，建立起属于自己的帝国，极具魅力。因为歧视，他们无法在日本主流社会找到工作，当他们遭遇这种歧视的时候，会问自己为什么会这样。他们得出的答案是：教育。他们没有接受过良好的教育，像我父亲就只上过小学。所以他们希望自己的孩子能接受更好的教育。"

织原城二被捕后，拒绝回答所有有关他的童年和家庭的问题。但6年后，出版了一本由其律师委托创作的奇怪的书，有迹象表明这本书出自织原本人授意，书中详细介绍了他所谓的"天才的极端特殊教育"，他很小就开始接受这种教育。虽然无法获得其他有关这个家庭的信息，但从这本书中就能看出金先生和金太太在孩子很小的时候就对其施加了巨大的压力。"我的父亲坐过两年半的牢，"我和织原的弟弟有过一次奇怪的见面，他告诉我，"他参加了抵抗组织，反抗日本人。我唯一想责怪他的是他没有时间照顾家庭。但他总是强调教育的重要性。"

在上小学之前的两年时间里，金圣钟被送进一家罗马天主教幼儿园。每天放学回家后，他还要上三个小时的私教课。他在书里透露，他从"3岁10个月"就开始学小提琴和钢琴。每个星期六，从午餐时间到晚上，他都跟随音乐老师学习，接着还要和管弦乐队合练一个小时。星期日全天他要上更多私教课。他在书中以第三人称叙述道："没有空闲时间真是太可怕了。（织原）故意淘气，以逃避这种痛苦生活。"他故意用左手写作业，把字写得乱七八糟，而且等到考试快结束时才开始写答案。他最后用一个有趣的句子总结了这一情况："他通过贬低自己来解放自己。"

6岁时，他进入了日本最好的学校之一——大阪教育大学附属小学。这所学校仿照英国公立学校创办，自诩为精英学校。在20世纪50年代，这所学校的许多老师都曾是已经解散的日本帝国陆军和海军的军官，大阪中上阶层的医生、律师和商人等都争相让孩子去这里上学。[1]

在学校，大家都以日语发音叫他金圣钟。他小学时的一个同学还记得和他一起摔跤、打棒球的情形。"他那时又高又壮，"他对我说道，"他还有个哥哥也在那里上学，我记得我还去过他们在北畠的家，他的妈妈对我很好。他是个典型的朝鲜族人，很容易生气，脾气暴躁。我觉得他的眼神很锐利，藏着一种力量。但并不是所有人都喜欢他。"

另一个同学也和他一起打过棒球。"他一直想当投手，"他回忆道，"但他投球速度并不快，控制力也不好。他总是想炫耀，但他的技术与他的野心不相称。我小时候好像没见过他开怀大笑。他总是按自己

---

〔1〕2001年，精神失常的男子宅间守手持菜刀冲进学校教室，杀害了8名小学生。

的方式做事，不怎么考虑别人的感受。我觉得他在自己和其他人之间砌了一堵墙。他和其他人都是点头之交，或者可以说没什么交流。你现在问我，我都说不出谁是他的好朋友。"

我们进行这些对话的时候，距离他的小学时代已经过去半个世纪，又过了几年，织原城二被捕，并被指控犯有一系列重罪。我追查到的小时候认识他的 10 个人中，没有一个自称是金圣钟的朋友，也都想不起谁是他的朋友，这可以说是意料之外、情理之中的事。

圣钟是金家四兄弟中的老二。他比最小的康正大 10 岁，比老三永正大 6 岁。大哥宗正 1948 年出生：在传统朝鲜族家庭中，他本该背负父母的期望，成为父母的骄傲，但他却出了事。

金宗正有个同学叫西村慎吾，后来当选了日本众议院议员。西村是民族主义右翼分子、极端爱国主义者，他认为太平洋战争应该是日本的骄傲，而不是耻辱，日本应该用核武器武装自己，以应对未来的亚洲战争。这类人在日本的声量很大，人数却不多，这种人能当选众议院议员可以说是极为罕见的情况。我们很难说清西村慎吾的沙文主义思想在多大程度上影响了他的童年记忆，但在说起金宗正时，他语气悲伤，情绪激动。

在他的记忆中，金宗正适应能力很强，很招人喜欢，能很好地融入朝气蓬勃的班级。"如果有人开他玩笑，他会从容应对，不会让这种事影响自己。"西村回忆道，"我和他近距离接触过，发现他为人十分直率。"他知道宗正的爸爸靠小钢珠店发财，十分富有，也知道他们一家住在大阪最昂贵的社区。"大家觉得他不一样，但我不会说他因此被欺负。他就像我们的宠物一样。初中时他非常招人喜欢。但上了高中，他突然变了。"

金宗正会在课间休息时走到教室前面，在黑板上用粉笔写政治口号，字里行间充满对日本和日本人的怨恨。西村回忆道："他会写：'打倒日本帝国主义！'还会宣传日本如何坏，日本人多么坏，朝鲜半岛和朝鲜族人都是受害者。他还说韩国中央情报部派人跟踪他，那是韩国臭名昭著的情报机构，经常绑架和折磨其政治敌人。"

那时候正是 20 世纪 60 年代，日本和朝鲜半岛政局动荡，出现了反对《日美安全条约》和越南战争的罢工和示威游行活动。但学校里那些养尊处优的有钱人家的孩子与左翼政治最近的关系也就是听听琼·贝兹 * 的歌，他们根本不可能把金宗正的激进口号放在心上。西村继续回忆道："我们只是笑着看他做这些事，大家会说：'啊！他又来了。'有些人还会说：'如果你不喜欢我们，为什么不回家去呢？'他高呼那些宣传口号的时候，就像漫画里的人物。他太认真了，他越认真，其他人就越不放在心上。"

高中快毕业的时候，金宗正突然不来上课了。西村慎吾一直不知道原因。有传言称他因为成绩不佳退学，后来他又听说宗正去了美国。西村考上了京都的大学，并获得了律师资格，律师是日本最具竞争力和声望的职业。25 年后，他几乎快忘了那个奇怪的在日朝鲜族男孩。然而，1989 年的一天深夜，他接到了一通电话。

打电话的正是金宗正，他听起来很害怕。他说他马上要见西村。当时已经过了午夜，但西村还是匆忙赶到金家在北畠的那栋大房子，这是他有生以来第一次做这种事。一个女佣开门让他进去，家里好像

---

* 美国著名民谣歌手，致力于民权、反战运动等。

没有其他人。宗正默默地和他打了个招呼，然后拿出一张纸在上面飞快地写起来。西村回忆道："他不肯说话，只是把一切都写了下来。他写道：'有人监听我，所以不能说话。即使在家里或火车上，也有人在监视我，跟踪我。'"

"我看了看周围，心想这不可能是真的。他住在这么大这么安静的房子里，还有女佣照顾他。显然没人跟踪他，也没人监听他，但他对此坚信不疑。"除了坚称有人监视、跟踪他，金宗正还写了一些他在美国的经历。"我觉得他在那里一定生活得很不开心，他一定很孤独。"西村继续说道，"他只说了一点这方面的事情。他告诉我，他有一次在沙漠中的帐篷里射杀了一条响尾蛇。"

从他潦草的字句中看不出金宗正想让他的律师朋友为他做些什么，最后，西村离开了这栋房子。"我能做什么？"他反问道，"我对他说他应该睡个好觉，尽量放松。然后就离开了。"

虽然大阪教育大学的其他同学有听说过金宗正的消息，但西村再也没听到过相关消息。差不多同一时间，金宗正联系了几个以前的同学，提出了一个特殊要求。他想借他们的学校毕业纪念册，而当这些纪念册被还回去的时候，与宗正同级的男同学的脸都被用刀划掉了。

"上学时我们都知道他是朝鲜族人。"西村说道，"但我们并没有特别的偏见。我们就是普通朋友。我们相处得很好。但是回想起来，即使过着富有的生活，他似乎也不快乐，他认为是日本和日本人让他不快乐。"

金永正是金家老三，比织原城二小儿岁。虽然和他大哥不一样，但他似乎也因为自己的外貌和朝鲜族人的身份而感到困扰。

永正考上了邻近城市神户的外国语大学。他富有才华和创造力，会说汉语和英语，当然也会说日语和朝鲜语，他有文学抱负，不断追求进步。当时有一群志趣相投的在日朝鲜族年轻人，相约在大阪的一个图书馆一起讨论文学和在日朝鲜族人的相关政治问题。永正也是其中一员。他们会讨论陀思妥耶夫斯基、萨特和加缪，以及他们在日常生活中所面对的偏见：大多数时候都不可见，但却像监狱的围墙一样高耸坚固。这些年轻人永远得不到日本顶级银行或贸易公司的工作机会，无论他们大学学业多么优秀，也永远不会被外交或财政部门择优录用。一名大阪的记者告诉我："大多数在日朝鲜族人对歧视没有概念。他们全都听天由命。只有那些有抱负、想要在社会上出人头地的人，才会触碰到玻璃天花板。大多数时候，他们意识不到自己被'囚禁'起来。只有试图逃跑的人才会突然意识到笼子的存在。这些人在日本长大，说日语，吃日本食物，从没想过自己是被歧视的对象。这种歧视对这些人的子孙辈来说才是巨大的冲击。"

我认识了一个人，他曾是这群年轻的知识分子中的一员，也是金永正的朋友。他们曾聚在一起讨论阅读和各种思潮。但他总觉得和永正待在一起的时候后者很紧张。永正很敏感，优柔寡断，戒心很强，和他的谈话总是无法顺利进行。"他很拘谨，"这人告诉我，"他没法和人自然相处。一谈到家庭问题，他就没法冷静。他一直很警觉。"有一次，他去永正家，准备一起讨论激进的哲学和左翼政治问题，然而，那个豪华宏伟的家，堆满巨大且昂贵的观赏石的花园，无一不体现了无可撼动的庞大的家庭财富和权力，让他大吃一惊。"我觉得他很难接受自己社会地位的上升，"这人解释道，"他无法平衡自己和其他朝鲜族人之间的差距。"

金永正渴望成为一名作家。他 22 岁的时候在一本在日朝鲜族人的杂志上发表了一篇短篇小说。小说讲述了一个年轻人的悲剧：一个优柔寡断、略显笨拙的年轻人，被自我意识苦苦折磨，瞧不起其他人，却又遭到他们的羞辱。

这篇短篇小说叫《有一天》，主角是个叫李炆一的在日朝鲜族人。小说讲述了这样一个故事：李炆一正搭乘地铁，三个和他年龄相仿的日本人上了车，他立即看出他们是聋人。他们的喉咙里发出无法理解的声音，相互之间频繁使用手语和夸张的面部表情交流。李炆一很好奇如何用手指和眉毛来表达微妙的情绪和感觉。这几个聋人运用肢体语言努力交流的情景深深打动了他。

书中的炆一有"家庭问题"，为了逃避家庭问题，他一开始是将精力放在"社会问题"上，书中并未说明是什么样的社会问题。但他对所参加的在日朝鲜族人组织的"虚伪"感到失望，并深受歧视问题困扰。他认为这个问题不仅仅体现在日本人如何对待朝鲜族人，日本人在面对其他民族的人时表现出的优越感也反映出这个问题，而他同时也意识到自己也有这种优越感。即使炆一是种族主义受害者，他也必须承认自己的偏见。"我们该怎么改掉这种本能地歧视他人的习惯？怎么才能改掉这种通过贬低他们获得良好自我感觉的毛病？"他问道，"一想到这些问题，他就感觉有块石头压在胸口。"炆一感到内心被撕裂，内心所想与他自己的意识分离，仿佛有人审视着他，对他说一套做一套的行为做出无情评判。那些聋人没有这种自我意识，因此才深深触动了他。他表示："他们努力生活，没有自欺欺人。虽然交流有困难，但彼此之间十分坦诚。"

一个喝醉的日本男人在地铁里走动，他穿着亮闪的西装和白色鞋子，看起来像雅库札。一个聋人不小心碰了他一下。醉汉勃然大怒，一把抓住他的衣领，要求他道歉。那个聋人只能发出咿咿呀呀的声音。这时炆一站起来，对着欺负人的醉汉大喊，让他放手，于是那个男人转向了他。健壮结实的恶棍和善良的炆一眼看着就要打起来，谁赢谁输一目了然。但在两人打起来之前，三个聋人走到他们中间来劝架，最后，这三个人把这个朝鲜族人从日本黑帮的手里救了出来。

炆一自认为出于公平和正义感才出手相助。但是，他脑海中的那个声音对他做出了更为严厉的评判，这让他感到十分羞愧。他之所以这样做，是因为他认为聋人是弱者，容易受伤害。他对喝醉酒的恶棍的愤怒实际上是出于一种偏见和对残疾人的优越感，而这与他身为在日朝鲜族人所面对的偏见没有太大区别。"我们把他们称为弱者就意味着我们是强者了吗？"他问自己，"那么在日本生活的朝鲜族人呢？在这个封闭的日本社会，我们甚至在工作上都遭受到歧视。我们是强者还是弱者？"

他下了地铁，从车站走回家，心里充满困惑和自责。"难道我和我所鄙视的人没有什么不同？"他问自己，"为什么人类要歧视人类？"

他发现自己经过一栋大房子，前门富丽堂皇，花园里有"又大又沉的石头，石头大得可以用来建造普通房子"。这时路上开过一辆凯迪拉克，车灯闪闪发光。"炆一想知道住在这种房子里的人是否思考过困扰他的这些问题。"

文中的这个年轻人经过的这栋房子，虽然读者几乎不知道它的象征意义，但少数知道的人还是可以认出那就是金家在北畠的房子。那辆凯迪拉克很可能就是金乔学的车。在这样一个有关自我谴责和孤立

240

的故事中，金永正最后选择了责怪自己。他创造了一个富有同情心的角色，清楚表达了复杂的自我隔离和自我厌恶的情绪。但现实中的他仍住在北畠的高墙大院里，享受着不劳而获的特权。故事中的年轻人虽然有些与世隔离，但还是比不上大房子里的那些人。"那些父母和孩子习惯了富裕生活，那我呢？"炆一不禁反思，他自己并没有意识到，他把矛头指向了自己的父母。

《有一天》发表在1977年的《三千里》杂志冬季刊上，并且获得了一个文学奖。金永正很高兴，把这个喜讯告诉了朋友们，这似乎给了他一直缺乏的信心。但后来他发现，这个文学奖的评委是一位著名的在日朝鲜族人作家，而且早在他出生前就已经是他母亲的密友。于是他认为他的作品受到褒奖是出于评委的偏爱和家庭因素，而不是因为文学水平。他又一次失去了信心。

*　　*　　*

在学校，金圣钟——也就是未来的织原城二——"通过贬低自己来解放自己"。但只要他愿意，他又可以轻而易举地抬高自己。这一点从他后来通过庆应义塾大学附属高中的入学考试就可以看出来，这所大学是日本最著名、最负声望的两所私立大学之一。当时还没有什么人知道这种类似英国寄宿学校的中学，大家虽然听说过，但身边极少有十几岁的孩子离开家到另一个城市生活。圣钟的父母为他所作的安排即使在21世纪的日本都非同寻常，放在20世纪60年代的日本，可以说是匪夷所思。

15岁时，他离开家，独自一人在东京生活。他被安排住在田园调布，这是另一个非常富有的社区，相当于东京的北畠，一个女管家负责照顾他。现在，田园调布是东京为数不多的几个仍以传统日式住宅为主的社区之一，这里的房子都围着木栅栏，花园里种着竹子，地上铺满青苔。但圣钟居住的房子极具现代感，体现了20世纪60年代晚期的建筑时尚。房子外面有一堵近2米高的围墙，围墙里种了一排枝繁叶茂的松树，将这栋房子与一条狭窄的小巷分隔开来。围墙里还有一个椭圆形的游泳池和一栋两层的大房子，房子表面铺着白色的石膏和褐色的瓷砖。楼下的房间都装着滑动玻璃墙，楼上的房间都带有宽敞的阳台，房子两侧各有一个车库，可以停放好几辆车。这栋房子周围都是传统日式住宅，和他父母在大阪住的房子一样阴暗、凉爽、沉闷。但他住的这栋房子具有梦幻夏威夷或加州风格，室内光线充足、明亮，适合晒日光浴、烧烤和在游泳池边跳舞。搬到这里之后，未来的织原城二经历了自我转变的下一个阶段。他抛弃了金圣钟的身份，变成了星山圣钟，同时也放下了家庭的重担，大阪的生活和朝鲜族人的特质，就像一个人在春天脱掉厚重的冬衣。

罪犯的家庭往往要为罪犯的罪行承担道德责任，罪犯的同学也不例外，只不过这种责任相对更温和、更模糊。庆应义塾大学附属高中里认识星山圣钟的人都不愿谈起他，这种不情愿中夹杂着一丝羞耻感。我找到他们的时候，审判已经开始，大家会不由自主地想到那些指控，很难不带偏见地回忆曾经没有污点的过去。当时和圣钟走得最近的是秋元浩二，他和圣钟最后一学年是同班同学。

"每年都会换班，"他回忆道，"我有个朋友之前曾和星山同班。他对我说：'他是个怪人。'但我第一次见他就觉得他很友善。他总是很整洁，很仔细地把头发梳成'肯尼迪式发型'，就像约翰·F.肯尼迪一样。他的皮肤很光滑，面部皮肤也很有光泽。他才十几岁，但体态很好，身材也好，肌肉发达，一点儿也不臃肿。他喜欢找人说话，总想交朋友。我觉得他是个很有意思的人，一点儿也不古怪。我问过我的朋友：'你为什么觉得他很奇怪呢？'他的回答是：'注意看他的眼睛。'"

秋元愣了一下，随即反应过来他的朋友在说什么。星山的眼皮周围有微小的疤痕，和他同时代的人几乎都知道那是什么——一种被称为内眦赘皮矫正手术的手术痕迹。这种手术会切除内眦赘皮，这是覆盖在眼内角的一层厚重的皮肤，许多中亚和东亚人都有这层皮肤。通过这种手术，可以把亚洲人的"单眼皮"变成白种人的"双眼皮"。它能创造出更大、更圆、更"西式"、更有吸引力的眼睛，而许多日本人会觉得长着这种眼睛的人更不像朝鲜族人，虽然这一观点并没有得到任何种族科学的支持。20年后，这种昂贵的手术才在亚洲女性间流行开来。"但当时很少有高中男生做这种整形手术，"秋元指出，"但他似乎做过这种手术，他已经有了双眼皮。我想他一定是个好奇心很重的人。"[1]

这两个男孩走得很近，秋元去过田园调布的房子两三次。庆应义塾大学附属高中的许多男孩都出身富裕家庭，但星山家的财富还是令人刮目相看。"房子很大，"秋元回忆道，"我觉得他家一定是祖祖辈辈都很有钱。他收集了很多唱片。即使是对庆应义塾的男孩来说，那都是很昂贵的花销。他告诉我他每年有2000万日元的收入，这个数

---

[1] 39年后，织原城二在由其律师委托创作的那本书里，承认自己在16岁时做了眼部手术，但表示那是因为在一场车祸中，太阳镜碎片划伤了他的面部，手术只是为了治疗。

字十分惊人。他还说他有几个停车场。也许是他自己说的，也许是听别人说的，反正我听说他的父母在大阪。但他没怎么提过他们。"

"房子里没有任何照片，包括家庭照片。我记得他说过他和祖父一起住，但我在那里只见过一个女佣。我不禁想也许根本就没有什么祖父。而且他上课经常迟到。我想：'那是因为除了那个女佣，他家就他一个人。早上没人叫他起床，也没人管他是不是到了学校。'他是个聪明的家伙，但学习成绩很差。因为他没和父母住在一起，没人管他。他创造了属于他自己的世界，他生活在属于他一个人的圈子里。"

很难形容星山是个什么样的人，但他身上的某种特质令其与众不同，他沉着冷静，十分独立，常让人觉得与世隔绝和孤独。"有一次假期结束时他带回来几块表，我觉得是劳力士，他想卖掉这些手表。他说他是在香港买的这几块表，我们这些男孩子感到非常惊讶。外国表，出国旅行，这些对我们来说都太遥远了。"星山说英语时很自信，与此同时他还是才华横溢、富有魅力的音乐家——至少在庆应义塾那些十几岁的天真的孩子耳朵听来如此。"他很会唱歌，"秋元回忆道，"我们学校在秋季要举办庆祝活动，我们决定组一支乐队上台表演，同时摆摊卖瓶装可口可乐赚点钱。星山担任主唱。他唱了汤姆·琼斯[*]的歌，他唱得太好了！他扭动臀部，模仿得惟妙惟肖，整个表演一气呵成。我不记得他唱的哪首歌，不是《黛利拉》，是另一首。他当时穿着一件漂亮的黑色缎子或丝绸的长袖衬衫。那件衬衫很漂亮。他平时穿得并不是特别时髦，但有他自己的风格，看上去很不错。"

但对秋元来说，不可能与星山成为真正的朋友。他的性格变幻无

---

[*] 英国著名歌手。

常，仿佛有一个填不满的空洞，在那充满希望的外表之下，囚禁着最重要的东西——友谊的本质，甚至都不清楚在他身上是否存在这种东西。"我答应见你的时候，认真思考了一下他是什么样的人，"秋元浩二告诉我，"很难说清楚。他在自己和其他人之间竖起一堵墙。从来没有真正了解他的同学。一般我们都会和朋友分享一些感想，你们对一些事会有共同看法，你们的谈话和相互之间的了解会变得深入，哪怕你们只是聊到你们都喜欢本田摩托车或是类似的话题。"

"但我和星山从没有这样聊过天。如果他想和班上某个人交朋友，他会形容那个人：'他是个很酷的家伙。'但他从来不会深入了解一个人。他是个物质至上的人，在他身上找不到与人进行真正的心灵交流时所享受到的那种微妙的默契感。他对自己想做的事很感兴趣，但他从不会因此对别人妥协。他是我认识的第一个这样的人，从那以后我再也没见过这样的人。我和他保持着一定距离，密切地观察他。我发现，我好像无法真正靠近他，成为真正的朋友。我到现在都记得这种感觉。"

最令人印象深刻的是他面对女孩时的自信。"他常常一个人去自由之丘和横滨。"秋元回忆道，"他经常去横滨一家有名的迪斯科舞厅。我们这样年龄的男孩，通常会两三个人结伴出去玩，从来不会自己一个人出去玩。但星山就能一个人出去玩。他的行为举止像个成年人，他像成年人那样到处玩，这太不寻常了，让人印象深刻。"

"高三的时候，有一次他告诉我：'我要和一个女孩约会。我给你看她的照片。'我看了照片，照片是他们在郊区的某家高档餐馆拍的。像我们这样的学生绝不会去那种餐馆。他当时穿着白西装，他们身旁摆着一大束花。照片中的女孩有一半日本血统，一半西方血统。她叫贝蒂。我想他对贝蒂是认真的，但她后来甩了他，他当时还给我另一个朋友打电话，在电话里还哭起来。他说那个女孩对他说：'如果你能变得更成熟，我会回到你身边。'他觉得自己不够成熟，于是下定决心要变得成熟。他当然也是个有七情六欲的正常人。抛开别的不说，他其实也是个有真性情的人。"

庆应义塾大学附属高中有好几个朝鲜族和华裔学生。但他的同学中没人知道星山圣钟是在日朝鲜族人，至少我采访的那些人都不知道。他们也没见过他的父母或兄弟，或是早年在大阪认识他的人。他的父亲在1969年突然去世，一直没人知道他的确切死因，而对于这件在他青少年时期有着重要意义的事情，他的同学都毫不知情。

乔治 · **奥哈拉**

김성종

金　聖鐘

星山　聖鐘

織原　城二

在办理常规案件时，警方会在麻布警察局审讯嫌疑人，但警视由土手下的探员没有将织原城二带到位于霞关的东京警视厅总部，霞关一带是日本官僚系统的神经中枢。日本财务省、外务省和法务省都在这一片区，这片仅有几平方米的土地上几乎集中了日本的所有国家权力机关。织原被捕几小时之后，数百名警察带着搜查令分别搜查了织原在日本国内的 20 处房产，其中包括逗子码头那间被棕榈树环绕的公寓，安置死狗尸体的蓝海油壶公寓，警方逮捕他的六本木附近的那栋房子，以及位于田园调布的那栋大房子。日本电视台的直升机在各处公寓上空盘旋，试图穿越警戒线窥探详情。镜头捕捉到了搜索犬在地面嗅探的画面，还可以看到身着防护服的警察铲土的画面。接连几天，警车一直忙着往来运送相关证物。这些证物包括工具、衣服、笔记本、成捆的文件、胶卷、录像带、录音带、照片、瓶装液体和袋装粉末。它们被集中放置在霞关的一间储藏室里，由土亲自负责筛查工作。他告诉我："一共有 1500 件各类物品。放东西的房间是能让我们用的最大的房间了。房间里灰尘很大，我们不停咳嗽，身上也很痒，还有尘螨咬我们的腿。但对我们来说，房间里的东西都是宝藏。"

织原被关在同一栋楼的一间牢房里。理论上讲，日本警方通常将嫌疑人关在拘留中心，他们会在那里接受审讯和休息。但事实上，嫌疑人几乎都被关在警察局，警方既会对他们进行调查，也会监控其生活的方方面面：他们与律师和访客接触的情况，审讯开始的时间和持续时长，他们的饮食，甚至是牢房的照明情况。

日本的嫌疑人被剥夺了许多权利，这些权利在英美司法体系中通常被视为嫌疑人的基本权利。日本的嫌疑人即使从理论上享有这些权利，实际上也会被放弃或无视。日本的嫌疑人有权见律师，但会见律师的次数和时长则由警方决定。他有权在审讯时保持沉默，但必须走完整个审讯流程，而审讯过程可以一直持续下去，警方会不停更换审讯人员，直到嫌疑人极度厌倦，疲惫不堪，神情麻木。而且警察无需记录审讯内容。他们不用逐字记录，只要在审讯结束时提供一份摘要（在日本司法体系中被称为"检察官论文"），让精疲力竭的嫌疑人签上自己的名字即可。

逮捕令允许警察扣留嫌疑人3天，但如果法官允许，逮捕令可以延长两次，每次延长天数为10天。法官几乎从来不会拒绝延长申请。警方可以将一个人单独囚禁23天，在此期间这个人不得与律师、家人和朋友接触，同时警方也不得对其提出任何指控。"日本正式的法律体系对警方极为有利，他们极少需要采取明显违法的手段办案，"犯罪学家宫泽节生写道，"整个体系的设计和实施都旨在让嫌疑人主动向逮捕他的人招供。"

但警察和检察官都是在一种特殊的压力下工作：获得供词的压力。英国或美国的法院只要求证明事实即可，但日本法院很重视作案动机。警方必须在法庭上证明刺激犯罪的动机，它们是决定犯罪量刑的关键因素。仅仅证明谁是罪犯，犯了什么罪，何时何地犯的罪是不够的：日本法官要求知道动机。因此，警察必须读懂嫌疑人的心思，如果不能做到这一点，就不能算作完成任务。

事实上，唯一能完成任务的方法就是获得一份供词。"供词才是关键，"一名警察坦言，包括物证在内的其他东西都是次要的。在某些情况下，警方宁愿在得到供词后再展开实地调查。警方寄希望于嫌疑人透露他们所不知道的相关信息，而且他们能在随后的调查中证实这些信息的真实性，这样供词才更加令人信服，减轻民众对于嫌疑人可能是在胁迫下招供的怀疑。"我们需要证据来打消不合理的怀疑。"一名日本检察官告诉社会学家戴维·约翰逊，约翰逊曾经写过："供词是心脏——是泵，保持案件在系统中有效运行……日本检察官普遍极度害怕在没有供词的情况下提出指控。"

日本的嫌疑人确实会招供，多年来，无论是否有罪，越来越多的嫌疑人选择招供。1984 年，在日本法庭接受审判的 12 人中，有 11 人承认了对他们的指控。到 1998 年，这一比例变成了 16 个人中有 15 人认罪。警察和检察官时常会打碎嫌疑人的下巴，揍扁他们的鼻子，踢伤他们的生殖器（"对日本人来说，打头不算什么，"一名检察官说过，"脚踢才严重。"）但这种身体虐待通常都比较温和，主要目的在于羞辱而不是给对方带来身体上的痛苦：掌掴，轻踹，禁止睡觉，禁食禁水，朝对方的脸喷吐香烟烟雾。更常见的是心理恫吓。约翰逊描写过一些"嫌疑人遭受威胁、恐吓、疲劳战术、引导、诱导、责骂、斥责、操控和欺骗的例子"。但因为警方在在押人员面前有压倒性的权威，他们很少需要动用到如此粗暴的手段。总的来说，日本警察都比较冷静、礼貌、冷漠、固执和无情。在扣押织原的这 23 天里——552 小时或 33120 分钟——他们只是一遍又一遍地重复同样的问题，因为嫌疑人已经完全在他们的控制之中，大多数时候，他们要做的就是等待。

织原城二于 2000 年 10 月 12 日被捕时，面对的就是这种压力。

他没有招供。他从未屈服。从被捕时拒绝面对镜头让警方拍面部照片开始，他就没有显示出任何与警方合作的意愿。显然，他了解自己身为嫌疑人的权力，并坚持行使这一权力。而日本警方一般都很小心翼翼，以免做出越界的行为。"他被捕时同意提供指纹，"警视由土告诉我，"我们无法让他面对镜头，如果你强迫他抬起下巴，就可能会被扣上虐待的帽子。因此在我们拍的照片中，他是低着头的。"

由土不愿透露警方审讯织原城二的细节，或许是因为从警方的角度来看，审讯过程实在太糟糕。"一开始，他似乎很害怕，"由土对我说道，"他出了很多汗，衣服都湿透了。他不仅出汗，有时候还发抖。但是他否认了一切。"他是以绑架和猥亵克拉拉·门德斯的罪名被捕。由土强调，根据相关规定，警方只能提与该案有关的问题。但审讯室里的每个人都清楚，审讯的真正目的是查明露西出了什么事。由土承认，警察和嫌疑人"聊过"布莱克曼的案子。但织原很长一段时间都拒绝和他们说话。除了确认自己的姓名，他一直在行使保持沉默的权力。

就这样过了两个星期，警方23天的扣押期限很快就要到期。于是检察官使出另一个惯用的手段。他们指控织原强奸克拉拉·门德斯，同时即刻以猥亵凯蒂·维克斯的罪名"再次逮捕"他。警方因此又获得了扣押嫌疑人23天的权力，同时，他们没有把他关在环境较宽松的拘留中心。警方将利用这种引人质疑的做法连续逮捕织原6次，这种做法本身并不违法，但有滥用权力的嫌疑。

1969年，处于事业巅峰期的织原的父亲金乔学和一群大阪商人一起出国旅行。他当时 44 岁，他的儿子们的年龄则从 7 岁到 21 岁不等。就像关于他的其他许多事一样，这次出行的详细情况也很模糊。但这一行人的确去了中国香港，就在 4 月 27 日当天或之前，金乔学在香港去世。

织原本人后来对于父亲死因的说明很简单：他的父亲死于中风。但有人从这场悲剧中觉察出一些隐秘的东西。人们本以为守灵仪式会盛大而奢华，但守灵仪式并没有按照惯例在北畠的家中举行，金氏一家也没有表现出传统的哀悼情绪。金家几乎没有人讨论这件事。几十年后，金家最小的儿子康正仍然不知道父亲究竟是怎么死的，当年他还只是个几岁的小男孩。日本杂志和金家的邻居推测，这或许是一次非正常死亡，可能与商业纠纷有关。后来，他们发现田园调布那栋大房子的窗户上都安装了防弹玻璃。

无论真相如何，一家之主的去世都改变了金家人的生活。儿子和妻子分别继承了他的遗产。出租车公司分给了情绪不稳定的长子宗正，小钢珠店归立志成为作家的永正所有。当时仍自称星山圣钟的织原得到了停车场产业和包括田园调布的房子在内的房产。目前尚不清楚康正继承了什么，但似乎不如其他几个哥哥。在兄弟四人中，他接受的是免费的国民教育，没有上昂贵的私立学校。现在兄弟四人没了父亲，但他们还是很富有。

正是在这个时候，16 岁的星山圣钟发生了车祸，也就是后来他自称做整形手术的原因。在由其律师委托出版的书中写道："从他的眼睛周围取出玻璃碎片，缝合了很多伤口，有些伤口很长，都快划到他的耳朵。"他还在书中自述，也正是在那时，他开始酗酒。"（他）从 15岁开始就喝酒，从此以后就对酒精上瘾。当他因为交通事故被送进医院后，不能用嘴喝酒了，于是他尝试用鼻子吸，效果很好……他每天晚上都吸酒，陶醉在酒精的世界里。"[1]

他的功课自然受到影响。对于大多数学生而言，之所以上庆应义塾大学附属高中，就是为了考上庆应义塾大学，以此为跳板在商业、政治、法律或学术领域谋得一席之地。庆应义塾大学附属高中的学生除非特别懒惰、行为不良或特别愚蠢才会被大学拒之门外，而星山显然并不蠢。在由其律师委托所写的书中，他声称自己并没有被大学拒收，而是自己放弃了去这所著名学府的机会。无论真实情况如何，1971年3月，19岁的他高中毕业，却没有继续去庆应义塾大学读书。

高中毕业后，星山圣钟的生活笼罩着一层阴影。他曾就读于东京的驹泽大学，这所大学名气不如庆应义塾大学。他在书里说有三年的时间，他一直在旅行："他在华盛顿州和斯德哥尔摩待过，并曾多次环游世界。"他可能学过建筑学，还声称结识了美国著名音乐家卡洛斯·桑塔纳。几年后，他向克丽丝特布尔·麦肯齐展示了一张他和他的这位名人朋友的照片。他大约在1974年回到日本，报读了庆应义塾大学的函授课程。最后，他被允许以普通本科生的身份入学，并获得了法学和政治学双学位，但他拒绝拍摄任何毕业纪念照片。

1971年，差不多在他高中毕业的时候，他又经历了一次蜕变。他把国籍从韩国改成了日本，并取了个新名字：织原城二。新名字的名"Jo-ji"即"城二"比较常见，其中的o发长音，但"织原"这个姓有点特别。根据上下文和与其他字符结合的方式，大多数日文都有两

---

[1] 我采访过的庆应义塾大学附属高中认识星山圣钟的四个人中，没有一个人记得听说过他发生车祸或住院治疗的事。

种或两种以上的读法。常见的名字有标准读法，但不常见的名字则可能有多种读法。星山圣钟新改的姓氏由两个字组成（意为"织"和"田野"），可以读作 Obara、Ohara 或 Orihara。

18 岁的他已经有过三个名字，而在他被捕前的 30 年时间里，他还将借用几十个名字。他本能地掩藏自己的身份，无法忍受被人认出来、被摄像头捕捉到或被人看穿，这样的人对自己的法定姓名避而不谈也很正常。但为什么要取这个名字呢？

日本有个叫 Joji Ohara 的演员（汉字不同 *，发音时姓的首字母 O 发长音），他曾主演一系列软色情电影（《肉体诱惑》《欲望伴侣》等），这类电影在 20 世纪 60 年代末可能对十几岁的男孩起到过性启蒙的作用。同一时期，日本还有个同名摄影师。但当时金家人和其他认识他的人对这件事都另有解释。

取这个新名字的关键在于，姓和名读起来都有点像英语：Joji：Jorj：乔治。Obara：Ohara：奥哈拉。这就是他身份认同之旅的终点吗：从朝鲜族婴儿金圣钟（Kim Sung Jong），变成在日本出生的朝鲜族孩子金圣钟（Seisho Kin），再变成圆眼镜的日本青年星山圣钟，然后是面目模糊、不愿拍照的日本公民织原城二，最后变成阅历丰富的名人的朋友、世界公民乔治·奥哈拉？

织原 20 多岁时手握两个大学学位，已经陆陆续续去过很多地方，但却没有什么工作经验。到了 30 多岁的时候，他将自己的精力和继承的遗产都投入到极具时代精神的产业：房地产开发。

---

* 此处姓名汉字应为小原让治。

当时正值日本泡沫经济时期，从 20 世纪 80 年代到 90 年代初，东京一跃成为世界上最富有的城市。经过 40 年的稳定加速发展，日元变得十分坚挺，股票交易所也飞速壮大，土地升值尤为迅速。无论是否应当如此，拥有房产的人都变得富有起来，日本银行争相借钱给房地产商，甚至不会对此提出太多疑问。

同一时期，伦敦和纽约的发展也令人眼花缭乱，但没有哪个地方的消费比东京更引人注目。过度膨胀的泡沫演变为都市传奇：夜店的马桶上铺着貂皮垫子，鸡尾酒里撒着金箔，把寿司放在年轻女性的裸体上享用。经历过战争的日本人已经见识过第三世界的贫困和物质匮乏，而现在他们的经济发展已经快要赶超美国。外国游客曾经习惯于在日本当富人，但现在他们发现随着日元的升值，他们变成了穷人。与此同时，日元升值吸引了一批全新的外国人来日本工作，他们中有银行家、商人、英语教师和普通劳工。日本人为此感到骄傲：并非只有比日本穷的亚洲国家的人来东京，美国人、澳大利亚人和欧洲人也会来东京，他们并非只是短暂停留的商人或闲散的背包客，而是对日本经济力量顶礼膜拜的朝拜者。从外国人女招待俱乐部的兴起就可以看出有大量西方人涌入日本，漂亮的外国金发女郎们在这些俱乐部顺从地与新晋崛起的富有的工薪族调情。

在日朝鲜族人和日本人或老钱家族和新钱家族之间的各种细微差别都被金钱的光环所掩盖。织原城二很好地利用了这次财富和权力转移的机会。他以大阪的一个停车场为抵押申请贷款，在日本各地购买了 20 多栋大楼和公寓，其中大部分都租了出去。从日本最南端温暖的九州岛到最北端寒冷的北海道都有他的房产。这些房产的名字充满典型的泡沫时代风格，无处不体现着异样的气派：佐世保雄狮大厦，钏路激情大楼，银座闪亮大厦。织原至少在海外购置过一处房产，这是其财富和声望的又一佐证：夏威夷威基基海滩大厦 33 楼的一套公寓。这些房产有的登记在织原名下，大部分由他创办的 9 家公司持有，包括大西洋贸易公司，创造公司和普兰特集团。每家公司都有单独的地址、董事会和审计师，名义上完全合法。但后来有报道称，出现在这些公司文件中的一些人并不知道自己被任命为高管。

1996 年，织原还在六本木买下了一套单间公寓，他就是在这间公寓被警方逮捕的。他在东京的另一处居所购置于 1988 年，那是一套可以俯瞰日本皇太子居住的东宫御所的大公寓。在日本，邻居都爱打听家长里短，但在这两处公寓，几乎没人对织原有印象，这一点足以令人感到惊讶。他离群索居，避免与其他人发生日常接触。

在他位于六本木的公寓大楼里，大批警察赶来逮捕他之前，工作人员都不知道织原城二是谁。在田园调布，除了能看到他开着白色劳斯莱斯或银色保时捷全速冲出大门，邻居们很少见到他。"我们从没和他说过话，我一直以为他只是个普通人，"黑崎太太回忆道，她的家和织原的家只隔着三栋房子，"一个年轻男人独自住在这么大的地方自然惹人注意，大家都在谈论他。当他搬进这个自带游泳池的房子时，我们都很羡慕他。"

他和邻居从来没有日常往来。田园调布社区组织传达的通知也从没成功传递到他的手里，负责收集全国人口普查表格的当地家庭主妇田中光子费了好大劲才从织原家拿到一份填好的表格。她曾和织原家的女佣聊过天。"她是位非常友善的女士，她说他一个人住在那里，她负责给他做饭，"田中太太告诉我，"我问她在那里做了多久了，她说就做了几天。她是由临时职业介绍所介绍来的，他让他们每个星期派不同的人来帮忙。"

大家甚至连田园调布这栋房子的主人的身份也不是很清楚：房子外面的铭牌上用罗马字母写着"织原"，但用的是"OHARA"，而不是"OBARA"，同时在这个名字下面又有一行小字写着"星山"。无论这栋房子的主人叫什么名字，他并非独来独往。"那里总是有年轻人进进出出，还有外国人，"黑崎太太指出，"虽然四周有高墙围着，但我还是能听到女人的声音，所以我猜大部分是女人吧。站在大门外就能听到里面传来说话、聊天和打闹的声音。看不见人影。他不会在附近到处走。大门一打开，只能远远地看见他开着敞篷汽车，旁边坐着个女人，他回来的时候只能听到汽车疾驰的声音。"

田中太太补充道："我记得有个女人很特别。她有一头长长的黑发，很像日本人，但某些角度看起来又有点像外国人。有很长一段时间都能看到她，但后来就没再见过了。那件事曝光后，我们都想知道那个长头发的女孩有没有怎么样。"

织原是个什么样的男人？除了做生意，他会怎么打发时间？比起打听到的寥寥一点信息，找不到更多关于他的信息更让人吃惊。抛开各种猜测、传言和推测，关于他的信息所剩无几，而且都是些零星碎片。他为自己的慈善捐款感到自豪——他后来声称已经向包括日本残疾儿童协会和法律援助协会在内的各类机构捐款超过 1 亿日元。尽管（或许是正因为）他是朝鲜族人，却仍是日本皇室的狂热崇拜者，他曾骄傲地透露自己参加过明仁天皇和美智子皇后的宴会。

除了房屋租赁业务，他还有一家叫银座美食的公司，在东京最高级的地段经营一家小型拉面店。他喜欢经典外国汽车，被捕时拥有 9

辆外国车，包括一辆宝马，一辆奔驰，一辆法拉利，一辆1962年的宾利欧陆，以及一辆1964年的银色阿斯顿·马丁DB5——詹姆斯·邦德最爱的座驾。

很难确切描述织原成年后的生活，因为通过过去几个星期针对他的调查，我发现没有一个人可以称得上是他的朋友。在他被捕后的一段时间内，他的朋友不愿暴露身份并不奇怪。但事实是也许根本不存在他的朋友这类人。我和织原的邻居、他的房产的管理员、服务过他的女招待、店主和外卖员都聊过，大家都说没见过他和别人在一起，或是听他提起过其他朋友，除了卡洛斯·桑塔纳。他被捕后，在漫长的拘留期间，有个神秘的熟人探望过他，这人是一家小钢珠店老板，另外还有他年迈的母亲也来探望过他，除此之外再没有人来看过他。

有些人在他被捕后才开始了解他，对他那种深刻而复杂的与世隔绝的形象印象深刻。"我和很多不同类型的人打过交道，"其中一个人对我说，"但我觉得他从来没有过真正的朋友，从来没有过。有时候我从他的脸上看出他想依靠我。即使他表现得很积极，我也能感觉到他的孤独。我常常为他感到难过，真的常常这样。他是个非常孤独的人。他不信任任何人，遇到事情也没有任何人可以商量。有时候我觉得他是因为没人可以依靠才去找那样的女人。"

"他没有真正的朋友。我也不知道我怎么知道这一点，他的眼神和面部表情给了我这种感觉。我想直视他的眼睛，但他总是避免眼神接触。这种感觉很复杂，不是简单的悲伤，而是悲凉。他那么孤独，太孤独了。他身上有种悲剧性的东西"。

织原最喜欢的东西是他的喜乐蒂牧羊犬艾琳，这只狗还在露西·布莱克曼的案子中扮演了一个奇怪的角色。在他为数不多的公开声明中，织原多次提到它，所以我们知道它最喜欢的狗粮是恺撒袋装肉，最喜欢的零食是干马面鱼。在其田园调布豪宅的侧门旁边，有一尊和这只狗一样大小的雕像，雕像狗露出牙齿和亮闪闪的陶瓷舌头。他称它为"我心爱的狗"和"心爱的狗艾琳"。1994 年 7 月 6 日艾琳死后，他将它的遗体保存了 6 年。"随着克隆技术的进步，"他后来写道，"为了让我的爱犬复活，我把它放在一个大冰箱里。我还在里面放了一些玫瑰和它最喜欢吃的食物。"

织原的生意一度很兴旺。房产本身不断升值，租金也不断上涨。后来有报道称，他的资产总额一度达到 40 亿日元，约合 2500 万英镑。但他也有不少负债，虽然谨慎行事，他的债务还是在不断增加。日本的地价在 1989 年达到顶峰，到 20 世纪 90 年代初，泡沫经济已经明显退潮。但在 1993 年，织原成立了一家新公司，雄心勃勃地想在大阪建造一座集写字楼和商铺于一体的大厦，这一项目原来的用地是他名下的一个停车场。根据项目简介的描述，这将是一栋宏伟闪亮的 12 层楼大厦，通体安装耀眼的蓝色玻璃，中庭铺着大理石，高大宽敞，大厦外部装饰有各种尖状物和圆柱形物体，以及弯曲的金属月牙形雕塑，里面安装着闪闪发光的球状物。"位于北新地的这幅未来'剪影'非常'华丽'，里面全是'上流社会'商店，"宣传单上写道，"完全呈现 21 世纪'景观'。"宣传单上的关键词都用笨拙的日语化英语标示出来：go-jyasu，shiruetto，haisosaetii。* 新北地大厦就是个丑陋的怪

---

* 分别对应英语 gorgeous（华丽），silhouette（剪影）和 high society（上流社会）。

物，甚至在当时都可以说是泡沫经济浮夸和庸俗的大杂烩之作，而且它永远也建不起来。三年后，织原的债主们起诉他，要求他偿还贷款。1999 年，法院暂时没收了织原在田园调布的房子。

那个卖马肉的朝鲜族人的公务员儿子曾对我说："第二代和第三代朝鲜族人不努力学习是有原因的。日本最好的大学本应该在毕业后提供最好的工作，但至少对我这个年纪的人来说，这种机会都被默默屏蔽了。所以我充分理解他为什么会在那样的社会环境下放弃学习，而且他很有钱，继承了一大笔财产，他不需要工作。他是四兄弟中最有前途的一个。但是，他从那所昂贵的高中毕业后做了什么呢？只有酒和女孩。因为他很有钱，所以他失去奋斗的动力也不足为奇。"

"我猜在美国时他觉得自己得到了认可，不是因为他是朝鲜族人或日本人，而是他本人得到了认可。但当他回到日本之后生意失败。他没有天赋。他浪费了太多财富。他设法在房地产泡沫时期赚了钱，但泡沫被戳破时，他也逃不掉失败的命运"。

出身雅库扎家庭的作家宫崎学告诉我："这种情况十分典型。父辈通常都很成功，是富有的第一代移民。但他们也许都不怎么懂日语，想法也很简单：只想让儿子们接受最好的教育。他们的儿子有很多机会，却还是一事无成。他们接管父辈的生意，但即使他们知识丰富，资金充足，却还是做不好生意。因为他们不像父辈那样野心勃勃。他们接受了良好的教育，但对做生意不感兴趣，他们总是向父辈寻求帮助。他们没法克服自身的缺点。他们有钱，但生活并不充实。他们总是寻求父辈的支持，忍受父亲的责骂，他们的生活非常扭曲。"

织原被捕一个月后，他的律师滨口义德以其当事人的名义向东京警视厅"记者俱乐部"发表了一份声明。后来，织原声称这份声明出自滨口之手，他本人在发布之前甚至都没看到过一眼。但这份声明的风格和内容与大部分将要曝光的事实一致。

"我过去曾与各种各样的外国女招待发生过性关系，并购买过有偿伴游服务，这些女人都是披着美丽外衣的妓女。"这份声明开头这样写道。

我现在因为付钱给妓女玩性游戏而遭到拘捕，我喜欢称这种游戏为"征服游戏"。对于导致我被捕的那个案子，我已经不太记得：我之所以记不太清楚，是因为那是好几年前发生的事情，但我的确和一些所谓的受害者发生过性关系。她们都是我花钱找的**外国**酒吧女招待或有偿伴游。她们中的大部分人都在我面前吸食过可卡因或其他毒品。她们都愿意为了钱玩性游戏，我后来都支付了适当的费用。因此，我不认为自己犯有强奸或性侵犯罪……

警方告诉我，他们要找到所有以前和我玩过性游戏的外国女招待，让她们对我提出控诉，并且会反复逮捕我，直到他们找到失踪的露西·布莱克曼小姐。更重要的是，他们完全无视这些**外国**女招待的违法行为，包括违禁使用毒品、非法工作、卖淫等。他们想让我当替罪羊。

关于露西·布莱克曼小姐：我和露西·布莱克曼小姐只在一家外国人俱乐部接触过一次，她介绍我认识了一个男人。后来，我在我的信箱里发现过一些纸片，上面写着一个地址，还有一些奇怪的信，还接二连三地发生一些奇怪的事情。我不明白发生了什么。

10月底，负责本案的资深探员（探员 Y 和助理探员 I）严肃地告诉我，在英国发现了一个危险的人，一个可疑的英国人抵达东京（我以为是个狙击手）。我以为自己被卷入了什么大事件，我遭到陷害，但我与露西·布莱克曼小姐的失踪案没有任何关系……媒体把我描述得好像要对露西小姐的失踪负责。这不是事实……

东京警视厅的人一再对我强调，露西小姐的失踪案非常重要，他们必须尽快破案。我认为森喜朗首相对他们施压了，他们相信如果不迅速破案，国家利益将因此受损……我现在强烈感觉到日本正走向警察国家的复兴。当局正在进行最后的矫饰工作，让我看起来十恶不赦。他们陷害了我。警方说他们会抓到露西失踪案的凶手，在此之前，他们会继续以性侵犯和与**外国**酒吧女招待玩性游戏的罪名拘留我。我希望他们能尽快抓到真正的凶手。

换做其他情况下，这份让人迷惑的文件可能已经刻画出一个令人同情而又有说服力的形象：一个被吓坏的孤独的怪人，犯下的罪行不过是和妓女鬼混而已，现在警方逮捕了他，竭尽全力想通过他侦破给他们带来巨大麻烦的案子。但当新线索出现时，这种说法就经不起任何推敲。当织原一言不发地坐在牢房里的时候，警视由土和他的手下正在另一层楼上完成一项日本警察不怎么熟悉的任务：检查从织原房产中带走的数千件物品，试图用物证来证明犯罪行为，以此对付拒绝招供的嫌疑人。

征服
游戏

织原城二喜欢吃寿司，他有着非常独特的昂贵品位。逗子码头那间棕榈树环绕的公寓是他的第二个家。那里的邻居几乎不认识他，他的 4314 号公寓周围有很多邻居，但大家都想不起织原这么一个人。不过有一家人对他印象深刻：当地寿司店老板一家。

他从没有亲自上门买过寿司，都是通过电话下单。他有时候好几个星期都不下一单，然后突然连续三天都打电话下单。他总是点特餐：九块最鲜嫩多汁的金枪鱼肚、鳕鱼子和海胆放在加了醋的饭团上，还有鲍鱼，这是一种橡胶质感的海洋软体动物，是菜单上最贵的食材。他最喜欢吃的是鲍鱼肝，即使是日本人都觉得这道菜很奇特。鲍鱼狂热爱好者将其视为春药，它的内脏被认为有特别的力量。这也是典型的泡沫经济时代美食，代表着品位和财力：在逗子市的这家餐馆，一份单人餐的价格是 6000 日元（约合 37.5 英镑）。

年轻的外卖员清楚记得织原，早在警察和视频组人员找到他之前，他就已经重复了十几遍他所知道的故事。"有些人你从来没留意过，但他就是有一些特别的地方。"他描述道，"那个地方有着特别的气氛，有点令人毛骨悚然。我记得每次我按完门铃，他总是会在开门前先咳两声——咳咳。他经常穿一件白色的浴袍，哪怕是在屋里也戴着太阳镜。屋子里光线很暗，很难看清他的脸。屋子里总有种类似熏香的味道，熏香和雪茄混合的味道，也许是某种古龙水。"

"我从没在那见过其他人，也从没在门口看到过女人的鞋子。但他点的菜如果是一个人吃，又太多了。他总是要收据，通常一单要花9000日元或者更多。他说话很轻，很有礼貌。只有一次，我少送了一份鲍鱼肝，他后来打电话来店里投诉。他特别喜欢鲍鱼肝。"

从1970年4月开始，17岁的织原城二就详细记录下自己的性经历。后来在法庭上，他将这些视为幻想，不予置评，但即使这些记录只有部分真实，也足以证明他是个风流成性的花花公子。他将被判定犯有9起强奸案，但这只是依据他以文档、照片和录像带形式记录下来的部分行为做出的判决，警方从他位于田园调布、东京市中心和逗子码头的房产中搜出了这些物证。这些物证记录的相关行为并非突然爆发的暴力或泄愤行为，从参与筛选物证的警察的描述来看，这些行为甚至也不是为了释放欲望。在警方找到的文档和他本人在法院的证词中，织原都详细描述了他的各种性行为和性癖好，他称其为"征服游戏"。

他将逗子码头的公寓称为具有战略意义的据点。那里有包括专业灯光在内的视频设备，他在床上方的天花板上安装了挂钩，方便摆放受害者。并不是每个去那里的女人都会被强奸，织原身材矮小，从不与受害者发生肢体对抗。这出戏是否能顺利谢幕，完全取决于他能否将受害者弄昏迷。如果他失手，那些女人就能安全离开，只是会短暂地感到不安。但是，除了被发现在女厕所外偷窥，没有证据表明他还在其他地方犯有罪行。

织原被捕后过了几个星期才交代上述情况，警方很快就证实露西去过逗子码头的公寓。他们从公寓里带走了数百根毛发，在与简和蒂姆·布莱克曼夫妇提供的指甲上的脱氧核糖核酸（DNA）进行比对后，证实了其中一些毛发属于他们的女儿。在他们找到的许多胶卷中，有一卷未冲洗的胶卷，经过处理后发现，里面有两张露西的照片，这是露西最新的照片。照片中，她站在一排栏杆前，身后就是大海，隔着海湾可以看到城镇和群山。她穿着黑色短裙，脖子上的心形吊坠闪闪发光，她把太阳镜推到了头顶。她右手拿着一罐啤酒，从她的表情中几乎看不出任何不安情绪。但她的左臂以一个尴尬的角度远离身体，暗示了她的不自然和不舒服：为了陌生人送的一部手机而假装开心和放松。

专家们仔细分析了照片，警方最终确定了露西拍照的确切地点。天气，光线的角度，远处城镇的模样，甚至是在她右肩后方浮动的浮标的位置，都证明这张照片正是拍摄于2000年7月1日下午。

警方费力追查的预付费电话也有了眉目。他们还找到一个日本商人常随身携带的男士手提包，里面有两样东西引起警方注意。一个是一张煤气账单，上面潦草地写着露西给路易丝和斯科特打过电话的预付费手机的号码。另一个是一袋粉末。经专家检测分析，确定是一种叫做氟硝西泮的强效安眠药。这种药在日本不常见，只是偶尔被用来治疗严重失眠。但在英国，这种药的商品名为罗眠乐，是最臭名昭著的所谓"约会强奸药"。警方还找到了另一种不常见的药物 γ - 羟基丁酸，这种药通常也用于治疗严重失眠，以及13瓶氯仿，其中两瓶尚未开封。

警方从公寓带走了大量文件，既有厚厚的笔记本和日记，也有近十年来的各种收据，警方和检察官将继续筛查这些文件，希望从中发现新的足以定罪的物证。但据日本一家报纸报道，警方早前发现了一份写有大约60名女性名字的名单，其中既有日本女性，也有外国女性。

每个名字旁边都标注了一个化名，每个化名几乎都不相同，它们都是织原这些年来使用过的化名：有志、光司、知良、兴和、本田、齐藤、岩田和彰。这份名单可以追溯至几年前，其中一些女性只记录了姓名，其余的还记录了电话号码或地址。

警方还找到了织原7月初的几次大规模购物收据。7月2日星期日，也就是露西失踪的第二天，他从蓝海油壶公寓附近的一家商店买了10公斤干冰，以及一个大包装箱。第二天，他又在同一家商店买了10公斤干冰。当时店员问他："是死了一条大狗吗？"织原表示就是为了死去的大狗买的。

7月4日星期二，他去了户外用品店L.L.比恩的东京分店，买了露营设备，包括三个双人帐篷，三块防潮布，一张折叠桌，一个26升的冰箱，几个手电筒和一个睡袋。同一天，他还在一家五金店买了一条毛巾，三袋水泥，五罐水泥速凝剂，一个搅拌器，一个塑料盒，一支画笔，一个桶和一把扫帚。在第三家店，他买了凿子、锤子、铁丝、刀、剪刀、手套、塑料袋、斧头、手锯和电锯。这几家店的店员都记得前一天织原曾打电话到店里，准确描述了他需要什么，并确认是否有货。

其他物证还有织原亲笔写的笔记和日记，时间可以追溯至他的高中时代，以及电话录音磁带和他本人的口头备忘录音，都能表明其意图和决心。另有一个活页夹中收藏了丰富的相关资料，检察官在一份文档中对其进行了详细描述：

被告列出了自1970年以来与他发生过性关系的女性的姓名以及性交行为。在这本笔记中，一开始就是1970年4月的一句话：

"我下了安眠"，他记录了给许多女性下安眠药和氯仿后与其发生性关系的事实……

笔记开头部分有一份数据记录，记录了每年与他发生性关系的女性人数，例如"1990年9人，1991年9人"，以及一份与其发生性关系的女性的国籍记录……还有一份记录显示，从1970年被告17岁到1995年被告33岁这段时间里，他曾与209名女性发生性关系。

……有一份笔记（1970年，第4个女人）记录："我灌醉了一个女人，给她下了安眠药，但因为她是处女，所以不能发生关系"，这里记录的是1969年的一次经历。笔记中还记录了使用"安眠酮"（1970年，第3个女人），"氯仿，安眠药"（1973年，26号女人），"SMYK（安眠药）"（1981年，63号女人），"SMY（安眠药）"（1093*，95号女人），"三……烷（氯仿），"SMY"（1983年，97、98号女人）"，以及"SMY冰淇淋"。不难看出，从很久以前开始，他就不断使用安眠药和氯仿进行类似的强奸活动。

此外，被告写道，与使用安眠药和氯仿的女性发生性关系是其惯用手法。例如：

"我在公寓照常行事。SY（安眠药）效果很好，没必要再使用CRORO（氯仿），（她）最后吐得很厉害。"（150号女人）

"她吃了SMY冰淇淋和巧克力后就在公寓睡着了，然后拍了PV（色情视频）。"

他写道，大约从1983年开始，就一直有拍摄其实施强奸行为

---

* 此处原文如此。

的照片和录像带，例如"1号完整 VTR（视频）"（139号女人），"PV（色情视频）"，"PP（色情照片）"（152号女人），"1号外国人视频"（160号女人），"像往常一样去逗子市，FC（做爱），PV"（162号女人）。

警方当然立即对这些视频展开调查。他们彻底搜查了那几处公寓，找到许多录影带，有些没有标记，其余的则在标签上草草地写着女人的名字和日期。这些录像带的历史可以追溯到20世纪80年代，其中一些是早已淘汰的贝泰麦卡斯格式录像带。警方找出一台可以播放这种录像带的录像机，开始轮班观看这些录像带，他们不停地倒带，仔细记录相关内容和持续时间。警方很快发现这些录像带有一定规律可循。

它们都是彩色的，质量也很好。它们都是以一个年轻女人的简短开场白开始，充满欢声笑语，然后举杯喝酒。接着镜头突然切换到主要场景：同一个年轻女人，赤身裸体躺在床上。她闭着眼，一动不动，但可以看出她仍在缓慢呼吸。年轻女人有时俯卧，有时仰卧，腿经常被绑在钉在墙上的钩子上，以免碍事。床的两边都放着几盏光线很强的灯，能照亮床上的活动。

镜头都很稳，好像装在三脚架上一样。通常没过一会儿，画面中就会出现一个男人，同样赤身裸体。一个看过视频的人告诉我："他的身材很普通，看不出经常健身的样子，就是一个普通中年男人的身材。只有一样让人印象深刻，略感邪恶：在许多视频中，他都戴着面具。"

我特别找三个人交流过，他们都看过那些视频，或是看过有检察官拍摄的视频静态照片的卷宗，每个人对那张面具的记忆都不一样。

一个说它是灰色的，能遮住整张脸，就像银行抢劫犯一样；另一个记得它是黑色的，只能遮住眼睛，就像佐罗的面具；第三个则说它是黄黑条纹的，就像老虎的皮毛颜色。

戴面具男人的阴茎在镜头前勃起，然后开始面对镜头长时间地侵犯昏迷的女人。

一个看过卷宗的人向我透露："他会做很多事情，以正常体位做爱，有时候还会肛交，他还会使用……工具和一些物体。医生用的那种器械。他会朝里面看，你明白我的意思吧。他还会把黄瓜插进去。他的阴茎……处于正常状态。床两边都有灯，有时候……他做到兴头上时，一不小心，就会让灯光照到女人的裸体上。"

据织原自己解释，除了摄像机，还有两台电视监视器，其中一台播放外国色情电影，另一台则转播他自己的"游戏"现场画面。他会抬头看这些画面来寻求进一步的视觉刺激。"他的性欲非常强，"一个看过录像带的人告诉我，"他总是勃起，从不休息。"做完一次之后，他又会重新开始。有时候会和同一个女人做两三次，持续好几小时。"他把女人当成东西，而不是人，"有人如此评论道，"那些女人几乎没有任何反应，她们几乎没有发出任何声音。"每当他的"搭档"有要苏醒的迹象，织原就会做相同的事情：他会伸手拿过一条毛巾或纱布，把它放在受害者鼻子底下，十分靠近受害者的脸，但不会接触到它。这样她就会停止挣扎。

关于录像带的数量，有很多不同的说法。一则报道称警方已经找到 1000 盘录像带，另一则报道则说有 4800 盘。警视由土告诉我，一共有 170 盘录像带，涉及超过 150 名女性。但法院指出有 40 盘录像带，而织原声称只有 9 盘。由土透露那些女人中超过半数是外国人，但也有很多日本人。而且除了种族，这两类女性还有其他不同之处。

大多数外国女孩都有女招待的特征：身材高挑，仪容整洁，都化妆，通常都是金发。而从外形上看，日本女孩则是另一种类型。她们中的许多人都很丰满，或者直接说很胖，没有传统意义上的外国女孩的美貌。"我偏爱长得丑、没有身体曲线的日本女孩，"织原后来坦白道，"通常我和她们聊过（通过电话）之后，就能猜出她们的身材情况。声音干涩的很瘦，嗓音圆润的比较胖。我喜欢丑女孩。挑选丑女孩也是我的游戏规则之一。我喜欢和丑女孩玩丑陋的游戏。"

他自称参照同样的标准挑选外国女孩。"外国女招待都很丑，"他说道，"不仅仅是外表，还有思想。"几年后，一篇英文报道以织原的视角描写了这场"征服游戏"，通篇都是自恋的歪曲事实和闪烁其词，无处不在颂扬这场表演的神圣性。

在"游戏"开始前，被告会倒出一小杯有烧灼味的浑浊液体，这种液体通常被他称为"菲律宾酒"。然后他和他的女性"伴侣"会轮流喝酒。被告会喝两杯酒。

正如在法院上说明的那样，喝了两杯酒之后，织原就会失去最后一点羞耻感。接着，被告就会单独服用大量兴奋剂。他的"伴侣"则因为继续喝"菲律宾酒"而失去意识。然后被告就会戴上面具，开始"游戏"。这张面具让他变成另一个人，一个与众不同的人。随后，他就会开始肮脏的"游戏"。

为方便"玩"游戏，被告更喜欢找非日本籍的酒吧女招待，她们都是些吸毒成瘾的低俗女人（性格糟糕），通常被视为"婊子"……有些（日本）女人会通过电话寻找男性伴侣，他也会从中挑选"玩伴"。这种情况下，被告更喜欢那些没有腰线的胖女人，她们通常被蔑称为母猪或河马。在面具的遮掩下，织原就和这样的丑女人"玩"肮脏的游戏……

织原被捕后，警方请克拉拉·门德斯去总部协助调查。警方给她看了1996年的一段录像带截图，那天晚上她去了织原城二位于逗子码头的公寓，并在喝了酒之后失去意识几个小时。"他们没给我看最糟糕的部分，"她透露，"虽然只是些照片，但也是从视频中截下来的照片，所以我还是能认出我自己。照片中只有我，昏迷不醒，躺在床上，还穿着衣服。这真的……非常令人毛骨悚然。我看起来就像个洋娃娃，一个女孩形状的洋娃娃。"

根据名单和视频，警方找到了他们知道的其他女性：凯蒂·维克斯和克丽丝特布尔·麦肯齐。他们追查了名单上的电话号码和地址，又找到十几个女人。名单上的很多信息太过模糊，无法确定受害者的身份。而且许多外国女孩几年前就已经离开日本，无法追查到她们的行踪。其中好几个女孩不愿和警方合作，她们有的是因为羞愧，有的是因为胆小，还有的则是想忘掉整件事。另有一些案子因为其他一些原因很难提起诉讼，比如伊索贝尔·帕克自己采取行动，成功地勒索了织原。但警方还是找到几名愿意合作的女性，有关她们的视频和可信的受害者证词成为了强有力的证据。

11月17日，检察官正式指控织原下药和强奸凯蒂·维克斯。因为涉嫌对31岁的日本女人吉本佐子下药和强奸，警方立即"再次逮捕"他。12月8日，他们再次以强奸罪起诉他，随后又以强奸21岁的忍原逸子的罪名再次逮捕他，接着又在2001年新年以强奸毛利惠的罪名逮捕他。除了强奸和下药两项罪名，警方又增加了一项伤害罪，因为强光直射到失去意识的毛利惠的身上，导致她的大腿被灼伤。

警方还发现，在露西失踪的第二天，织原曾给逗子市消防队打过电话，要求和总部通话。一家报纸报道称他当时说："出大事了，请告诉我急救医院在哪。"他拨打了对方给他的医院电话，医院方面记录下了他询问营业时间的通话内容，但是他从来没有去过医院。几天后，他的确出现在东京的一家医院，不过是去那里治疗因毛毛虫引发的皮疹。

警方确定发生了什么事。他们相信织原下药并杀害了露西，然后用某种方法处理了她的尸体。但如何才能证明这一点呢？露西不在那份名单上，也没有关于她的视频。他们可以证明那天下午她和织原在一起，以及在她失踪后，他形迹可疑。但他到底对她做了什么？露西现在在哪里？

警方搜索了田园调布那栋大房子的花园，以及他的其他房产附近的开阔区域。他们用中空的竹竿探测地下，6名警察带着嗅探犬搜索了蓝海油壶公寓附近的海滩和悬崖。搜索工作十分艰难，因为相关区域的草丛很茂密，而且到处都是垃圾，警察还担心会惊扰藏匿其中的毒蛇。

卡里塔

织原的被捕并没有给露西的家人和朋友带来多少安慰。这个消息本身并没有减轻压在他们身上的巨大痛苦和不确定感。东京警方从未向布莱克曼一家确认露西已经死亡，除了织原被捕的事实，警方其实几乎没有向他们透露过什么信息。布莱克曼一家主要是从日本报纸搜集一些泄露出来的零碎消息，有时候也从英国媒体了解一星半点内情。露西热线也继续收到一些零碎的无用信息。在接受了几个星期的询问后，路易丝·菲利普斯终于飞回家，警方禁止她向布莱克曼一家透露任何信息。11 月中旬，蒂姆和索菲再次飞到东京，但与警方见面的时候，光实彰仍然只是打官腔——目前，织原因为一系列强奸指控在接受调查，虽然警方仍然在努力调查露西失踪案，但暂时还不能说这两起案件之间有什么联系。

　　结束与警方见面后，蒂姆又召开了新闻发布会，他的情绪十分激动，明显心情不佳，时不时抛出几句不合时宜的玩笑话。

　　"你有信心找到露西吗？"一名记者问道。

　　"永远有信心。"索菲答道，说完她看向了父亲。

　　蒂姆接着说道："现实情况就是，她已经失踪 4 个月了，她很可能已经不在了，这种可能性一直存在。如果出现这一结果，你必须挺过去。以前这种可能性也许是 50%，我猜现在她已经不在了的可能性是 80%。"

"我猜是 60%。"索菲又接了一句。

蒂姆不自然地笑了笑，说："这就是上了年纪的人的现实主义和年轻人的乐观主义的不同之处。"

圣诞节即将来临，对于离婚家庭来说，这是一个让人紧张的时节。这一年，布莱克曼家的每一个人都害怕这个节日的到来，因为它会提醒他们家里少了一个人。简、索菲和鲁伯特逃去了巴巴多斯，圣诞节当天他们在海滩上晒太阳，尽量远离与露西相关的一切。蒂姆和约瑟芬以及她的孩子们待在怀特岛。"我想把露西放在大脑的一个特定区域，"他解释道，"我努力不让这件事带来的创伤压倒其他一切。我快50 岁了，除了我自己的三个孩子，还要照顾约瑟芬的四个孩子。露西当然很重要，但我也要花时间和精力照顾其他我爱的人。"

"我之前从怀特岛开车去肯特郡上班，路上要花一个半小时。车上有一张露西喜欢的音乐光盘，我开车回家的时候就会听这张光盘，让自己沉浸在悲伤和对露西的思念之中。这也给了我力量陪在约瑟芬和其他孩子身边，努力工作。"

蒂姆小心翼翼地逐渐放弃错误的希望。他正在放弃露西可能还活着的想法，这一信念支撑了他 6 个月，让他从骗子、冒牌货和记者身上找寻希望。但他无法控制自己的愤怒，他的怒火不仅烧向绑架露西的人和警察，也烧向了有共犯之嫌的整个体系，正是其盲目自信导致了露西的失踪成为可能。圣诞节前两天，他给一名警察发去一封满怀怒意的电子邮件。"露西已经失踪 6 个月了，"他写道，"令人难以置信的是，眼看着时间过去一个星期又一个星期，我却没有从东京警视厅得到任何消息。"

我非常非常失望，感觉受到极大伤害，警方一点儿也不考虑同为受害者的家属的感受，这是十分可耻和不人道的做法，你们不向家属透露任何近况或消息，帮助他们应对这一可怕的、悲惨的事件……

很明显，在过去五六年时间里，许多女孩在六本木遭遇绑架和强奸（有些已经失踪）。其中很多女孩都是持旅游签证非法打工。因此，有些女孩因为害怕被警方逮捕或被驱逐出境而不愿向警方报案。而这让所有女孩陷入危险境地。

但是，其中一些女孩已经向警方报案。为什么这个叫织原的男人或是其他像他一样的男人多年来一直能逍遥法外，继续绑架和强奸女孩？因为警方没有采取任何行动，一直没有逮捕他。因此，警方对露西的失踪负有责任……下次如果还有女孩被绑架、强奸或谋杀，警方和移民部门也是共犯。

到目前为止，露西失踪案仅在英国和日本引起最多关注。但是，随着一名嫌疑人的被捕，以及其他国籍的受害者的出现，这起案件迅速吸引了世界各地媒体的目光。西班牙、意大利、土耳其、德国、丹麦和荷兰的媒体纷纷开始报道有关织原城二的消息。10月的一个星期五，澳大利亚悉尼市一个叫罗伯特·芬尼根的律师端坐在办公桌旁，突然他的目光落在了《悉尼先驱晨报》第10版的一篇文章上。这篇文章的标题是《担心会有更多失踪女性》。报道开头这样写道："有澳大利亚女性沦为导致英国酒吧女招待露西·布莱克曼失踪的夜店恶魔的猎物吗？"

> 有媒体担心该案件的主要嫌疑人、东京商人织原城二可能与其他外国女性失踪有关……澳大利亚女性也有很多在六本木当酒吧女招待，通过取悦商人赚取巨额收入。据悉，至少已有两名澳大利亚女性和一名新西兰女性通过其他渠道联系警方，控诉曾遭受织原虐待……这些女性都说织原把她们引诱到其位于东京南部海岸的豪华公寓，然后对她们下药。

罗伯特·芬尼根后来告诉我："我看到这则报道时正是午饭时间。我立刻联想到那件事。尽管我还不知道全部事实，还是立即想到那件事。因为一切都太相似了。我并没有太惊讶或震惊，因为这些年来我一直在想着那件事。我从没有放下过。但我知道，那个问题还没有找到答案，而这就是答案。"

这个问题就是：漂亮的澳大利亚年轻女孩卡里塔·里奇韦究竟出了什么事？大约 9 年前，罗伯特曾与她相恋，后来却失去了她。

* * *

卡里塔·里奇韦在珀斯长大，这座城市位于远离澳大利亚广袤的西部沙漠的海岸边，是世界上最与世隔绝的城市之一。她的父母奈杰尔和安妮特生于 20 世纪 50 年代。他们很小就认识，很快就结了婚，又很快发现在一起并不快乐。安妮特结婚的时候才 18 岁，她是个求知欲很强的女孩，热衷于研究梦境、冥想和占星术。而奈杰尔在 1966 年从英国移民来到澳大利亚，是一支叫"紫色薄雾"的摇滚乐队的鼓手。"老实说，我不是个好男孩，"他对我说这话时已经再婚，并且成为了一名受人尊敬的小学老师，"我不是什么模范丈夫。我沉迷于性和

279

酒精。对酒精没那么感兴趣，但总是无法抵挡女孩的诱惑。"他们的婚姻最终在 1983 年破裂，当时他们的两个女儿萨曼莎和卡里塔分别是 14 岁和 13 岁。"现在回想起这事我还是会觉得不安，"奈杰尔说道，"女孩们刚进入青春期，还都是小姑娘，她们的父母却离婚了，真不是个好时候。我想这对她们影响很大。"

卡里塔一直是个精力旺盛、创造力丰富的女孩，她热爱英国文学、表演和户外运动，还擅长舞蹈。父母离婚后，她变得争强好胜，性格孤僻，情绪低落。与此同时，十几岁的她变得很漂亮，一头长长的金发，线条美妙的红唇，身材娇小，五官也很小巧。安妮特此时正想尽办法养活两个女儿，完全不知道该如何帮她。卡里塔越来越绝望，透露自己有自杀的念头，安妮特吓坏了，把她送进了精神病诊所。与外界的强制隔离，以及护士和医生的精心照顾，让卡里塔冷静下来。有一段时间她的情况看起来有所好转。但这时医院的一名精神病医生开始带她出去吃诱人的午餐，这名医生后来被发现曾虐待女病人。虽然在他尚未对卡里塔造成任何严重伤害之前医院就解雇了他，但卡里塔的治疗和她的自信都被彻底破坏了。"如果你没有强大的家庭支持，又缺乏自尊心，长得漂亮几乎就是一种负担，"安妮特坦言，"你很难保护自己，很容易就成为猎物。"

卡里塔离开了精神病院，并且辍了学。她在珀斯待了一两年，但很快就厌倦了这座小城市和这里熟悉的一切。当她最好的朋友琳达·达克提议搬到悉尼去的时候，她欣然同意。她们俩一起搭便车向东穿越西部沙漠。在悉尼，她认识了刚从英国来的罗伯特·芬尼根。他们俩坠入爱河，并开始同居。

安妮特与所有第一次和女儿分开的母亲一样，十分担心卡里塔。

她担心得经常做噩梦，因为对梦境这种事感兴趣，她还详细记录了自己的梦，而且坚持了好几年。她曾梦到卡里塔遭到攻击和侵犯，还有神秘的穿着长袍的陌生人发出警告，警告她卡里塔将会遇到危险和灾难。有一次她做了个梦，梦里卡里塔走过来安慰她，把一枚戒指戴在她的手指上。安妮特认真记下这些幻象，谁也没想到随后发生的事情会与她的梦境遥相呼应。

她做过的最可怕的噩梦是梦见卡里塔和一群亚洲男人围坐在一起。她看起来很开心，也很安心，同桌的男人们看起来很放松，他们让卡里塔从她们中间挑选一个人。只有安妮特理解这一幕的真正含义，也只有她能感受到那些男人的强烈恶意。"她觉得自己很安全，"安妮特解释道，"她必须从那些男人中选一个出来。但他们都很冷酷，心机深沉，而她不知道这些，看不清他们的真面目。那是一场非常可怕的噩梦。我做了这些梦，但我什么也没做。我以为它们只具有象征意义，没想到它们预言了未来。它们很形象。我至今仍有那种可怕的感觉。"

男人们对她的注意让卡里塔感到不安。为了转移这种注意力，她把金发染成金棕色，但仍然掩盖不住她的魅力。罗伯特·芬尼根是个严肃的男人，戴一副眼镜，说话声音很轻，他对卡里塔十分着迷。他在东南亚玩了一圈后来到悉尼，在这座城市的一家背包客旅社认识了卡里塔。他们在一起五年。"早上醒来她就在我身边，"罗伯特回忆道，"我简直不敢相信。我还记得走在邦迪海滩上，到处都是漂亮女人，就像杂志封面女郎一样。而我看向身边的卡里塔，她比她们都漂亮。我们那时还很年轻，很多事都还不确定。但我想我们都希望能共度余生。"

他们俩在悉尼一直租住廉租房，和这座城市的其他年轻移民合租。他们做些临时工，罗伯特在建筑工地工作，卡里塔先后在自助洗衣店和餐馆打工。她还设计、销售 T 恤，接点模特的活，还出演过一部学生电影。他们俩都喜欢旅行，一起去过菲律宾、尼泊尔、墨西哥和美国，钱花完了才回悉尼。1987 年是他们在一起的第一年，那一年也是澳大利亚两百周年纪念，大家都聚在一起烧烤、开派对，举行各种露天庆祝活动。接下来那一年的夏天，卡里塔的朋友琳达说服她和自己一起去日本做酒吧女招待。

罗伯特很担心，不仅仅只是因为要和漂亮的女朋友长时间分离。但琳达以前在东京工作过，她坚称这份工作本身没有危险。罗伯特坦言："和大多数人一样，我也误以为那里是世界上最安全的地方之一，一个女人即使在凌晨 2 点走在大街上也不会出事。招待工作听起来有点奇怪——在酒吧付钱让人陪你说话。但这只是日本社会的奇特之处之一，西方人可能会觉得有点可怜，但也认为这只是那些商人发泄情绪的一种方式。"

和卡里塔分离几个月让罗伯特感到十分不安。他很难想象没有自己卡里塔会过着怎样的生活。他们俩会互寄明信片，她每隔一两个星期也会打来电话，他给她寄小猫辛巴达的漫画，这只橘猫是他们捡回来的流浪猫。她和琳达当时住在宇都宫市，那是一座略显枯燥的区域城市，在东京以北大约一小时车程的地方。她们在两家俱乐部工作，一家叫"亚当女士"，另一家叫"虎穴"，一起在那里工作的还有美国人、巴西人、菲律宾人和新西兰人。卡里塔似乎过得很开心。她很快就吸引了一批常客，其中一个男人还专门开着法拉利带她去晚餐约会。"绝对没有开玩笑，"她给母亲的信中写道，"这里的男人就喜欢带西方女孩出去炫耀……日本男人都有大约三个不同的女伴。他们把妻子留在家里，带女朋友去俱乐部，又把女朋友丢一旁，自己和女招待聊天。"

"如果她是教英语或是做类似的工作，我会更高兴，"罗伯特说道，"但我不想控制卡里塔，有时候你不得不让别人做他们想做的事。"几个月后，她离开了虎穴，罗伯特飞去香港，然后和卡里塔一起去了新加坡和泰国。

1990年，卡里塔和琳达又回到日本做了三个月女招待，这次是在六本木的一家俱乐部，而且她们在那里得"跳舞"。罗伯特没有说太多，但这很可能意味着裸舞。"我觉得琳达不在乎这么做，但卡里塔有点难堪，"他继续说道，"她试了几次，我觉得都没成功。"9月，她回到悉尼和他待在一起，再次做起了服务员和模特的工作，以便支持罗伯特读书，那时候罗伯特申请了新南威尔士大学法律专业。

第二年，卡里塔第三次去东京，这一次有她的姐姐萨曼莎陪着，后者有个日本男朋友。她们俩一起住在一栋外国人公寓里，那里离萨曼莎教英语的语言学校很近。卡里塔在银座的妖怪俱乐部工作，那里的女招待都要穿带褶边的宽大的老式连衣裙，里面还有衬裙。1991年12月和1992年1月，两姐妹一起待在日本。圣诞节那天，她们去银座的狮子餐馆吃排骨，还吃了她们的爸爸从珀斯寄来的松露。第二天节礼日，东京下起了雪，元旦的时候，他们去了萨曼莎男朋友秀城的乡下老家。

罗伯特收到了令人振奋的好消息：他被新南威尔士大学法律系录取了。卡里塔很高兴，告诉他她为他骄傲。有时候，认识他们的人会怀疑他们是否合得来，罗伯特为人稳重、冷静，卡里塔则魅力四射，喜欢冒险，而且只有 21 岁。即使她自己对此也有所顾虑，但却从没说出来。在一起五年后，很难想象罗伯特和卡里塔会分手。

2 月的一个星期一，萨曼莎给罗伯特打电话，电话里的她听上去惊慌失措，痛苦不堪。她告诉他，卡里塔周末出去后就没再回来。现在她在东京的一家医院里，昏迷不醒，情况危急。

安妮特、奈杰尔和罗伯特一起飞到东京，他们直接去了卡里塔住的医院。他们想象不到出了什么事。卡里塔不抽烟，不喝酒，也不吸毒，从不生病，而且星期五晚上她去女招待俱乐部上班时还好好的。星期一，萨曼莎接到一通电话，说她住进了附近的一家医院。她慌忙赶来，心里既气恼，又有点不解，准备好好责骂妹妹一番，问她周末为什么都不打通电话给自己。但卡里塔却昏迷不醒，说不了话，几乎不知道萨曼莎来了医院。那天早上，一个叫西田亮的日本人把她送进医院后就匆匆离开了。后来，她就陷入昏迷。几个小时后，医生诊断出她急性肝功能衰竭，并宣布她活下来的几率不超过 50%。

到了星期三，当她的父母和男朋友赶到医院时，卡里塔只能依靠输液和呼吸管维持生命，她的皮肤因为黄疸而发黄。第二天，她就陷入深度昏迷。医生对她实施了昂贵的"洗血"疗法，罗伯特和里奇韦一家轮流在病床旁陪伴她。但她的病情没有明显改善。卡里塔被转移到一家更大、设备更好的医院。到了周末，她肝脏里的毒素还没有被排出来，毒素在她体内堆积，她开始出现惊厥反应。接下来那一个星期的周末，医生宣布了一个令人难以接受的事实——卡里塔的大脑已经停止运转。

医生用针扎她，她没有任何反应。翻开眼睑，她的眼睛空洞无神。

萨曼莎和罗伯特无法接受这个事实。但奈杰尔和安妮特一致认为，没有必要再通过人工维持其存活状态。2月29日的那个星期六是闰日，他们四人最后一次去了医院。奈杰尔回忆道："卡里塔就躺在那里，浑身插满管子，连着包括呼吸机在内的各种医疗设备，他们把这些东西都移走了。你可以看到卡里塔的心跳越来越慢，越来越慢，最后成了一条长长的直线。当他们把各种管子都取出来的时候，她又恢复了原来的模样。她看起来美丽而安详。看着别人死去并不是什么可怕的经历。她早就死了，现在只是彻底放她走。但罗伯特和萨曼莎很难接受这一事实，尤其是罗伯特。我们抱着卡里塔大哭起来，这时护士让我们出去一会儿。我们重新走进病房时，发现他们给她穿上了一件漂亮的粉色和服，她的双手交叉，整齐地放在胸前，床上摆满了鲜花。"

卡里塔的遗体被放置在医院地下室的一个佛龛前，安妮特和奈杰尔在那里守了一夜，给她点了几根香。第二天，他们驱车前往位于东京远郊的火葬场。卡里塔安静地躺在一个装满玫瑰花瓣的棺材里，他们和她道别，目送她进了熔炉的铁门。他们对接下来要发生的事毫无心理准备。

过了一会儿，他们被领进大楼另一侧的一个房间，每人发了一副白手套和一双筷子。房间里有一块钢板，上面放着刚从熔炉里焚烧出来的卡里塔的遗骸。焚烧并不完全。木头、布料、头发和肉身都被完全烧掉，但腿、手臂和头部等部位比较大一些的骨头虽然经过焚烧，却还基本保持了原有的轮廓。里奇韦一家面对的不是一盒整洁的骨灰，而是卡里塔经过焚烧的骨架。作为家属，他们的任务就是用筷子捡起她的遗骨放进骨灰盒里。

"罗伯特根本无法面对这种事，"奈杰尔回忆道，"甚至只要想到我们要做这样的事，他就觉得我们是怪物。但是，也许这只是因为我们是她的爸妈，她是我们的女儿……我现在说起那时的情况听起来可能有点恐怖，但当时我们完全没有这种感觉。没人能平静地接受这种事，但我反而好像变得更加平静，我觉得我们好像在照顾着卡里塔。"

奈杰尔、安妮特和萨曼莎捡起较大的骨头放进骨灰盒里，头骨碎片被放在了最顶上。

卡里塔去世的时候距离她 22 岁的生日只有 3 天，就在周末短短两天的时间里，她的肝脏就突然停止运转。这怎么可能呢？医生无法解释原因。一开始，他们以为卡里塔吸毒，但萨曼莎和罗伯特坚称她不吸毒，也从没有吸过毒。所有熟悉她的人都不会认为她吸毒。随后，医生提出她可能死于病毒性肝炎，但又无法确定她感染了哪种类型的肝炎或是如何感染上这种肝炎。

唯一清楚内情的人应该是那位星期一早上把她送到医院的西田先生，但他没有留下任何联系方式。但他有萨曼莎的电话号码，在家人看着卡里塔死去的那个星期里，他给她打过好几次电话。

他说一口流利的英语，即使在萨曼莎表现出不耐烦的时候，他仍然十分冷静，显得很关心卡里塔的情况。他说他在女招待俱乐部认识的卡里塔，带她去了东京南部的海滨城市镰仓，她在那里吃了一只坏掉的牡蛎，因此食物中毒。听说她病得很厉害，他似乎很难过。萨曼莎问他要他的地址和电话号码，西田先生遗憾地拒绝了，但过了一两天又会打电话来。罗伯特·芬尼根十分怀疑这位西田先生的身份。卡里塔和他的关系，以及他们共度周末的事实对他来说更是一种折磨。在他的催促下，萨曼莎的男朋友秀城联系了警方，请求他们调查这位西田先生。

两名警察来到医院询问萨曼莎和秀城。这次见面很奇怪。在敷衍了事地询问了有关西田的情况后，他们指控秀城是毒贩，暗示是他害得卡里塔生病。"我们没有再报警，"萨曼莎说道，"比起那个说话轻声细语、看起来似乎很关心我们情况的自称西田的男人，警察更让我们觉得不安和害怕。"

卡里塔去世那天，西田又打来电话，还和秀城详聊了一番。他说他想承担这家人的机票和葬礼费用。他提出支付100万日元（约合6250英镑），他还想跟奈杰尔和安妮特聊聊。卡里塔去世后第二天，她的家人就开车去东京国内机场附近的一家酒店和他见面。

他们在大厅等了一个小时，这位西田先生才把他们叫到一个房间，这个房间似乎是他特意为了此次见面而预定的。他明确表示只想见卡里塔的父母。萨曼莎和罗伯特在楼下不耐烦地等着。根据安妮特的回忆，那间酒店房间里有一张类似屏风的东西把房间隔成两半，她感到很不安，觉得屏风的另一边有人在听他们说话。西田本人并没什么特别之处：看上去刚步入中年，穿着一套深色西装，安妮特记得他"长得不怎么样"，"鼻子有点奇怪，一个奇怪的鹰钩鼻"。他身上最明显的特征是容易出汗，他用手帕还是毛巾不停地擦汗。"当时感觉很不舒服，"安妮特回忆道，"我们刚刚送走了卡里塔。现在我们在这间屋子里，感觉随时会有人从屏风的另一边跳出来。"

西田先生坐在酒店房间的矮咖啡桌旁，正对着奈杰尔和安妮特·里奇韦。

"我爱你们的女儿，"他对他们说道，"我想多陪陪她。"

"我们也一样，"安妮特回应道。

他讲述了他们从星期五晚上在女招待俱乐部开始，一起共度周末的情况。"他说星期六晚上他们本来要一起出去吃晚饭，"安妮特继续回忆道，"但卡里塔不太舒服，他们就待在家没出去。后来他们上床睡觉——这是他的说法，听起来不像是睡在同一张床上——午夜时分，卡里塔起来了一下。但当她再回到房间的时候，她的情况比之前更糟了。她很不舒服，星期六早上情况更加严重。于是他打电话叫来医生，医生给她打了一针，防止她恶心反胃。但后来她的情况再次恶化，等到星期一他送她去医院的时候，她几乎已经处于昏迷状态。他说他有尽力关心她、照顾她，他也不知道哪里出了问题，不知道她为什么会生病。他还把卡里塔对他说过的一些话告诉了我们，那些都是卡里塔可能会说的话——她为自己因为生病而不能好好陪他表示歉意，如果她真的生病了，很可能这么说。"

奈杰尔回忆道："他一直在说他对所发生的事情感到多么抱歉，事情太可怕了。他似乎很了解卡里塔，就好像她是他的女朋友一样。他真的很难过。我安慰他说这种事就是'可怕的意外'，'不要自责。'他的表现打动了我。"

大约过了45分钟，西田拿出两个盒子递给奈杰尔和安妮特。一个盒子里装着一条金项链，另一个盒子里则是一枚钻戒。盒子没有像一般的礼物那样包起来，戒指也没有用天鹅绒搭扣扣住，而是在盒子里晃来晃去。"他又说了一遍：'我爱你们的女儿，我想多陪陪她，'"安妮特说道，"这些本来是我下周要送她的生日礼物。"

后来，安妮特反复思考这些东西的意义，并且回想起她曾经梦见的那些贪婪的男人，以及卡里塔在梦中给她的另一枚戒指。当时，除了接受这些礼物，然后离开，似乎没什么其他的话可以说，也没什么其他的事可以做。"我们不知所措，"安妮特解释道，"有些东西你只能接收到表面信息。我们不能指责他什么，因为我们不知道卡里塔到底出了什么事。警方和澳大利亚大使馆都不愿意管这件事。他说的话听起来很有道理，他已经尽力了。"

里奇韦夫妇尴尬地道别离开。他们朝电梯走去的时候，安妮特回头看了一眼，她看到西田先生从半开的门里向外张望，脸上带着一种难以捉摸的表情，一直看着他们消失在视线之外。

葬礼结束后的第二天，他们带着卡里塔的骨灰离开了日本。萨曼莎继续在东京待了几个月，里奇韦夫妇飞回珀斯，罗伯特也回到悉尼那间他和卡里塔曾经一起生活的公寓。此后7个月的时间里，他每晚都哭着入睡。他梦游般地度过了大学第一年。在此后很长一段时间里，他都以为自己永远无法再过上幸福生活。他一个人住在公寓里，独自照顾卡里塔的橘猫辛巴达。他后来顺利毕业，取得了律师资格，还在悉尼菲利普斯·福克斯律师事务所找到了工作，这是澳大利亚最大的律师事务所之一。那天下午，他就是坐在其位于市场街的办公室，读到了《悉尼先驱晨报》的那篇报道，他当即反应过来，可疑的西田亮和织原城二是同一个人。

在
洞
穴
里

东京警视厅的那个房间里堆满了从织原住处搜来的残缺的录像带和发黄的文档。警视由土投入大量时间监督年轻警察们的工作，仔细检查其发现的蛛丝马迹。"我尽力接近证据，"他告诉我，"我尽可能多地亲自检查，因为有时候经验不足的警察可能会漏掉一些线索，而那些线索在我眼里可能就是钻石。"2000年底，他就在满天飞的灰尘和蚊虫中找到那颗钻石：东京西区的一家医院为卡里塔·里奇韦开具的治疗收据。

由土想让外界以为警方无论如何都会通过自己的努力锁定这起案子。但在2000年11月之前，他们似乎并不知道卡里塔·里奇韦的存在，直到澳大利亚大使馆实在受不了罗伯特·芬尼根无休止的纠缠，被迫联系了他们之后，他们才知道卡里塔的情况。不过警方一经提示，很快就将所有线索串联了起来。

那张收据将调查矛头指向了秀岛医院，卡里塔一开始被送到这家医院，然后被送到东京妇女医院，她最后就是在这里去世的。警方比对着卡里塔的照片，从织原收集的视频中那些失去意识的外国面孔中认出了她。在那段持续数小时的强奸过程中，可以看到他从一个瓶子里把某种液体倒在一块布上，然后把布伸到她鼻子底下。在东京妇女医院警方发现了关键证据：卡里塔的一小片肝脏，这是院方在其死后切下的样本，并且意外地保存了这么多年。对这一肝脏样本进行检测后，警方实验室的工作人员很快找到了医生们无故漏掉的东西：氯仿，它会攻击和毒损肝脏。

罗伯特和里奇韦一家一直断断续续地保持着联系，与卡里塔的共同联系既让他们痛苦，又让他们得以彼此安慰。当所有的怀疑都得到证实之后，他给珀斯的安妮特打了通电话，告诉她那个自称西田的人其实是被指控的连环强奸犯织原城二，他并没有救卡里塔，而是杀了她。罗伯特和安妮特立即飞往东京与警方进行交涉。安妮特后来又单独去了一次东京，签署了提起刑事诉讼所需的文件。

织原承认他就是西田，但他拒绝承认其他事情。织原在由其律师发表的一份声明中表示："针对我强奸并杀害她的指控，我感到难以形容的愤怒。我和她有过恋爱关系，出于关心，我甚至带她去了医院。"罗伯特·芬尼根也起草了一份声明，并以里奇韦一家的名义发表："织原不仅对女性下药、实施强奸，现在他还侮辱受害者，羞辱她们的家人。织原是最恶毒的那种人。他没有表现出一丝悔意。希望日本法院能揭露他的真实面目。"

警方和检察官现在可以证明织原杀了人，而每隔几个星期，他们检视完那些视频和笔记之后，又可以增加一项新的强奸指控。但是，卡里塔一案的曝光，并不能掩盖警方在调查织原与露西失踪之间的关系上进展缓慢的事实，而且在将织原单独关押三个月后，他仍然拒绝承认自己做过任何错事。"警方低估了织原，"与调查关系紧密的人告诉我，"他们认为他只是个愚蠢的罪犯，会自动招供——'对不起，是我干的，我把尸体转移到这里，就像这样埋了她'。但他十分顽固。他一直否认所有事情。"他坚称那些指控他强奸的女孩都是妓女，他根本懒得澄清这些事；卡里塔则是死于食物中毒，或是医院误诊导致其死亡；他完全不知道露西发生了什么事。"我们不停审问他，一直持续到晚上十一二点，"一名警察透露，"我们尽量不让他睡觉。我们想让他身心俱疲。过程十分艰难，但这是我们唯一一招了。"

"警方很擅长劝人认罪，"一名高级警官告诉我，"我们尽力让罪犯明白他们所犯罪行的后果。我们会说：'受害者悲痛万分'或是'你对你所做的事情没有一点悔意吗？'但他不是那种会轻易放弃的人。我们的招数对他根本没用。"虽然这名高级警官轻易就能解释清楚织原的古怪之处，但他在向一个外国人说明这一点时还是有点犹豫。"也许你很难理解。但是，这就是因为他……不是日本人。"

听到人们对警察的议论，或是听到警察谈论他们自己时，我能感觉到他们觉得自己受到了不公平对待。罪犯承认罪行这样一个基本规则正在遭受蓄意破坏。有了这样的认知，他们深陷苦海又有什么好奇怪的呢？许多警察没有想到，或者说大多数时候没有意识到，罪犯就是十分狡猾和顽固，擅长撒谎，之所以需要警察就是为了要对付这样的人。他们并非无能或缺乏想象力，也不是懒惰或盲目自满，他们本身就是极其糟糕和异乎寻常的坏运气的受害者：他们遇到了日本百万分之一的不诚实的罪犯。

日本的冬天十分寒冷，不过严寒也能让毒蛇老实起来。根据警视由土的说法，他就是在这时候最后一次组织人去织原城二经常出没的地方寻找露西。"目标区域很大，"他说道，"而且很多地方都可能是埋尸地。我召集了一队人，让他们出去找人，并且告诉他们没找到露西就不要回来。12月和1月，他们挖了很多地方找人。"2001年2月初的一个星期一，22名便衣警察在诸矶湾沿海村庄的一家旅馆登记入住，这里距离织原在蓝海油壶的公寓只有几百米远。他们预定了整整一个月的住宿。每天早上，他们都带着铁锹和镐头到海边不同的地方去挖掘。当地人以为他们正在做什么市政工程，不过，一名当地妇女指出："他们的眼睛不像建筑工人。"

2月8日，星期四，由土派副手从东京前去指导搜索。最后他们认为目前的搜索范围过大，第二天早上他们应该从最有可能藏尸的地方重新开始搜索——从蓝海油壶附近的悬崖下延伸出去大约230米的海滩范围。露西失踪5天后，织原驾车来到这里，副驾驶座上还放着一些凹凸不平的东西。正是在这里，他叫来一个锁匠，撬开了他自己的公寓门，后来公寓里传出巨大的撞击声。也正是在这里，织原裸露着上半身，大汗淋漓地赶走了上门询问的警察，后来又向他们道歉，并给他们看了那条冻僵的死狗尸体。管理员的男朋友广川先生甚至声称午夜时分在海滩看见过一个像织原的人拿着一把沾满泥沙的铁锹。织原于10月被捕之后，警察早就带着警犬搜索过这片海滩。但是现在，处于绝望中的警察又要再搜索一遍。

蓝海油壶公寓所在的长圆形街区紧邻海滩，那片海滩多礁石，悬崖陡峭，海滩上到处都是巨石，只有一条崎岖不平的水泥小道。这片海滩一点儿也不迷人。每年这个时候，这里的天空都辽阔而湛蓝，近岸的海水澄净清澈到可以看清水底石头的形状。但海滩上的沙子却是灰蒙蒙、黏糊糊的，巨石上散落着干枯破碎的树叶。夏季的那几个月里，比如7月初的时候，沙子里有无数可恶的棕色甲虫，它们一起在阳光下闪闪发光，这些虫依靠吮吸岩石裂缝中腐烂的海藻生存。

在海滩的一处蜿蜒地带，一部分悬崖坍塌，形成一座嵌在海滩上的石塔，这里距离公寓楼不到200米，附近没有人居住。就在这出坍塌的悬崖后面有个被遮住的洞穴。这里很隐蔽，适合偷倒垃圾，或是为青少年抽烟、亲热提供庇护。如果是一个不像日本这么干净、自律的国家，这个洞穴里一定到处都是乱扔的啤酒罐和避孕套。它其实根本算不上一个洞穴，更像是一块肮脏的岩石上的一条宽大的裂缝，入口处宽约2.5米，高约3米，顶部和两侧岩石都是倾斜的，越往里走越窄。四根摇摇欲坠的塑料管从凹凸不平的顶部岩石伸出来，一直垂到地面，这是一种年代久远的从悬崖上引导雨水的装置。

一个旧浴缸半埋在沙子里。早上9点，4名警察挖出这个旧浴缸，把它拖出洞穴，并开始挖沙子。不一会儿，他们的铁锹就碰到了什么东西。他们拖出来一个半透明的塑料垃圾袋，袋子里有三个块状物。他们立即辨认出那是从肩膀处被切下的人类手臂以及两只脚。这只手臂的手腕上缠着各种植物和海草，已经腐烂，皮肤发白，已然蜡化，但手指和脚趾甲仍保存完好，拿着铁锹的警察观察到它们十分整洁，形状良好，上面还留有指甲油的痕迹。负责搜索的警察立即用手机给由土打电话。"他哭着向我汇报情况，"由土回忆道，"头儿，我们找到露西了。"

4名警察停止挖掘，等待从东京赶来的最资深、最专业的警察。由土和他的顶头上司、搜查一课的宏光亮也赶去现场。一名法官迅速发出全面搜查令，两个小时内就有40多名警察赶到这个洞穴：当地警察，由土的特别调查组，以及来自鉴定组的20人，他们带着相机、画板、橡胶手套和塑料证物袋。消息迅速传开来，日本各大电视台的直升机很快就开始在这片海滩上空盘旋，摄影师也出现在离这处洞穴几米远的小船上。警方用蓝色油布临时遮住洞口，整整一天，身着齐腰夹克、橡胶靴和蓝色棒球帽的工作人员在洞穴里进进出出，他们都戴着白色棉口罩。

　　警察集结完毕后，挖掘工作又重新开始。警方一直挖到地下不超过60厘米的基岩部分。下一个被发现的是躯干，躯干没有被包裹起来，就那么赤裸裸地躺在大约35厘米深的地下。然后是两个垃圾袋，里面装着第二条手臂、两条大腿和两条小腿，以及一个看起来像是头的东西，它的外面包裹着一层厚厚的水泥。

　　当天下午晚些时候，6名搜索人员一起提着一个近2米长的带拉链的蓝色乙烯基袋从洞里出来，袋子看起来很重，他们提得有些吃力。袋子一开始被送到麻布警察局，第二天一早被送到东京大学医学院的一个实验室。工作人员在那里将包裹着头部的水泥撬开，对牙齿进行检测，检测结果与塞文奥克斯送来的牙齿记录完全吻合。毫无疑问，放在检查台上的那十块尸块就是露西·布莱克曼的遗体。

　　那个周末，高级警察们向派驻东京警视厅总部的记者发布了6次简报，但并未解释相关原因。简报的字里行间都透露出调查人员的兴奋之情，但也可以听出他们有所保留。"现在，我们已经掌握确凿证据，他的供词可能不再是必要证据，"一名警官在发现露西尸体的当晚就向记者透露，"你们不必担心。之前之所以毫无进展是因为我们没法找到尸体。一旦确认（遗体的）身份，我们就有足够的证据了。"日本记者很少咄咄逼人地追问被派驻机构的代表，但这次的问题实在太明显，即使是他们也无法回避：为什么花了这么长时间才找到尸体？

　　警方巧妙地将其描述为坚持不懈的胜利，而非基本刑侦工作的失败。"虽然我们之前已经对该区域进行搜索，但不可能只搜一次就有所发现。"一名警官解释道，"搜查人员只要有空就会去那里重复搜查。

那的确是个可疑的地方，我们的坚持得到了回报。"特别调查组的另一名警官补充道："虽然我们之前搜索过那里，但当时只有四五个人，仅凭这点人手无法找到尸体。那里杂草丛生，我们听说还有毒蛇，所以我们没能找到尸体。"令人印象最深刻的解释来自一名被记者称为"S先生"的警官："警察就像赛马，赛马第一次来到某个场地时，无法完全发挥本能，但当它们在这个场地跑了很多次之后，就开始逐渐放射光芒。毫无疑问，他们在蓝海油壶公寓的搜查情况就是如此。"

一个失踪女孩的尸体被埋在距离唯一嫌疑人公寓大约 200 米远的一个浅坑里，而且就在她失踪 5 天后，这名嫌疑人还在那间公寓里因为可疑行为接受了警方的问话。警方还知道，就在织原被捕前不久，他曾将一艘船停靠在几百米远的一个码头上，他们推测他当时正谋划如何处理尸体。然后是最引人注目的细节——有人报告看到过嫌疑人，时间是深夜，地点就在那个洞穴附近，而且当时他手里还拿着一把铁锹。

警方已经出动过嗅探犬搜索该区域。但是，这个由 40 名警界精英组成的特别调查组花了 7 个月的时间才找到尸体。现代警察部队怎么会如此无能？这些警察看起来更像慢吞吞干活的驴子，而不是健硕的纯种马。一些追踪报道其行动的记者推测，他们一定很早就知道露西被埋在什么地方，洞穴行动不过是一场精心布置的猜谜游戏。

记者们之所以做出这样的推测，是因为他们认为警察并不傻，一定能在如此显眼的地方发现尸体。但他们需要可信的口供。只有向警方提供了只有嫌疑人才知道的东西的供词才是最可信的供词，只有这种供词才经得起翻供或法院上的诡辩的考验。因为几乎所有嫌疑人最后都会老实交代，他们也耐心等待织原开口。当他开口交代时，就会告诉他们尸体藏在洞里，而他们就会根据这一信息迅速"发现"尸体，从而确定他的罪行。"警察去过蓝海油壶公寓，他们都知道，他们早就知道。"一个了解调查情况的人透露，"但是警察不能先发现尸体。他们需要织原告诉他们它在哪里，因为这样针对他的案子才能顺利进行下去。逮捕一个人很容易，证明一个人有罪却很难。"

但是织原没有招供，而且可以看出他绝不会这么做。随着时间的流逝，面对这一情况，警方被迫采取了次优选项，亲自动手挖出尸体。

问题是这时距离露西失踪已经过去 7 个月。由于尸体被装在密封袋里埋在潮湿的沙土下面，虽然没有受到昆虫和细菌的影响，但大部分遗骸已经木乃伊化，而非简单地腐败。套用尸检冷静而委婉的说法就是"死后的变化十分剧烈"，尽管尸体很快得到确认，却无法确定死因。

不出所料，警视由土和所有与此案有关的警察都坚决表示，那天之前他们都不知道尸体在哪里。如果他们承认了其他任何事情，就会被控作伪证。现在无论真相如何，都会是令警方蒙羞的真相。要么是警方串通一气掩盖事实，导致宝贵的法医证据腐烂，要么就是他们令人难以置信的疏忽和无能导致了同样的结果。

简·布莱克曼在家里保存着露西的一些生活纪念品：露西出生那天的《每日快报》，她出生时戴的写有婴儿名字的医院塑料手环。简还保存了她儿时用蜡笔和毡头笔画的画，以及学校的练习本，可以看到小女孩露西一笔一画的认真书写。她记录了在后花园的充气游泳池玩水的情景，和路易丝一起做雏菊花环，在爸爸的班卓琴伴奏下练习竖笛，以及在年幼的弟弟鲁伯特咬到舌头后陪他去医院。

1 月底，简应警方要求飞到日本。后来回想起来，这次神秘的秘密访问让人更加怀疑，对于露西及其尸体的下落，警方承认知道的信息远不如他们了解的实情。简在警方找到洞穴前一个星期来到东京，警方为此作了精心准备，带给她不祥的预兆。只有少数人知道她在日本。她用假名登记入住酒店，甚至连她的孩子们打来的电话都不会直接接到她的房间。警视光实没有告诉简有关调查的具体进展情况，而是问了一些精心准备的奇怪问题，让她摸不着头脑。有一天，她花了一个多小时用铅笔画出露西常用的发夹的模样，还有一次有人问她露西喜不喜欢吃鳗鱼。关于女儿的饮食问题让简感到极度恐惧和反感。"她吃鳗鱼吗？她吃天妇罗吗？这些问题让我感到害怕，"简回忆道，"我受不了了。我住在钻石酒店，那里有只兔子在弹钢琴。有一次我还在地板上看见一只蟑螂。我只记得我一直在哭。我不知道我为什么会在那儿。"

"我爱妈妈，因为她会打扫房子，"露西在格兰维尔学校上学期间曾在一本练习本上写过一篇题为《我为什么爱妈妈》的文章。

妈妈很和善，会照顾我。

她给我做好吃的蛋糕和饼干。妈妈还会做美味的便当。我爱妈妈，她总是把我的卧室扫得干干净净。有时候我不喜欢妈妈，因为她会把我骂哭。但大多数时候她都很和蔼可亲，她会给我做可口的早餐和早茶。我喜欢她穿漂亮裙子。我非常非常爱我的妈妈。

简小时候就失去了母亲，成年后又失去了妹妹。当母亲后，她最怕的就是永远失去孩子。保护孩子是她的人生使命。现在，她只身一人在日本，通过翻译与警方沟通，而后者似乎要向她证实她死去女儿的胃里有些什么东西。

发现露西的尸体两个星期后，她的父母来到东京把她带回家。这是蒂姆和简第一次同时出现在东京，但他们是分开往返，彼此从未见过面或说过话。索菲和鲁伯特和他们的父亲一起飞过来，然后和他们的母亲一起带着露西飞回去，当时陪伴着简的朋友瓦尔·伯曼回忆起那口棺材时形容道："令人毛骨悚然，就像恐怖电影里的东西，一个巨大的黑色木头箱子。"蒂姆去找警察的时候，警察不止一次问他是否想看看露西的遗体。"我大吃一惊，"他说道，"这是某种日本文化吗？我不需要看那些。即使不把它们植入我的大脑，我也能想象得出它们的样子。"

考虑到遗体的状况，必须使用带金属内衬的沉甸甸的密封棺材。

布莱克曼一家分别召开了新闻发布会。简在钻石酒店发表讲话时还是和以前一样简洁，情绪也一样激动。到了提问环节，记者几乎已无问题可问。但还是有人问了这种情况下通常都会问的问题，这个问题与其说是真正的询问，不如说是给发言人一个机会在镜头前呈现沉浸在悲痛之中的状态：布莱克曼夫人，把女儿的遗体带回家是什么感觉？

简瞪大眼望着提问的记者，竭力保持镇静。

蒂姆和索菲、鲁伯特一起出现在日本外国记者俱乐部，与他的前妻简洁含蓄的发言相比，他的发言滔滔不绝，内容十分丰富。他感谢了媒体几个月以来的帮助，并详细讲述了自己对露西之死、织原的被捕、六本木"体系"和警察工作的感想。他还宣布将成立露西·布莱克曼信托基金，致力于"确保外出旅行的孩子们的人身安全……这样露西的死才有意义"。他现场分发了相关传单，传单上印有露西和他拥抱的照片，他还邀请大家向一个日本银行账户捐款。

在我对这场新闻发布会所作的笔记中，我写了一句："悲伤会让人走上不同的道路。"

蒂姆确认他和他的孩子们会去看看海滩上的那个洞穴，并请求媒体给予他们私人空间和时间来表示哀悼。他想要传达的信息很明确：请让我们单独待一会儿。但蒂姆提出这个要求的同时，也明确宣布了他们将于何时前往那个洞穴。

这是鲁伯特·布莱克曼第一次来日本。在露西失踪的漫长而痛苦的时间里，他是家里最少介入这件事的人。他还是个学生，记者和摄影师不时会按响简在塞文奥克斯的家的门铃，他竭尽全力避免与他们接触。但他因此感到深深的失落，他的妈妈、爸爸和姐姐都在为这件事忙碌，而他却被排除在外。记者写到露西的家人时，要么写错他的名字，要么对他只字不提。许多人只是通过媒体报道了解整件事的经过，直到他们见到他时才知道露西·布莱克曼竟然还有个弟弟。"最可悲的是，我从来没有真正了解过作为我姐姐以外的露西，"他告诉我，"她一直只是我的姐姐，我就只是她的弟弟。我没有机会像大人一样和露西交流，就像十七八岁或二十几岁的兄弟姐妹那样交流。我和她从来都不是朋友，以后也没机会了。"所以，需要把露西的遗体带回家的时候，鲁伯特自告奋勇地来到了日本。

他们在成田机场遇到了摄影师追拍，他们快步躲闪，互相撞到一起。鲁伯特不得不忍住大笑的冲动。"我们身上都有露西的乐观精神，所以仍然可以看到事物有趣和荒谬的一面，"他说道，"实在是太可笑了。我们显然都很伤心，但又能怎么办呢？如果你不笑，就会哭。我记得就在新闻发布会正式开始前，我们还因为某件事哈哈大笑，这时爸爸说：'听着，你需要看起来很沮丧，很悲伤。'"

鲁伯特对日本很着迷，路旁的人行道和人行横道上庞大而有序的人群，以及成千上万的雨伞遮挡早春雨水的盛况都吸引着他的目光。"我从没到过这样的地方，"他坦言，"我喜欢人们彼此尊重的感觉。看到这样的场景让我感到很惭愧。但这也让我更难接受在这样的城市发生这样的事情。"临近周末的时候，警察开车带他们前往诸矶湾的海滩，途中穿过壮观的彩虹大桥，这座横跨东京湾的大桥在阳光下闪闪发光。

他们在悬崖上下车，沿着生锈的楼梯往下走到海滩。鲁伯特想看看露西躺了7个月的地方，他想更靠近她一点。他渴望一种从未有过的亲密感，就像善解人意的大姐和淘气的小弟相处时的那种感觉。鲁伯特给露西带了花。他们之前还在一个加油站短暂停留，以便让他买纸和笔给他的姐姐写告别信。

海滩上有三四十名日本摄影师和摄像师在等着他们。其中一些人举着沉重的黑色照相机，或站或蹲，随时准备工作。另有一些人在距离发现露西遗体的洞穴三四米远的沙滩上架起金属梯子，以便获得更好的拍摄角度。

鲁伯特形容来到海滩，发现那么多陌生人等待着他们的感觉就像"挨了一记右勾拳"，重重的一拳打在下巴上。

布莱克曼一家三口拿着花向前走去，照相机快门咔咔咔响个不停。当蒂姆、索菲和鲁伯特来到洞穴前时，摄影师在后面跟得更近了一些。这时蒂姆转过身，摄影师停下脚步，蒂姆和索菲都感到不舒服。索菲冲着摄影师叫骂起来，后者像螃蟹一样慌慌张张地后退。蒂姆则一边吼叫，一边举起被遗弃的梯子，笨拙地把它们摔在沙滩上。摄影师和摄像师不停地拍，目睹了这一切的鲁伯特默默地转过身去。"爸爸一边大喊大叫，一边抢相机和梯子，他们都在往后退，"他回忆道，"索菲也在大叫着让他们去该去的地方。"鲁伯特跪在泥泞的沙滩上，流着泪望着那个洞穴，那个潮湿的洞穴曾经埋葬着他的姐姐。

第五部分

正义

葬礼

露西的葬礼在2001年4月底举行。葬礼的气氛本就很严肃，而简和蒂姆之间明显的敌意更为葬礼增添了一丝紧张气氛。

这场葬礼由简安排在奇斯尔赫斯特镇的一家圣公会教堂举行，那里距离塞文奥克斯大约20公里。选择这样一个地方举行露西的葬礼让人感到疑惑。塞文奥克斯就有很多教堂，而且露西十几岁的时候就和简一起由英国国教改信罗马天主教。简选择的这座教堂对于布莱克曼一家来说具有重要意义，蒂姆和简25年前就是在这里举行的婚礼。我猜测简可能有意无意地将其破碎的婚姻和死去的女儿联系在一起，以此谴责蒂姆。

一共有260人参加了葬礼，还有一群摄影师和记者被铝栅栏挡在教堂外。托尼·布莱尔、日本驻英国大使都送来了鲜花，葬礼上燃的香则来自东京警视厅。露西在沃尔瑟姆斯托女校的许多同学和兴业银行的前同事都来参加了葬礼，英国航空公司也派出几名身着蓝色空乘制服的代表前来吊唁，甚至连曾与露西一起在卡萨布兰卡工作的海伦·达夫都出现在葬礼现场。盖尔·布莱克曼和卡罗琳·劳伦斯一起参加葬礼，下车前，盖尔觉得自己无法走进教堂，最后大家好不容易把她劝下车。

参加葬礼的一些人形容自己当时感觉有点魂不守舍，几乎全程处于恍惚状态，就好像在隔着现实远远地观看这场葬礼，如坠梦中。露西的遗体并不在教堂里，更增强了这种虚幻感。由于她的遗体的腐败气味太浓，因此被放在了火葬场，教堂里只有露西身着蓝色连衣裙的一张大照片。"她的遗体不在教堂，这是最糟糕的情况，"盖尔说道，"我写了一张卡片给露西，我在葬礼前把它交给了殡仪馆的人。当时我问他：'她的情况有多糟糕？'他答道：'很糟糕。'如果是现在，我不会问这样的问题，但当时我觉得有必要问一句。"

简和蒂姆之间没有直接冲突，他们只是互相不说话。但他们之间弥漫着剑拔弩张的氛围，教堂里的朋友们都被压得喘不过气来，仿佛是一堆不得不围在磁场周围的铁屑。当蒂姆和简的家人来到教堂时，他们分别在过道两边的椅子上就坐，仿佛重现25年前参加这两人婚礼时的场景。简74岁的父亲约翰·埃瑟里奇已是风烛残年。他有心脏病，最近又切除了一条腿。他坐在轮椅上被人推进教堂，这个身高1.9米的男人体重大约只有120斤。

即使十分悲痛，她的朋友和家人也不忘在精神上捍卫露西。盖尔看到沃尔瑟姆斯托女校的那群女孩时非常愤怒，她们从来都不怎么了解露西，甚至都不喜欢她，曾在各种场合让她难堪。"简说过不用给她送花，露西的朋友们都尊重这一点，"盖尔回忆道，"但女校的女孩们全都盛装打扮，手里拿着一大束鲜花。她们来这里只是为了做给别人看。隔着好几排座位都能听到她们说：'噢，看——那谁和谁也在这'或是'看，那谁和谁在一起！'真让人恶心。葬礼结束后我没去火葬场。我无法面对那种场面。"

没人比蒂姆·布莱克曼更有置身事外的感觉，也没人比他接收到更多审视的目光。许多来参加葬礼的人蒂姆从来没见过，也从来不认识，但他们都知道他，或者说知道各种版本的他，有的是从电视和报纸报道中知道的，有的是从朋友和熟人口中知道的——那就是露西的爸爸，一直在努力找她，但他的行为和性情都有点可疑。"我记得我当时说过：'难以相信他那么镇定,'"英国航空公司的空姐莎拉·格斯特回忆道，"他完全没有泄露自己的情绪，她的妈妈的反应更为正常。我是说，我根本不了解他，也许不同的人处理悲伤的方式不一样吧。但参加葬礼的人都在议论纷纷。"

没人会当着他们的面说什么。但是，许多前来吊唁的人都在暗自评估露西的家人，大家都参照某一标准作出评判。在他们看来，简的表现符合标准，蒂姆的表现则不尽如人意。

2001 年 7 月 4 日，织原城二以强奸和杀害露西·布莱克曼的罪名受审，这一天距离露西失踪已经过去一年零三天。在距离东京警视厅总部大约 200 米的法庭里已经挤满了人。此前织原已因被控其他五项强奸罪而七次出庭。日本的庭审不是每日进行，而是每个月举行一次。到目前为止，织原案的大部分庭审都是在非公开法庭进行，以便被传唤作证的受害者私下提供证词，这些受害者包括克拉拉·门德斯、凯蒂·维克斯和三名日本女性。但这天早上，有 900 人排队申请 60 个庭审旁听席位，这些席位都将通过电脑抽签分配。10 点的钟声敲响时，织原在领命身穿制服的警卫的严密护卫下走进法院。

他身着深灰色西装和开领衬衫，手上戴着手铐，腰上系着一根看起来很重的蓝色绳子，绳子两端握在警卫手中。在他坐定后，警卫才解开手铐，松开绳子。这样对待嫌疑人在日本刑事案件的审理中司空见惯，但我看到一个人无助地被绳子捆着的时候，还是十分震惊，这一幕与东京的光鲜亮丽和现代摩登是如此格格不入。

检察官宣读了对卡里塔·西蒙娜·里奇韦和露西·简·布莱克曼"强奸致人死亡"的指控，这一指控类似于过失杀人，但不是谋杀，整个过程中，织原被要求面向三名法官站立。日本刑事法院的被告不是简单地回应认罪或无罪，而是在被提醒有权保持沉默后，可以就指控展开辩论。织原大声朗读了放在被告席上的一张纸上的内容。他的声音很清澈，虽然口齿不清，但出乎意料的温柔。他承认事发的那几天晚上与卡里塔和露西在一起，但他否认对她们的死负有任何责任。他表示他和卡里塔是在双方同意的情况下发生的性关系。他还说曾在卡萨布兰卡接受露西的陪伴服务（以"兴和先生"的身份，口齿不清地说着英语，路易丝对他只有模糊的印象），但是是露西邀请他一起出去，而不是他邀请的露西，而且从来就没有过什么送手机的事。他交代道："我们在逗子的公寓一起喝酒、看录像带。我们那天晚上甚至没有玩过'一次游戏'，我没有让她喝含有安眠药或其他药物的饮料。"他说"游戏"这个词的时候用的是日语中的外来词发音。

第二天早上他离开公寓的时候露西还很好。"我知道露西死了，"他继续说道，"但我没有做任何导致她死亡的事。虽然我可能对这一事故负有一定责任，但我没有做过刑事起诉书里列出的任何事情。"

旁听的十几名记者匆匆走出法院，向其任职的电视台和通讯社报告最新进展。织原再次坐下，首席检察官站起来大声宣读起诉书的详细内容。他说话时语调单一，给人一种喘不过气来的感觉，而且每次念完一页还要翻动每一页起诉书，记者们很难跟上他说话的语速。起诉书上写道："最迟直到1983年，他使用了不同的名字，从未透露其（真实）身份。被告开始带女人到逗子码头的公寓，给她们喝下了药的酒，令她们失去意识，然后戴着面具强奸她们，同时还录像。他经常从事这种犯罪行为。他称之为'征服游戏'。"

日本法院与西欧和北美的法院有许多不同之处，最突出的一点就是定罪率不同。美国法院通常会对 73% 的刑事被告定罪，这一定罪率与英国法院不相上下。但在日本，这个数字是 99.85%。换句话说，审判几乎一定会定罪：只要走进日本法院，几乎就别想安然无恙地从前门走出去。这也影响了公众、媒体，甚至律师对被告的看法：在日本，除非你被证明有罪，否则你就别想恢复清白之身。织原的一名律师告诉我："从你被捕那一刻起，你就有罪。看看刑事案件相关报道所占的篇幅。在报纸上，嫌疑人被捕是件大事。提起指控不是什么大事。定罪和审判就更是微不足道的小事。"

甚至连日语本身都反映了这一情况。从被捕的那一刻开始，有时直到提起指控之前，媒体在提到嫌疑人时都不再使用传统的敬语称其为先生，而是直接称其为嫌疑犯。嫌疑犯织原：不是先生，而是犯罪嫌疑人织原。

检察官坚持认为定罪率之所以高，是因为他们送审案件的嫌疑人的罪行都十分清晰明了。换言之，早在调查过程中他们就已关起门来确定了嫌疑人有罪还是无罪，而不是在公开的庭审上确定这一点。"和其他日本人一样，检察官也认为只有有罪的人才会受到指控，因此被指控的人几乎肯定有罪，"社会学家戴维·约翰逊写道，"日本的法律强调控辩双方的合理对抗，但日本的绝对大多数刑事审判并不像其法律所规定的那样类似于争论、争斗或体育比赛，而更像一种'仪式'或'空壳'，甚至不会出现一丁点微小的分歧。"

相反，无罪释放对有关方面来说是一种羞辱性的打击，不过这种情况极少出现。在西方法院，辩护律师能够打赢官司，在日本，检察官会输掉官司，但后果简直不堪设想。当戴着镣铐的织原城二被带上法院时，大家几乎都认为他会输掉官司。但准赢家其实也面临巨大压力。那天早上在法院上被讨论的那份文件，是警察和检察官一年来共同努力的成果，他们的职业前途和名誉全都有赖于此。

在陈述了卡里塔案的相关情况后——她的健康迅速垮掉，完全无法挽救，她的肝脏充满氯化物——起诉书的重点转移到了露西以及织原在其生命最后一天中的活动上。

6 月 30 日午夜，他在东京赤坂一家通宵营业的商店买了葡萄、葡萄柚、甜瓜和橘子。40 分钟后，他在附近的一家加油站给他的奔驰车加油。第二天下午 1 点半，他给露西打电话，推迟见面时间。然后他去新大谷酒店的干洗店送洗了一些衣服，接着又给露西打电话，然后 3 点半的时候在千驮谷站接她。他们开车前往逗子，刚过 5 点，露西就借他的手机从车上给路易丝·菲利普斯打了通电话。根据当天下午织原给露西拍的那张照片的光影情况判断，他应该是在 5 点 20 左右给她拍的照片。6 点的时候，他们已经待在逗子码头那间房号为 4314 的公寓。露西一整天都没吃什么东西，当时一定已经饿了。织原打电话给当地一家餐馆订餐，点了炸鸡以及鲜虾和鳗鱼天妇罗。他们收到了燃气供应故障的通知，于是他给东京燃气公司打电话，晚上 7 点 14 分，一名维修工开始日常维修工作。织原和维修工沟通的时候，露西用织原刚刚送给她的新手机给路易丝打了电话。接着她给斯科特留了口讯，然后她就消失了。

"从那时起直到 2000 年 7 月 2 日，在同一间公寓，被告给她喝了含有安眠药的酒，并用氯仿使其失去意识。他强奸了她，与此同时，她在上述药物的作用下死亡，不是死于心脏骤停，就是死于呼吸衰竭。"起诉书上写道。

检察官继续陈述星期日下午发生的事情，织原乘地铁和出租来到他在东京的一间公寓，当天晚上又返回了逗子码头。第二天一早，他又回到东京，同时激活了他购买的另一部预付费手机。当天下午5点半之前，他就是用这部手机给路易丝·菲利普斯打的电话。

"我叫高木彰，"他自我介绍道，"我代表露西·布莱克曼给你打电话。"

在接下来的两个半小时里，他又打了一系列电话，分别打给了一家电器商店，一家五金商店和户外用品商店L.L.比恩。第二天下午，也就是星期二下午，他依次去了这些商店，购买了帐篷、垫子、睡袋、手电筒、锤子、刀具、手锯、电锯、铁锹、用于搅拌的工具和器皿、两袋25公斤的水泥和一种能加速水泥凝固的化学制剂。

7月5日，星期三。他开着奔驰来到蓝海油壶公寓，车里的东西都用白布盖着。第二天，管理员起了疑心，于是报警。警察看到满头大汗的织原和一堆水泥和袋子，后来他抱着冻僵的狗的尸体向警察道歉。

第二天凌晨，管理员的男朋友看见一个长得像织原的人拿着铁锹走在海滩附近。

检察官用低沉的声音叙述道："2000年7月5日至6日，在神奈川县或附近地区，或在蓝海油壶401号公寓内，他用电锯锯露西的头、手臂和腿。他把露西的头裹在水泥里，待其晒干后和其余尸块一起装进垃圾袋，埋在悬崖下的一个洞穴里，完成抛尸。"

7月9日，星期日。织原打电话给通过电话约会服务认识的一个日本女人。她从没见过他本人，也不知道他的真实姓名。警方通过搜索电话记录才找到她。她还记得织原对她说过："我做了件可怕的事，不能告诉任何人。"

7月底到10月初，他给警方写了四封信，其中两封是英文信，署名露西，列出了她的债务，并附上了需要偿还的钱。警方在织原的一间公寓里发现了相同的列表和信件草稿。

在掩埋露西尸体的那个洞穴里有一个装帐篷的袋子，与织原从 L.L. 比恩商店买的袋子一模一样。警方一直没找到电锯，但露西骨头上的痕迹与他当天买的同款电锯锯痕一致。他们还在织原的房子里找到了露西的笔记本，以及氯仿、罗眠乐、γ-羟基丁酸和其他强效安眠药。

警视由土的手下几个月来收集的证据为起诉书提供了起草依据：通话记录，收据，高速公路监控录像，外卖员、管理员和水果小贩的证词。所有这些都记录在案，涉及此案的28份卷宗占据了法院角落里的3排书架。但在7月1日星期六至7月2日星期日，以及7月5日和7月7日之间出现了记录真空，既没有任何通话记录，也没有任何目击证人或交易记录。警方需要织原的相关供词来填补这个空白，同时还需要在露西身上提取到织原的 DNA 样本，血液、头发或精液都可以。但是，也许是因为时间间隔太久，也许是因为他们还没来得及发生性关系，法医没有从露西的尸体上发现任何相关痕迹。露西死因不明。在某个地方有人用电锯锯开了她的尸体，埋进了一个洞穴。间接证据提出了一个无可置疑的问题：如果不是织原城二，还能是谁？缺乏想象力的死板的日本司法部门要求知道：这一切究竟是怎么发生的？

听证会先后在大小不一的法庭进行，无一例外，它们都是灯火通明、没有窗户的密室，里面充满了恒温调节的死气沉沉的空气。日本已经从闷热的夏天来到寒冷、干燥的冬天，但法院的温度从来没有变化：既不凉爽，也不温暖；既不干燥，也不潮湿。法院都是长方形的，公共座位用木栏杆隔开来。在木栏杆的另一边，平行放置着两张桌子，辩护律师和检察官隔着桌子面对面坐着，他们中间是供证人和被告使用的发言台。一名庭警和一名愁眉苦脸的书记员面对公共席位坐在后排，他们身后较高的席位上坐着三名法官，他们所坐的黑色座椅靠背很高，顶端仿佛黑色的光环高悬在他们头顶。

听证会常常令人昏昏欲睡，难以忍受，午饭过后尤为明显。有一名较胖的年轻法官坐在审判长的右边，听证会的大部分时间里他都闭着眼睛：很难说他是在全神贯注地听，还是只仅仅睡着了。一天下午，织原在法院上大声打起了呼噜，他的律师不得不叫醒他。在英国法院，如果出现这样的状况，当事人会感到羞愧，并受到谴责。然而在日本法院，书记员们都在窃笑，法官们则是一脸宽容的微笑，大家很快就会忘记这件事。

日本在第二次世界大战期间放弃了陪审团审判制度，从那时起，决定有罪或无罪以及如何量刑的唯一权力就掌握在三人法官团手中，这个团队由非职业法官和职业法官组成。[1] 在英国，庭审法官是由高级大律师担当，日本的法官则来自专门的法律圈层。一个刚从法学院毕业的年轻人（而且几乎全是男性）进入司法部门后，在其职业生涯中他可能不会再做任何其他事情。这些法官长着胖乎乎的脸，面部线

---

[1]"非职业法官"——与职业法官一起参与审判的公众成员，作为旨在加快日本刑事审判速度和效率的更广泛改革的一部分，日本于2009年引入这一制度。

条柔和而且还有痘痘，在西方人看来实在是太年轻了。他们通过黑色长袍来强化其权威性，而且他们走进法院时法院里的人都要站起来。证人在作证前要庄严宣誓，律师和法官之间的交流既礼貌又正式。但这里没有英国法院那种庄严的戏剧氛围，也不会让人感觉法院与周围世界一分为二。

交叉盘问平淡无奇，虎头蛇尾。陈述含糊不清，法律程序枯燥乏味。没有人情绪失控或提高嗓门说话，也没有人对诉讼结果表现出任何关心。没有激情雄辩，没有哗众取宠，没有冲突，没有戏剧，除了偶尔适度的恼怒，法院上几乎看不到任何人的情绪波动。这次审判与其说是一次庄严的法律调查，不如说是一场沉闷的学校教师会议。

月复一月，律师们的声音一如既往的单调乏味，书记员的手指不停在键盘上重复敲击。我自己也不时打盹。但这官僚主义的无聊中藏着朦胧的悬念。这就像有一只蚊子在什么地方嗡嗡叫，叫声刚好能让人听见，或是像高烧结束前被烧坏的现实，或从电塔发出的和弦声——真实声音和振动的混合产物。这一悬念源于织原城二本人。

每个月，织原都会从东京拘留中心被送到法庭一次，拘留中心位于小菅郊区，是一栋 12 层的堡垒。他的律师一定进行了抗议，因为在最初的几次听证会之后，绑着他的那根沉重的蓝色绳子就再也没出现过。他每次都坐在法院右侧，身旁各有一名警卫，身后则坐着他的辩护团。

他身上有一种身处困境的男人所特有的自尊和饱受委屈的感觉，他努力维持着自己的体面。出庭时，他总是穿一件开领衬衫和一套藏青色或深灰色的西装，看上去时髦又贵气，但是衣服又皱巴巴的，看起来像是刚从仓库翻出来没洗干净一样。他的头发很柔软，长度适中，但很蓬乱，好像匆忙梳理拍打出来的模样。看过他过去的照片，我发现在这8年的时间里，他的鬓角悄然变灰，头顶的发量逐渐稀薄。他戴着一副黑框眼镜，手里总是拿着一条蓝色毛巾，不时擦去脸上、手上和脖子上的汗水。法院是公共场所，没有必要脱鞋，其他人都穿着鞋子，只有织原脚上穿着一双宽松的塑料拖鞋，我猜这是警方为防止他逃跑而采取的措施。

有几张织原的照片至少有30年的历史，所以对日本媒体来说，获取庭审时的最新照片是当务之急。法院禁止任何形式的摄影，但是专业的艺术家们可以拿着画板和画笔，挤到前排的座位上，皱起眉头专心致志地画出织原现在的模样。

但是织原阻止了他们作画，就像他之前阻止所有镜头捕捉到他的模样一样。他一走进法院就把脸从旁听席转向法官。第二天的早报上最终呈现的形象一点也不吸引人：头发、脖子、上衣领子和织原下巴的左后部分。即使是在法院接受审判，旁人也不可能看见他的全脸。

在一次又一次的听证会中，检察官都会仔细检查案件资料，不断充实和补充证明其在开审起诉书中所陈述的事实。

2003年1月，一名医生提供了氯仿毒性证明。4月，一名麻醉专家就强奸视频作证，解释说明受害者表现出的呼吸模式显然是被下药的结果。蓝海油壶公寓的管理员和回应其报警电话的警察都出庭讲述了织原在露西失踪后的突然出现和奇怪行为情况。警方的一名化学专家证实，封裹露西头部的水泥和织原在其失踪后购买的水泥为同一类型。一个叫泷野由香的女人讲述了自己在露西失踪两个星期后去蓝海油壶公寓附近的沙滩玩时遇到的情况，这个女人家有一艘船停靠在附近码头。她说她和两个孩子在沙滩上玩的时候，发现有个男人一直盯着他们。"他盯着我的儿子，眼神犀利，更准确地说是愤怒，"泷野太太回忆道，"我不觉得他是因为喜欢孩子才盯着他们看。"

她年幼的儿子在岩石上玩耍，他大声叫他的妈妈，问她自己能不能进洞里玩。"他开始跑（朝洞穴方向），"泷野太太在法院陈述道，"那个男人大吃一惊，他看了看我的儿子，又看了看我。他一直看着我们，我觉得很奇怪。于是朝儿子喊道：'回来！' 他走近时，我叮嘱他：'别去洞里玩。'"

他们收拾好东西就略带惊慌地离开了沙滩。7 个月后警方在那里发现了露西的尸体，她也回想起这件奇怪的事情，同时意识到如果那天自己儿子拿着小水桶和小铲子进入那个洞穴可能会发现什么。当被问到沙滩上的那个男人是不是坐在法院里的那个男人时，泷野太太转头看向右边，织原就坐在距离她大约 1.5 米的地方，朝她的方向歪着脑袋。"他看起来像我那天见到的男人，但我当时看见他的时候，他看上去很生气，"她说道，"现在他笑得很温柔。"

检察官敏锐察觉到相关漏洞，并积极查漏补缺。警方花了几个星期彻底搜查织原家的地毯、榻榻米垫子和各种管道，但没有在任何地方找到露西的血迹。警方必须向法院证明，一个人可以把一具尸体切成 10 块处理掉，并且不留下受害者的任何 DNA 痕迹。2004 年 5 月，警方尝试在一个帐篷里锯开一头死猪，以此证明这一点。

负责这场实验的警部赤岭信义表示，这场实验既怪异又血腥，简直就像一场黑色闹剧。他一开始要负责购置帐篷、垫子和锯子，他所购买的这些东西与织原在露西失踪 3 天后购买的东西为同一类型，然后他把它们放在东京大学法医部的院子里。接着他去找屠夫买了一头 70 公斤重的猪，沿着脊柱将其一分为二。当然，在此之前他们先把猪吊起来放了血，因此，赤岭和他的手下在一个桶里混合了红色食用色素，由东京大学的一名法医学教授辛苦地注入死猪体内，模拟新鲜血液。

警部赤岭还解释，在肉铺的所有肉类中，猪的骨肉与人类的骨头和肉最接近。这头猪的右半边一直被冷冻，只解冻了左半边。在警部赤岭的指挥下，他手下的一名警官把两半边猪都抬进了狭窄的帐篷，并用电锯把它们锯成尸块。锯完后，他把红色食用色素泼到帐篷上，测试其透水性。

律师和法官都查阅和观看了记录这一过程的文件和视频。我当时坐在法院前排，我倾身向前，瞥见那些被锯开的湿猪肉的反光照片。检察官不确定织原是在公寓里还是在乡下的某个地方肢解尸体，也不知道他是否冷冻过露西的尸体。但给猪分尸的实验完成后，警部赤岭报告说，没有一滴红色液体流出帐篷。

很少有记者对听证会感兴趣，但旁听席上总有超过半数的座位坐着人，他们打扮古怪，和那些穿着西装在大街上走动的上班族截然不同。与法院的气氛格格不入。有个老人戴着一顶棕色毡帽，帽圈上插着一朵白花。他身后坐着两个逃课的女学生，她们都穿着校服。有一两次，我认出了一个面色灰白的日本流浪汉，他是世界上最聪明、最体面的流浪汉。最引人注目的是个 40 多岁的男人，胡子斑白，头发染成了绿色，穿着一条及膝短裙，不停地在一本学校练习本上做笔记。而不论何时，旁听席上总有两三个人在打瞌睡。

法院上最常见到的是个精灵一样的年轻女人，她也勤勉地做着笔记。她叫高桥友纪，是霞子俱乐部的创始人和会员。这家俱乐部的成员会利用空闲时间旁听被控犯下残暴罪行的被告的审判，并在博客上发布相关内容。日本有很多这样的博主，那个穿裙子的绿头发男人自称"了不起的麻生"，也是这样一名博主。友纪和她的博主朋友美纪女士以及"毒萝卜"对织原城二的观察最为细致。

她在笔记里写道："我非常喜欢织原的听证会，我牢牢记下听证会的时间，就像记下家人的生日一样。"

> 我可能（比任何人都）了解织原的案子。如果有关于织原的竞猜，我会赢得奖杯（相比之下，我更想成为出题人）。听证会期间，我甚至记住了织原使用过的手机号码。有时候我都怀疑自己是不是跟踪狂！我很喜欢织原，但坦白说，我第一次喜欢上那些检察官，尤其是年轻的那位。他是我喜欢的类型：非常有型。当然，我也喜欢审判长。他有点乡下口音，听起来就是个值得信任的人。听证会当天，我最喜欢的人会聚在同一个房间，我简直迫不及待地想见到他们。听证会前一天，我的紧张心情达到顶点。哪怕到了听证会的第二天，我仍然十分紧张。

日本令人震惊的高定罪率导致的一个后果是很少有人愿意成为刑事辩护律师。为什么要当刑事辩护律师呢？与商业罪案相比，刑事辩护的报酬很低，而且毫无光彩可言，也得不到社会认可。日本人往往对刑事辩护律师持怀疑态度，认为他们试图洗白犯罪行为，而且由于几乎每个出庭受审的人都已被提前定罪，大家对此更加深信不疑。根据现行定罪率，辩护律师平均每31年才有机会等来一次无罪释放的判决。

律师一词的日语有"老师"的意思，也被用来称呼医生、学者和政治家。被告就像病人或学生，不应质疑其辩护"老师"的智慧。从一开始，织原就拒绝接受这一设定。他将辩护视为一场战争，而他是这场战争的统帅，他要求他的辩护律师接受其权威地位，在战争中扮演好下属角色。2001年10月，他的第一支法律团队集体辞职，因为他们"无法与被告保持良好的关系"，其中一名律师透露，法院要休庭一年寻找愿意为其辩护的律师。另一名律师还记得织原告诉过他："我想要的不是减刑，而是无罪释放。作为被告，我否认所有指控。你们是我的律师，必须和检察官斗争。"在西方，这是个常识问题，但对许多日本律师而言，这样的决策闻所未闻。这就像是病人要求监督自己的手术一样让人难以接受。这是织原特立独行的又一表现，他的律师之前从没遇到过像他这样的人。

辩护律师去东京拘留中心探视他。理论上来说，一个人在被证实有罪前都是无辜的，他在拘留中心比在监狱里拥有更大自由。他可以收发信件，工作日都可以会见访客。一开始，他的老母亲贵美子每个月都会从大阪搭高速列车去探视他一次，后来她逐渐减少了探视次数。只有律师们坚持每天至少有一人去探视。他本人和看守以及东京拘留中心的其他犯人保持一定距离，通常犯人都只会在拘留中心关押几个月。而他将在这间上锁的小房间待上9年，房间里只有一张床和一个脸盆，与律师见面是他唯一重要的互动，而他唯一的工作就是为自己辩护。

织原的牢房就是他的作战室。地板上堆了将近一人高的A4纸文件：各种信件，传真，法律书籍，以及成捆的证据。除了 8 起强奸案和 2 起强奸杀人案，织原还像许多泡沫经济的前受益者一样，遭到债权人的起诉。在他被捕前的 18 个月里，法院扣押了他的一些财产。2004 年，他被宣告破产，负债金额高达 238 亿日元（约合 1.22 亿英镑）。不同的律师团队负责不同的案件，只有织原知道所有律师的名字，以及一共有多少名律师。他每次至少雇佣 10 名律师，在整个审判期间，他可能雇佣过几十名律师。

对于习惯面对顺从和心怀感激的代理客户的律师来说，代理织原可能是段痛苦的经历。他为人并不粗鲁或凶狠，令人难以接受的是他期望掌控全局。"他就像个电影导演，想要按照自己对现实的看法拍摄剧本，"其中一名律师坦言，"他很聪明，生性多疑。他不信任任何人，包括他的律师。和他打交道很难。"在盘问证人时，他的律师逐字逐句地照着"剧本"念问题，明显看得出来他们十分不适。"律师一定很痛苦，"博主高桥的粉丝写道，"我看着他们在法院上睁着死鱼眼睛念稿子，因为他给他们下达了命令，而那些问题与案件毫无关系。我本可以嘲笑他们的这种行为，但这一定会对他们有不好的影响。"

织原对日期和细节记得十分清楚，他不能容忍律师有丝毫的糊涂或疑惑。他满脑子都是主意，但它们往往前后矛盾或不合逻辑。"他非常聪明，能想出很多应对之策，但他弄不清哪一种最有效，"另一名律师评价道，"于是他试图把它们糅合在一起，但我觉得这纯属白费力气。"

问题很简单：面对精心收集的针对他的证据，如何进行辩护？针对强奸指控的辩护套路很常见：发生过并被录像的性行为可能不同寻常，但那都是双方自愿的性行为。律师盐野谷康夫告诉我："从事女招待等类似职业的女人，我认为她们如果走进一个男人的公寓，就表示她们同意发生性关系。织原也有相同的认知。他承认自己使用药物对她们造成了伤害，他将接受相关伤害指控。但他无法理解强奸（指控）。这是他的观点。从逻辑上讲，我认为他也许是对的。"盐野谷可能是织原最得力的代理律师。

针对指控其对卡里塔·里奇韦实施强奸、下药和谋杀，辩护就更为复杂，主要是对卡里塔的死因提出质疑。织原再次坚称双方自愿发生性关系，并解释说他和昏迷的卡里塔发生性关系的视频是在她突然生病前几个星期拍摄的，当时两人意外偶遇。而且当时没有一名医生认为她的肝脏衰竭是由药物引起。她可能死于误诊导致的不当治疗，或是因为在织原送她去医院之前，另一名医生给她打了一针止痛针。

露西的案子呢？在他的法律团队看来，这是所有案子中最简单明了的一个，因为警方缺乏直接证据。"重要的是，织原和露西单独在一起，没有其他人知道发生了什么，"织原的一名律师指出，"我们不用证明织原没有犯罪。我们只需要证明检察官无法证明这一点，并指出他们的证据十分薄弱，而且没有任何视频证据。她的死因也不明。仲夏时节，他怎么能独自将这么大一具尸体抬出逗子的公寓还不被人发现呢？他怎么把她抬到车里，接着在公寓里分尸，最后再独自把她埋了？我们要做的就是强调这些薄弱环节。"

换句话说，常见的辩护策略不是为被告辩护，而是削弱检方的证据力度。但这对织原来说还不够。他想讲述一个属于他自己的故事，他需要填补那个人形洞。

露西死后 5 年，也即织原城二第一次出庭后四年零八个月之后，他开始为自己辩护。旁听席上坐满了人。蒂姆和索菲·布莱克曼坐在前排，他们从英国飞来参加听证会。一名警方的翻译在审讯过程中为他们记笔记。织原坐在两名警卫中间，像往常一样面向法官，远离旁听席。他身穿一套浅灰色西装，面色苍白，好像长期没有晒太阳一样。当他走向证人席时，他小心翼翼地避免直接与蒂姆和索菲眼神接触。

在这次听证会开始前几个星期，织原的辩护团队内部一如既往地弥漫着紧张气氛。他们能够容忍这样一个难以相处的代理客户，让人觉得他们是一支打破常规的有趣的团队。令人惊讶的是，在谈到他们的代理客户及其前途时，他们异常健谈和坦率。其中一名律师告诉我："整个听证会期间，他的情绪一直起伏不定。我觉得他在某种程度上相当绝望。他的情绪很复杂，因为知道自己没有获胜的信心，所以焦躁不安。他有可能被判有罪，而他迫切希望被判无罪，因此他时而自信，时而恐惧不安。"

我就是在这时第一次试探性接触织原。他的一名律师拒绝和我谈话，但同意把我的信转交给织原，我在信中说明想在拘留中心采访织原，并附上了一份提问清单。我收到了一封以另一名律师的名义签发的传真回信，但这封信显然是在织原本人的口头授意下发给我的。"关于本案，警方无法了解到许多基本信息和重要事实，"信中写道，"我们相信，类似于第五个问题的事实情况，也将会被曝光，这是你之前问过的最重要的问题，帕里先生……以后我们也有可能为你提供独家新闻，因为正如织原先生所说，你的公司和露西的故乡在同一个国家。"

我的第五个问题是："你说你对布莱克曼女士的死不负有责任。那你认为谁要对她的死负责？"

警察和检察官花了一年多的时间调查并针对露西之死提起诉讼。但是织原有 5 年时间。在此期间，他雇了几十名律师和私家侦探，让他们代替他在牢房外办事。检察官对案件的陈述在细节和核心问题上都有压倒性优势：如果织原没有杀死露西并分尸，那会是谁做的呢？现在织原要编织自己的现实故事展开反击，那必须是一部杰作。

他站在被告席上，开始对着一叠密密麻麻的手写稿，大声朗读他的开场白。"如果坦白说出露西是什么样的人，会让她的家人蒙羞，让他们痛苦不已，"他口齿不清地轻声说道，"父母总是希望自己的女儿纯洁无瑕，每个女孩都希望自己的姐妹值得尊重。我不想毁掉他们对她的印象，我不想改变想法，揭露她的真实面目。但正因为这样，我才被卷入这起可怕的事件。"

织原的辩护有两大要点。第一是质疑和破坏起诉案件的每一条线索，攻击其薄弱环节，暴露其漏洞，用他自己编造的令人疑惑的细节取代原有细节。第二是塑造一个完全不同的露西。这就是织原在这次听证会开始前，给我发来的第二封传真中许诺的"独家新闻"：露西根本不是她的家人和朋友口中描述的无忧无虑的模样，她精神上极度痛苦，有自毁倾向，而且因为过量服用非法药物死去。

在接受他自己的律师的盘问时，织原开始将露西的日记翻译成日语，大量引用其日记内容。他选择的日记内容大多描写的是她最悲惨的时刻，从中可以看到她情绪起伏不定，非常孤独，思念故乡，以及当女招待的失败经历和对路易丝的成功的嫉妒。"过去20天里，我们喝的酒比我这辈子喝的酒还多，"织原读道，"我欠了一屁股债……我迷失了方向……我无法停止哭泣……我觉得自己很丑、很胖，一点儿也不起眼。"

> 我讨厌自己的模样，我讨厌我的头发，我讨厌我的脸，我讨厌我的鼻子，我讨厌我的斜眼睛，我讨厌我脸上的痣，我讨厌我的牙齿，我讨厌我的下巴，我讨厌我的侧脸，我讨厌我的脖子，我讨厌我的胸，我讨厌我的肥屁股，我讨厌我的胖肚子，我讨厌我松弛的屁股，我讨厌我的胎记，我讨厌我的大粗腿，我觉得自己很恶心，很丑，很平庸。

5月4日，露西在日记里写道："我们永不停歇地追逐……音乐（除了克雷格·大卫的音乐）、明信片和毒品！"警方的翻译很巧妙地把这句话里最能说明问题的"毒品"一词替换成了"乳房"，并宣称这句话毫无意义。"但我咨询了5名专业翻译，"织原在法院上说道，"他们都同意这个词应该被翻译为'毒品'。"[1]

"买明信片和毒品意味着什么？"辩护律师问道，他再次给人一种按事先准备好的稿子提问的感觉。

"年轻人出国旅行时通常都会买明信片，"织原自信满满地解释道，

---

[1] 露西日记中原文用的是 drugs，警方替换成了 dugs。

"对于吸毒者而言，买明信片和毒品是他们的惯性操作。"

织原还读了检方不愿提及的日记中的另一段内容："像往常一样，无论我在哪里，我都感到很孤独。不是抽大麻（toak）的问题，是我自己的问题。"织原解释说露西在这里用的"toak"这个词更常见的写法是"toke"，是年轻人对大麻的习惯称呼。露西承认自己非法使用毒品的事实让检察官很尴尬，他们没有对此做出回应或进行反驳。但是，如果他们去咨询一个母语是英语的人就会知道，露西写的并不是"toaks"，而是"7oaks"，是对她的故乡塞文奥克斯（Sevenoaks）的一种数字缩写法。

审判长叫枥木勉，他有一口异常整齐的白牙，即使在愤怒和紧张的时候也会面露微笑。但事实上，法官枥木的微笑通常代表了他的不满。当织原吃力地读完露西日记中最伤感、最自怜的部分时，法官枥木的笑容愈加灿烂。

"听他翻译这些日记内容简直是种折磨，"这位法官后来坦言，"这和审判有什么关系？"但现在，织原的叙述扭转了 2000 年 6 月和 7 月发生的事情，情况变得更加古怪。

那一年夏天对织原来说显然十分忙乱。他与债权人就重新安排债务问题进行了深入谈判。6 月，一辆面包车和他的车追尾，他因此扭伤脖子，损坏耳膜，入院治疗。他当时正想出售自己的几处房产，包括位于蓝海油壶的那间公寓。他心里最沉重的负担是心爱的喜乐蒂牧羊犬艾琳，它的遗体被保存在田园调布家中的冰箱里。在放弃通过克隆技术复活艾琳之后，织原决定将它葬在他在伊豆半岛拥有的一块林地里。这不是件简单的事，需要提前清理掉许多大树。但织原向法院解释说他认识能做这件事的人。他称他为 A 先生。在织原口中，这个人就是个"百事通"或"调停人"。

事实证明，这位 A 先生神秘的代号只是织原身上众多谜团之一。织原在辩护过程中说了许多怪异的细节，多到根本不可能都记下来。他刚说出一件怪异的事，接着就有三四件紧随其后。1997 年，他在法院上说他的车在一个地下停车场爆炸。（对于这种令人震惊的事情，他没有作进一步解释，显然，这只不过是通常会降临在织原身上的那种不幸。）他雇了 A 先生调查此事，他最初是在东京新宿地铁站附近偶然遇见 A 先生，当时这位"百事通"正向他提供毒品。A 先生同意以 50 万日元（约合 3125 英镑）的价格为织原心爱的艾琳清理墓地。这项任务计划在 7 月 5 日和 6 日进行，6 日是艾琳去世 6 周年纪念日。织原在露西失踪后购买帐篷、锯子和铁锹这个对其最不利的旁证之一，因此有了合理解释。他现在可以解释说他之所以购买这些东西，不是为了肢解和处理一个死去的女人，而是为了在野外过夜、砍伐树木和埋葬一条狗。

由于前一个周末发生了意外事故，伐木计划被迫取消。

6 月下旬，织原在卡萨布兰卡遇见了露西，并在她的请求下带她去了海边。他对这一天的情况描述与检察官陈述的事实相符——开车去逗子码头，在海边拍照，燃气修理工上门维修，以及给路易丝和斯科特打电话。但织原可以讲述其他人无法讲述的故事：露西死前几小时发生的事。

"露西很兴奋，"织原描述道，"不是因为喝了酒，而是因为她随身携带的那些'东西'。"那些"东西"指的是冰毒、摇头丸和"大麻"。"露西很能喝酒，她一边喝酒一边说话，她喝了葡萄酒、香槟，后来又喝了杜松子酒和龙舌兰酒等烈酒，"织原在法院上说道，"露西对我说她有躁狂抑郁症。事实上，她一开始的确处于狂躁状态，但随着时间的推移，她似乎进入了抑郁状态……这当然也是毒品的作用。"

露西和织原聊了"很多事情"。她向他抱怨自己欠下的债，说她正考虑去六本木的一家"特殊俱乐部"工作，以便更快地偿还债务（暗示这是个卖淫场所）。他谈到了他的车祸和脖子的疼痛。露西主动提出给他按摩。"虽然她按得很好，但我的脖子还是很痛，"他在由其律师委托出版的书中写道，"于是露西向他推荐了她的毒品。她告诉他用了这些之后，任何疼痛和不适都会消失，于是织原也吸了毒。那天晚上，织原吃了三种不同的药丸……露西给织原看她打了洞的肚脐，还对他说她要在左乳头穿乳环……织原吃了露西给他的药丸后，走起路来飘飘然如在云端，毒品的效力持续了一个多小时。"

蒂姆和索菲·布莱克曼静静地坐在旁听席前排，警方的翻译把织原的话简单翻译后写在笔记本上。在这样的公开场合听到露西充满悲伤的日记内容，当然让人心烦意乱，还有点丢脸，这正体现了织原的冷酷和狡猾。"身为家长，如果我肯定地说露西从没吸过毒，会显得有点蠢，"蒂姆后来坦言，"她可能和很多人一样吸过一点玩玩。但我不认为她会做危及自己生命的事情，而且她自己肯定不会服用罗眠乐。"在任何认识露西的人看来，织原塑造的那个醉醺醺的精神失常的吸毒荡妇形象荒谬到了可笑的地步。可是，法官也能看穿这一点吗？

织原的辩护既是机会主义者的投机，也是对事实的肆意扭曲，有时候就是彻头彻尾的谎言。这些谎言并不令人惊讶：最令人恶心的是精心润色的表象之下掩盖的事实真相。织原知道露西的很多秘密，只有她亲口告诉他，他才能知道这些事情。不论在他们独处的这几个小时里究竟发生了什么，显而易见，他们聊了很长时间，露西向他透露了很多只会和极少数信任的人分享的秘密。

第二天是 7 月 2 日，星期日，织原继续他的故事。检察官断定，这时露西已经死亡或即将死亡。而据织原说，当天她仍然活蹦乱跳，并继续她的吸毒狂欢之旅。织原搭火车返回东京，但露西选择留在公寓，继续嗑药。晚上，他从东京的公寓打来电话，而"她开始说一些奇怪的话——我以为她吸毒过量了"。他给几家医院的急诊科打电话咨询，以防露西需要治疗，然后在将近午夜的时候返回逗子码头的公寓。"我跟露西说她嗑了太多药，她应该去东京的医院，"他陈述道，"但是露西不愿意去，因为她担心如果被发现吸毒，可能会被驱逐出境。"

接下来织原在法院上说出了最令人心寒的情况，之所以这么说不是因为他说的是谎话，反而是因为事实的确如此。他继续说道："车祸之后我的脖子就很疼，觉得很不舒服，所以我对露西无视我的建议感到十分气愤。露西后来不停地重复一些很冷的笑话。她说：'简的家族遭到诅咒，她们家的人脑子都有问题。简的妈妈 41 岁就去世了。简的妹妹 31 岁去世。'"

他所说的简的家族史准确无误。织原是通过遥控远在塞文奥克斯的英国侦探收集到的这些信息？还是说那天晚上他想办法从露西嘴里套出了这些秘密？

"她一直说：'有个诅咒，'"织原继续说道，"她说：'简的妈妈 41 岁就去世了。简的妹妹 31 岁去世。简的女儿也将在 21 岁死去。简的孙女将在 11 岁死去。'她一直不停地重复这种话，我很生气。于是我联系了一个人，说有个外国女招待吸毒过量了，让他把她带回家去。这个人就是 A 先生。"

根据织原的说法，他星期一早上就回了东京。离开逗子码头之前，他给嗑药嗑得神志不清的露西留了些吃的，并告诉她有人会来接她回家。他把给 A 先生是酬金藏在了公寓门口的一只羊皮拖鞋里。

光有 A 先生似乎还不够神秘，这时织原的故事里出现了另一个人物：一个叫佐藤的华人，他的身份更加模糊，似乎永远也无法说清楚他是谁。当天上午晚些时候，佐藤先生给织原打电话，说开车把露西送去医院的是他，而不是 A。他把电话递给一个听起来像是露西的外国女人，织原和她简单聊了几句。后来，织原向佐藤问起露西的情况时，后者答道："去问 A 先生。""织原去问 A 的时候，"后来他解释道，"他说露西并没有反对去医院。他还说介绍她认识了个有钱的熟人，因为她想要毒品。他们相处得很好，一起做着喜欢做的事。"

换言之，织原不知道露西出了什么事。他最后一次见到她是在逗子的公寓——她当时已经嗑药嗑得神志不清，但人还活着。他把她托付给一个不太熟的人，那个人又说把她转交给了另一个身份更可疑的人。在那之后，他就开始了那一个星期的主要任务——埋葬那条冷冻的狗。

星期一和星期二剩下的时间里，他都在购置各种工具、露营装备和水泥。他从田园调布家中的冰箱里取出艾琳的尸体，用干冰把它包裹起来。7 月 5 日星期三的早上，他驱车赶往墓地的时候，A 先生突然打来电话，以"紧急事务"为由推迟了见面。失望的织原转而开到蓝海油壶公寓，在附近的一家旅馆登记入住。由于没有钥匙，他不得不找来锁匠开锁，才能进入他自己的公寓。他在公寓里开始制作艾琳的墓碑：一件他亲手打造的"艺术品"。第二天晚上，也就是星期四晚上，他听到有人按门铃，他打开门，发现门外站着几个警察，其中包括原田探长，他随后也会在法院上讲述织原的怪异行为。不过警察们虚惊一场。他们看到的水泥是用来打造"艺术品"，而不是用来封存一个被锯掉的头。当天晚上织原面对警察时表现得很愤怒，也很不合作，但他对此有合理的解释——他走出公寓的时候，原田探长无意中踢到了用毯子包裹着的艾琳的尸体。当一个穿制服的警察踢到他的冷冻宠物时，有哪个动物爱好者不会有点脾气呢？

织原无法提供 7 月 7 日星期四晚上的不在场证明。他说他去散步了，一直走到第二天早上。他被毒虫咬伤，被咬的地方肿了起来，还因此发起烧来。于是他给 A 先生打电话，推迟在伊豆半岛的树林里埋葬爱犬艾琳的伤心计划。他返回东京，去医院治疗皮疹。接下来的几天里，他与银行家和会计师举行了各种各样的会议。

接下来的一个星期，日本各大媒体都在报道露西失踪的消息。火车站和公共告示栏都张贴着失踪人口海报。电视台在六本木进行现场直播，并对露西的家人进行了长时间的采访，露西的家人希望见过她的人能提供任何有关她的消息。

织原对此有何反应？他在由其律师委托出版的书中表示自己很"惊讶"。他联系了 A 先生，后者告诉他露西正"和一个男人一起旅行"。

A 和织原原定于 7 月 15 日再次见面，为艾琳建造墓地。但是，A 再次打电话取消了见面。织原再次问起有关露西的事情时，A 告诉他："她正在我认识的人家里尽情嗑药。"当织原提到她失踪引发的轩然大波时，A 回应道："太荒谬了，她只是在做她想做的事情。"

这个故事实在是有点匪夷所思。很难相信露西是个瘾君子，更令人难以接受的是，织原没有直接去找警察。佐藤是谁？跑腿的跑腿？

那个和露西一起过着放纵生活的"有钱人"又是谁？只有一个人可以回答这些问题。所以，那个 A 先生是谁？他又在哪里？

他叫胜田悟，熟悉他的人都叫他"爆哥"。2001 年，他住在东京都郊区的三鹰市。他身高大约 1.7 米，留着长发和小胡子。1953 年，他在日本南部的九州岛出生，比织原城二小 1 岁。20 多岁时，他曾试图切腹自杀，原因不明。他没有死成，但在接受输血救治的过程中感染了丙型肝炎。

2005 年 12 月，东京地方法院才从一个叫水田一成的老人口中得知这一切，水田当时以被告证人的身份出庭作证。水田认识胜田，经常雇他当司机或打点零工。水田证实，胜田曾在新宿车站附近贩卖冰毒或"涮涮锅"。2001 年 12 月初的一天，两人一起坐在车里，"爆哥"说："我很不安。我需要你给我点建议。"他说事情和露西·布莱克曼以及那个因为杀害她而受审的男人织原城二有关。

"爆哥"说去年夏天的一天，他接到织原的电话，让他开车送一个外国女招待去东京。那个女人就是露西。她当时已经嗑了药，整个人很亢奋，"爆哥"去接她回家的时候，她还求他再给她点毒品。他给了她"涮涮锅"，不止一次，而是很多次。宣誓作证的水田陈述道："胜田告诉我：'露西吸毒过量，死了。'他说她就在他面前死掉了……他说他把她的尸体带去了某个地方，但没说是哪……他没有告诉织原露西死了。"

水田继续说道："他只告诉了我一个人有关露西的死和抛尸的事，其他人都不知道。"胜田把这件事告诉他之后，水田想起了另一件事：去年夏天，就在报纸和电视铺天盖地地报道露西失踪案的时候，胜田

335

显得"焦躁不安"——他的头发都掉光了。水田在法院上说道:"我对他说我想知道更多细节。我本来打算在新年聚会的时候问他这件事。我在想等他详细告诉我事情经过之后,是不是要把他带去警察局。"但他没等来这个机会。

几天后,胜田因晚期肝癌住进了医院。两周后,他生命垂危。他给水田打电话,神志不清地大喊:"我放火烧了露西!露西在燃烧!"

水田讲的故事与织原之前在法院上讲的故事完全一致。但还是有两个疑点。第一个是胜田本人无法出庭证实故事的真实性,他死前一直因为造成露西死亡而内疚不已。水田和他进行了最后一次痛苦的谈话后没过几天他就死了。

第二个疑点是水田。他宣誓之后就立即表明了身份,他是个黑帮头目,他所在的帮派属于臭名昭著的雅库扎组织住吉会。换句话说,织原的主要证人承认自己是日本黑帮头目,而他将自己无罪释放的希望寄托在这个人身上。

当我问蒂姆回到日本感觉如何时,他答道:"我们并没有感到恐惧。我不知道为什么没有,反正就是没有。这就好像即使知道人们不愿意,最终也还是要把他们带到坟墓里去。这只是其中一个环节,保持关联的一环。难道我们希望发生这样的事情吗?答案是否定的。但我们不得不这么做,我们也希望这么做。"

蒂姆把怀特岛自家花园里的双层木屋当作了办公室。但在过去几年里,他早就把房地产开发商的工作放到了一边。"我已经花了几个月的时间研究有关露西死亡的事情,"他说道,"几乎每天都会有一些新发现。整个办公室都用来干这件事了——档案柜、文件、露西·布莱克曼信托基金。这就像个小产业。它占据了我一半的生命。"蒂姆曾期望随着审判的进行，将更容易了解到东京的最新动态。但事实恰恰相反。东京法院的庭审过程十分缓慢和胶着，很难掌握最新情况。从蒂姆家花园的小屋看去，法院里的事是如此遥远，如此难以理解。

每次听证会结束后几天，东京警视厅都会发布一份简短的令人困惑的诉讼摘要，蒂姆每次都会将其录入自己庞大的档案系统。蒂姆解释说："我们得到的信息微乎其微，我们会非常仔细地阅读收到的只言片语。织原发表的声明对我们来说十分重要。不论他怎么想，我们都坚信我和索菲的出现会给他带来更大压力。坐在牢房里与站在露西的妹妹和爸爸面前的感觉应该截然不同。如果他不坦白交代，就会倍感压力。"

我们不可能确认这一招是否有效，我们无从得知织原城二是否真的感受到蒂姆和索菲出现在法院上所带来的压力。但是，当他下一次站到听证会的证人席上时，他做了一件之前从未做过的事。他转向旁听席，朝着蒂姆和索菲面无表情地点了点头。这个动作比简单地点一下头更有意义，但又比不上鞠躬那么郑重其事，这不是什么礼貌的体现，只是对其露西家人身份的一种承认。在漫长的听证会上，索菲用钢笔给他画了一幅素描，形象再现了那一刻不经意的紧张神情。

我询问了蒂姆有关织原的情况，问他和织原面对面相见有什么感觉。蒂姆停顿了一下才回答我的问题，在我们的谈话中他很少这么做。他答道："这给了我很大的启示，我或多或少有点古怪，嗯，我很容易变得古怪，我承认这一点。"说完又是一阵沉默，然后蒂姆叹了口气继续说道："我的感觉是……我看到和我年龄相仿的人因为自己的所作所为，不仅给自己带来了非常可怕的麻烦，也给别人的生活制造了如此可怕的灾难。而且很奇怪的是，面对这种情况自然产生的愤怒情绪似乎会被一定程度的……感伤情绪稀释。"

我问他："你为他感到遗憾吗？"我语气中的惊讶超出预期。蒂姆答道："我的确为他感到遗憾。的确如此。我的确为他感到遗憾。"

蒂姆和织原的年龄只相差 11 个月。他们都有自己的船，而且都靠房地产赚钱。没有什么比这更能体现蒂姆性格的复杂性，他很固执，也很离经叛道，我觉得这样很可爱，令人钦佩，但许多人很厌恶这种性格。他几乎完全与大众观念背道而驰，也拒绝了传统道德观的诱惑。他可以占领某个高地，但他并没有占领它，而是慢吞吞地绕过它，在别人只能看到黑白两色的地方寻找感伤和含糊不明的阴影地带。旁观者不仅感到困惑，还大为震惊。

如果露西·布莱克曼的死都不是正义对抗邪恶的直接例子，那什么才是呢？而指出这件事的复杂性的不是别人，正是露西的爸爸。面对杀害自己女儿的凶手，蒂姆仍竭力想保持不偏不倚的态度，对其表示同情，这让其他人无法百分之百确定自己的正义感是否无误。他们认为蒂姆缺乏正统观念，而这是对他们自己的正统观念的一种侮辱。他们认为他离经叛道，他对这件事的感知让人无法接受，几乎是在亵渎神灵。

SMYk

织原的辩护闪烁其词，灵活狡猾，在任何法庭都堪称非凡。在日本法院上，辩方极少对检方提出质疑，织原在法院上的表现几乎前所未有。他的辩护有时如雾里看花般模糊不清，有时又如巴洛克艺术般繁复浮夸。他的辩论明显歪曲、遗漏许多事实，并对死者进行诽谤，很多时候织原的律师都不知道这种辩护对他有什么好处。"水田讲述的关于'爆哥'的故事完全不足以作为证据，"其中一名律师告诉我，"除了他们俩都是黑帮分子这一事实之外，其他的都是道听途说。法官一直追问：'你为什么不早点交代这些？'这说明他不相信自己听到的故事。织原为什么一开始不说露西吸毒？在最初四年的辩护过程中，他从来没提过这一点。当他开始那样说她时，我觉得有点不敬。为什么要开始羞辱死者呢？"

　　织原的故事存在明显的漏洞，他的律师试图通过针对性提问来为他辩护，就好像是要堵住即将溃堤的大坝一样。

　　为什么在宣布露西失踪之后，织原没有立刻去找警察？

　　因为他从露西那里拿了三颗摇头丸，害怕因为服用非法药物而被起诉。

　　有个女人听到织原在电话里说他"做了件可怕的事，不能告诉任何人"，这又是怎么回事？

　　他只是在说自己被卷入的那起交通事故。

织原用那些氯仿做什么?

事实上,它们不含任何氯仿,织原倒空原来的瓶子,重新灌进伏特加,他把这东西放到视频中女孩们的鼻子下面。

好几次这种自编自演的问答都令人啼笑皆非。

> 律师:你给慈善机构捐了很多钱。你能和我们说说相关情况吗?
>
> 织原:我从高中时就开始捐款。但我没有用真名。我一共捐了大概有几千万日元。我对孩子有一种特殊的同情。联合国儿童基金会是我的捐款对象之一。
>
> 律师:1991 年 4 月 16 日,你在大仓酒店见到了天皇和皇后。这是真的吗?
>
> 织原:是真的。我们在一个慈善活动上见了面。他们邀请我参加好几个慈善活动。
>
> 律师:能和我们说说你的童年吗?你的智商真的有 200 吗?
>
> 织原:是的……。

2006 年 3 月,轮到检方盘问织原。在检察官面前,他失去了自信。

提问的检察官叫沟口,他首先询问了警方收到的各种信件的情况,包括两封有露西签名的信,警方后来在织原的家里找到了这些信的草稿。

"有些信是在得到胜田的消息后我自己写的。"织原承认道。

"什么消息?"检察官沟口问道。

"消息就是消息,"织原答道,"我不能说太多。"

"胜田解释了为什么你必须给麻布警察局写信吗？"检察官追问道。

织原回应道："有提过。"

"写信的目的是什么？"

"我可以不回答吗？"

"你是说你不想回答问题？"

"我这么做是因为收到了消息。"

"你不能详细解释一下？"

"暂时不能。"

像往常一样，织原手里拿着蓝色小毛巾，用它来擦脸上和脖子上的汗。即使从他身后看去，也能从他的身体姿势上看出明显的不安。他耷拉着肩膀，垂着头。检察官沟口继续盘问："7月3日，你在午夜离开逗子码头返回元赤坂大厦之后，当天早上做了什么？"

织原没有回答这个问题。

"你还记得你用家里的电脑上网搜了些什么吗？"

"不，"织原答道，"不记得。"

"你家里有电脑，是吗？"

"有，我在元赤坂大厦的家里有一台电脑。"

"在关于该电脑7月3日使用情况的报告中提到，当天8点50分左右这台电脑有过上网搜索记录。你记得吗？"

沟口手里拿着一叠纸，纸上印着密密麻麻的文字。我们看不见织原的反应，但他显然很吃惊。"请让我把这个给被告看看，"检察官说道，"他似乎没看过这个。"

织原接过那叠文件。

"这是从 6 月中旬开始那台个人电脑的搜索记录，"沟口解释道，"2000 年 7 月 3 日，在 8 点 44 分到 8 点 57 分之间，那台电脑进行了六次搜索。看看这些搜索结果，你能想起些什么吗？"

织原顿了顿。然后用支离破碎的日语回答问题，很难理解他说了些什么。"大约在 1 日的午夜时分，开始吸毒，"他说话吞吞吐吐（不清楚是谁吸食了什么毒品），"7 月 2 日和露西在一起，我们提起一个在英国失踪的日本女人。她被绑架了，至今下落不明。露西说大家都知道这件事，虽然我不知道这件事，但我还是推测说她当时可能已经被杀了。这件事留在我的脑海里。我是说英国的绑架案。"

检察官整理出了当天早上织原在网上搜索的记录。第一条是曼陀罗，人吃了这种被称为魔鬼的号角的草药，会产生幻觉，甚至死亡。第二条是那智港，年迈的佛教僧侣会从那里开始人生最后的旅程。第三条是"如何获得氯仿"。第四条是"合成 γ-羟基丁酸"，这是一种约会强奸药。

"你为什么要搜这些东西？"沟口问道。

"你问为什么，这就像在问为什么有人看犯罪电影，"织原答道，"你看犯罪电影不是为了犯罪。你看它只是为了减压。你会看到其实我研究过各种类型的网站。"

沟口接着说明当天早上织原最后搜索的内容。"你访问了关于硫酸生产过程以及如何购买硫酸的网站。你搜这些是想买硫酸是吗？"

织原缄口不言。

检察官翻了翻文件，指着另一页说道："这里说：'一种可能的方法是用高温熔炉把骨头烧成灰，但这太难做到。'还有，'熔化骨头的一种方法是将骨头浸泡在浓硫酸中'。这是为了处理尸体，对吗？"

"6月的时候我（也）看过类似网页，"织原回应道，"但我这么做并不是出于检察官沟口所说的动机。"

"那么，你那天为什么又浏览了类似的网站呢？"

"我说过，只是因为我和露西聊起了伦敦的绑架案。"

"你还记得那两种被形容为'太难做到'的方法（焚烧和酸溶解）吗？"

"不记得。"

这种情况在日本法院极为罕见：被告和原告之间斗智斗勇，展开一场心理较量。织原擦了擦汗。当沟口拿出另一份证据时，织原的心一定在胸腔上下翻腾，那是一个看上去很重的文件夹，里面满是发黄的纸页。

这些就是织原的性冒险日志，记录着他的"游戏"。织原之前引用了露西的日记，现在轮到他自己的日记了。

"这是你的笔记本，从大约1970年开始记录。"检察官说道。

织原毫不费力就想起了这些笔记。他说道："我和那些女孩发生关系五年后才写下这些东西。等待五年让这些故事变得更有趣。五年后才记录下那些事，让故事变得更有情色意味。"

"所以，这里面的故事都是编的？"

"并非所有内容都是。里面提到的女孩都真实存在，但故事都是编的。"

从1970年到1995年，从1号到209号，织原给每次性关系都编了号，有些还记录了日期。"让我们看看63号，在第三行，"沟口问织原，"你标记SMYK是什么意思？"

"五年后我写这些只是为了让记录更有趣。"

"这是什么意思？"

织原停顿了一下，答道："我不会回答这个问题。"

"4号——'我给她下了安眠药。'21号，'今天，我给她下了安眠药。'"

安眠药在日语中的拼读是 suiminyaku。

检察官指出："你写的就是这个，SMYK 是不是 sui min ya ku 的意思？"

"我不想回答这个问题。"

"140号——'下了太多 SMY 和 CHM。我吓坏了。'CHM 是什么意思？"

"我忘了。"

"150号，你提到'CRORO'。这是什么意思？"

"我不想回答这个问题。"

"意思是氯仿（日语：kuroroh ō mu），对吗？"

"我不知道。"

沟口又翻了翻笔记，说道："190号，你写道：'她中途发现了什么，我找了个借口，但她知道了。'这是什么意思？"

"这也是个'游戏'，所以我不会回答。"

"从笔记本上的记录来看，当（女孩们）意识到你未经她们同意就玩'征服游戏'时，你似乎很害怕。"

"不，事实不是这样。那只是个'游戏'。"

"那么，那是什么样的'游戏'呢？"

"我不会回答这个问题。"

"179号，1992年2月。'遇见七惠，接着是卡里塔。'这个卡里塔和这个案子里的卡里塔是同一个人吗？"

织原一言不发。这时候看不见他的脸真让人抓狂。

"你坚持表示你没有给卡里塔用氯仿。"沟口说道。

"我没有（用）。"

"198号。'用了SMY和CROCRO。用了太多CROCRO。（虽然我）给卡里塔用了CROCRO，但我觉得医院的药才是原因。'这是你的记录。你的确使用了氯仿，是吗？"

织原答道："这都是编的。"

几次听证会之后，他让自己的律师就上网搜索和性日记向自己提问，试图弥补这次盘问造成的负面影响。他指出，在几个月的时间里，他浏览了许多网站，把他那天早上的浏览记录单拿出来指证并不合理。至于日记，CRORO、CROCRO和CRO以及其他代码指的都不是氯仿，而是织原和女性伴侣从塑料袋里吸饮的各种酒类饮品。但在这一次的自证清白之后，他不得不再次接受检察官的盘问。沟口的第一个问题很简单："SMY是sui min yaku的意思吗？"

"SM是'超级魔法'的意思，"织原答道，"在国外，Y通常代指幻觉。字母Y表示未知的东西。黄色的阳光……呃，yesca……y……"说到这里，他变得语无伦次起来。

法官栃木露出漂亮的牙齿，微笑着问道："你在说什么？"

与此同时，2006年4月，简·布莱克曼、蒂姆·布莱克曼和卡里塔·里奇韦的妈妈安妮特飞往东京出庭作证。考虑到露西父母之间的关系，检察官安排两个妈妈先出庭，5天后才安排蒂姆出庭。

旁听席上挤满了人，大家都迫不及待地想见证指控谋杀的凶手和失去亲人的父母之间面对面的较量。但引座员迟迟不放媒体和普通旁听民众进入法院。当法院的门打开时，简和安妮特已经坐在旁听席前面，但原本应该坐着织原的位置空无一人。

审判长枥木笑容可掬地说道："法院收到消息，被告今天拒绝出庭。"

他接着解释道，根据法律规定，被告缺席的情况下不能进行刑事审判。但如果被告已经受到传唤，且没有不出席听证会的正当理由，则可无视这一规定。织原确实像往常一样受到传唤，东京拘留中心的警察当天早上来到他的牢房，要求他出庭。"但他当时一直脱自己的衣服，还抓着水槽不放，拒绝出庭，"法官枥木解释道，"被告没有给出任何无法出庭的正当理由。鉴于死者家属从国外来，法院决定虽然被告缺席，但我们不会等他出庭再进行审判。"

简先站到证人席上。她回忆了露西从婴儿到成年的成长过程，还谈到她们之间如姐妹一般的亲密关系。"我过去一直认为，失去孩子的父母的悲伤是众人皆知的最大的悲伤，"她陈述道，"我错了。失去孩子并得知她的尸体惨遭如此不人道的亵渎，才是我不得不忍受的最严重、最无情的痛苦。"她继续说道："织原今天拒绝出庭是非常无耻的行为，充分表明他有罪。他就是个懦夫。"

安妮特第二个出庭。她谈到了卡里塔的死对大女儿萨曼莎和卡里塔的男朋友罗伯特·芬尼根的影响。"即使过去了 14 年，我每天仍然会想起她，因为失去她而痛苦万分，"安妮特说道，"她是个好孩子，没有谁能替代她。我认为织原应该被判处死刑。然而，现实情况并不允许这么做。[1]因此，应该让他一辈子待在监狱里。"

5 天后，蒂姆出现在法院。织原再次缺席。这一次，法官说他把自己挤进牢房墙壁的一条窄缝里，拒绝出来。

蒂姆的发言将近半个小时。"我的女儿露西·布莱克曼的死是我一生中遭遇的最可怕的事情，"蒂姆以这句话开始陈述，"这件事带来的震惊和创伤……改变了我。"

露西活了 8000 天，我的脑海中有很多她的画面，想起日常生活中的点滴，常常让我忍不住当众落泪，工作中开会的时候想起会哭，和朋友在一起的时候想起来也会哭，夜里也常因此哭泣。

有时候看见坐在婴儿车里的孩子，仿佛看见小时候的露西，眼泪自然而然涌上来。有时候看到孩子和他们的爸爸在公园里玩耍，他们的欢声笑语让我想起露西，伤心不已。在地铁上，如果我的身旁站着一个可爱的 25 岁女孩，我会因为想起露西而眼眶湿润。看到年轻妈妈带着年幼的孩子，我会忍不住想露西永远没有……

我再也感受不到她充满爱意的手臂搂着我的脖子，温暖地呼

[1] 日本保留对谋杀罪死刑判决，每年都有少数死刑犯被处以绞刑。但死刑判决只适用于最极端的案件——谋杀儿童，多重谋杀，以及因为遭遇人寿保险欺诈等一时激愤而实施的预谋杀人。从来没有人指控织原城二故意杀死受害者，尽管检察官可能会提出他此前就因过量使用非法药物导致卡里塔·里奇韦意外死亡，因此在露西·布莱克曼一案中他鲁莽地重蹈覆辙等同于谋杀。但是，考虑到依赖间接证据来证明织原有罪，因此他们最后认为，以较轻的"强奸导致死亡"罪名提起诉讼，更有可能确保定罪。

吸拂过我的脸，对我说她爱我了。我无法阻止自己去想她生命停止那一刻的情形，也无法想象她的大脑停止运转的那一刻，以及她悲惨的最后一口深呼吸。她很痛苦吗？她害怕吗？她有呼唤我吗？

现在，我的脑海里会浮现出她惨遭肢解的尸体，她骨头上的电锯痕迹，她腐败的血肉……被装进塑料袋埋在沙滩下的尸块，索菲和鲁伯特悲伤的表情。这些画面将伴随我度过余生，当我想起露西的时候，当我看到一个孩子的时候，我也会看到这些可怕的画面。

我会在睡梦中听到她的声音，那一刻，我忘记她已经死去。那一刻，我高兴地听着她的声音，然后感到无比痛苦，因为我意识到她不在了，现在只能在梦里听到她的声音。

这一切改变了我……一种难以形容的悲痛让我心烦意乱，饱受伤害。我睡不好。我经常无法控制地哭泣。我害怕和亲朋好友聚会，因为我知道，当我看到他们悲伤的眼神时，会有多么难过……我一度无法集中精力工作，并且因为太伤心而无法在工作中做出重要决策，因为这些决策似乎变得毫无意义，一点儿也不重要。

之前有时候因为太忙，我没法和露西见面，我为此感到内疚。她小时候我会对她发脾气，想到这个我也感到内疚。之前在她需要钱的时候，我没有给她钱，在她最需要我的时候，我也没有陪在她身边，这些都让我内疚不已。这种内疚也许毫无道理，但它将永远伴随着我，让我惶恐不安，同时也加重了露西之死留下的可怕创伤。

但最让我感到内疚的是我有时候会忘记想起她，有时候我会因为某件事高兴一会儿。这种内疚感让我无法摆脱她（死亡）的毁灭性阴影，真正重获自由，我内心深处知道，除非她能活在我的未来生活中，否则我永远无法从这场悲剧中解脱出来。只有死亡才能让我从痛苦中解脱。我知道我死的时候，就能再次感觉到她搂着我的脖子，只有这样想，我才能活下去。

　　这是蒂姆发表过的最有力的声明。[1]东京地方法院是个平淡乏味、没有感情的地方，但这些话无疑产生了巨大的影响。检察官的质问咄咄逼人，前后一致，织原的辩护则前后不一。而现在，死去的露西的父亲出现了，激动地描述着露西的死亡带来的痛苦，请求给予凶手最严厉的惩罚。因此，在那年晚些时候，当我得知蒂姆·布莱克曼接受了织原给的 50 万英镑，并且签署了一份质疑对他不利的证据的文件时，难免大吃一惊。

_____

〔1〕在西方司法制度下，法院两项截然不同的职责也会被严重混淆——有罪或无罪的判决，以及对被定罪的嫌疑犯的量刑。如果织原认罪或被认定有罪，那么在量刑时就会合理考虑受害者家属的意见。但现阶段，作为被告，他坚决否认所有指控。

在被告仍应处于无罪推定的情况下，请受害者家属出庭作证，加强了人们对日本司法制度的某些固有认知：被告的罪行在其出庭之前就已经被非正式确定，审判只是一场空洞的仪式。

"在这场审判中，我从来没有接受过任何刑事指控，"织原在为听证会准备的一份声明中写道，"另一方面，卡里塔·里奇韦和露西·布莱克曼的家属的证词应该直接针对罪犯。因此，我担心如果我出庭就会被视为罪犯，并被视为接受了刑事指控……我担心这将使刑事法院沦为报复和批评的场所，激起仇恨，导致遗憾的事情发生。"法官枥木拒绝在法院上宣读这份声明。

LUCIE JANE BLACKMAN
1. 9. 1978 - 1. 7. 2000
LUBA ~
a star lighting our sky

"为露西举行葬礼，意味着她不再是失踪人口，"索菲·布莱克曼说道，"那段前途未卜的日子已经结束，我们不需要再继续寻找她。埋葬了她的骨灰之后，我才意识到她的生命已经结束。她的葬礼都没有让我有这种想法。对我来说，安葬才意味着死亡。"这也差点葬送了索菲。

露西的遗体被火化之后隔了4年才下葬。布莱克曼一家就如何处理露西的骨灰展开了激烈的争执，大家都坚持己见。一开始，蒂姆建议搭乘他的船，把骨灰撒在索伦特海峡中，露西小时候，他们一家经常乘船去那里玩。鲁伯特则想把骨灰安葬在靠近塞文奥克斯的一处墓地，这样方便家人去扫墓。不过争论最激烈的是索菲和简。痛苦绝望的索菲希望把骨灰分给四个家庭成员。她希望再次体验去诸矶湾的那个洞穴的感觉，在那里，她第一次感觉到与死后的露西精神共鸣。"我想把露西的一部分骨灰放在一个漂亮、精致的银制小盒子里，这样它就能一辈子陪着我，"她在一封同时写给父亲，母亲和弟弟的信中激动地写道，"我还没准备好将露西献给大地。我想让她和我多待一会儿。我想让她待在一个每天都能和她说话的地方。也许将来当我有了自己的家庭，或是我自己的房子，我就可以把她葬在一个完美的地方，我可以永远和她待在一起的地方。"

可是简不为所动。2002年，她被任命为露西的遗产管理人，从此拥有了对这些事情的最终决定权，她也决定好好行使这一权力。她一度把露西的骨灰锁进一个家庭保险箱里，她专门为此购买了这个保险箱。虽然没有说出来，但她似乎很担心蒂姆或索菲会偷走露西的骨灰。简之所以会如此担心，是因为露西的死让她极度痛苦和恐惧——她的尸体惨遭肢解，毁坏严重。"露西被分尸了，"她说道，"她的骨灰不可能也被分开来。我坚决反对这么做。我不想我的女儿不完整。"骨灰的下葬仪式被安排在2005年3月23日举行，地点在西尔村的圣彼得和圣保罗教堂，那里距离简的住处大约1.5公里。

从十几岁开始，索菲就经常和母亲激烈争吵，而露西通常都是调解人，所以她对这两个人来说都十分珍贵。14岁时，索菲离开家搬去一个朋友家住了几个月。她高中时辍学。露西失踪的时候，她正在进行相关学习，成为一名能熟练监测起搏器和检测心脏的心脏病技师。她飞到东京，预计最多在那里待几天就可以回家，结果她在钻石酒店住了好几个星期。后来她会在中途飞回伦敦，继续医学实习生的生活。但是随着露西突然而又残忍的离开，索菲的生活发生巨大变化，切断了她与其他人的接触，使其无法获得别人的安慰。她发现有些朋友因为不知道该做些什么或说些什么，开始躲着她。索菲瞧不起这样的人。其他人则给予她夸张的令人窒息的安慰和支持。她拒绝接受这样的好意。索菲的骄傲和对外界的防御通常表现为攻击和蔑视，赶走了许多本来可以帮助她的人。

她和蒂姆相处更为融洽，但他一直和他新组建的大家庭生活在几小时车程之外的怀特岛，长期缺席父亲一角。"我很高兴把自己孤立起来，"她坦言，"真的，真的，我生活中唯一一直信任的人就是露西。我陷入了这样一种境地：我越沮丧，可以求助的人就越少。最后，露西葬礼那天没人陪着我。"

从一开始大家就达成一致意见，这将是一个以四名直系亲属为中心的私人仪式。但记者们不知为何听到风声，为了躲避蜂拥而来的记者和摄影师，葬礼在最后一刻从 4 点提前到 1 点。简坚信是蒂姆向媒体透露了消息，这让这一天的气氛变得更加尴尬。

仪式用时很短，形式十分简单。在露西去世将近 5 年后，她的骨灰盒被埋在西尔村的教堂墓地里，从那里能俯瞰西肯特郡的田野和低矮的山丘。鲁伯特在墓里放了一张他为露西创作和录制的歌曲光盘。索菲请人做了两块银牌，上面刻着露西最喜欢的诗的开头两句，那首诗是 W.B. 叶芝的《一名爱尔兰飞行员预见死亡》。她把刻着第一句诗的银牌放进了露西的坟墓：

> 我知道我将遇见我的命运

她把刻着第二句诗的银牌留给了自己，并决定余生无论去哪里都要带着它：

> 在上方云霄之中

葬礼结束后，布莱克曼一家四口去吃了顿迟到的午餐。他们开车去了一家叫约会的餐馆，他们以前一起去那里庆祝过露西的生日。这是蒂姆和简离婚后第一次如此亲近。蒂姆点了香槟，同时惊讶地发现气氛"还不错，相当友好。孩子们一直相互打趣和大笑"。简甚至发现前夫的存在不像以前那么令人难以忍受。"每个人都彬彬有礼，"简回忆道，"蒂姆说我看起来很亲切。我自己是不会选择这样度过这一天，但为了鲁伯特和索菲，我们选择了这么做。"但在索菲看来，这一刻恐怖又虚伪，她表面上很开心，内心实际痛苦不堪。

"太糟糕，太诡异了，"四年后索菲如此评价道，回忆起当时的情景，她的声音都变了，"因为大家都想表现得友好，于是坐在餐馆里玩'假装我们是幸福一家人'的游戏，可我们刚刚埋葬了露西。真是太诡异了，大家假装团结一心，但其实已经没有任何东西让我们紧密联结在一起，我们之间已经没有任何联系。现在回想起来我还是觉得很气恼。那么做毫无意义。显而易见，露西的死改变了我们所有人之间的关系，我们还是她的妹妹、弟弟、母亲和父亲，但我们同时也只是围坐在桌旁的四个陌生人。"

索菲竭力隐藏真实情感，以维持其骄傲的形象，并且将她的不快乐当作对朋友和家人的挑战。她说道："我发出的唯一一个表示我不太好的小信号，就是我邀请大家到我的公寓。我很想逃离那顿糟糕的午餐，但午餐结束后，我反而想再和他们多待一会儿。我其实是在说：'暂时别离开我，我还没做好准备。'"布莱克曼一家在索菲的公寓又喝了点酒和茶，然后才互相道别。索菲的室友埃玛是名空姐，她那天要外出，于是在露西葬礼的那天晚上，索菲要孤身一人待在公寓。"我没有说：'请留下来，我真的需要你们留下来，'"索菲回忆道，"在我需要帮助的时候，我应该请别人来帮助我。但我会测试他们是否能主动察觉到这一点。当然，如果他们了解我，甚至不需要我开口就会主动来帮助我。"

"所以，我很孤独。埋葬露西的骨灰对我来说十分重要。在我看来，那才是她生命的尽头——我再也见不到她了，我觉得自己没法独自熬过这段日子。"

过去一年里，医生给索菲开了一系列抗抑郁药。她试过好几种不同的药，但没有一个能帮上忙。但现在，喝了几杯伏特加后，她小心翼翼地扔掉空包装，把她收集的药片放在一起。

"我一个人坐在那里，脑子一片空白。我不知道当时在想什么。我不记得是否决定过要做什么。当时我只是将所有能找到的药片都翻了出来。我记得我一把把地拿出药片。我把它们从包装盒里拆出来，一把把地扔进嘴里。人们会说：'这难道不是在呼救吗？'但这不是。我只是想死。我不想活了。我找不到活着的意义。"

索菲的室友和男朋友回到家，发现索菲在沙发上睡着了，他们以为她只是喝伏特加喝醉了，于是把她抱到床上。第二天一早，埃玛准备出发开始为期两天的飞行任务。对于接下来的事情大家的记忆有所不同。蒂姆以为是埃玛的妈妈发现的不对劲，但索菲记得是自己昏昏沉沉地醒过来，自己打电话叫的救护车。无论怎样，星期五一大早，救护车把索菲送到医院，此时距离她服用过量药物已经超过 24 小时，所幸她被救了回来。

鲁伯特第一个知道出了什么事。索菲当时已经被转移到精神病诊所，他冲到诊所，看到她步履蹒跚，径自喃喃低语，强迫似的揉搓着双手，她再也不是两天前和他一起喝酒吃饭的那个精力充沛的刻薄的姐姐，现在的她更像一个僵尸。蒂姆从怀特岛开车过来，把索菲转到一家私人诊所，按照《精神卫生法》的要求，她在那里接受了短暂的隔离治疗。索菲苍白的面容把他吓坏了，甚至在药物排出体内之后，她好像仍然会产生幻觉。简最后一个知道这个消息。当她赶到医院时，第一次看到索菲手臂上的累累伤痕，这都是她这几个月以来自残的结果。

几天后，索菲出院，由她父亲负责照顾，她和蒂姆、约瑟芬以及她的孩子们一起住在怀特岛的教区牧师老房子里。她在那里住了10个星期，生活过得平静而快乐，同时还完成了威斯敏斯特城市学院临床生理学所需的学位论文。她的论文在那年夏天发表，她本人也被授予了一等学位。

第二年，她以病人的身份住进了泰晤士河畔里士满的卡塞尔医院，这家医院专门收治有家庭问题的严重精神病患者。她在那里待了9个月。她再也没见过简。

"你也许认为，像露西的死这样的灾难会让大家重新团结在一起，"蒂姆说道，"其实，即使是在一个幸福的家庭里，发生这样的事之后亲人也会分崩离析。他们会互相指责，互相逃避。出事后，痛苦会让你失去应对能力，就像我们一样，因此更难应对早已存在的种种压力。"2006年夏天的一天，蒂姆来到医院探望索菲，他带来了一个将会给布莱克曼一家带来更大压力的消息：织原城二要给他50万英镑，而他决定接受这笔钱。

2006年3月，织原方面第一次提出给蒂姆钱，当时织原的律师发来一封电子邮件。当时对方想一次性给蒂姆20万英镑现金，作为回报，蒂姆要承诺不向东京地方法院发表声明。简也收到过类似提议，但她轻蔑地表示拒绝。蒂姆就这个问题与对方进行了简短的电子邮件沟通，不过他当时坚持向我表示，他并不打算接受任何钱。"我当时几乎是在直接与织原联系，"他说道，"我希望有机会与他交流。我回了邮件，假装谈判——一是想看看事情会怎么发展，二是想让他抱有希望，然后伺机发起反击……我只是在玩游戏……没有达成什么协议，也没有（给过）钱，更没有原谅他。"

但织原的律师保留了这些往来邮件，他们还录下了与蒂姆的电话对话，并进行了抄录。第二年他们公开了这些东西，暗示蒂姆比他所承认的更渴望接受这笔钱。"我已经收到被告的提议，"蒂姆写道，"我准备考虑看看，也准备考虑一下这个条件。"他开口要 50 万英镑，织原还价到 30 万英镑，并要求蒂姆同意向法院做出一系列声明。"被告对露西的死表示悔恨和悲痛，"他答应这么说，"作为露西的父亲和一个基督徒，我可以原谅被告，而且……我们已经达成和解。我希望他能改过自新，重新融入社会。"然而几天后，蒂姆突然拒绝谈判。

他在给织原的一个中间人的电话中解释了自己为什么这么做，这通电话内容也被录音、抄录和公开。蒂姆透露："英国警方已经与（日本）检察官谈过，他们告诉我，他们不愿意看到我收了钱再上法院。"

卡里塔的妈妈安妮特·里奇韦也收到了类似的提议，也同样表示拒绝。三位家长在接下来的一个月都去了东京，都讲述了失去女儿对他们生活的影响。蒂姆在法院中说："在我漂亮的女儿身上做出这种可怕行为的是个令人恶心的家伙，就像一个肮脏的动物捕食美丽而脆弱的猎物。这种恶魔的邪恶行为，几十年来，在没有法律或不受任何控制的温室中肆意疯长。"

这个恶魔没有为他的变态行为或反人类的罪行表现出丝毫的悔悟、羞愧或内疚。相反，他一味地撒谎和否认，一开始甚至就否认认识露西，后来又否认与她的死有关。不难想象，如果我美丽的女儿没有被这个恶魔抓住，她今天就还会活着……

他对我们犯下了卑鄙的罪行，必须受到最严厉的惩罚，判处尽可能长的刑期。全世界的人都认为他应该被判谋杀，应该被判死刑。我赞同这种说法。任何低于法律所允许的最高限度的判决都无法体现应有的正义，而且将是对露西的生命和死亡的不光彩的侮辱。

但在接下来的 6 个月里，蒂姆恢复了与织原团队的接触。9 月底，他来到东京，在新大谷酒店与他们见面。选择这个时间并非巧合：10 月，织原的律师团队将开始为他进行结案辩护。就在 5 天前，1 亿日元已经汇到蒂姆在怀特岛的银行账户，这笔钱当时相当于 45.4 万英镑。

犯罪者向受害者支付现金是日本刑事案件中的固定流程，检察官常常予以鼓励。伤害了行人的危险驾驶的司机、商店扒手，甚至是强奸犯都可以通过经济和解获得减刑，偶尔还可以免于起诉，这种情况下犯罪者通常还会发表一份祈求受害者原谅或宽大处理的声明。在西方人看来，犯罪者和受害者达成这样的协议是对公正客观的司法工作的危险干涉。但对许多日本人而言，犯罪者理所应当尽其所能补偿受害者。曾经在一起轮奸案中，向受害者赔偿了 150 万日元后犯罪者最后获刑 3 年，而那些没有钱或无法弄到钱赔偿给受害者的犯罪者都被判处了 4 年监禁。"在这种情况下，150 万日元相当于 1 年减刑的'汇率'，"社会学家戴维·约翰逊写道，"谋杀案的刑期一般从 3 年到终身监禁（还有可能被判处死刑）不等，受害者的亲属如果不想要犯罪者偿命，就必须换算成相应的量刑时间。"

但这一固定流程和织原提出的解决方案还是有区别。在传统案件中，被告提出赔偿是赎罪的表示，代表他愿意为自己犯下的错误承担责任。可是织原拒不认罪。他的律师代表他支付几十万英镑的同时却没有一句道歉或忏悔的话。事实上，他们谨慎地指出，这笔钱并不是赔偿，而是一种"慰问金"或"抚恤金"，不代表他要负任何刑事责任。织原没有做错什么，但是，像许多体面人一样，他对发生在露西和卡里塔身上的事感到非常难过，只是想帮助那些处于悲痛中的家庭。

如果他认罪，那么他对受害者的赔偿可能会说服法官为其减刑。但是，把钱给他没有伤害过的人就完全起不到这个作用。他的几名律师强烈反对这一做法。但织原坚决要求实施这一善举。

织原被控强奸 8 名女性，他的律师和私家侦探逐个找到她们，提出给每人 200 万日元。其中几名女性拒绝了这一提议，但他派去的人反复坚持要给钱，几乎相当于骚扰了。一个叫浅尾美纪子的女律师代理了其中 3 名强奸受害者。她告诉她们，她们有权从织原那里获取赔偿，但如果她们接受了这笔钱，除了收据，她们不能给予任何其他回报——不能发表相关声明，不能请求宽大处理，不能做任何可能影响法院审议的事情。但大多数受害者还是签字收了钱，织原的律师起草文件表示受害者收到了"妨害赔偿"，并同意案件现在已"完全解决"，要求法院"撤回针对我的案件起诉和控告……因为我不打算追究他的刑事责任"。

"这些私家侦探反复联系她们，"浅尾美纪子告诉我，"无论她们在上班，还是在家休息，他们都会打她们的手机。即使她们换了手机号，他们也能找到她们。他们甚至能找到他们的私人电子邮箱地址。他们就是通过撒谎、威胁和搅乱她们的心思来得到想要的东西。我一听说这件事，就向辩护律师提出抗议。但是他们并没有停手，他们强迫她们签了这些文件。"

没人威胁蒂姆·布莱克曼。但就在收到 1 亿日元银行转账的同一天，他在下面的文件上签名并按了手印，这份文件在接下来那个星期由织原的律师提交给了法官。

书面陈述

我不知道我的女儿露西·布莱克曼的死因未知，也不知道没有在我女儿的尸体上检测到织原的 DNA 或其他相关线索，被告织原于当日入住了一家日式酒店，而同一时间我的女儿被推测已遭肢解和抛尸。

我愿向日本法院陈述并请求回答以下事项：

1. 从嘴里冒出来的黑色物质究竟是什么？我女儿露西·布莱克曼头上的黑色物质究竟是什么？[1]

2. 针对我女儿露西·布莱克曼头部的水泥的成分分析。

3. 我女儿露西·布莱克曼是何时以及如何从逗子码头被转移到蓝海油壶的？

作为露西·布莱克曼的父亲，我希望您能查清以上最重要的三点，澄清我女儿的死因和本案原委。

如果能澄清死因的嘴里和头部的黑色物质被警方或检察官丢弃，这样的行为就是违法的，作为一个深爱着女儿的父亲，我不

---

[1] 辩方一再提到露西头部的"黑色物质"。尸体照片显示，她的头部和嘴里有柏油状液体。织原的律师从不说明他们认为那是什么，但会暗示那是头部被烧毁时形成的东西，而这进一步排除了织原的嫌疑，因为没有证人可以证明在露西失踪几天后他有纵火行为。

能原谅做出这种事的人，哪怕这个人是警察或检察官。

这份声明语法刻板，极力强调一些令人困惑的细节，明显可以看出并非出自蒂姆之手，他在上面签名的时候根本没有关心写了些什么，或许也没有真正理解上面写的是什么。但更令人震惊的是，他竟然为了区区 50 万英镑就轻易地破坏起诉案件。

"在公开场合，我非常支持爸爸的决定，"索菲坦言，"但事实上，我一点儿也不支持他的决定。我并不反对他拿钱。我只知道他这样做无异于公开自杀，他会被妈妈和媒体撕成碎片。每个人都有自己的想法，无论他如何为自己辩护，大家都会对他指指点点，而这将影响他的生活、生计等方方面面。事实证明这的确对他造成了巨大的影响。"

织原的律师在蒂姆返回英国的第二天公开了这笔交易。那个周末，英国的报纸都报道了这件事。报纸纷纷用简对这笔交易的描述做标题："血腥钱"。她发表声明称："我拒绝了被告提出的所有赔偿，我的女儿索菲和儿子鲁伯特也一样。他不顾我的意愿和他的孩子们的请求，坚持进行谈判。露西忠实的家人和朋友对蒂姆·布莱克曼的彻底背叛感到恶心。"

换成其他人，可能会在这场风波平息前小心翼翼地躲起来。但蒂姆从来没想过躲避记者，即使是现在这样的情况下，也没有这么做。他尽职尽责地接受一系列电视和报纸采访，记者们都在问同一个问题：为什么？他谈到露西失踪这几个月来他所蒙受的损失，露西·布莱克曼信托基金以及他希望为其打下牢固的经济基础的美好心愿。他指出，日本的诉讼费用庞大，持续时间漫长，再加上织原破产了，根本没有机会通过民事诉讼获得赔偿。他的一些澄清并没有帮到他：他说钱并不是由织原本人支付，而是由织原的一个大学"朋友"辻先生支付的。这么做非但不会帮助织原，反而会"让他看起来嫌疑更大"。他给人的印象从容淡定，充满戒心，那些曾经假装同情采访过他的记者看起来倒有些自以为是、咄咄逼人。蒂姆·布莱克曼仿佛变成了罪犯，不再是痛失女儿的父亲。

接下来一个星期的情况更加糟糕，《每日邮报》以"父亲的背叛"为标题，用洋洋洒洒 2000 字对蒂姆进行了人身攻击。"这是个令人难以置信的 180 度大转弯，给露西的妈妈简带来了巨大的痛苦，"该报写道，"然而，值得玩味的是，虽然他的行为可能引发了严重的不安，但许多熟悉蒂姆·布莱克曼的人对此并不感到惊讶。"文章中没有直接引用简的话，而是说"朋友们"透露，面对蒂姆的背叛，她保持了"默然的尊严"。"他们把他描绘成一个浅薄虚荣的男人，10 年前抛弃自己的家庭，与另一个女人同居，并且拒绝从经济上给予他们任何支持……这个傲慢自私的男人很快破坏了（东京）盟友之间的友好关系。"

在"众多"朋友中，该报只写出了一个人的名字：休·沙克沙夫特，或者说"六本木的休爵士"，这位金融顾问曾在东京激烈反对蒂姆。[1]"我一直对他的行为感到震惊和失望，"休向《每日邮报》"透露"，"我一直保持沉默，但现在听说他所作的事情后，我觉得我不能再保持沉默了。"休抱怨蒂姆在自己的办公室任意妄为，把招待记者的费用记在自己的账上，以及让索菲一个人在东京待了两天，这些话他早就打好了腹稿。简的另一个"朋友"进一步透露蒂姆只给了极少

---

[1] 休当时已经搬到吉隆坡。他曾与一位马来西亚公主有过短暂的婚约，并开展了一项新业务，成为胖通灵师罗恩·巴德的合伙人。

的赡养费，还谈到他和露西的关系（"说他们很亲密简直可笑"），以及他根本没有和简商量建立露西·布莱克曼信托基金的事。《每日邮报》进一步"了解"到，简正准备给该慈善机构的受托人写信，"质疑她的前夫是否适合"管理该机构。

蒂姆给东京法院寄去一封言辞恳切的信。"我们接受（织原的）朋友的慰问，就像我们接受来自世界各地的慰问一样，"他写道，"我们之所以接受，是因为这会让被告对露西犯下的罪行感到更加愧疚。而且他已经破产，这么做也是加重对他的惩罚。被告感到愧疚，却继续假装无辜。他将我们的女儿当作猎物，是个疯狂又邪恶的罪犯。"可惜太迟了：没人愿意听他说这些。收到织原的钱 1 个月后，蒂姆花 6.45 万英镑买了艘游艇，这是他的第二艘游艇，大家后来才听说这件事。他解释说这是代表其经营的游艇租赁公司进行的投资，但同样没人对他的解释感兴趣。

简·布莱克曼羞于提起蒂姆，但几个月后在接受《每日邮报》的正式采访时，她还是提起这位前夫。这篇文章的标题是："他不道德。""这就像在打两场仗，一场是跟杀害她的凶手打，一场是跟我的前夫打，"她说道，"他站在哪一边？这对于替我们的女儿讨回公道有什么帮助？……据我所知，蒂姆收了 1 亿枚银币。犹大可都只满足于 30 枚银币＊。"

我第一次见到简的第二任丈夫罗杰·斯蒂尔的时候，他给了我一些建议。"你从一开始就应该了解这个故事有两个版本，"他说道，"一个是蒂姆的说法，另一个是简将会告诉你的真相。"

＊ 犹大出卖耶稣所得的钱。

露西死后两年半，简认识了罗杰。毫无疑问，他的爱和实际支持使她摆脱了一段极为孤独的生活。从1995年开始，她一直单身。"我以为永远也遇不到任何人了，"她坦言，"我以为我的感情生活已经结束了。"一天晚上，朋友们说要把她介绍给他们认识的一个单身汉，略带醉意的她同意了。他们的约会很顺利。露西去世后的几年里，简开始注意一些其他人很少留意到的小细节，这些对她有着深远意义。蝴蝶、白色羽毛、星星、图画和设计中的天使形象、鸟的鸣叫、物体和机器的异动——简认为这些都是露西在显灵。"她最近来过，"我第二次去她家的时候她对我说道，"很多东西不见了，火警警报无缘无故响起来。"

49岁的简对相亲感到相当难为情，她来到双方约定的酒吧，把车停在一辆银色汽车旁，银色汽车车内亮着灯。结果，这就是她要见的那个男人的车。

"我问他：'停车场那辆银色奔驰是你的吗？车里还亮着灯。'他回应道：'不可能。'但他还是出去确认了。他回来后说道：'你说的对。不过，如果我的车旁边那辆车是你的，那你的车里也亮着灯。'这下轮到我说：'不，不可能。'但当我出去看时，发现他也说对了。"

露西这个名字出自拉丁语中"光"这个词。简发现，对露西来说，死后的光和活着时的光一样重要，那些意想不到的闪烁就是她存在的确证。"那就是露西，"简说道，"她在表示赞同，告诉我这很好。"5周后，罗杰向简求婚。8个月后的2003年8月，他们结婚了。

罗杰比简小5岁，和她一样，他结过婚，也离过婚。他的爸爸是卫理公会牧师，他曾在银行工作过，也曾做过社工，还在伦敦金融城做过猎头以及自由职业顾问。他和简结婚的时候，正准备转型为"企业哲学家"，为各大公司提供有关道德和伦理问题的咨询服务。他曾出版过一本书，书名叫《道德性®：如何判断正误，并鼓起勇气去做正确的事》。"谦卑、勇气和自律等道德价值是成功、幸福和可持续发展的关键，"他在他的网站解释道，"道德性®是一种决策和文化框架，帮助人们停下来思考、交流、团结一致，然后做正确的事。"其中道德性与代表正确的®一样重要。罗杰后来被任命为伦敦卡斯商学院的"组织伦理学"教授。他还是一个统一运动的非官方秘书，该运动致力于起诉蒂姆·布莱克曼，使其受到刑事定罪。

罗杰 50 多岁，留着胡子，面相温和。我第一次见到他时，从他身上可以看出一个独立出版作品的自由职业哲学家的不安全感，他看起来很淡定，但其实一直处于紧绷状态。在道德性®的网站的照片中，他戴着沉重的黑框眼镜，身体前倾，露出自信的微笑。他穿着件开领花衬衫，外搭一件细条纹外套。但罗杰总是让我觉得他更像玛莎百货的顾客，而不是会买保罗·史密斯的人。他对简的爱和尊重显而易见，不为外力所动摇，他极力保护她不受她所处的严酷环境的影响。因此，大家自然而然地认为他应该帮助简承担起做露西·布莱克曼母亲的责任。

当简在乡间小路上看到露西化身的蝴蝶从路旁飞过时，罗杰也能看到她。我和简交谈时，每当她因为痛苦或极为开心的回忆而哽咽时，罗杰总是伸手安抚她或是递给她一杯茶。不过，他对反对蒂姆的斗争所表现出的热情，以及他将妻子的道德斗争当作自己的斗争的投入程度，还是让我大吃一惊。有时候，他好像要和简竞争，试图超越她对蒂姆的蔑视，而他从未见过蒂姆。

简和罗杰的家在塞文奥克斯郊区的肯辛村，我和简在那里聊了好几个小时，罗杰通常都陪在一旁。有时候，我很难得到简的回答，因为他会迫不及待地回答我提出的每一个问题。"我觉得我是个非常有洞察力的人，因为我曾经做过社工，我了解人们的各种行为，熟悉各种性格的人，"罗杰告诉我，"蒂姆看起来有严重的人格障碍。他是沃尔特·米蒂[1]那样的人……他曾经真心关心他的孩子，和孩子们相处得很好。露西生病的时候，他把她带回家，救了她的命。可后来他变成了一个大肆挥霍的人，最后不仅伤害了（简），也伤害了孩子们。在这方面，他是心理学家的理想研究案例。"

"这叫反社会。"简这时补充道。

"是的，我认为他基本上就是个反社会者。"

针对蒂姆的法律行动开始于他接受"血腥钱"后的几个月。另一位曾在东京做志愿者的英国银行从业者和休一样，也对蒂姆怀有强烈的厌恶之情。他花钱让简聘请行事风格高调的媒体律师马克·斯蒂芬斯。在斯蒂芬斯的帮助下，斯蒂尔夫妇说服蒂姆所在的汉普郡的警察对其展开欺诈调查。

这一指控十分巧妙，从表面上看，并没有什么证据支持调查。蒂姆究竟欺骗了谁？显然不是织原，织原是恳求他接受这笔钱的人。当然也不是简，她曾多次拒绝类似的赔偿。"露西的信托基金是受害者。"罗杰向我解释道。一份由织原的律师起草并由蒂姆签名的声明表明，他"代表露西的家人"接受 1 亿日元。但露西的信托基金由简负责管理，他们认为，蒂姆欺骗的不是活人，而是死去的露西。这一观点被认为很有说服力，汉普郡警方派了名警长给简录口供，皇家检察署也

---

[1] 电影《白日梦想家》中的男主角，经常做白日英雄梦。

致信日本有关部门，要求后者提供更多相关信息。

简对露西·布莱克曼信托基金怀有特别的怨恨，它已成为露西的父母争夺其精神财产的战场之一。经过5年的发展，该信托基金已经发展成一个小型慈善机构，有几名有偿和无偿志愿工作人员。它针对年轻人出售安全设备，比如强奸报警器和用于检测饮料是否被下药的工具包。蒂姆会去学校宣讲露西的故事，以及宣传在英国国内和国外保护个人安全的重要性。简给慈善委员会写信，要求撤销该信托基金的慈善组织身份，她同时还写信给受托人，敦促其与蒂姆脱离关系。罗杰给一名记者发电子邮件，强调这封邮件"不能公开，且绝不能说明其来源"，他在邮件中督促这名记者调查信托基金的财务状况。斯蒂尔夫妇与蒂姆的另一条战线于2007年4月开启，当时罗杰收到了一个叫海蒂·布莱克的女人的电子邮件，她曾是蒂姆的助理和"副首席执行官"。布莱克女士上个月刚被解雇，正在劳资仲裁庭就此事上诉。她还报警称外界捐给该信托基金的钱不翼而飞。就在她给罗杰发邮件的同一星期，这条消息也登上了《每日邮报》。报纸的标题是："露西的父亲卷入信托欺诈调查案。"第二天，该信托基金唯一的全职员工马特·瑟尔就被警方逮捕，受到询问和警告。

经过5周的调查，他被证明清白无辜。警方仔细检查了该信托基金的账户，没有发现任何资金流失，也没有发现任何其他犯罪行为。同时，慈善委员会针对简的投诉所做的调查也没有查出任何不当之处，针对露西遗产欺诈指控的调查也没查出任何异常。到了2007年年中，罗杰和简针对蒂姆的所有指控都一无所获。

"这就是我不和我妈妈联系的原因，"索菲坦言，"妈妈不顾一切地想要找到能摧毁爸爸和他所做的一切的证据，丝毫不顾及这么做对我和鲁伯特的影响。相较于我们和我们的情感需求，她更看重她自己，她自己的重要性甚至超过一切。我认为这是为人父母者不可原谅的一点。"

"如果你已经忘记他，已经向前走并且再婚，那么就应该放下他。如果她的注意力还在前夫身上，那么她的生活和婚姻又能有多幸福和安稳呢？而罗杰这个人应该更像个男子汉。这么做有什么意义？身为现任丈夫，花那么多时间调查妻子前夫的所作所为，这不是有点奇怪吗？"

ドキュメンタリー
ルーシー事件の真実

事件資料添付
※本書の記載はすべて真実である。

エリート検事 vs IQ180織原城二の攻防
**近年 この事件ほど
事実と報道が違う事件はない。**

編・著　ルーシー事件
　　　　真実究明班

飛鳥新社

Konrad Lorenz
on aggression

世界初の御液専門医

059・1・L

Harcourt, Brace
& World

ルーシー事件の真実

近年 この事件ほど事実と報道が違う事件はない。

笠倉出版社

編・著
ルーシー事件
真実究明班

笠倉出版社

ルーシー事件──闇を食う人びと

柴田明夫

MORRIS

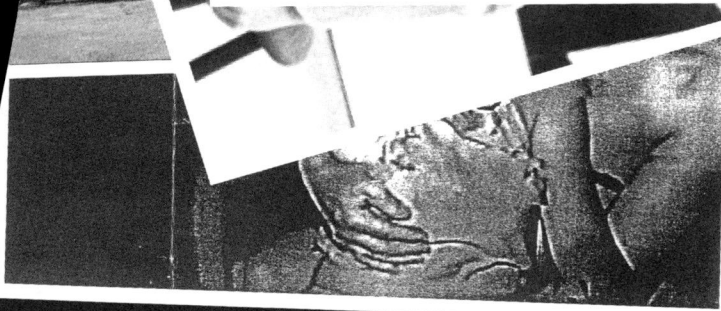

多年来，我一直努力争取与织原城二见面。我多次通过他的律师传递信件，希望可以与他在东京拘留中心见面。我在信中写了关于这起案件的未解之谜（有好几个），以及我希望（真心诚意）我的文章中既有来自受害方和警察的内容，也有来自他的观点。我把我所了解的他愿意回答的问题都列了出来，这些问题有关于对他不利的证据的，也有关于慰问金和警方的工作的。但我真正想问的是，作为朝鲜族小钢珠店大亨的儿子，从小在大阪富裕的家庭长大，同时还和精神失常的哥哥住在一起，这样的生活对他有什么影响，他是如何得知父亲在香港去世的消息的，以及在他"变脸"之前的那些日子里，他照镜子时会看到一张什么样的脸。

有一次，他回复我，让我弄到露西的健康记录，他的律师曾试图通过英国私家侦探搞到手。他这么说是在暗示我以此作为见他的交换条件。我拒绝了。我又给他写了一封信，这一次，织原手下一名叫新井圣久的律师打电话叫我去其位于东京市中心的办公室，这个新井是个看上去很阴郁、不苟言笑的人。

他一开始给我读了织原城二的私信。"收到您的信，我很感激，"信一开头就这样写道，"我迟早有机会见到您，但在此之前，请您先看看我能提供的材料。"桌子对面的新井先生推过来一叠文件：法院记录，露西的日记和克丽丝特布尔·麦肯齐在织原公寓的照片。大部分材料都可以在后来织原受委托创作的那本奇怪的书里看到，但有几样没有出现在书里，而且永远不可能出版。这些是警方在洞穴里找到露西的遗体时拍下的照片：她的头、胳膊、躯干、大腿、小腿、脚和脚踝被冷冰冰地摆在病理学家的桌子上。这些照片自然令人毛骨悚然，看到被肢解的尸体产生短暂的惊惧之后，随之而来的是一种羞耻感，仿佛看到某件色情作品的羞耻感。"这些画面当然很可怕，让人无法直视，"新井先生把这些照片递给我的时候说道，"我们都感到非常遗憾。"我低下头看照片的时候，他似乎在观察我的反应。

表面上看，他给我看这些照片是为了让我注意露西头部和嘴里的"黑色物质"，在织原看来，检察官没有对这些物质给出过令人满意的解释。但后来我在想他这么做是否另有目的，如果没有，这其实就是一种警告，甚至是针对我个人的威胁，就好像陷阱上方半开的活动门，让我窥见发生在露西身上的可怕的事情，以及凶手的想法。[1]

织原的律师还给了我另外两封信，指责我的报道中相关日期、有关织原的一名受害者的国籍和某些事件的先后顺序与事实不符。织原的律师坂根信也愤怒地指出："更重要的是，放在冰箱里的狗被写成德国牧羊犬，而它实际上是喜乐蒂牧羊犬。这也与事实不符。"对于他指出我的错误，我表示了感谢，并在此要求见织原。但这一次仍然没

---

[1] 新井先生鼓励我带走那些照片。我按照他的要求，在接下来那个星期把照片寄回给他。4个月后，他给我写了封信，愤怒地指责我"把复印件寄给了伦敦警察厅，后者把照片给死者露西·布莱克曼女士的家人看了"。他还写道："你的行为不仅违背了你对提供照片的人的承诺，破坏了我们之间相互信任的关系，还伤害了这个家庭，让他们更加悲痛。无论是作为记者，还是普通个人，这样的行为都永远不应该被原谅。"这些指责毫无依据可言。

有得到任何回应。但 2006 年 5 月，在遭到几次断然拒绝之后，织原以自己的方式向我伸出了"橄榄枝"，他对我提起法律诉讼。

新井先生代表织原控告我诽谤。这种情况下，更为常见的做法是追究我所在的报纸的责任，因为它才是诽谤内容的出版方，但他选择了控告我个人。他要求赔偿 3000 万日元（约合 15 万英镑）。3 周后，我被东京地方法院传唤出庭。书面控诉内容翔实，令人望而生畏，但审查过后，才发现控诉内容异常滑稽怪诞。最出乎意料的是，简在听证会上出庭作了证，织原却并没有到场。我和在场的其他记者都报道过，法官当时宣布织原在牢房里脱掉衣服，紧紧抓住洗脸盆不放。但新井先生表示，这是一种荒谬而伤人的诽谤。"没有任何事实表明原告……当天为了避免出庭而脱光衣服。"他还坚称："这一侵权行为严重损害了原告的名誉。"

《泰晤士报》替我请了东京一家律师事务所的律师。我们见面开了会，也召开了电话会议，收集了各种笔记和文件，我的反证材料也被来回传阅。被告的新身份让我既兴奋又好奇。我会在法院见到织原吗？站在我如此熟悉的法院的另一边会是什么感觉？因此，当我得知织原和我都无需出席任何听证会时，感到无比失望。与刑事审判相比，民事诉讼流程更加形式化，只需双方律师出席，原告和被告是否出席毫无影响。我还是坐在被告席上听了一场听证会。整个过程持续了不到 10 分钟。我的律师提供了一些证据，以及来自其他记者的陈述证明，表示他们也听到法官枥木形容织原赤身裸体的样子[1]。新井先生和法

---

〔1〕最主要的证据当然是速记员对听证会的记录。但是，虽然审判是公开进行，但这份记录却不是公开文件，我的律师必须经过法官许可才能拿到它。

官仔细审阅并接受了这些证据。然后，双方律师和法官商定了下次听证会的日期。我的案子没有引起任何公众关注，旁听席上的3个人不是观众，而是等待下一个案件开庭的律师。然而，尽管整个诉讼过程平淡无奇，作为被告，在法律的威压下，我还是感到紧张和恐惧。这与坐在法院另一边做笔记的感觉全然不同，这种感觉就像在舞台上既当导演又当演员。

织原城二审判的最后两次听证会，也就是第60次和第61次被搁置，以便检控和辩护双方进行结案陈词。双方都没什么新东西可说，但还是说了很长时间。织原站了2个小时，死死咬住检方陈述的漏洞不放。这么一个矮小的男人怎么能把这么高大的女人的尸体装进车里而不被发现呢？检方的指控有那么多未解之谜，谁能保证其真实性呢？辩方陈词中写道："没有确凿的证据，受害者的死因也不清楚。没有发现包括他的DNA在内的任何可以将被告与她的死亡联系（在一起）的东西。虽然检察官说她死于氯仿类药物，但尸体中并没有检测出氯仿。"

检方列出了大家早已熟悉的证据：织原自我记录的漫长的"征服游戏"史，幸存女性的证词，视频和毒品，露西失踪后几天里所有可疑的电话、购买的物品和网上搜索记录。检方试图用织原的辩护来对付他自己，其中最牵强的辩护就是令人难以置信的胜田的故事，他是比较晚才在本案中现身的"百事通"。检方的陈词中写道："他的不合理的狡辩本身就是他有罪的证据。"

在日本法院上，检方陈词通常都十分含蓄低调，极少慷慨激昂，当天这名年轻检察官的陈词一如既往的单调乏味，毫无波澜。但这份陈词的措辞中隐含着愤怒之情，鲜少能从官方陈词中听出这种情绪。"这是一起前所未有的离奇的恶性案件，"陈词中写道，"织原犯下其他相同罪行的可能性极高。他就是头狡猾的野兽，他没有表现出一丝人类的悔恨之情，也不在乎失去亲人的家庭的呼声。我们在他身上看不到一丝人性的痕迹，他没有丝毫的悔悟。本案在性犯罪史上非同寻常。因此，我们坚持要求判处被告终身监禁。"

在宣读结案陈词之前，织原的律师多次要求传唤蒂姆·布莱克曼出庭作证。

"你想询问他什么？"法官枥木脸上带着常见的恼怒笑容问道。

"关于他收了1亿日元的事实。他之前虽然一直拒绝这笔钱，但现在他接受了。我们希望了解他为什么改变主意……他是很重要的证人，能影响减刑判决。所以，我要求他出庭作证。"

"我们已经充分询问过他。"法官枥木回应道。

织原的律师喃喃低语了几句，没人能听清他说了些什么，枥木沉声说道："我不会允许这样的事情发生。驳回请求。"

"我反对。"律师坚持。

"驳回！"

法官枥木请检方开始结案陈词。

"我反对，"织原的律师又说道，"我反对法院的决定。这违背了法院全面审查案件的原则。"

"驳回，"法官枥木说道，"提出毫无意义的反对意见可被视为藐视法院。请谨慎发言。"

织原的律师的举动看起来像是绝望的误导，显然是一种战术误判——故意在审判的最后时刻激怒能决定织原有罪与否的法官。2006

年 12 月 11 日，审判结束。法院将在 5 个月后做出判决。而判决结果似乎毫无悬念。

6 年 61 次听证会，即使按照英国法院的速度，每周 5 天的上午和下午都举行听证会，审判时间也超过 1 个半月。织原动用了所能动用的一切资源，涉及法律、财务、调查、技术等各个方面。据英国一家报纸报道，2004 年，他的一名律师在英国请私家侦探调查蒂姆、简、露西、路易丝·菲利普斯和她的姐姐埃玛。2 年后，一个相关网站诞生了。网站以英语和日语两种语言，详细记录了织原对这起案件的描述，其中包括露西日记的部分内容，蒂姆签署的文件，以及庭审的部分笔录。[1] 2007 年，就在判决公布前几天，东京市中心几家商店的书架上出现了一本封面是一只死狗照片的书。

这本书就是《露西案真相揭秘》，这本书集单调乏味、创意和滑稽可笑的辩护于一身，是研究织原城二的《圣经》。封面上有个很长的副标题：精英检察官 vs. 智商 180 的被告织原城二——近年来没有其他案件的报道与事实差异如此之大。广告宣传夸张地写道："本案检察官为何肆意妄为？""揭秘：检察官销毁证据并伪造官方文件。"这本书有 798 页，厚达 5 厘米，重约 900 克。

这本书由"寻找露西案真相小组编写"，该小组也是那个网站文章的撰稿人。这些寻求真相的独立斗士是什么人？他们为什么羞于表明

---

〔1〕未经法院许可，禁止公开此类官方文件。警方愤怒地指控该网站公开了一起正在审理中的刑事案件的证据。但有人早就想到这一点：该网站的域名后缀是 to.cx，归属地是澳大利亚不知名的圣诞岛。警方从未对该网站展开刑事调查。

身份？事实上，这本书是由织原的律师委托出版的虚荣之作。这本书的出版商解释说自己之所以会出版这本书，一个原因是受到了织原本人的鼓动，在其监督下完成的这项工作。[1] 书中有许多法院记录，有关证据的内容，以及以第三人称大段描述的织原的童年生活、沉溺于酒精的青少年时期及其与露西共同度过的致命一夜前后发生的事情。书中还有蓝海油壶公寓的内部照片，以及织原的奔驰跑车照片。另外，从书中的几张照片中，明显可以看出克丽丝特布尔·麦肯齐在织原家的沙发上吸食海洛因。蒂姆协商支付慰问金的电子邮件复印件也全部出现在书中，同时出现的还有他与织原的代理人的电话交谈记录，以及支付给被织原强奸的乌克兰女人塔妮娅·内博加托夫的320万日元的收据。露西的日记再度登场，分别用英语和日语誊写，并加了注释。书中还有那个洞穴的图画，准确标出了露西的尸块是在哪里被发现的，另外还有一张遭遇台风袭击后的海滩照片。

大多数资料的呈现可以被视为在表达某种观点，或是提出一个可能被视为对织原有利的问题。比如："用这辆车运送尸体是不是太小了？"或是"在冬天的强浪侵袭下，这具尸体怎么能不受影响呢？"暗示的观点则有："外国女招待＝吸毒的荡妇"，以及"所以，他的确冷冻了他的狗"。

但是，这些资料如此庞杂，如此分散，即使有价值，也都淹没在怪异乏味的沼泽中。织原真的相信有人会认真看这些原始记录吗？他希望这本书能影响什么人？法官们在法院上听说了这件事。即使他们被认为容易受公众舆论的影响，此刻也看不出任何影响；即使有人愿

─────────

〔1〕有关《露西案真相揭秘》出版的更详细情况，参见第390页。

意花时间阅读这本书，也不会产生任何对他有利的影响。织原这么做是因为他有能力这么做，因为到了这个阶段他已经没有别的事可做，而他又必须做点什么。

然而，有个明显有利的计谋，他却从来没采用过。日本法院非常重视被告之前的良好行为证据，以及品德证人的证词。无论是正直的骗子、博爱的纵火犯还是受人喜爱的暴露狂，都希望以此博得宽大处理。织原明白这一点，这也是他为什么一直吹嘘自己的慈善捐款行为——仅在 2006 年 5 月，他就向救助儿童会、国际特赦组织和日本红十字会分别捐赠了 500 万日元。

更有价值的是那些认识并喜欢织原的人的个人证词：儿时同学，昔日校长，大学密友，商业伙伴——任何能说点他的好话的人。[1]织原试过其他所有方法，如果有能为他说好话的人，他肯定会把他们找出来。可是，至少从表面上看，这是许多有关他的非同寻常的事情中最非同寻常的一件——从童年、青年一直到中年，他一个朋友也没有。

判决将于 2007 年 4 月 24 日（星期二）上午 10 点公布。英国时间则是凌晨 1 点，如果一切按计划进行，我就有可能在当天早上的最新报纸上看到这则消息。但时间十分紧迫，尤其是如果有延迟的话。那天早上我很早起来写了一篇新闻报道的草稿，等到判决宣布后，我可以通过电话补充一些细节。

---

[1]《露西案真相揭秘》中提到曾经有许多老师"宠爱"织原，但没有一个这样的老师被传唤作证。特别值得一提的是，据说庆应义塾大学的"荣休教授关口"对织原被捕的消息感到"震惊"。不幸的是，这位教授在他以前的学生被起诉前夕去世了。

我的报道开篇这样开篇：

　　经过 6 年半的轰动审判，今天早上，日本房产商织原城二被判杀害英国酒吧女招待露西·布莱克曼，并被判处终身监禁（待确定）。

　　（插入家属在法院上的反应和法官的判词）

　　这一判决维护了布莱克曼女士的家人的名誉，尤其洗刷了她父亲蒂姆的冤屈，在女儿于 2000 年 7 月失踪之后，他在日本待了数月，督促警方寻找他的女儿……

　　我把这份草稿用电子邮件发往伦敦，然后喝了杯咖啡，收拾起笔记本电脑和笔记本。这天早上法院会涌进一群人，我得早点去才能占到一个位置。我既兴奋又不安，几乎吃不下什么东西。

　　下周是露西到达日本的第 7 个年头，距离卡里塔·里奇韦的生命维持系统中断将近 15 年，而距离蒂姆拯救热惊厥的露西也将满 27 年。38 年前的这个星期，织原城二的父亲在香港去世，或者说被谋杀，大约在同一时期，他寄予厚望的二儿子被一个叫贝蒂的美日混血女孩伤透了心。下周是织原的父母以贫穷的殖民地移民身份来到大阪的第 70 年，距离关东大地震之后的大屠杀过去 84 年，当时日本人像屠宰动物一样屠杀朝鲜族人。过去的那些时刻都存在某种联系，要是我能看见这种联系就好了。我的脑海中浮现出一棵树，树液从深埋在底下的树根中循环而上。它的枝条伸展得又高又阔，树干生长出无数细小的枝丫，每一条都因深层水分的滋养而迅速伸展开来。织原扭曲的生活就是其中一条枝丫，露西的死，她的家人的悲伤和索菲的颓靡就是它结出的果。我们每个人的眼睛都只能看到这棵扭曲黑色的树的一小部分，无法用语言来描述这棵树。但这天早上，法官栃木将对其中一小部分做出官方声明。他对有罪与无罪、严厉与仁慈的定义虽然狭隘，但也许是人类能做出的最佳判定。我们需要从露西和卡里塔的死亡，以及织原的怪异生活中，挖掘出某种意义。

这么多年过去了，这一天意义重大。我在笔记本上写道："他有可能被无罪释放吗？当然不可能。有大量的间接证据。辩护是如此荒谬。司法天平上的砝码明显向检方倾斜。不过……"

发现时间已经很晚，我着急出门，但还是再次打开笔记本电脑，匆忙写下了新闻报道的第二稿，开头如下：

经过6年半的轰动审判，今天早上，被指控杀害英国酒吧女招待露西·布莱克曼的日本房产商织原城二被判无罪释放。

（插入家属在法院上的反应和法官的判词）

这一判决对布莱克曼女士的家人来说是个毁灭性的打击，对她的父亲蒂姆·布莱克曼的打击尤为严重，在女儿于2000年7月失踪之后，他在日本待了数月，督促警方寻找他的女儿……

* * *

最终，232人排队等候进入旁听席，这一人数仅为第一次听证会旁听人数的1/4。这证实了日本的审判只是个空洞的仪式，大家对判决不感兴趣，因为结果很容易预测。但是法院上的每个座位都坐了人。我能看见坐在前排的蒂姆和索菲的金色脑袋，他们旁边坐着安妮特、奈杰尔和萨曼莎·里奇韦。织原已经就位，仍然无视其他人和事。我也找到座位坐下。我没有想到自己会有心慌意乱的感觉。我的交稿最后期限就要到了。我每隔 15 秒就看一次手表，然后又抬头看看我周围法院里其他人的脸，其中有几张已经变得十分熟悉的面孔。他们是狂热博主友纪，皱着眉的法院艺术家，一个我认识的警察，他身后那个带着插花毡帽的老人，还有一个穿着雨衣的憔悴的年轻金发男人坐在最后面做着笔记。

法官们突然从法院后面走出来，大家都站了起来。

8 分钟后，我来到法院外，不停按着我的手机，身旁围着其他记者。"是第二个版本，"当伦敦的人接通我的电话时，我说道，"用第二个版本。他被无罪。但他又被判无期徒刑。抱歉，法官是这么说的。我知道，我知道。我自己也不明白。"

发件人：理查德·劳埃德·帕里
发件时间：星期二，2007 年 4 月 24 日，14:36
收件人：《泰晤士报》在线，《泰晤士报》国际组
主题：露西·布莱克曼判决副本——重新归档

（我又和律师谈过一次，重发一次这封邮件。我想我现在终于弄明白了。）

理查德·劳埃德·帕里
东京

今天早上，被控强奸和杀害英国酒吧女招待露西·布莱克曼的日本房地产商织原城二被判无罪，这对她的家人来说是个毁灭性打击，

也令东京警方和检察官颇为难堪。

但是，织原的其他8项强奸指控和1项强奸并杀害澳大利亚女招待卡里塔·里奇韦的指控均被判有罪，因此被判终身监禁。他的律师团队当庭表示他将上诉。

东京地方法院首席法官枥木勉宣布织原绑架、强奸、杀害和肢解露西·布莱克曼的罪名不成立，在与织原外出游玩过去7个月后，人们在织原家附近的一个海边洞穴里发现了她的尸体。

法官枥木表示，尽管有间接证据，但由于缺乏DNA等直接证据，无法将织原与布莱克曼女士的死联系在一起。

但从判决书中可以看出法院对织原先生及其所犯罪行的厌恶。法官对被告席上的织原先生说："你把这些女人当作满足你欲望的性玩物。"

"你的行为不是健康的性行为，而是肮脏的犯罪。此外，你使用了氯仿等致命药物，会引起肝功能紊乱，进而导致死亡。有人可能认为这些女人很粗心，但我认为她们没有预料到你会有这样的越轨行为……你重复同样的套路，丝毫不在乎她们的生命和身体。"

"你的行为植根于你以自我为中心的态度，建立在你的变态性趣味基础之上，你理应受到最严厉的谴责。"

布莱克曼女士的家人对于织原在与露西相关的指控中被判无罪，表示十分愤慨，并对东京检察官对其提出的指控存在漏洞表示失望。

"我要说，今天我们未获得公正判决，正是因为检方未能对案件充分调查取证，"露西的父亲蒂姆坦言，他和露西的妹妹索菲一起出席了听证会，"露西被剥夺了公正判决的机会。"

布莱克曼女士的母亲简·斯蒂尔在肯特郡塞文奥克斯镇的家中发

表声明称："我最担心的事情发生了。我亲爱的露西，我很想你。这种心痛的空虚感永远不会消失，我真的相信有一天我们会再次拥抱在一起。你的妈妈永远不会放弃寻找正义和真相。"

斯蒂尔太太在女儿失踪前就与布莱克曼先生离了婚，她谴责布莱克曼先生从织原的"朋友"那里接受了1亿日元，作为交换条件，他签署了一份质疑对织原不利的证据的声明。但是昨天的判决清楚地表明，法官判织原无罪并不是因为这笔钱，而是因为没有确凿的证据将他与布莱克曼女士的死直接联系起来。

法官枥木表示："被告被认为以某种形式毁坏和遗弃了露西的尸体。有人怀疑他或多或少与露西的死有关。（事实上）被告……谎称露西还活着，并试图掩盖露西已死亡的事实的行为，有力支持了这种猜想。问题在于被告究竟是如何与露西的死有所关联的。"

在日本，检方和被告都可以对无罪判决提起上诉，因此这起案件的审判可能还会持续数年。

完。

第六部分

死后生活

如此
日本

"配合完警方调查后，我就飞回了英国，当时精神十分恍惚，"路易丝·菲利普斯回忆道，"我睡不着觉，一直哭。我以为会有人来接我。我自己熬了过来。我大量服用药物。我恨我自己，什么都不在乎。我当时待在我妈妈在肯特郡的家里，状态很糟糕。这对我的家人来说也是可怕的事情。我根本不想活了。我也做噩梦，梦见被人追赶，还梦见想把露西从一栋着火的房子里救出来。我梦见露西回来对我说：'我来了，我一直在找你。'我还梦见过那通电话，电话响起，一个声音说：'你再也见不到她了'。"

人们常用断臂之痛来形容失去亲人的痛苦，这种断臂之痛可不是事后缝合整齐的外科截肢手术。一个年轻人意外暴毙的痛苦，就像把手臂从腋窝扯下来。肌肉和动脉被撕裂，休克和失血威胁到远离伤口的其他器官的功能。露西死后，她所串联起来的那个私人世界永远偏离了正轨。她的死亡带来的痛苦涌出伤口，不仅折磨着她的直系亲属和密友，还折磨着她从来不认识的人。

索菲险些自杀，为此接受了 9 个月的精神治疗。大学的第一学期，鲁伯特·布莱克曼患上了严重的抑郁症。他回到家和简住在一起，大部分时间独自待在房间里哭泣。露西的朋友盖尔·布莱克曼花了一年的时间接受心理咨询，露西的前男友杰米·加斯科因曾和索菲一起去东京找她，他花了几个月的时间学习愤怒管理。"在我知道发生了什么之后，我只想杀人，"他坦言，"我是个很糟糕的人。几个月后，我开始和一个女同事约会。我是个混蛋。我从小就被教育要百分之百尊重女性，但我对待她的方式令人厌恶。"

但最伤心的是路易丝，她多年来一直想自杀。酒精和可卡因对她的作用越来越小。警方郑重要求她答应，不向布莱克曼一家透露有关此案的半点消息，这让她备受折磨。结果，露西的密友和简·布莱克曼都因此对她避而远之，认为她隐瞒了一些重要证据。她住在家里，除了做过几次服务员，再也没做过其他工作。后来，她和一个男人相恋并嫁给了他，她十几岁时就在布罗姆利认识了这个男人。但露西死亡的阴影一直笼罩在她心头，随时有可能摧毁她的幸福。"没人和我说话，"路易丝说道，"大家都指责我。那种愧疚感简直令人窒息。圣诞节的时候我感到愧疚，我生日的时候也感到愧疚。甚至连我结婚的时候都感到愧疚不已——我要结婚了，她却等不到这么一天。我为自己的快乐感到愧疚，也为自己变老感到愧疚。我还活着，她却不在了，这似乎都是我的错。"

露西消失了，大家都知道她将暂时隐身。可是，在大家看不见的地方，她悄无声息地死去了，她的碎尸在洞穴里躺了 7 个月，她无处可去。如果她在家人和朋友面前当众遇害，可能更容易被接受。当得知她遇害时，大家私下一点儿也不惊讶，虽然他们从来没有承认过，但其实早已肯定她再也回不来了。

但是当她的尸体被发现时，尸体的状况让认识她的人感受到极大的屈辱。"我记得露西失踪的时候，我想象过这样的情况，"索菲回忆道，"我想：'她可能不会回来了——她已经死了，我可以开始接受这一点，但请不要让她被分尸。'"看着我面前的照片，我知道没人可以

389

亲自跟露西的遗体告别。她的头发甚至都不知道是被削了下来，还是被烧掉了。那头莹润的秀发曾让露西引以为傲，充分体现了她的可爱。接着就是旷日持久的令人困惑的审判：既严肃又滑稽，既耸人听闻又枯燥乏味，充斥着帐篷里的死猪，冻僵的狗，彬彬有礼、乐于助人的黑帮分子，以及那个阴暗、躲闪的恶棍。

哪怕是个剃平头的流氓，骨瘦如柴的精神病患者，或浑身抽搐的懦夫，都比口齿不清、孤独、吹毛求疵、怪异的织原城二更容易让人接受。最后判决认定他犯有其他罪行，唯独伤害露西的罪名不成立，而且之所以有这样的结果，并不是因为法官认为他没有伤害露西，而是因为证据不足。现在，检方和辩方都提起上诉，而且可能不止这一轮上诉，此前的10项有罪和无罪的判决都有可能因此被推翻。在这种情况下，没有什么理所应当的道理，任何安慰人的陈词滥调都没有用，就看谁先放弃，谁有耐心坚持到最后。整件事情的发展似乎都脱离常轨，让受害人无法从中获得安慰。

这起案子制造了离心力式的压力，迫使人们分离，而不是因此团结在一起。不仅仅是布莱克曼家如此，许多认识露西的人都发现自己与朋友、家人和其他人的关系疏远了。而那些关心露西的人，对于其他人面对露西的死所做出的任何反应都感到不满意。在他们看来，其他人的反应要么过于冷漠，要么过于好奇八卦。报纸和电视都对这起案件做了浮光掠影般的报道，并且都暗示露西的女招待工作见不得光，还批评她坐陌生人车的行为十分愚蠢，人们就在这些报道的基础上自信满满地形成自己对这起案件的看法。同样对旁人的反应感到愤怒的是所谓露西的熟人，因为与露西这样有名的受害者有所交集自带光环，且因此假装悲痛就能受人瞩目，他们纷纷夸大自己与露西的亲密关系。

即使真正的朋友之间也很难就这个话题进行讨论。简向我描述了她的朋友圈如何因此缩小，她之前熟识的朋友都感受到一种不同寻常的社交礼仪挑战：面对一个女儿最近被分尸埋在洞里的女人，应该说些什么？

露西失踪后，她的朋友卡罗琳·劳伦斯回塞文奥克斯过圣诞节的时候，避开了所有老朋友。"我不想看到、听到或想到这件事，"她解释道，"我根本就没出过家门。有一次，我在街上看见索菲，于是躲了起来。我很自私，但我就是没办法跟她说话。"她这么做不仅仅是因为不知道该怎么和索菲交谈，还因为索菲长得和她姐姐很像，而且年纪越大越像，许多人看到她都觉得好像看到了死去的露西。

索菲察觉到这一点，并且为人们如此简单粗暴地对待她而感到愤怒（就因为长得像姐姐，她就要受到惩罚吗？），也因此倍感孤独。很长一段时间里，她都觉得自己像个幽灵，这一点无需从别人眼中得到证实。露西死后两年，索菲才意识到自己迈过了一道多么可怕的门槛。她突然发现，随着时间的流逝，她已经比姐姐当年的年纪还要大了。她无法向任何人形容这种感觉是多么奇怪和凄凉。

2007 年 9 月，东京地方法院驳回了织原对我的诽谤指控。他又向高等法院提出上诉，8 个月后也被驳回。他也许从未想过会赢：他这么做可能并不是为了证明他是对的，只是想让我害怕要花费大量时间和金钱、准备很多材料。对于诽谤诉讼，日本法院并不会判原告支付诉讼费。《泰晤士报》为这一辩护付出的相关法律费用高达 6 万英镑。

我不是织原唯一的起诉对象。他还起诉了几家日本周刊和《时代》杂志，后者在 2002 年错误地报道了他与雅库扎有联系，这几起诉讼他最终都获得了赔偿。一个破产的人怎么负担得起这些昂贵的诉讼费？另外，他又怎么请得起刑事律师、私家侦探、网站管理员和出版商，并支付一大笔"慰问费"？答案是他的家人。织原财产的控制权已经转移给他的家人，其中包括他80多岁的母亲贵美子。正是他们或其代理人为他支付了巨额法律费用。我之前听说过贵美子还活着，并且仍然住在织原小时候住过的房子里。她最小的儿子星山康正也住在大阪，他是名牙医，对记者避而不见。然后还有他那个有抱负的作家三弟金永正。这家人从没有出席过庭审，也没有接受过正式采访。除了提交账单，甚至连织原的律师都只能与他们保持短暂而不频繁的联系。我从东京搭乘高速列车去大阪寻找金（Kim）– 金（Kin）– 星山一家。

我从火车站搭乘的出租车属于国际出租车公司，这家公司仍归贵美子所有，星山家族的财富就是建立在这家公司基础之上。我来到织原计划建造他的"泡沫大厦"的那块地，这里现在是一个空置的多层停车场。我找到这家人最初住的地方，那栋位于廉价购物街旁的小巷子里的旧房子。房子已经无人居住，转角处属于这家人的一间小钢珠店大门紧闭，黯淡无光。我从这里走去富裕的北畠住宅区，那里的房子仍然按照传统风格修建，砖墙用黏土覆盖，厚重的前门屋檐上铺着瓷砖。其中一扇门上有一块写着织原母亲名字的牌子。我按下对讲机上的按钮，等了很长时间，才听到一个上了年纪的女士的声音。

"请问是金夫人吗？"

"她不在家。"回答的声音很微弱。

"你不是金夫人？"

"我是管家。"

"金夫人什么时候会回来？"

"我不知道。"

我十分肯定里面的人就是金夫人。

我离开的时候，一个男人从旁边一扇门走出来。他大约50岁，穿着皱巴巴的白衬衫和一条黑色裤子，衬衫并没有塞进裤子里，手里拿着两个装满垃圾或脏衣服的塑料袋。他歪着头以极快的速度向前走去。我知道这一定是金永正。

"金先生！"我一边小跑着追他，一边喊道，"金先生，我能和您聊聊吗？"我做自我介绍的时候，他暂时停下脚步，转过身来，然而一听到我的介绍，他立刻勃然大怒。我已经习惯别人讨厌我的记者身份，但金永正是我见过对此表现得最愤怒的人之一。我没看出他已满腔怒意，完全没预见到他要发火。我刚把名片递给他表明自己的身份，他就暴跳如雷。

"我是个出版人！"他直截了当地咆哮道，"你应该去看我的书"！

"呃，金先生，我看过你的作品，就是那个朝鲜族男人和聋人的故事，"我说道，"我很感兴趣。我能和您聊聊吗？"

"我有30年没见过我哥哥了，"他说道，"如果你再来这里，我会采取一定措施。我不想让你再靠近我。"说完他不再往前走，我也停了下来。不过他还在不停地说话，一边把袋子放在人行道上，一边用手指着我，眼珠还转个不停。

"这些女孩来到国外，跟着一个长得不怎么样的男人去他的公寓，你会怎么想？她为什么要这么做？"

"呃，我不知道，金先生。如果你指的是露西·布莱克曼，她只是以为织原先生会送她一份礼物。"

"你是个傻瓜！"说完他又拎起塑料袋向前走去，同时回头看了

393

看努力跟上的我，"这可真荒谬。你一定有比这种小事更重要的事要报道。全球变暖怎么样？"

"嗯，我写各种各样的报道——"

"你在泰国见过多少次美女和丑男在一起？"

"经常见到，我觉得——"

"纯属浪费时间。"

"对不起，如果——"

"你为了钱才这么做的吗？"

"这是我的工作，如果你是这个意思的话。我——"

"我父亲在监狱里待了两年，"他用英语说道。他再次停下脚步，放下手里的袋子。"他是抵抗军，与日本人作战。但我唯一能指责他的是，他没有时间照顾家庭。但他总是强调教育的重要性。"

我点了点头，希望能传递感同身受和理解的意思。

"我没出过国，但我会说日语、朝鲜语、汉语和英语。"

我不停点头。

"我并不富有，"他继续说道，"日本媒体说我哥哥是日本东部的地产大亨。这样愚蠢……"说到这里，他厌恶地摆了摆手。

"别再到这儿来了，"他说道，"永远别来了。永远别靠近我。如果你再来，我将采取一些措施。"

"金先生，我不想打扰您，我只是有一些……"

他又拎着垃圾还是脏衣服走了，一边走，一边摇头嘟囔着什么。

2007年3月，就在东京地方法院做出判决前一个月，一个叫林赛·霍克的22岁英国女孩在东京郊区被谋杀。她是名英语教师。一个星期日，她去 28 岁的市桥达也的公寓给他上口语课，然后再也没回家。第二天，当警察赶到市桥的公寓时，他穿着袜子就开始逃跑。警察在公寓的阳台上找到林赛，她被埋在一个满是泥土的浴缸里。她曾遭到殴打和强奸，最后被勒死。

她的父亲比尔·霍克是英国中部的一名驾驶教练，他飞到日本确认她的尸体，并把她带回家。与之前的蒂姆·布莱克曼一样，他在成田机场附近的一家酒店举行了新闻发布会。当然，两者情况大不一样：与露西不同，林赛的命运很快公之于众，唯一的谜团是杀害她的凶手的下落。但在比尔·霍克身上，我看到了典型的悲伤家长的模样，蒂姆·布莱克曼也曾需要扮演这样的角色，但他一直拒绝扮演这一角色。

比尔·霍克饱受痛苦折磨，完全无法思考或控制自己。失去女儿的悲伤压倒了对凶手的愤怒。大家很难直视他，让他在陌生人面前哭泣和哽咽似乎是可耻的行为，向他提问也显得冷酷无情。我们还是问了问题，照相机的闪光灯照亮了他扭曲的脸。比尔·霍克与蒂姆截然不同，他表现出了全世界对一个身处他这种处境的人所期望的模样：心碎，无助，因为失去至亲整个人彻底变样。

与此同时，市桥达也穿着袜子人间蒸发了：直到一年零八个月之后，警察才找到他。原来，他之前就曾故意接近其他外国女性，一天晚上在车站站台遇到林赛后，他就跟踪她回家。被害人的国籍和处理尸体的方式使这一犯罪行为看起来特殊又古怪。不过，许多人认为在东京发生这样的谋杀案不足为奇。

无论是在日本还是英国，外国人已经多次感叹林赛·霍克的死"如此日本"，却又一直无法说清楚为什么会这样。这起案件反映了一种无法明确表达却又根深蒂固的刻板印象。人们脑海中浮现出一堆乱七八糟的画面和想法，既有跟踪狂的形象，也有压抑、变态的性行为，色情漫画书，以及日本男人对西方女性的看法。林赛·霍克的死仿佛并不是令人震惊的失常，而是随时可能发生的意外。日本人对此也感到焦虑，尤其是在比尔·霍克在新闻发布会上宣称，他女儿的死"给你们的国家带来耻辱"之后。那个周末，日本电视台紧张地派了一个摄制组来到伦敦街头，询问路人林赛之死是否损害了日本在其心目中的形象。

这种似曾相识的感觉当然源于露西案的影响。随着时间的流逝，人们开始混淆埋在洞里的英国女孩和埋在浴缸里的英国女孩，甚至以为这两起案子是一回事。这两个女孩除了都是在日本遇害，她们的国籍也一样，年纪也相仿，这些就是这两起案件的相似之处。相隔七年，两个女孩被杀害。这就是人们对这两起案件的全部认知，但这并不妨碍他们对日本和日本人做出整体判断。

媒体对日本的总结大多与性有关，尤其是想象中的日本男人的性趣味。媒体会提到在拥挤的地铁上实施性骚扰的"痴汉"，以及日本"臭名昭著的"色情漫画，在这些漫画中，长得像外国人的大眼美女通常会遭到郁闷的上班族的暴力侵犯。报纸找到曾经做过英语老师和女招待的外国人，让她们讲述有关日本跟踪狂的"可怕"故事。"日本男人为什么对西方女性如此着迷？"一名小报记者发问，最后他在六本木的酒吧里找到了答案。

"他们看不起我们，但同时又尊敬我们，如果你能理解的话。"周末，一名来自利物浦的24岁外语老师和朋友在酒吧喝酒时对我说道。

"这让我们很难真正理解他们。我在这里待了整整一年，一直试图解读他们的行为，但还是不知道如何理解他们。"一些英国女性形容她们在这里遇到的男人的态度十分奇怪，让人不舒服，捉摸不透，另一些则提到日本男人对西方女性充满敬畏，认为她们十分神秘。

与日本女性相比，她们身材更高挑，性格更独立、更自由，日本男人既觉得她们充满吸引力，同时又对她们怀着恐惧和反感的复杂情绪……"她们将相对更漂亮的西方女性视为女神，尤其是那些身材高挑的西方女性，"一名在东京一家股票经纪公司工作的英国女人说道，她昨晚在六本木的中心酒吧和朋友聚会，"日本人和我们，有时候我怀疑我们是否能真正理解他们。"

这些采访所暗示的意义都体现在新闻标题中："日本男人、烟雾缭绕的酒吧和对漂亮西方女孩的迷恋要了林赛的命。"

日本的人口是英国的两倍多，但 2005 年日本的犯罪记录为 256 万起，不到同年英格兰和威尔士犯罪记录的一半，后者的数字是 560 万。最值得注意的是，日本的犯罪记录中之后 3.5% 是暴力犯罪，而在英国这一比例高达 21%。在露西·布莱克曼和林赛·霍克分别遇害的这些年里，有多少年轻英国女性在纽约、约翰内斯堡或莫斯科被谋杀？没人有兴趣找出答案。参照任意一个相对发达的西方国家的标准，东京都是一个极其安全的居住地，这里极少发生入室盗窃或偷车案，无论白天还是夜晚，女性可以放心地在街上行走。日本警察经常表现得如此笨拙的原因之一，就是他们缺乏打击真实犯罪的实践经验。

日本男人"迷恋"西方女性的观点完全是种族主义的陈词滥调：

自大花心的外国男人对日本女孩的兴趣远远超过了日本的"痴汉"。日本的色情文学和漫画风格独特，但日本手淫爱好者比西方同好更喜欢色情作品的看法与事实并不相符。任何一个认为这是个性压抑的国家的人，只要在六本木女孩的陪伴下度过一个星期五的夜晚，观念就会有所转变，这些女孩对外国男人有着同样的热情和兴趣。

是什么让日本"如此与众不同"？不仅仅是招牌上的文字，或是长相不同的脸。其中隐藏着某种更深层次的东西，这是一种难以用语言形容的无常特质，是外国人生活中如此多的快乐和挫折的来源：对街道氛围、个人姿态和群体情感的极度陌生。东京被一股强烈的激动人心的力量驱动着，但同时又受到传统和同一性的限制。大多数人都从日本人的"克制"和"礼貌"中感受到了这一点，这通常会让解读日本人和理解当地情况的工作变得非常复杂。

日本男人很少公开表现出具有攻击性的阳刚之气，而西方人则喜欢以此给人留下深刻印象或进行恐吓。日本男人很少刻意修饰自己，或表现得趾高气昂，看到他们不会让人联想到威胁或阴险。对于林赛或露西这样不会日语初来乍到的人来说，他们看起来很"亲切""羞涩"，往往还有些"无聊"。15 年来，我在日本只看过两场拳击比赛。每场比赛都不知道从哪冒出来的，赛前没人摇旗呐喊，参赛选手也不会互相挑衅或对峙，最后比赛也都以同样突然的方式仓促结束。

面对这样的日本人，许多外国人会丧失谨慎和怀疑的本能，当他们身处自己国家时，这种本能曾引导和保护他们。林赛·霍克和露西·布莱克曼都是如此，她们都是传统的"受人尊敬的"英国女性，她们不会随便去一个陌生英国男人的公寓，或是在伦敦的夜店做女招待。日本给予她们安全感，日本是安全的，在日本的魅力吸引下，她们做出了在其他任何地方都不会做出的决定。

露西为什么会和织原城二一起去逗子的公寓？甚至连她最亲近的亲友也怀疑她是不是有点愚蠢。"和这样一个男人一起出去玩太愚蠢了，"她的弟弟鲁伯特评论道，"我一直觉得可以避免出这种事。如果我是她，在这一过程中，有那么一刻我肯定会说：'够了。我不会进去。'"但对露西本人而言，那天的事情都是很自然地发生的，这也是袭击她的人的狡猾之所在，总是避免做出会引起她怀疑或是让她提高警惕的行为。

私下和男性客人见面也属于女招待的工作范畴，而露西正为完成晚餐约会任务发愁，就快被解雇，她比其他人更需要发展常客。再加上赠送手机的诱惑，它可以给她的工作、交友、尤其是新的恋情带来便利。至于织原本人，看不出有什么威胁性，而且英语流利，一看就是有钱人，显然比卡萨布兰卡的其他许多客人更令人向往。他们俩原本的安排只是吃顿午饭，只不过因为织原来晚了，于是临时提议去"海边"——一个听起来十分寻常、毫无威胁、符合英国人口味的地方。

露西根本既不知道海边有多远，也不知道在哪个方向。他们一路平安无事地开车到了那里，即使有什么担心也迟了。织原并没有着急催她去公寓，他们先在海边拍了拍照，也许再提出合理建议，因为太晚了，他们可以点外卖，而不是再去找餐馆吃饭。一到公寓，他就将之前承诺送她的手机给她，并激活了号码。没有人知道接下来会发生什么，法院上没有透露相关细节，而导致露西死亡的织原城二被判无罪，不过，和这样一个男人度过这样的一天之后，还一起喝香槟，甚至喝醉，会不会有点轻率或不寻常呢？

许多年轻女性在类似情况下也会做同样的事情。将来还会有更多年轻女性这么做，其中只有极小部分会受到伤害。我开始认为，这就是露西·布莱克曼之死隐藏的令人悲伤却又司空见惯的事实：她之所以会死，不是因为她轻率或愚蠢，而是因为她恰好是安全而又复杂的社会里那个极为不幸的人。

我曾经和蒂姆·布莱克曼谈起过这一点，他立即发表不同意见。"我认为露西不是不幸，"他说道，"她是被一个本不该逍遥法外的人盯上了。不是不幸。这个社会没能控制住一个本不该获得自由的人。她是失败的法律和秩序的受害者。"

警视由土和其他几个同意和我谈话的东京警视厅的警官为人都很真诚，富有责任心，他们夜以继日地追查杀害露西的凶手。不幸的是，他们所效力的机构无论是在过去还是现在，都十分骄傲自满，常常表现得很无能。警力不足是日本社会神秘的禁忌之一，媒体和政客都极力回避这一问题，甚至不愿承认它的存在。[1]

从某些方面而言，他们是优秀的交通管理者，糊涂的老妇人的好帮手，以及酗酒和扰乱治安者的合格惩罚者。面对更严重的犯罪案件，他们能够迫使寻常日本罪犯招供。但面对非同寻常的犯罪，他们就显得可怜巴巴，束手无策，他们思想僵化，缺乏想象力，受偏见和程序束缚，成为现代国家的累赘。在露西·布莱克曼和其他许多案件中，他们的表现证明，日本犯罪率不高的真正原因不是因为警察表现出色，保护到位，而是因为日本民众遵纪守法，互相尊重，以及不热衷于暴力。

---

〔1〕其他禁忌包括有组织犯罪、极端民族主义右翼势力和皇室及其所扮演的角色问题。

当然，必须考虑到受害者的外国国籍给此案带来的复杂性：如果有一个日本年轻女性在英国失踪，她的家人肯定也会遭受布莱克曼一家遭受的许多挫折。但真正的丑闻不是调查本身，调查只是例行公事，开始时进展缓慢，对织原的跟踪也不成功，没能发现藏在洞里的尸体。警方最严重的失误是在这之前那么多年时间里都没能发现织原的罪行，并将其绳之以法。早在1997年凯蒂·维克斯就报过警，但却没有引起重视。还有多少人遭遇了类似的事却从未公开过自己的经历？发生凯蒂报警事件5年之前，警方就忽略了卡里塔·里奇韦一家对"西田"的怀疑，当时就是这个男人将这家人垂死的女儿送进了医院，这可以说是警方最大的耻辱。这种失败是想象力匮乏的表现之一，也是一种制度化的无能，表现为无法思考常规情况以外的东西。人被划分为三六九等，对他人的信任也因此有所区别。年轻的女招待跑去客人家，接着声称被强奸，一定是在无理取闹。受人尊敬的家伙说牡蛎有问题、食物中毒，应该可以相信。对于织原，日本警方没有采取任何防范措施，他可以在其布下的漏洞百出的网中自由出入。卡里塔去世的时候，露西·布莱克曼才13岁：一切罪恶本可以在那时结束。"如果警方当时就锁定织原，他们只需要搜查他的家，就会发现他长达数十年的疯狂犯罪行为，"里奇韦夫妇在判决前夕发表的一份声明中写道，"织原当了30年的连环强奸犯，一直在给受害者下药。如果1992年的时候警方就按照我们的要求行动，露西·布莱克曼可能现在还活着，其他许多日本和西方女孩也不会被下药和强奸。"

2009年初，在织原以诽谤罪起诉我失败后的第二年，我自己的生活中也发生了一连串奇怪的事情。提前说明这一点很重要：我没有证据证明这些事情与织原城二有任何联系。

一天早上，我在东京的家中收到一个硬邦邦的大信封。这封信寄了好几天才到我手里。从官方邮戳可以看出这封信在几个邮政支局之间反复投递过。这封信的收件人是一个叫生井健吾的人，从地址看他是在一家叫拯救国家公报的公司工作，但信封正面写的详细地址是东京远郊的一间公寓，邮局也不知道这地方在哪里。发件人自称"同志"，但没有写明详细的联系信息。因为没有回信地址，邮局拆开了这封信，发现里面有我的名字，于是把信转给了我。

信封里的一张纸上写着我的家庭住址，住址下面则是我的名片的复印件。信封里还有一叠装订好的打印文件、十几张照片和一本日文精装书，封面图是个戴着皇冠的女人。

我先看了看照片。其中 10 张彩色照片被影印在两张纸上。这些都是我的照片，有的是我独自一人，有的是和朋友在一起。显然，有人一直在跟踪监视我，偷偷拍下了这些照片。

其中 5 张照片拍摄于 3 个月前。我清楚地记得那天发生的事情：那是一个秋高气爽的星期六下午，我和伦敦来的客人一起吃午餐，当时已经过了正常的午餐时间。这几张照片拍摄的时候，我和客人们正沿着一条商店林立的繁忙街道散步回家，一路说说笑笑。其他照片的拍摄地点则很难辨认。一张可能是电梯监控摄像头拍到的，另外两张好像是我在公共场合讲话时的照片，像是在发表演讲或参加什么聚会。我竭力回忆这些场景，希望能想到什么人拿着照相机鬼鬼祟祟的样子，但一无所获。他（或她）一直就在我家附近的街上监视我，当我出门处理日常琐事时，这个人就跟在我身后。

接着我查看了信封里的其他东西。我认出了那本书。那是澳大利亚记者本·希尔斯写的《雅子妃：菊花王座的囚徒》的日文版，三年前出版时曾轰动一时。它讲述了日本皇太子妃的不幸故事，皇太子妃原本是受过国际教育的聪明的外交官，由于皇室令人窒息的苛刻要求，她患上了慢性抑郁症，而宫廷官僚将这一情况隐瞒了数月之久。这本书一出版就遭到日本政府的强烈谴责，愤怒的极端民族主义者曾在其日本出版商的办公室外抗议。我见过本·希尔斯一次，当时他因为相关调查工作而采访了我，他的书里也引用了我写的一两篇关于雅子妃的文章的内容。我翻开面前的这本翻译本，发现提到我名字的每处都被标黄，相关页面都用不同贴纸仔细标记。

我最后翻看的是装订好的文件，那是六张激光打印的文件。没有任何致意或开场白，文件开头直截了当："理查德·劳埃德·帕里的目的是扳倒日本皇室，然后将日本置于英国的控制之下。"

《雅子妃》是一本诽谤皇室的书，书中使用了理查德·帕里提供的材料，帕里操纵了澳大利亚记者本·希尔斯，唆使他出版了这本书。尽管理查德·帕里是东京分社社长，手下却只有一名雇员，可以为所欲为……他坚持在国际上侮辱皇室，如果放任这种行为，将造成无法补救的后果。我们希望有人挺身而出对付理查德·帕里。

现在已无法在网上找到诽谤皇室的相关材料（属于屏蔽内容）。下面是之前曾在网上出现过的主要文章、照片和其他相关材料。

理查德·帕里密谋反日，我们不应该纵容他。帕里家族在第二次世界大战期间屠杀了186名日本士兵。他侮辱皇室，使日本陷入混乱……他向自称澳大利亚记者的本·希尔斯提供相关材料，唆使其编造阴谋反对日本皇室的书……我们不应该再纵容理查德·帕里侮辱皇室，使日本陷入混乱。

这个信封里就装着这么一大堆奇怪的东西。

这不是我第一次被称为皇室的敌人，而且，其他报道过皇太子妃抑郁的记者也被扣上了同样的罪名。不过，被指控充当澳大利亚作家背后的傀儡主人，以及英国帝国野心的代理人，这还是第一次。在这一系列指控中，最引人注目的是有关二战历史的控诉（对我来说是全新的说法），劳埃德·帕里的"族人"被刻画成站在一堆日本人尸体上的凶手。如此生搬硬造简直难以想象。我读到这些内容的时候忍不住笑起来，它们让我想到某个人……

事情再清楚不过，有人精心编造了这些文件，这个人很可能是个私家侦探。从其直白冷淡的语气来看，这个人很可能编造了好几份材料，陆续投递到各个地方，其中就包括拯救国家公报公司。但这家公司要么已经搬走，要么已经倒闭，这封信才碰巧到了它最不应该到的人手里。

从拯救国家公报公司的名字就可以看出，这是一个右翼极端民族主义组织，日本有大大小小许多这样的组织，它们会针对那些被认为不够爱国的人和组织进行声势浩大的示威游行。贬低日本战时行为的学者或政府官员，俄罗斯、韩国和中国的大使馆，被认为让皇室难堪的记者——所有这些人和组织都不时招致右翼分子的不快，不可避免地引得他们用相同的方式表达自己的不满：开来一辆或多辆黑色面包车，车顶上飘扬着太阳旗，通过大功率扩音器高声表达谴责。这些右翼组织有时候与雅库札有联系，但他们很少采用暴力行为。寄这封邮件的人希望激起那些人对我个人的愤怒，并且希望他们中的某个人会亲自到我家或办公室来"对付"我。

寄这封信的人表达这层意思时用了"成败"这个日语词。我把这份文件拿给一个日本朋友看，她也不知道该怎么确切翻译这个词。"翻译成'对付'应该没问题，"她告诉我，"你也可以理解为'声讨'或'惩罚'，甚至是'征服'或'击败'。这不是个好词，完全没有好的意思。我觉得你应该把这个交给警察。"

我没指望警察会认真对待这件事，不过事实证明我想错了。我来到警局后没几分钟，四名警察就已经坐在小小的审讯室里，戴着手套检查信封和里面的东西。他们问我是否曾察觉有人跟踪，最近是否接到过奇怪的电话，是否看见过可疑的人或车辆在我家或办公室附近徘徊。所有这些问题的答案都是否定的。

"你有什么敌人吗？"警长问道。他身材矮小，脸上布满皱纹，看上去饱经风霜，常年吸烟。

当然，有时候会有人对我写的文章感到不满。与所有报道皇室，尤其是报道雅子妃悲惨故事的记者一样，我也收到过一封愤怒的来信，接过一两回咆哮的电话，并在网上受到匿名谴责。但只有一个人曾认真针对过我。

"你把这个交给我们是对的，"警长说道，"这种信并不常用'成败'这个词。它有暴力暗示。你看过有关日本武士的电视吗？武士攻击敌人时就会用这个词。当武士对付某人时用的是武士刀。"

警方扣留了包裹，以便检查上面是否有寄信人的指纹。我询问是否需要采取任何防范措施，警长皱着眉点了点头，说道："你搭地铁时，不要站在站台边缘。往后站站，这样别人就很难把你推下站台。过马路的时候也一样，不要太靠边。另外，随时注意任何可疑情况，如果有任何发现，请立即通知我们。我们会通知当地警察局，巡警就能收到消息，密切关注你周围的情况。"

他们当中有一名警察专门负责跟踪右翼分子的活动。他知道拯救国家公报公司和生井健吾，并当即给他打了电话。生井先生证实该组织的地址的确有变，而且他们从未收到过相同的信件或任何类似的包裹。警察告诉了他信封里有什么东西，询问他的看法。生井先生对此并不感到惊讶。他说极端民族主义人士会收到大量骚扰邮件，任何有头脑的右翼分子都不会按照这样一篇没有署名、来源不明的长篇大论的指示行使。

没有什么比怀疑自己被跟踪更能打开你对周围世界的感知。在接下来的几个星期里，东京散发出梦幻般的光彩，一切仿佛出自极具创意的电影摄影师精美的滤镜镜头。我以前从未注意到的细节突然间被放大，带来不祥的感觉：照相机，太阳镜，周围停放的车的颜色和型号，与我擦肩而过的路人的衣服和容貌。我发现自己好像要随时准备好宣誓作证，详细描述出我生活中某一时刻的情形。从我家去办公室的 15 分钟地铁路程原本是我一天中最寻常的一段时间，现在却变成了一场努力避免被暗杀的英勇斗争，让人感到荒谬可笑的同时，又令人烦躁不安。

几个月过去，没有人试图把我推到通勤地铁通过的轨道上，也没有被闪闪发光的武士刀砍伤，更没有奇怪的信件、电话或任何其他形

406

式的异常。一天，一名警察打来电话，说没有在警方的数据库中找到与信封上的指纹匹配的指纹。2009 年 6 月，当我开始恢复正常过马路状态时，接到了一通从我办公室附近的警察局打来的电话。一群自称"清心学派"的极端民族主义者准备进行一场针对我的示威游行，他们已经像其他日本极端主义者一样遵守相关法律规定，提交了一份正式游行计划通知。警方无法阻止他们行使言论自由的权利，但他们可以给予我应有的警示。

几天后，清心学派如期出现，四个中年男人坐在一辆盖着日本国旗的黑色旧面包车里。这是典型的右翼分子抗议形式：围着办公大楼转几圈，用扩音器宣扬其诉求——要求《泰晤士报》的理查德·帕里为侮辱日本皇室道歉。这些男人试图进入大楼，但保安礼貌地阻止了他们。他们想让保安转交一封给我的信，但是被拒绝了。于是他们把信投进了大楼前的信箱，但他们并没有贴邮票，所以这封信永远不可能被投递到我手上。

半小时后，他们开着黑色面包车离开。一个半月后，他们回来了，利用面包车、口号和信进行了相同的表演。这之后，我再也没有听说过他们的消息，也没有听说过其他这类人的消息。

整件事仍然是个未解之谜：我仍然不知道谁做的，谁如此处心积虑地鼓动法西斯主义分子来"对付"我，也不知道他或她为什么要这么做。但我无法忘记这件事，而且它还有个有趣的尾声。几个月后，我遇到了织原城二的律师盐野谷康夫，我最后一次联系他是为了争取见他的代理客户，但没有成功。我跟他说了有关那个奇怪的包裹、照片和黑色面包车里的男人的事情，盐野谷先生的脸上掠过一丝复杂的表情，仿佛既感到惊讶，又觉得好笑。他对我说道："有一次我和织原先生谈话时提到您。他提到您写的关于日本皇室的文章。他说："帕里的文章激怒了右翼分子。我想总有一天他会惹上麻烦。'我回应道："什么麻烦？'他答道："呃，我不知道。'"

真正的 **我**

织原城二是什么样的人？是什么让他成为这样的人？多年来，我一直在想着他，谈论他，在法院上观察他，但我真正了解他多少呢？他的生活中有大片空白——他放弃学业旅行的那几年，以及他旅行回到日本到被捕的大部分时间。我已经挖掘了所有显而易见的信息来源。他的家人充满敌意，不愿合作。织原本人则是闪烁其词，并对我提起诉讼。警方比别人更都清楚他的生平，但他们对于不能在法院上利用的东西毫无兴趣。就连他最有名、最令人意想不到的"朋友"卡洛斯·桑塔纳也拒绝谈论他。而早在他犯下任何罪行之前，织原就已开始在生活中抹去自己的痕迹，让任何可能勾勒出他的生活模式、将他的过去和现在联系在一起的人感到沮丧不已。他做了眼皮手术，改了名字，还改了国籍。他戴太阳镜，穿好鞋。就像那些认为照片会夺走人的灵魂的与世隔绝的人一样，他极力逃避照相机镜头。他的性侵犯行为都是偷偷摸摸进行的，这与那些以强奸来宣示男性权力的行为相反：在警方向他的受害者展示那些视频时，其中大部分人都不确定自己出了什么事。

这就是他极少建立亲密关系的原因吗？因为友谊和其他事物一样，代表着在更广阔的世界留下痕迹，一种像指纹一样独特的身份线索？如今，我们都是业余精神病医生，很容易将一个人的早期经验与其成人行为模式联系起来。从织原的经历可以看出，他小时候就有很

410

大压力——母亲的期望，哥哥的失常，失去父亲，所有在日朝鲜族人所承受的与生俱来的隐秘的偏见，突然继承大笔遗产使其摆脱责任和纪律的束缚。日本有无数焦虑的孩子，失常的家庭，被宠坏的富家子弟和种族主义受害者，然而只有一小部分人成为了连环强奸犯和杀人犯。

在审判过程中，从来没有人质疑织原是否精神健全，从来没有对他进行过精神鉴定。法官栃木的判词中对织原个人特征的描述符合对精神病患者的一些总结："一个自我中心、冷酷无情、极度缺乏同理心的人……一个不受良知约束的人。"但我对这种判断表示怀疑，它代表了一种简单易行的道德和临床判断，旨在给予整个社会一种虚假的便宜安慰。给畸形的精神变态的"邪恶"极端行为贴上一个标签，并将罪魁祸首置于"好人"的对立面，我们就都能对人性的复杂性少一些担心，并可以在某一时刻尽可能地表现得冷酷无情或没有丝毫悔恨。日本人的评论中也有类似认知，它们强调织原的朝鲜族人身份，似乎外国血统这一事实就可以免除日本社会对他的责任，这种评论在网上很常见，但主流媒体很少有此论调。

无论织原城二是什么样的人，他都来自日本，但很难说清楚他具体来自哪里。一开始，我希望实现"入侵"织原思想的传统壮举。如果我能想象出他一个人在牢房里的想法，或是跪在他的一名失去意识但一息尚存的受害者面前时的想法，我就能为"理解"了我的研究对象而感到庆幸。但这种认知只是种幻觉。与言行不同，我们无法获知他人的思想和情感。即使是我们最熟悉的人，或许只不过是我们偶尔可能有所了解的陌生人。织原也许有着丰富的内心生活，只是不想向这个世界展示。我也许能打开他的心门，但我永远不知道自己是真的成功了，还是只是我自己的虚荣心的受害者，或是被织原的表演欺骗的观众。

也许织原并没有什么需要理解的。如果他的内心空无一物，只需表面的东西即可，那该怎么办呢？也许真相会很无聊，也许根本没什么可说的，也许这就是织原竭力隐藏的大秘密。在我看来，他的生活最鲜明的特点就是没有亲密的人际关系，他的个人生活几乎到了完全孤立的程度。他之所以将自己与世界隔绝，一定有一些痛苦而吸引人的原因，但他将这些原因锁在内心深处。把他看作有所缺失的人可能更有意义，就像突如其来的极度寒冷意味着缺少热量，黑暗则是缺少光明。织原的出现就像一场黑暗的暴风雪，肆意摧残他所接触到的生命。这才是针对他的真正的衡量标准，这一标准不是任人审视和评估的"自我"，而是看他对他人的影响。

他在法院上展示了他参与的慈善捐助的收据，并要根据这些捐助产生的积极影响对其进行评判。那么，为什么不以同样的方式来评判他所造成的伤害，并以此作为衡量其品格的标准呢？他是令他的受害者痛苦的变形人。无论他隐藏了什么秘密，他本人的存在就是一种伤害。

他是简对"血腥钱"愤怒的源头，是蒂姆执意接受这笔钱所蒙受的羞辱来源。他是索菲血液里的药片和伏特加，以及导致鲁伯特在一年的时间里精神崩溃的罪魁祸首。他是杰米·加斯科因心中熊熊燃烧的怒火。索菲和鲁伯特的子孙后代不会记得有露西这么一个姨妈或姨奶奶，他们不会知道他曾经给杰米的女朋友带去的痛苦和困惑，也不会对死去的露西有任何记忆。

人类习惯于寻找真相，真相往往独一无二、指向明确，就像万里无云的天空中皎洁的满月。人们期望有关犯罪的书籍能呈现这么一张照片，能讲述一个像剥了壳的盐渍坚果一样简单明了的故事。但作为故事的主角，织原城二吸走了所有亮光，人们只能看到一团烟雾或薄雾，以及在这外面闪烁的光线。换言之，那层壳就是坚果的全部，只不过壳的表面本身就很吸引人。

每一个与布莱克曼一家接触过的人，以及许多仅通过报纸知道他们的人，都对这一家人的故事形成了强烈的根深蒂固的看法。每个人都清楚各自的想法，都坚持自己是对的。他们不仅对织原城二的罪责问题有自己的认识，还对露西本人及其家庭，以及日本这个国家各有看法。这起案件引得众人争相发表意见也是其非同寻常的影响之一。

蒂姆及其接受 1 亿日元的行为引起最大关注。在接受这笔钱之后的几个星期里，他常被视为犯了和织原一样的罪。"他将承受双重痛苦，"《每日邮报》的一名专栏作家预言道，"他漂亮的女儿沦为低级女招待，并因此丧命，他会因自己本可以做些什么挽救女儿的生命而痛苦不堪，也会为自己否认她应得的公正而内疚不已。"或许正如简对我说过的那样："我觉得我一直在跟两个男人斗争。我一直努力想把织原和露西的父亲都绳之以法。"

蒂姆到底做错了什么？关于那笔慰问金，只需要回答一个问题，这个问题无疑很重要：它是否在某种程度上影响了案件的结果？法官们在书面判决中明确表示，强奸受害者收钱的行为并不影响他们对织原判处无期徒刑，这也是针对此案法律所允许的最高刑罚。在日本司法体系中，这是这种钱能起到的唯一作用。日本法院可能因为各种不足而受到指责，但因为有钱而将杀人犯无罪释放不在此列。不论判决是否正确，织原在伤害露西一案中被判无罪，只是因为法院发现证据不足。

民众对蒂姆的指责是道德层面的问题，而非法律问题。"父亲怎么能（从）杀害女儿的（凶手）那里拿钱呢？"《太阳报》的一名读者在该报的读者来信版问道，这一页报纸上几乎都是类似的提问。"蒂姆·布莱克曼此刻应该羞愧的低下头。"这是一种用以表明个人道德优越感的宣言。每封信的字里行间都跳动着不言而喻的自我吹嘘之词：我永远不会做这种事。而我的本能反应是：你怎么如此肯定？你为什么要在意呢？

光是想象自己身处极端环境之中，在道德上和身体上都要经受巨大考验，就令人激动不已。我们总以为自己能通过这样的考验。每个有孩子的人都想象过孩子死亡的情景，并且深知这是所有不幸中最糟糕的一种。但我们除了想象一下也做不了其他什么事。我们可能希望自己的行为举止能体现尊严、自我约束力和决心，但我们谁都无法确定是否能真正做到，就像我们不能预测某种威胁生命的罕见疾病的进程一样。

当金钱牵涉其中的时候，情况更加难以预测。报纸的读者来信都在嘲讽蒂姆为露西的命"开价"的行为。可是，从某种程度上而言，金钱并不是活着的人做出许多选择的关键因素。支付给蒂姆·布莱克曼的1亿日元并没有影响司法公正。蒂姆的决定没有伤害任何人。这笔钱为他换来的休闲时光，给他那因为焦虑和痛苦而扭曲的生活带了一丝安宁。他将一部分钱投入露西·布莱克曼信托基金，同时承诺留出一些钱给索菲和鲁伯特。他还花一部分钱买了一艘有60年船龄的经典游艇"公主号"。他在2008年驾驶这艘游艇环游世界，度过了快乐的一年。

公众对这种放纵行为颇有微词。但如果这笔钱来自法院胜诉，或来自官方管理的赔偿基金，那就没人管得着他怎么花这笔钱了。大多数人如果身处蒂姆那样的境地，也会开出他们的"价"。如果这笔钱足够还清沉重的债务，给生病的亲属带来安慰，帮助幸存的孩子完成学业，或是提供退休保障，我们当中有多少人权衡一番之后，不会问一句："我受了这么多苦：这难道不是我应得的吗？"

我希望我永远不用面对布莱克曼一家那样的不幸，也希望永远不会发现属于我自己的那套特定道德准则。我也许会像简或可怜的比尔·霍克一样伤心。我也许会像蒂姆那样精力充沛，行事果断。我也许可以拒绝任何经济补偿，或是将其视为我应得的最起码的权利。我不知道我会怎么做，其他人也不知道自己会怎么做，我们都没有权利去评判那些不幸遭受这种折磨的人。

简·斯蒂尔可以做出评判，安妮特、奈杰尔和萨曼莎·里奇韦也可以。里奇韦一家与蒂姆遭受了相同的不幸，虽然织原的律师一再劝诱，他们还是拒绝了同样的"慰问金"。这个澳大利亚家庭的团结一致让简深感安慰，她和安妮特经常通电话，她们因为失去女儿而紧密联系在一起。直到2008年7月，在前妻和女儿都同意的前提下，奈杰尔·里奇韦签署了一份文件，声明他相信织原有能力"改过自新"，并质疑了一些证明其杀害卡里塔的证据。作为回报，里奇韦一家也得到了属于他们的1亿日元。他们蒙受了巨大损失，没有其他人来补偿他们，他们觉得这是他们应得的。简听到这个消息十分伤心。她对我说，卡里塔的父亲、母亲和姐姐"向恶魔出卖了自己"。

人们害怕类似露西这样与无足轻重的残酷的早逝有关的故事，但大多数人不愿承认自己的恐惧。于是，他们从道德审判的确定性中寻求安慰，他们挥舞起道德的大旗，就像在夜晚挥舞燃烧的树枝，驱赶狼群。

简也需要坚信自己在露西案中的表现是正确的，她需要证明那些对此持不同看法的人是错误的，那些人中有她的女儿，更包括她的前夫。她自己认为蒂姆有罪还不够，她希望法院能判定他的错误。可是，每个人对失去至亲的感受和悲伤的表现，并没有对错之分。这种痛苦循环往复，自有其实现方式。如何调动所有力量来摆脱这种痛苦，是每个布莱克曼家的人都面临的挑战。

如何从露西之死中寻找到积极的力量是挑战的一部分，这就仿佛在黑雾中寻找那道银边。蒂姆在露西·布莱克曼信托基金找到了它。它最初只是他在东京的一次新闻发布会分发的一个银行账号。最终，尽管简·斯蒂尔和罗杰·斯蒂尔夫妇从中阻挠，它还是合法注册为一家慈善机构。除了强奸警报器和防下药工具包，该信托基金网站还会发布一些安全常识信息，供年轻人旅行和去夜店时使用。一名喜剧演员和一名名模赞助过该信托基金筹款活动。2007 年，一个叫娜塔莉的利物浦少女"加冕"成为露西·布莱克曼信托基金小姐。但该信托基金的项目并非都一帆风顺，它主推的一款名为"朋友安全"的小工具的制造商在几个月内就破产了，信托基金网站内的一些链接也相继失效。

但蒂姆对该信托基金有关海外失踪人口项目感到无比自豪，该项目为那些与他在露西失踪后处于相同处境的英国家庭提供了帮助。他曾经以为他在异国他乡遭遇如此可怕的事情，其经历是独一无二的，但其实每隔几个月就会发生类似的事情。

一个叫温迪·辛格的 39 岁母亲在斐济被她的丈夫谋杀。在西班牙，新年当天，一个叫埃米·菲茨帕特里克的 15 岁的害羞的爱尔兰女孩在母亲家附近失踪。33 岁的记者迈克尔·狄克逊在哥斯达黎加度假期间失踪。29 岁的护工亚历克斯·汉弗莱走出巴拿马的一家酒店，准备去参观一个著名的瀑布，结果再也没回去。

针对这些失踪人口的报道强度没一个比得上对露西案的报道：因为这些受害者年龄更大，没那么上镜，还因为当时没有国际峰会在斐济或哥斯达黎加举行，也没有像托尼·布莱尔那样的领导人物对此感兴趣，换句话说就是时机不对。蒂姆的信托基金为亲人失踪或被杀害的家庭提供多种服务，包括为其开通 24 小时热线搜集线索和目击证人，在其网站上传相关海报和案情简报，为亲属支付旅费和运送尸体的费用等，这些都是英国外交和联邦事务部不可能做到的事情。外交和联邦事务部以该项目的合作伙伴身份为其提供支持。同样受露西失踪案影响，伦敦警察厅为那些在国外失踪的人的亲属设立了一套家庭联络员制度。

这一切为蒂姆带来一种满足感，可是，当善意的人们试探性地对他提起"了结"这一话题时，他却会苦笑着摇摇头。无论是在慈善事业、个人事业，还是他的个人生活上，没有任何一种成功能比得上，或是能超过或抵消失去露西的损失。他最大的希望就是控制住这一损失，防止其严重影响他生活中的其他事情。他的脑海中会浮现出一个鼓鼓囊囊的黑色垃圾袋，里面装满了与露西及其命运相关的所有悲伤、懊恼和遗憾。一想到要打开袋子，把里面黏糊糊的东西筛一遍，他就觉得自己正在崩溃。他从没有过自杀行为，脑子里却不时冒出自杀的念头。这不仅是因为他想逃离沉重的生活，还因为他希望死后能与露西团聚。

"露西死了，"蒂姆说道，"索菲住进了疗养院。鲁伯特从大学退学，精神崩溃。长期以来，这件事一直是个沉重的负担，情况不但没有好转，反而变得更糟。我感到非常危险，很难想象我曾经经历过这些。"有些日子特别难熬——露西的生日和忌日，这两个日子每年都有着固定的间隔，因此每隔几个月就会让人想起曾经发生的事情。"她是在7月1日失踪的，"蒂姆继续说道，"而她的生日是9月1日，警方在2月找到的她，圣诞节对任何家庭来说都是个难题，但如果家里有人失踪，情况只会更糟糕。她的忌日是最糟糕的一天，那天我喜欢在索伦特的海上度过。她喜欢那片海域，当我待在那里时，她不在我身边的感觉愈发强烈。"

2008年12月16日，当公主号上的卫星电话响起时，蒂姆正在海上。当时已是夜深人静的时间。当他接起电话，另一端传出的是我的声音。

两年来我第二次站在东京法院大楼前，周围是一群对着手机断断续续说着话的记者。高等法院的法官刚刚对织原和检方的上诉作出裁决。针对织原的8起强奸案以及强奸并杀害卡里塔·里奇韦案，他们维持原判。而针对露西·布莱克曼一案，他们部分推翻了原判。织原被控对露西实施绑架、下药、强奸未遂、肢解以及非法抛尸，确定判处终身监禁。

首席上诉法官角野浩表示："他为了满足一己私欲使用药物，损害这么多受害者的尊严，这种行为闻所未闻，极其邪恶。他的行为动机十分明确和扭曲，没有任何理由减轻其罪责。"

判决十分复杂，针对造成露西死亡的指控，织原再次被无罪释放。尸检并没有确定是什么导致了露西的死亡，也没人知道在她打完最后一通电话之后的几个小时里发生了什么。日本法院可以根据间接证据定罪，他们也的确是如此操作的。[1] 在没有其他嫌疑人的情况下，很难理解一个男人怎么会因为对一个和他在一起度过最后一晚的女人下药、强奸和分尸而被判刑，却不会因为杀人而被判有罪。这些新的判罪和最初的无罪判决一样令人惊讶，我认识的每个人都以为法官们会维持之前的判决。简·斯蒂尔当时也在法院，罗杰就陪在她身旁，听到最终判决，她如释重负地哭了起来。"这是一场痛苦的考验，不仅仅是今天，而是持续超过八年时间，"她后来说道，"但最终我们得到了两个有罪判决和一个终身监禁……今天，真相和荣誉占了上风，不仅是为了露西，也为了所有遭受暴力性犯罪的受害者。"

我通过卫星电话将这一切告诉了蒂姆，电话那头一阵沉默，只能听到嘶嘶的声音。我从没见过蒂姆说不出话来，一开始我以为是信号断了。我得从他嘴里套出我的新闻报道所需要的话。"太棒了，完全出乎意料，这是露西应得的，"他终于开口道，"这是一段漫长的旅程，充满无情的折磨。但警方和检察官们还是将他绳之以法，真是了不起的成就。"

---

[1] 类似案件中最臭名昭著的是"和歌山毒咖喱事件"。1998 年，在和歌山县的一个乡村节庆活动上，两名成年人和两名儿童吃了咖喱后死亡。警方在 47 岁女性林真须美家中发现了残留的砷，她最终因谋杀被判处死刑。林真坚称毒药是她丈夫曾经经营过的害虫防治公司遗留下来的东西。没人看到她在咖喱里下毒，检方也没能提出令人信服的杀人动机。

蒂姆感谢我给他打电话，然后就挂断了电话。公主号当时正在摩洛哥和西印度群岛之间的海域参加一场横渡大西洋的游艇比赛。当时海上无风，强烈的热带热压抑制了海水和空气的流动。在距离东京13000多公里的游艇上，蒂姆因无风而无法航行。

织原再次向最高法院提起上诉。这一次，他的律师们将注意力集中在检方起诉书所讲述的故事上。他们想要证明，把一具尸体从逗子码头的公寓运到东京，再运到蓝海油壶公寓，最后埋在海边洞穴里，从客观身体条件上来说是不可能做到的。他们在下级法院的审判中就提出过这一论点，已经被驳回。这一次，织原试图通过一个奇怪的实验来证明自己的观点。他让律师购买了一台冰箱，这台冰箱与其被指控在田园调布的房子里储存尸体的冰箱型号相同。他又花了100万日元（当时约合7000英镑）购买了一个与露西体型相同的人体模型。"人体模型十分精致，它的皮肤就像人类皮肤一样，"织原的律师盐野谷康夫告诉我，"它和（露西）一样重，体型也一样。一名和织原个头差不多的律师尝试把它放进冰箱里，却完全做不到。"这名律师努力搬运人体模型的视频成为上诉材料的关键内容。

在东京拘留中心的牢房里，织原继续指挥着他的法律斗争，他以诽谤罪起诉《读卖新闻》，并因未支付款项与那本以死狗为封面的奇怪图书的出版商打起官司。盐野谷提起上诉时显得颇为自信。他预测，最早也要到2011年年中才会有最终判决。但在2010年12月初，蒂姆、简和远在澳大利亚的里奇韦一家分别接到东京警方的电话，后者向他们传递了一个意想不到的消息。最高法院驳回了上诉。有罪判决和终身监禁已成定局，织原城二已无路可逃。[1]

日本法院的终身监禁极少意味着真的囚禁终身，但假释前的平均刑期通常都超过 30 年。即使算上他被拘留的 10 年，织原城二也不太可能在 2030 年之前获释，届时他将是 78 岁高龄的老人。作为被定罪的罪犯，他被转移到一所监狱，那里的管理制度与从 2001 年以来一直关押他的拘留中心截然不同。他必须和其他犯人同住一间牢房，并且禁止翻阅过去 10 年的书籍和文件。一个月只有一次探视机会，而且仅限直系亲属探视。那里的囚犯可以见律师，但每次见律师都必须提前获得许可，而且通常每隔几个星期才能得到一次许可。

"到目前为止，织原一直都是他自己的首席律师，但一旦正式入狱，就不可能再这样了。"盐野谷告诉我。他的律师团队在他入狱前的最后几天里频繁和他见面，匆忙做出相应安排，以便他们在无法像往常一样每天与他见面的情况下，继续代其处理相关事务。

检方没有向最高法院提起上诉，因此，针对杀害露西·布莱克曼的无罪判决仍然成立。简坚持认为，哪怕不是因为露西，而是为了织原的其他受害者，实现对织原的部分定罪也是一种胜利。这么说当然没错，可是从情感上来看，这根本无关紧要。早在织原的审判彻底结束之前，那些与此案有密切关系的人就已经开始遗忘它及其全部细节。

这并不是说正义不重要。但它并没有改变什么，或者说没什么是

---

[1] 他在法律上仍然存在一线生机：重审。本书于 2010 年 12 月出版时，织原的律师正准备提交新证据，这些证据之前未在下级法院出示过。但这些新证据提交最高法院后均被驳回。作为为织原赢得自由的一种手段，重审似乎只存在理论上的可能性，实际上没有成功的机会。

真正重要的。这一过程就好像两个同样坚定不屈的对手，经过一场疯狂的较量之后，其中一方突然松手走开。露西还是走了，有什么能改变这一结果呢？这种损失无法弥补。逮捕嫌疑人、审判、有罪判决、1亿日元——这些本来能起到安慰作用的东西，仿佛一勺勺泼进沙漠的水，蒸发得无影无踪。如果织原认罪并请求原谅，痛哭流涕地剖析自己阴暗的心理，会怎样呢？如果他被控谋杀而不是过失杀人，并被处以绞刑，会怎么样呢？想象最极端的辩护和惩罚，然而，任何重要的事物都不会因此缓解或改善。没有令人满意的想象，只有程度更深或更浅的羞辱和痛苦。露西是独一无二的存在，是受人宠爱的珍贵的人。她死了，没有什么能让她起死回生。

真正的我

关于我的一切

我想要一枚魔法戒指
让我和我的妹妹变成仙女。
我们有一座城堡
以及会飞的小马驹和魔法。

这就是真正的我。
妈妈和爸爸说我善良懂事。
我会对我的妹妹和弟弟发脾气。
我善解人意，乐于助人。
我不喜欢在学习上较劲，哪怕有人在和我较劲。
我不喜欢在操场上玩。

我讨厌吃煎蛋卷、瑞典菜和豌豆。

它们是我最讨厌的东西。

我要告诉你我不喜欢但并不是最讨厌的东西。

那就是豌豆糊。

"我过去一直在想他对她做的那些事，"简说道，"想象织原把露西锯开，没有比这更糟糕的事了。一想到这些，我的脑袋都要炸开。我以为我永远忘不了这件事。听到田野里传来砍树的电锯声，我就浑身颤抖。"简去看了心理医生，她还和日本以及英国的孩子被谋杀的其他母亲交流过。这些人都很善良，富有同情心，但都无济于事。后来，她接受了一种名为"眼球运动脱敏及再生"的疗法，这种疗法被广泛应用于从伊拉克和阿富汗回国的英国士兵，用于治疗其创伤后应激障碍。这是一种神秘的疗法，时常有奇效，其中原理甚至连其实践者都无法解释清楚。

"有什么会让你感觉好一点？"治疗师第一次见到简时问道。

"只想知道她平安无事。"她答道。

"然后他让我回想织原对露西做过的可怕的事情，"简回忆道，"我不由自主地跟着他的手指行动，他的手指从一边移到另一边。我按他说的开始回想，他则一直说：'她很安全，她很安全……'"简参加了四次治疗，而这是唯一有效的治疗方法。"现在，当我坐在法庭，翻译向我重复织原做过的那些可怕的事情时，我会重复对自己说：'她很安全，她很安全……'真的有用。我认为这是个转折点，让我免于发疯。"

简继续说道："我不相信所谓'了结'或'往前走'。了结了什么？往哪里前进？你要学会接受它。但我再也不是从前的我。有时候我在超市里，一切感觉良好，这时我突然看到一个小女孩，她让我想起小时候的露西，我瞬间就会热泪盈眶，完全控制不住自己。"随着时间的流逝，露西的朋友们都有了自己的孩子。路易丝·菲利普斯给孩子取名叫露西娅，萨曼莎·伯曼的女儿叫格蕾丝·露西。简为这些年轻朋友的情谊感到高兴，同时也感动不已，但一想到如果露西还活着，也能享受到这样的生活，她就一阵心痛。

简讨厌关于露西·布莱克曼信托基金的一切。在争夺露西的战争中，它代表了毁灭性的失败。她厌恶她在其中看到的虚伪，简坚持认为这是一个抛弃妻子的父亲假惺惺的善举。尽管英国警方和检察官给出了定论，她仍然怀疑该信托基金隐瞒了挪用公款和欺诈的事实。她不想和这个信托基金及其相关事务有任何牵连，但她仍然憎恨它的存在，以及它滥用露西的名字且丝毫不提及简的行为。

她从露西的死亡中找到了属于她的安慰，她相信一种黑暗的宿命论，将她的女儿看作客观的命运载体，其生死早已注定。"我之前就对你说过，"她说道，"我不是在瞎编，我知道我再也见不到她。她去日本之前，我安排她去见灵媒，但她不肯去。她很早熟，她有时候更像是我的妈妈。我觉得这就是她的命运，露西命该如此。她注定要遭遇这一劫难。她来到这个世界就是为了阻止织原。她不是故意装成熟。"

换言之，露西必须死，她的死亡不可避免，简已经预见到这一点。她又说对了，她让露西不要去日本是对的。从她母亲的死到她和索菲的争执，在她的所有悲惨遭遇中，简一直没有错。甚至在选择和蒂姆结婚的问题上，她也没有犯错，因为她当初嫁的那个人和后来抛弃她的人并不是同一个人。"他是另外一个人了，"简说道，"和我一起生活了 19 年的那个男人不存在了。"这是让事实变得可以忍受的唯一方法。

她始终坚信露西会一直在她身边，这让她感到安慰。简参加了一个叫特蕾西的灵媒的讲习班，这个灵媒住在伦敦郊区的彭盖。"我去看她，露西现身了，"简告诉我，"我好像和露西聊了一个小时。她说了些露西做过的事情，她说：'露西在打理她的头发，你以前喜欢摸她的头发。'我的确喜欢摸她的头发。不相信灵媒的人可能认为她只是随口胡诌一些其他人不知道的名字，可是她说了很多事……我不想讨论这些，我只知道那就是露西。"

简表示："我的确在心里和她说话。几个月前，我们散步的时候看到一栋待售的漂亮房子，于是预约了去看房。我对露西说：'如果你认为这栋房子适合我们，就请给我们一些暗示。'暗示一直都是蝴蝶和星星。那栋房子的前门上有个小牌子，上面写着：'去海滩了'。在乡村中心地带出现这样的话，很不寻常，不是吗？她的尸体就是在海滩被发现的。我们走进房子，发现墙上贴满了蝴蝶贴纸。楼上有一个星星形状的灯罩，花园里有蝴蝶飞舞，还有个很大的蝴蝶造型的灌木丛。于是我说：'好的，露西，谢谢。我们收到暗示了。'"

有一次，简去看一个治疗师，后者告诉她她的花园里会来一只知更鸟。正如她所料，几个星期后，一只知更鸟果然在简的草坪上蹦蹦跳跳。简和罗杰给知更鸟喂食，它很快不再害怕，几乎变成了他们的宠物。"那是露西。"治疗师告诉简，而简相信这是真的。

葬礼那天，当简从昏暗的教堂走向有光亮的地方时，又出现了类似情况。大门对面的一棵树上栖息着一只乌鸫，仪式快结束时，它唱出响亮的歌声，在墓地上方久久环绕。露西的朋友和家人三五成群地走出教堂，缓缓离开教堂墓地，而那只乌鸫就在他们头顶上方的树枝上鸣叫。"我们都往外走的时候它就开始叫，"简回忆道，"我立即自言自语道：'那是露西。'大家都注意到了这只鸟，它的叫声很大。蒂姆甚至抬头看了看它，然后说道：'听听那只鸟的叫声！那只鸟是不是很吵？'我只是默然一笑。"

如果这一切能以一只鸟在树上放声歌唱的画面结束，死亡将会是多么甜蜜。

致　　谢

　　在为创作这本书而进行调查的过程中，我得到了许多人的帮助，其中给予我最多帮助的是布莱克曼 / 斯蒂尔和里奇韦三个家庭。我们多次见面交流，或是通过电话和电子邮件沟通，尽管有时候必须承受难以忍受的痛苦，他们接受采访时仍然毫无怨言。这本书的副标题完全可以是"卡里塔·里奇韦的命运"，我很抱歉没有足够的篇幅来讲述卡里塔的故事及其家人的坚韧毅力。我要感谢鲁伯特·布莱克曼、索菲·布莱克曼、蒂姆·布莱克曼、约瑟芬·伯尔、安妮特·里奇韦、奈杰尔和艾琳·里奇韦、简和罗杰·斯蒂尔，以及萨曼莎·特米尼（本姓里奇韦）。我还要感谢路易丝·菲利普斯和罗伯特·芬尼根，他们在露西和卡里塔生前和死后为她们做了很多事。我还要对露西的朋友瓦莱丽·伯曼、盖尔·科顿（本姓布莱克曼）、杰米·加斯科因、萨曼莎·戈达德（本姓伯曼）、卡罗琳·劳伦斯和卡罗琳·瑞安表示感谢。

　　有些人给予了我非常大的帮助，但他们不希望表明身份，我还是想感谢他们所有人，尤其是织原城二的幸存受害者。在我能提到姓名的人中，以下这些人或是提供了宝贵的回忆、文件、相关联系方式、好的想法和其他支持，或是协助我调查和校对，为我提供笔译和口译服务，或是给予我盛情款待，我要对他们表示感谢：阿部幸三、杰克·阿德尔斯坦、彼得·阿尔福德、新井圣久、荒木奈保子、浅尾美纪子、查尔斯·邦迪、亚历克斯·鲍勒、埃弗雷特·布朗、约瑟夫·伯尔、克里斯·克利夫、杰米·科尔曼、罗伯·科克斯、戴维·希伯恩·"戴"·戴维斯、出口友美、迈克尔·登比、托比·伊迪以及托比·伊迪协会的所有员工、日本外国记者俱乐部、日本外国新闻中心、丹·富兰克林、乔纳森·凯普出版社的所有员工、藤崎涉、本杰明·富尔福德、杰米·加斯科因、本·古德耶尔、本和莎拉·格斯特、萨马尔·哈马姆、托马斯·哈迪、细谷笃志、五十岚秀夫、今西纪之、斯图尔特·伊赛特、岩本初心、利·雅各布森、珍·乔尔、埃里克·约翰斯顿、科林·乔伊斯、片山健太郎、瓦里沙里奥斯·卡图拉斯、川口秀夫、河村妙子、李贤硕、里奥·刘易斯、劳埃德·帕里一家、哈米什·马卡斯基尔及英语代理公司、贾斯廷·麦柯里、前田敏雄、已故的威廉·米勒、瓦妮莎·米尔顿、宫崎学、贾尔斯·穆雷、中山千夏、西村慎吾、日东克郎、奥原英寿、大谷昭宏、大谷刚、戴维·帕里什、戴维·皮斯、戴维·罗素、朱利安·赖亚尔、佐川一成、佐生浩、佐藤正人、大泽纯三、马特·瑟尔、休·沙克沙夫特、亚历克斯·斯皮利厄斯、马克·斯蒂芬斯、杰里米·萨顿－希伯特、田渊博子、高桥友纪、吉莉恩·泰特、殿冈千夏、富山美智子、亚当·惠廷顿、菲奥娜·威尔逊、山本茂和吉富雄二。

我的前雇主《独立报》为本书大部分前期调查提供了资助，我现在的雇主《泰晤士报》慷慨地给我时间进行调查和写作，并毫不犹豫地就诽谤指控为我辩护。对于前者，我要特别感谢伦纳德·多伊尔，对于后者，我要特别感谢理查德·比斯顿、帕特·伯奇、马丁·弗莱彻、安妮·斯帕克曼、罗兰德·沃森，以及东京高伟绅律师事务所的伊佐次圭司和马修·惠特尔。《读卖新闻》的朋友和同行也一直在向我提供可靠的信息和支持。

虽然我在书中批评了日本警察，但在创作本书的过程中，我遇到的警察都十分友善、正直和勤奋，他们都为自己的工作感到由衷的自豪，只有极少数人除外。我批评的不是他们的个人工作，而是许多人都认为有必要改革的体制。在此我要感谢松本房典、三井俊彦、已故的由土寿明，以及所有选择匿名的警察。

露西·布莱克曼信托基金网址：

http://www.lucieblackmantrust.org

简·斯蒂尔支持的威尔德的临终关怀医院网址：

http://www.hospiceintheweald.org.uk

注　释

　　本书是对真实事件的记叙，书中所叙述的事件都是我观察所见，同时也有其他见证人，或是被可靠的书面或播放源所记录。在这样的故事里，某些事件不可避免地有不同版本的叙述。我试图区分哪些可信，哪些不可信，在难以区分的情况下，我也尽力而为。除以下注释中的内容之外，其他真实信息和引用内容均来自私人信件、我所进行的面对面采访、我参加的新闻发布会，以及来自蒂姆·布莱克曼、安妮特·里奇韦、奈杰尔·里奇韦和简·斯蒂尔的个人资料。

　　我雇佣日本调查员参加了织原城二审判和上诉的大部分听证会，他们对听证会作了详细记录。日本刑事审判的官方文书通常不会提供给记者，但在很多情况下，我可以通过其他渠道获得相关副本。我还查阅了东京警视厅为受害者及其家属准备的审判听证会英文报告。

　　如以下注释中所示，在一些情况下，我更改了这个故事中人物的姓名和身份细节。我这么做有三个原因：应受访者要求匿名；因为种种原因，我一直无法与相关人士取得联系；原则上要为所有在世的性犯罪受害者匿名。对于最后一类人，我已经竭尽全力确保她们不被认出来，甚至连她们的密友和亲属也无法辨认出来。因此，在某些情况下，尽管我保留了年代信息，还是需要修改某些个人故事的细节和姓名。不过，这些改动都不会影响这个故事的主体核心。

在叙述过程中会出现日语、朝鲜族语和日朝混用语人名，有时候一个人有多个语种的名字，于是按何种顺序呈现人名便成了一个复杂的问题。在此我采用了英文报纸常用的形式。所有日本人和朝鲜族日本人的名字都是按照西方惯用顺序呈现：名在前，姓在后。朝鲜族人的名字按传统顺序排列：姓在前，名在后。所以在织原城二（Joji Obara）、日语的金圣钟（Seisho Kin）和朝鲜族语的金圣钟（Kim Sung Jong）这三个名字中，织原、日语的金和朝鲜族语的金都是姓。

日元与英镑的换算是按照当时的汇率计算，并有相应的波动。2000 年 7 月露西失踪时，1 英镑大约值 160 日元。

"吞噬黑暗的人"这个短语灵感来源于松垣透的《吞噬黑暗的人》（东京，2006）。我非常感谢松垣先生的热情支持。

引　言

川端康成，《睡美人之家》，翻译爱德华·赛登施蒂克（东京，1969）。

序言：死前人生

第 7 页　"露西出事了，"她告诉她……《星期日邮报》（2000 年 7 月 16 日）

第 9 页　"我问她对那个客人了解多少……"："露西·简·布莱克曼 – 游戏结束报告，2000 年 7 月 4 日"，英国大使馆备忘录，副领事伊恩弗格森。

戒　律

第 22 页　为期 21 天的培训课程……关于英国航空公司的培训课程的细节，来自作者对露西在英国航空公司的同事本和莎拉·格斯特的采访。

第 24 页　吉姆……罗伯特……格雷格……"吉姆"、"罗伯特"和"格雷格"都是化名。

击掌商业区

第 50 页　"生活在这里意味着永远不要把生活视为理所当然……"：唐纳德·里奇，《日本日记 1947–2004》（伯克利，2004），第 280 页。

艺伎！（开玩笑）

第 59 页　井村肇坦言……此处为化名。

第 60 页　一位叫渡边一郎的善良老人……此处为化名。

第 61 页　小说家莫·海德尔曾做过女招待……贾尼丝·特纳，《我在东京做酒吧女招待》，《泰晤士报》（2004 年 5 月 7 日）。

第 61 页　海伦·达夫解释道，她曾与露西和路易丝一起在卡萨布兰卡……此处海伦·达夫为化名。

第 63 页　想了解日本有偿陪伴女性的历史，不妨看看艺妓莉莎·达尔比的《艺伎》（加利福尼亚，1983），以及爱德华·赛登施蒂克的《东京崛起：大地震之后的城市发展》（东京，1990）。赛登施蒂克在该书第 54–55 页记叙了他对艺伎衰落的见解。

第 65 页　六本木开始成为娱乐场所……想了解六本木的历史，可参阅赛登施蒂克的书，以及罗伯特·怀廷的《地下东京：一个美国黑帮分子在日本的迅速崛起和艰难生活》（纽约，1999）。

第 66 页　六本木高速公路墙上的标语……令六本木的许多常客感到遗憾的是，"击掌商业区"的标语在 2008 年被移除。

第 67 页　为她写作博士论文奠定了基础，她后来在此基础上出版了专著……：安妮·艾莉森，《夜间工作：东京女招待俱乐部的性、快乐和企业男子气概》（芝加哥，1994）。本章引言出自该书 160 页和 48 页。

第 68 页　"我们开始工作之前，有人教了我们三件事……"：安妮·艾莉森，"私人服务"，《泰晤士报》（2000 年 7 月 14 日）。

第 76 页　"这个男人叫铃木健二……"："铃木健二"是化名。

极端之地东京

第 88 页　一个叫宫泽甲斐的男人……："宫泽甲斐"和他的酒吧"甲斐俱乐部"的名字都有所改动。

第 92 页　"一些女招待并不认为自己是水交易的一员……"：引自埃文·艾伦·赖特的"女招待之死"，《时代》（2001 年 5 月 14 日）。

第 92 页　"（女招待）摆脱不了某些污名……"艾莉森，第 173-174 页。

第 100 页　他回忆道："她欣喜若狂……"：引自保罗·亨德森，"我告诉露西我爱她——那是我们在一起说的最后一句话"，《星期日邮报》（2000 年 7 月 30 日）。

出事了

第 107 页　接下来他俩的对话出现了两个版本……：基于鲁伯特·

布莱克曼、索菲·布莱克曼、蒂姆布莱克曼、瓦莱丽·伯曼、约瑟芬·伯曼和简·斯蒂尔的采访。

第110页　记者们显然对此事有着各种猜测……：约翰·科尔斯，"英国航空公司女孩露西'沦为邪教性奴'"，《太阳报》（2000年7月11日）；马克·道尼和露西·罗克，"落入邪教之手"，《镜报》（2000年7月11日）；理查德·劳埃德·帕里，"失踪女招待在俱乐部见面之后消失"，《独立报》（2000年7月11日）；"日本记者担心涉及黑帮"，《塞文奥克斯纪事报》（2000年7月20日）。

第114页　大使馆新闻处秘书之前曾建议……：英国大使馆新闻和公共事务官员木下苏给蒂姆·布莱克曼的信（2000年7月12日）。

第115页　蒂姆在学校一支小有名气的蓝草音乐乐队演奏四弦班卓琴……斯蒂芬·普理查德，"我为什么因为女儿的死收下'1亿日元'"，《观察家报》（2007年4月29日）。

第119页　有很多耸人听闻的报道……：弗兰克·索恩，"日本卖淫陷阱的危险"，《人物》（2000年7月16日）；加里·罗尔斯顿，"21世纪艺伎"，《每日记录报》（2000年7月14日）；约翰·科尔斯，"从高级生活到女招待"，"太阳报"（2000年7月13日）。

第119页　而是一个更引人注目的人性故事……："我永远不会放弃我的露西，我只祈求她平安"，《每日快报》（2000年7月13日）；约翰·科尔斯，"我不会放弃我的姐姐"，《太阳报》（2000年7月13日）；"家人为'中邪'女人祈祷"，《每日电讯报》（2000年7月13日）；约翰科尔斯，"为什么是我们？"，《太阳报》（2000年7月4日）。

第125页　琴凳上有一个真人大小的大白兔雕像……：遗憾的是，钻石酒店已经被拆除重建，酒店里再也没有电子白兔了。

令人费解的演讲

第128页　托尼·布莱尔在东京新大谷酒店接见了蒂姆和索菲……：当时的新闻报道，以及东京的英国大使馆记录，"领事案件：失踪的英国公民：露西·布莱克曼小姐——案件要点和使馆采取的行动说明"（2000年8月2日）。

第132页　他的女朋友塔妮娅……："塔妮娅"这个名字做了改动。

第135页　露西热线接到了几十通来电……：这些和其他打给露西热线的电话来自蒂姆·布莱克曼的一份备忘录（记录日期为2000年7月31日），以及英国副领事伊恩·弗格森发给蒂姆·布莱克曼的一份文件（2000年10月13日）。

第137页　声称拥有超自然能力的人……：关于简在这段时间的精神状态的详细情况，以及灵媒提供的相关信息，都来自对简·斯蒂尔的采访，简·斯蒂尔在2000年7月26日、29日和8月2日给索菲·布莱克曼发的电子邮件，以及约瑟芬·伯尔给N.T.克劳瑟发的传真（2000年7月26日）。

第139页　蒂姆要求东京警视厅……：来自东京英国大使馆，"领事案件：失踪的英国公民。"

第139页　他给托尼·布莱尔写信……：来自蒂姆·布莱克曼给托尼·布莱尔的信（2000年7月28日）。

一线希望

第143页　第二天是星期六，蒂姆接到一通电话……：关于迈克·希尔斯的内容来源于蒂姆·布莱克曼提供的信件和文件，包括其与希尔斯往来沟通的电子邮件和传真，以及蒂姆向埃塞克斯警方报告的内容（2000 年 10 月 31 日）；对蒂姆·布莱克曼、亚当·惠廷顿和索菲·布莱克曼的采访；2000 年英国报纸对保罗·温德尔绑架案的报道，以及 2003 年英国媒体对迈克·希尔斯被捕、审判和定罪的报道。

第 145 页　"我们不知道露西在哪儿……"：戴维·萨普斯泰德，"露西·布莱克曼给了无情的骗子 15000 英镑"，《每日电讯报》（2003 年 4 月 24 日）。

第 147 页　迈克还告诉蒂姆："如果你不喜欢这样，我很抱歉……"：出自迈克·希尔斯给蒂姆·布莱克曼发的传真（2000 年 8 月 6 日）。

施虐－受虐狂

第 161 页　27 岁的加拿大女招待蒂凡尼·福德姆……：米罗伊·瑟内迪格报道了蒂凡尼·福德姆失踪案，"东京红灯区警报——警方寻找失踪英国人和加拿大人，发现令人不寒而栗的现实，女招待酒吧的女性处境危险"，《环球邮报》（2000 年 10 月 28 日）；蒂姆·库克，"在日本失踪女子的家人担心其生命安全，警方正在寻找可能与强奸嫌疑人有关的线索"，《多伦多星报》（2000 年 10 月 30 日）。

露西在 2000 年失踪，蒂凡尼在 1997 年失踪，六本木警方已经完全不记得后者的案情。当我想负责调查露西案的警视由土提及此事时，他完全不知道蒂凡尼·福德姆这个名字，他似乎从未听说过这起案子。

第 161 页　一天晚上，休·沙克沙夫特给蒂姆介绍了两个朋友……："伊索贝尔·帕克"和"克拉拉·门德斯"这两个名字经过修改。

第 162 页　8 月的一天，一个日本男人拨打……：施虐－受虐狂圈子和"高本昭夫"之死的故事源于片山健太郎对小野诚的采访笔记；对蒂姆·布莱克曼、戴·戴维斯、片山健太郎、"黑田良"和亚当·惠廷顿的采访；以及杂志《周刊宝石》（2000 年 8 月 23 日）和《周刊现代》（2000 年 10 月 11 日）的相关文章。所有施虐受虐狂的名字和相关个人信息都有所改动。

第 167 页　日本记者黑田良……："黑田良"是化名。

人形洞

第 173 页　一天，蒂姆拿着一叠失踪人口海报走在六本木的街头……：这件事在"富士电视台呼吁平等"中有记录，威廉·佩恩，《读卖日报》（2000 年 10 月 5 日）。

第 175 页　蒂姆和总领事艾伦·萨顿一起去警察局……：源于与约瑟芬·伯尔的会面记录。

第 177 页　"我觉得最可怕的是 10 年、20 年，哪怕是 5 年后，我还在这里……"：源于东京广播公司片山健太郎对索菲·布莱克曼的采访（2000 年 9 月 1 日）。

第 177 页　简身边还多了……已经退休的总警司戴维·希伯恩·戴维斯……：戴·戴维斯及其工作情况来自于对索菲·布莱克曼、蒂姆·布莱克曼、戴·戴维斯、简·斯蒂尔和亚当·惠廷顿的采访，以及戴·戴维斯的"初步报告和执行摘要"（2000 年 9 月 17 日）。

第 179 页　戴·戴维斯和记者们关系融洽……：例如，"家人担心失踪英国女孩陷入'谋杀疑云'"，《星期日快报》（2002 年 7 月 7 日）。

第 179 页　"超级侦探"：戴维·鲍威尔，"私家侦探追踪失踪女孩路易丝"，《每日邮报》（利物浦，2002 年 1 月 11 日）。

第 179 页　另一名英国肯特郡女孩路易丝·克顿失踪一事……：巧合的是，路易丝·克顿是露西在沃尔瑟姆斯托女校的同学。2001 年

7月31日，24 岁的路易丝拜访完未婚夫的家人，在从德国返回英国的途中失踪。她的失踪至今仍是个谜。

第 179 页　曼迪·华莱士……这是化名。

第 180 页　他们根据曼迪的描述绘制了一张嫌疑人照片……：伦敦警察厅面部图像组，面部图像组档案号：NW058/00。

第 180 页　对蒂姆越来越不满……：这部分内容源于对索菲·布莱克曼、蒂姆·布莱克曼、戴·戴维斯、休·沙克沙夫特、简·斯蒂尔和亚当·惠廷顿的采访，以及来自休·沙克沙夫特的私下流传的文件"露西·布莱克曼"（2006）；以及《每日邮报》的文章"一位父亲的背叛"（2006 年 10 月 7 日）。

第 182 页　蒂姆……于是接受了英国一家星期日小报的采访……：凯蒂·韦茨，"我为什么必须找到露西"，《星期日人民报》（2000 年 9 月 17 日）。

警察的尊严

有关日本警察和检察官的内容，我参考了沃尔特·L.埃姆斯的《日本的警察和社区》（伯克利，1981），戴维·H.贝利的《纪律部队：现代日本治安》（伯克利，1991），戴维·T.约翰逊的《日本正义之道：在日本起诉犯罪》（牛津，2002），宫泽节生的《日本的治安：犯罪研究》（纽约，1992），以及 L.克雷格·帕克的《今日日本警察系统：一个美国人的观察》（纽约，1984）。

第 188 页　克丽丝特布尔·麦肯齐来东京是为了逃避过去……："克丽丝特布尔·麦肯齐"的名字和相关个人信息都有所改动，以隐藏其身份。

第 195 页　从表面上看，他们取得了独一无二的惊人的成功：有关日本犯罪率的内容参考约翰逊的书第 22–23 页。

第 196 页　日本警方面临着几十年来最激烈的批评……：此处内容源自中丸直树，"日本警察必须揭开神秘面纱"，《读卖日报》（1999年 9 月 20 日）；道格·斯特鲁克，"日本警察佩戴着失去光彩的荣誉徽章：日渐增多的丑闻和腐败行为导致曾经受人尊敬的警察的声誉直线下降"，《华盛顿邮报》（2000 年 3 月 3 日）。

第 199 页　"可是这样的组织太多，"一名警察说道……"：乔纳森·沃茨，《卫报》（2000 年 7 月 11 日）。

第 199 页　露西失踪近两个星期后，警方仍然没有找露西的男朋友……：对麻布警察局警视三井俊彦警官的采访，以及理查德·劳埃德·帕里，"父亲喊话东京绑架者：现在就放了她"，《星期日独立报》（2000 年 7 月 16 日）。

海边的棕榈树

第 206 页　加拿大的克拉拉，澳大利亚的伊索贝尔和夏尔曼……：这些都以相关采访和法庭文件为参考，提到的女性均真实存在。不过，所有名字和个别国籍信息有所改动，其中包括"凯蒂·维克斯"这个名字。

第 206 页　年轻的美国女孩凯蒂·维克斯……："凯蒂·维克斯"的故事源于对"宫泽甲斐"的采访；2000 年 12 月东京检察官办公室的开庭陈述，以及与"凯蒂·维克斯"的通信。

第 213 页　只有一个性犯罪者……：对由土寿明的采访；"涉嫌强奸外国人的强奸犯曾于 1998 年因猥亵罪被罚款"，共同社（2000 年 10 月

30 日);《团队寻找露西案真相》《露西案真相》（东京，2007），757 页。

第 213 页　他因为……偷窥……而被捕……：东京地方检察官办公室于 2001 年 4 月 27 日向东京地方法院提交的补充起诉书的开场白。相关部分提到，"除之前因为偷窥女厕所而触犯《轻犯罪法》之外，被告在 1998 年 10 月 12 日就因使用轻便照相机在公共厕所偷窥上厕所的女性，违反《轻犯罪法》，被罚款 9000 日元。"

第 216 页　"他半裸着身子……"：原田直树在东京地方法院的证词（2003 年 12 月 25 日）；理查德·劳埃德·帕里，"警方表示杀害布莱克曼的嫌疑人砍下了她的头"，《泰晤士报》（2003 年 12 月 26 日）。

弱者与强者

第 224 页　"他年迈的母亲手里还有一两张他的照片……"：与金 / 星山家族关系密切人士提供的相关信息。

第 224 页　织原城二都会躲着摄影师……："警方：织原使用几十个化名隐藏身份"，《读卖日报》（2000 年 11 月 20 日）。

第 226 页　早在 16 世纪……：我对日本对朝鲜半岛的殖民统治，在日朝鲜族人的生活，以及战后情况的描述，参考了李昌寿和乔治·德沃斯（编辑）的《在日朝鲜族人：民族冲突与和解》（伯克利，1981），福冈康纪的《在日朝鲜族年轻人的生活》（墨尔本，2000），约翰·道尔的《拥抱失败：二战后的日本》（纽约，1999），彼得·B.E. 希尔的《日本黑帮：雅库札、法律和国家》（牛津，2003），以及戴维·卡普兰和亚历克斯·杜布罗的《雅库札》（伦敦，1986）。

第 228 页　"他们抓到一个人，就会大喊：'朝鲜族人！'……"源自上述李昌寿和乔治·德沃斯编著的书第 22 页。

第 228 页　在现在韩国的港口城市釜山附近，织原城二的父母出生了……：与金 / 星山家族关系密切人士提供的信息（大阪，2006 年 7 月）。

第 229 页　二战前，他们自愿移民来到日本……：与金 / 星山家族关系密切人士提供的信息（大阪，2006 年 7 月）。

第 229 页　据金乔学的一个儿子透露……：与金永正的谈话（大阪，2007 年 7 月 4 日）。

第 231 页　他没有犯罪记录……：一名大阪的日本报纸记者从大阪警方的联络人那里得知这一消息。

第 233 页　一本……奇怪的书……：《露西案真相揭秘》。参见第 334 页及该页的注释，以便更全面了解这本书及其来历。

第 234 页　仿照英国公立学校创办……：对西村慎吾的采访。

第 239 页　他……在一本……杂志上发表了一篇短篇小说……：金永正，《有一天》，《三千里》（东京 / 大阪，1977 年冬）。

第 242 页　秋元浩二……：这是化名。

第 243 页　织原城二在由其律师委托创作的那本书里……：源自《露西案真相揭秘》第 753 页。

乔治·奥哈拉

第 250 页　"供词才是关键，"一名警察坦言……：上述约翰逊所著作品第 158 页。戴维·T. 约翰逊关于招供在日本司法体系中的作用以及获取供词的方法那一章的内容既引人入胜，又令人不寒而栗。

第 250 页　"我们需要证据来打消不合理的怀疑"……：出处同前，第 237 页。

第250页 "供词是心脏——是泵，保持案件在系统中有效运行……"：出处同前，第243页。

第250页 "对日本人来说，打头不算什么……"：出处同前，第255页。

第251页 由土不愿透露……细节……：织原的审讯工作由警察山城负责监督，警视由土并不在场。

第252页 织原本人后来对于父亲死因的说明很简单……：织原城二的代理律师坂根信也给作者的信（2005年9月14日）。

第252页 但有人从这场悲剧中觉察出一些隐秘的东西……：相关金乔学的死亡、葬礼和遗产处理的信息来自有关金/星山家族公司的公开文件；对金/星山家在北畠的邻居的采访（2007年7月）；对金/星山家关系密切人士的采访（大阪，2006年5月）；《周刊文春》（2001年2月22日）和《周刊女性》（2001年11月21日）的相关文章；以及东京检察官对织原城二的起诉书（2000年12月14日）。

第252页 日本杂志……推测，这或许是一次非正常死亡……：坂根信也在代表织原城二所写的信中否认了他父亲的死与黑社会有任何联系的说法。

第252页 在由其律师委托出版的书中写道："从他的眼睛周围取出玻璃碎片……"：《露西案真相揭秘》第753页。

第253页 他可能学过建筑学……：对一名与金家关系密切人士的采访。

第254页 另有解释……：对一名与金家关系密切人士的采访。

第255页 他以大阪的一个停车场为抵押……：织原相关商业活动的信息来自东京警视厅向媒体提供的公司名单；有关这些公司的公

开文件；对相关知情人士的采访；《读卖日报》文章"织原使用几十个化名隐藏身份"（2000 年 11 月 20 日）和共同社文章"布莱克曼怀疑织原没有扔掉任何东西，甚至包括相关证据"（2001 年 2 月 16 日）。

第 256 页　出现在这些公司文件中的一些人并不知道自己被任命为高管……："织原使用几十个化名隐藏身份"，《读卖日报》（2000 年 11 月 20 日）。

第 261 页　织原声称这份声明出自滨口之手……：源自《露西案真相揭秘》第 758 页。他在书中被称为"H 律师"。

征服游戏

第 265 页　织原城二就详细记录下自己的性经历……："上诉理由陈述书"，1294 号，2007 年，东京检察官办公室，第 68–69 页。

第 265 页　他将逗子码头的公寓称为具有战略意义的据点……："上诉理由陈述书"，1294 号，2007 年，东京检察官办公室，第 71 页。

第 266 页　一份写有大约 60 名女性名字的名单……："织原使用几十个化名隐藏身份"，《读卖日报》（2000 年 11 月 20 日）。

第 267 页　当时店员问他："是死了一条大狗吗？……"：对藤崎涉的采访。

第 267 页　被告列出了……与他发生过性关系的女性的姓名……："上诉理由陈述书"，1294 号，2007 年，东京检察官办公室，第 69–70 页。

第 270 页　一个看过卷宗的人向我透露："他会做很多事情……"：对由土寿明以及另外两名看过静态图片档案的人的采访。

第 270 页　据织原自己解释，除了摄像机，还有两台电视监视器……：织原城二在东京地方法院的证词（2006 年 3 月 8 日）。

第 270 页　一则报道称警方已经找到 1000 盘录像带，另一则报道则说有 4800 盘……："织原因 1992 年澳大利亚女性死亡案被起诉"，共同社（2001 年 2 月 16 日）和"警方查看了织原公寓的 4800 个视频"，《读卖日报》（2001 年 4 月 10 日）。

第 271 页　"我偏爱长得丑、没有身体曲线的日本女孩"：织原城二在东京地方法院的证词（2006 年 3 月 8 日）。

第 271 页　"外国女招待都很丑"：出处同前。

第 271 页　"在'游戏'开始前，被告会倒出一小杯有烧灼味的浑浊液体……"：出自网站"露西案真相揭秘"，http://lucies-case.to.cx/case1-e.html，2010 年 6 月访问。

第 272 页　"吉本佐子……忍原逸子……毛利惠……"：三个名字都是化名。

第 273 页　"出大事了……"："照片将织原与布莱克曼联系在一起"，《读卖日报》（2001 年 2 月 17 日）。

卡里塔

第 278 页　"《担心会有更多失踪女性》……"：《悉尼先锋晨报》（2000 年 10 月 27 日）。

在洞穴里

第 294 页　"我们不停审问他，一直持续到晚上十一二点……"：《每日新闻》（2001 年 2 月 20 日）引用《周刊现代》内容（2001 年 2 月 24 日）。

第 295 页　管理员的男朋友广川先生甚至声称……看见过一个像

织原的人……：法官在一审中认为他的证词不可靠。

第 296 页　他们立即辨认出……人类手臂……：有关挖掘的详细情况来源于个人观察、当时的新闻报道，以及 2001 年 2 月 9 日提供给我的东京警察厅记者俱乐部成员简报的相关笔记。

第 297 页　那个周末，高级警察们向……发布了 6 次简报……：这些详情来自于 2001 年 2 月 9 日、10 日和 11 日提供给我的东京警察厅简报的相关笔记，以及对东京警察厅记者俱乐部前成员的采访。

第 298 页　令人印象最深刻的解释来自一名被记者称为"S 先生"的警官：搜查一课向东京警察厅记者俱乐部成员所做的简报的相关笔记。(2001 年 4 月 9 日)。

第 299 页　"警察去过蓝海油壶公寓，他们都知道……"：采访(2007 年)。

第 299 页　"死后的变化十分剧烈"：上野正彦医生对小林正彦医生在 2001 年 2 月 10 日进行的验尸情况的评价(2006 年 2 月 7 日)。

葬　礼

第 308 页　露西的葬礼在 2001 年 4 月底举行……：关于露西葬礼的情况来自对她的家人和朋友的采访，以及当时媒体的报道，其中包括威廉·霍林沃斯的报道"亲友告别被谋杀的英国女招待露西"，共同社(2001 年 3 月 29 日)。

第 312 页　日本法院与西欧和北美的法院有许多不同之处，最突出的一点就是……：日本定罪率的数据来自前述约翰逊的书第 62 页和第 216 页。约翰逊写道："即使是在对被告来说异常'走运'的年份，265 起案件中也只有一个被判无罪。这一比例通常将近 1/800……日本法官 175 年宣判的无罪释放被告数量才抵得上美国法院 1 年宣判的无罪释放被告数量。"

第 312 页 "和其他日本人一样，检察官……"：出处同前，第 165 页。

第 312 页 "日本的绝对大多数刑事审判并不像……争论……"：出处同前，第 47 页。

第 315 页 她还记得织原对她说过："我做了件可怕的事……"："照片将织原与布莱克曼联系在一起"，《读卖日报》（2001 年 2 月 17 日）；"织原城二的第 50 次听证会"，东京警察厅准备的法庭程序英文摘要（2006 年 12 月 24 日）。

第 318 页 一名医生提供了氯仿毒性证明……：织原城二审判第 13 次听证会，东京地方法院（2003 年 1 月 22 日）。

第 318 页 4 月，一名麻醉专家就强奸视频作证……：第 17 次听证会（2003 年 4 月 16 日）。

第 318 页 蓝海油壶公寓的管理员……：第 25 次听证会（2003 年 11 月 27 日）。

第 318 页 警方的一名化学专家证实……：第 28 次和第 29 次听证会（2004 年 1 月 30 日和 2 月 17 日）。

第 318 页 一个叫泷野由香的女人……：第 31 次听证会（2004 年 3 月 26 日）。

第 319 页 这场实验既怪异又血腥……：第 32 次听证会（2004 年 5 月 25 日）。

第 321 页 "我非常喜欢织原的听证会"：高桥友纪、泷川美纪和加贺晴子，《霞子俱乐部：女性法庭观察日记》（东京，2006 年）。

第 322 页 他将辩护视为一场战争，而他是这场战争的统帅……：

关于织原城二在东京拘留中心的情况，他与律师的关系及其法律事务情况，来自于对他的辩护团队成员和与案件密切相关人士的采访。同时参考了理查德·劳埃德·帕里的"杀害露西的凶手的泡沫如何破灭"，《泰晤士报》（2005 年 8 月 17 日）。

第 322 页 他的第一支法律团队集体辞职……：共同社，"布莱克曼案中织原的辩护律师集体辞职"（2001 年 10 月 12 日）。

百事通

第 326 页 "关于本案，警方无法了解到许多基本信息和重要事实"：作者在 2005 年 7 月 8 日收到的织原代理律师菅生智纪给作者的信。

第 327 页 我的第五个问题是……：织原城二给作者的信（2005 年 6 月 23 日）。

第 327 页 "如果坦白说出露西是什么样的人……"：第 42 次听证会（2005 年 7 月 27 日）。

第 328 页 "买明信片和毒品意味着什么？"：第 42 次听证会（2005 年 7 月 27 日）。

第 333 页 "织原去问 A 的时候，"后来他解释道……：出自《露西案真相揭秘》第 293 页。

第 334 页 原田探长无意中踢到了用毯子包裹着的艾琳的尸体……：出自《露西案真相揭秘》第 300 页。

第 334 页 他在由其律师委托出版的书中表示自己很"惊讶"……：出处同前，第 301 页。

第 334 页 "她正在……尽情嗑药……"：出处同前，第 303 页。

第 335 页 他叫胜田悟……：关于胜田的情况源自织原城二审判

的第 47 次听证会，东京地方法院（2005 年 12 月 25 日）。

SMYK

第 340 页　他的律师试图通过针对性提问来为他辩护……：紧随其后的示例出自第 49 次、第 50 次和第 51 次审判听证会（2006 年 2 月 8 日、24 日和 3 月 8 日）。关于织原慈善活动的陈述出现在最后一次听证会上。

第 341 页　2006 年 3 月，轮到检方……：第 52 次审判听证会（2006 年 3 月 2 日）。

第 346 页　简·布莱克曼、蒂姆·布莱克曼和卡里塔·里奇韦的妈妈安妮特飞往……：他们参加了 2006 年 4 月 20 日和 25 日举行的第 53 次和第 54 次听证会。

慰　问

第 358 页　"我已经收到被告的提议……"：《露西案真相揭秘》中复制的电子邮件内容，第 73 页。

第 358 页　"被告对露西的死表示悔恨和悲痛……"：前述书中复制的电子邮件内容，第 75 页。

第 358 页　他在……电话中解释……：前述书中重现的通话记录，第 78–79 页。

第 358 页　"在我漂亮的女儿身上做出这种可怕行为……"：第 54 次审判听证会（2006 年 4 月 25 日）。

第 359 页　"在这种情况下，150 万日元相当于 1 年减刑的'汇率'"：前述约翰逊的书第 202 页。

第361页　我不知道我的女儿露西·布莱克曼的死因……：出自《露西案真相揭秘》第97页。

第362页　"血腥钱"：格伦·欧文，"被谋杀的露西的父亲接受了45万英镑'血腥钱'"，《星期日邮报》（2006年10月1日）。

第362页　"我拒绝了被告提出的所有赔偿……"：娜塔莉·克拉克和尼尔·西尔斯，"对亲爱的露西的彻底背叛"，《每日邮报》（2006年10月2日）。

第363页　用洋洋洒洒2000字对蒂姆进行了人身攻击……："一个父亲的背叛"，《每日邮报》（2006年10月7日）。

第364页　接受《每日邮报》的正式采访时……：凯瑟琳·奈特，"他不道德"，《每日邮报》（2007年4月23日）。

第368页　罗杰给一名记者发电子邮件……：罗杰·斯蒂尔给英迪拉·达斯－古普塔发的电子邮件（2007年5月17日）。

第368页　这条消息也登上了《每日邮报》……：丹尼尔·博非，"露西的父亲卷入信托基金欺诈调查"，《星期日邮报》（2007年4月29日）。

判　决

第372页　我多次通过他的律师传递信件……：作者给织原城二的信（2005年1月25日，2005年6月23日，2006年2月23日，2008年10月25日）；作者给织原城二的律师菅生智纪的信（2005年7月8日和2005年7月20日）；作者给织原城二的律师坂根信也的信（2005年11月17日）；作者给织原城二的律师辻岛晃的信（2008年12月5日）。

第 372 页　他回复我，让我弄到露西的健康记录……: 作者给织原城二的律师菅生智纪的信（2005 年 7 月 19 日）。

第 373 页　【脚注】他……指责我"把复印件寄给了伦敦警察厅……: 织原城二的律师新井圣久的来信（2006 年 5 月 17 日）。

第 373 页　织原的律师坂根信也愤怒地指出……: 坂根信也给作者的信（2005 年 11 月 14 日）。

第 375 页　"没有确凿的证据……": 第 61 次审判听证会（2006 年 12 月 11 日）。

第 377 页　他的一名律师在英国请私家侦探……: 杰森·刘易斯，"露西的谋杀嫌疑人和意图诽谤她的阴谋"，《星期日邮报》（2007 年 5 月 13 日）。

第 377 页　一个相关网站诞生了……: http://lucies-case.to.cx/.The English version of the website is at http://lucies-case.to.cx/index_e.html，2010 年 6 月访问。

第 378 页　【脚注】: 有关《露西案真相揭秘》出版的更详细情况……: 2010 年 2 月，《露西案真相揭秘》的出版商飞鸟新社起诉织原城二和他的律师辻岛晃，要求其支付 13146481 日元（当时约合 94000 英镑）未支付费用。根据其向法院提交的诉状，这本书就是虚荣心的产物，是"声援织原运动的一部分"。最初委托创作这本书是在 2006 年 12 月，当时东京地方法院的法官刚开始从新考虑其判决。除了日文版，这本书还计划在英国出版英文版。织原的律师新井圣久以"团队诉求"名义与出版商签署了出版协议。

从表面上看，这本书是代表织原利益的独立第三方作品。书中解释道："真相探寻者团队由记者、法学院员工和前检察官等法律界人士组成。"但似乎所有参与该项目的人都获得了报酬。飞鸟新社和负责这本书的自由编辑藤田寄重都是听从织原的律师的指示行事。

"为了假装这件事是中立性质，被告假装负责这本书出版的是由第三方组成的特别组织。"出版商在诉状中写道，"但真相探寻者团队既不是具有法律人格的法人团体，也不是……一个非公司社团，这一点不言而喻。事实上，成为被告的他们只不过是一个个独立个人。"

新井先生、辻岛晃、盐野谷康夫和织原的另一名律师槙文桂有时候会给出不同的指示，这些指示甚至会相互矛盾，飞鸟新社的编辑奥原英寿曾向我描述因此产生的困惑。

"律师的指示各不相同，原告（飞鸟新社）常常感到困惑，"出版商的诉状写道，"我们推测，出现这种情况是因为这些律师要与织原见面，逐一确认手稿的内容，而织原经常改变他的说词。"

根据飞鸟新社的诉状，这么做除了让人不知所措，还导致出版延期。本书的所的终稿终于下厂印刷后，槙文桂抱怨说内容有误。出版商提议加入一份勘误单，新井先生表示同意，可随后盐野谷先生又联系他们，下令停止印刷。因为反复修改和延期，这本书直到 2007 年 4 月东京地方法院判决前才正式上架。最后英文版取消出版，但翻译已经基本完成，而"真相探寻者"从未支付这笔费用。

第 378 页　塔妮娅·内博加托夫……：这是化名。

第 379 页　【脚注】《露西案真相揭秘》中提到曾经有许多……：《露西案真相揭秘》第 751-752 页。

如此日本

第 391 页　他还起诉了几家日本周刊……这几起诉讼他最终都获

得了赔偿……：日本杂志和《时代》杂志的信息来自两个与这些案件关系密切的独立来源。

第392页　答案是他的家人……：对织原的代理律师的采访，以及与织原一家关系密切人士提供的消息。

第394页　一个叫林赛·霍克的22岁英国女孩……被谋杀……：了解林赛·霍克案请参考理查德·劳埃德·帕里的文章"警方抓住涉嫌杀害英国女孩的逃犯"，《泰晤士报》（2009年11月11日）。2011年7月，市桥达也因强奸和谋杀林赛·霍克被判终身监禁。

第397页　"日本男人、烟雾缭绕的酒吧和对漂亮西方女孩的迷恋要了林赛的命"：理查德·希尔斯，《每日邮报》（2007年3月31日）。

第398页　日本手淫爱好者比西方同好更喜欢色情作品的看法与事实并不相符……：色情产品的最大消费者和生产者是美国。邓肯·坎贝尔，"大麻和色情业发展超过玉米种植，美国黑色经济蒸蒸日上"，《卫报》（2003年5月2日）。

第402页　我认出了那本书……：本·希尔斯，《雅子妃：菊花王座的囚徒》（纽约，2006年）。这本书在日本被翻译成《雅子妃》出版（东京，2007年）。

真正的我

第410页　就连他最有名、最令人意想不到的"朋友"卡洛斯·桑塔纳……：我把织原声称和卡洛斯·桑塔纳是朋友的事告诉了这位音乐家的代理人苏珊·斯图尔特。她回应说"卡洛斯·桑塔纳无法协助此事"。给作者的电子邮件（2007年8月18日）。

第411页　"一个自我中心、冷酷无情、极度缺乏同理心的人……"：罗伯特·D. 黑尔，《没有良知》（纽约，1999 年）。

第 411 页　"但我对这种判断表示怀疑……"：珍妮特·马尔科姆提出这一观点，《记者和杀人犯》（伦敦，1990 年），第 75 页。"提出精神病患者这种说法，其实就是在承认无法破解邪恶的秘密，这仅仅是在换种说法描述神秘事件，同时也只是精神病医生、社工和警察释放挫折感的一个阀门，他们每天都要承受这方面的压力"

第 413 页　"他将承受双重痛苦……"：阿曼达·普拉特尔，"背叛罪名将永远困扰露西的父亲"，《每日邮报》（2007 年 4 月 27 日）。

第 414 页　《太阳报》的一名读者在该报的读者来信版问道，这一页报纸上几乎都是类似的提问……："露西的父亲已经背叛"，《太阳报》（2007 年 4 月 27 日）。

第 416 页　露西·布莱克曼信托基金：http://www.lucieblackmantrust.org

第 416 页　海外失踪人口项目：http://www.missingabroad.org

第 417 页　他的脑海中会浮现出一个鼓鼓囊囊的黑色垃圾袋……：迪·奥康奈尔，"接下来会发生什么？"，《观察家报》（2003 年 1 月 12 日）。

第 418 页　"损害这么多受害者的尊严……"：第 7 次上诉听证会，东京高等法院（2008 年 12 月 16 日）。

第 419 页　【脚注】"和歌山毒咖喱事件"：了解这起案件请参考理查德·劳埃德·帕里的文章"日本支持在毒咖喱案中实行死刑"，美联社（2009 年 4 月 21 日）。

第 420 页　当时海上无风……：公主号网站博客 http://infanta.squarespace.com/log/2008/12/15/winch-handle-sniffer-outed.html，2010

年 6 月访问。

第 420 页　织原再次……提起上诉……：关于他的高等法院上诉情况，请参考理查德·劳埃德·帕里的文章"律师利用露西人体模型尝试为杀人犯赢回自由"，《泰晤士报》（2009 年 12 月 15 日）。

第 421 页　假释前的平均刑期……："终身监禁假释前服刑 30 年……刑期加长，有实施更严厉惩罚的趋势"，《读卖新闻》（2010 年 11 月 22 日）。